절망을
　　　넘어서
날아온
　　　우리의
　　　　약속

김광현
지음

절망을 넘어서 날아온 우리의 약속

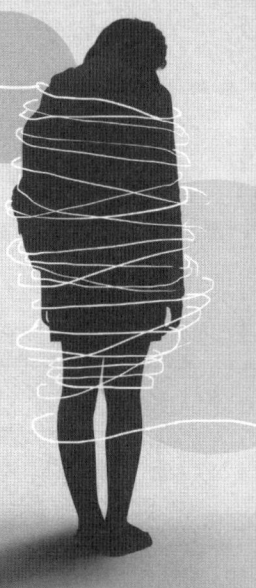

OUR PROMISE FLOW   BEYOND DESPAIR

도착한 그곳은 사람들이 좀 이상했다.
뭔가를 감추고 있는 듯한 기분이 든다.

목차

❶ 길을 잃다

프롤로그 2002년 3월 진실을 가리다 · 11

2002년 3월 곰팡이 · 23
2002년 3월 문단속 · 25
1999년 4월 친구와 자전거 여행 · 26
2001년 5월 첫 알바 면접 · 33
1997년 5월 길을 잃어버리다 · 36
2000년 3월 소나 님을 처음 만나던 날 · 42
1998년 3월 재회 · 45
2002년 5월 열쇠 돌리는 소리 · 46

❷ 이상한 바자회

1999년 5월 운동장의 뱀 · 49
2001년 5월 알바 첫날 · 50
1999년 5월 누명 · 60
2001년 5월 알바 첫날의 점심 · 65
1999년 6월 이상한 바자회 · 68
2001년 4월 대학로 도착 · 98
1999년 8월 소중한 마음 · 99
1996년 5월 첫사랑 그녀 · 102
1996년 4월 친구의 고백 · 106

❸ 여행

1999년 7월 박 순경의 흥미	·111
1997년 4월 낙필 상병님	·115
1990년 5월 초등학교 수학여행	·118
1999년 6월 포대 자루	·120
1990년 5월 방 배정	·124
1990년 5월 정체 모를 여자	·125
1999년 6월 미술 선생님과의 소풍	·128
1990년 11월 학년의 마지막은 역시 운동장에서	·133
1990년 11월 운동장 캠핑	·135

❹ 닭꼬치

1999년 6월 그를 향한 마음	·143
1996년 5월 끌려가다	·145
1998년 5월 슬러쉬	·146
1996년 5월 절망의 꽃	·148
1999년 5월 솔방울	·149
1996년 6월 닭꼬치	·157
1999년 6월 놓치다	·160
1996년 6월 자살	·166
1998년 5월 버드나무	·167
1996년 6월 달콤한 닭꼬치	·169

❺ 학교

2002년 2월 시간이 흘러 6학년	・175
1996년 6월 오지 못하는 학교	・178
1999년 5월 소각장에서	・179
1996년 6월 길을 막다	・182
1997년 9월 행군	・184
2002년 4월 파출소 아침 조회	・186
2001년 10월 실수	・188
1996년 7월 학교를 옮기다	・192
2002년 6월 수풀림을 헤매는 자들	・195
2002년 6월 친구의 물음	・197
2002년 6월 신 선생의 특별 수업	・198
1996년 7월 시기가 겹치다	・200

❻ 금

2002년 6월 연주	・205
1996년 7월 노려보는 창문	・208
2002년 7월 녹음하다	・209
1996년 6월 첫사랑과 소라를	・211
2002년 4월 편한 듯 더러운 듯	・213
2002년 3월 학생회장을 한다면	・214
1993년 5월 오락실에서 가방을 잃어버리다	・217
1997년 4월 금	・219
2002년 2월 구하고 싶은 것	・221
2023년 7월 악의 현혹	・222
2002년 6월 박 순경의 조사 1	・224
2002년 6월 비밀	・226

⑦ 생명

1995년 5월 살기 위해	·231
2002년 6월 박 순경의 조사 2	·235
2002년 4월 가습기	·237
2002년 8월 선거 유세	·240
2002년 6월 요리대회 날	·251
2002년 6월 박 순경의 조사 3	·252
2001년 10월 순대 끝부분	·256
2002년 8월 교장과 바자회	·257
2002년 7월 순위 정하기	·259

인연

2002년 7월 박 순경의 조사 4	·267
2002년 7월 지하실 북콘서트	·269
2002년 8월 학생회장 연설	·274
2002년 7월 뒤풀이	·280
2002년 7월 노인과의 추억	·292
2002년 8월 화가 난 교장	·296
2002년 7월 궁금증	·301
2002년 8월 고맙다	·303
2002년 7월 청원서	·305

⑨ 안녕

2002년 8월 두려워	·315
2002년 6월 따스히 좌절하다	·317
2002년 8월 치킨집	·321
2002년 5월 갈등	·325
2002년 5월 지하철역 앞에서	·327
1999년 2월 멀어졌지만	·331
2002년 8월 담벼락 괴인 퇴치	·334
2002년 7월 질문	·344
2002년 8월 나라의 이사	·346
1999년 6월 외면	·350
2002년 5월 도와주다	·353
2002년 8월 자신의 수업을 포기하다	·354
1998년 5월 불청객	·359

10 선화

2002년 7월 괜찮아	•365
1996년 4월 그녀의 하교	•369
1996년 4월 미행하는 자들	•375
2002년 9월 몽유병일지라도	•376
1996년 4월 육교 위에서	•382
2002년 9월 퇴학을 위하여	•384
1996년 4월 협박	•401
2002년 9월 후회	•404
2002년 9월 비 오는 날의 이메일	•406
1996년 4월 지진	•408
1996년 5월 슬픈 애원	•410
2002년 9월 찾다	•411
1996년 5월 결투 신청	•422
1996년 5월 꿈은 역시 운동장에서	•424
1990년 4월 겁질리다	•427
1996년 6월 절망을 넘어서 날아온 우리의 약속	•428
2002년 9월 수풀림은 그래도 신호등을	•433
2002년 10월 배신은 하지 않아	•435
2002년 9월 인연	•437
2002년 7월 선화	•440
1987년 6월 기적	•444
에필로그 오늘	•445

① 길을 잃다

프롤로그 2002년 3월 진실을 가리다

어딘지 모르는 광활한 벌판 그 사이로 끝없는 길이 가르마를 만들고 있었다.

소년은 지붕이 없는 트럭 뒤에 앉아 두 눈을 가득 채우는 푸른 하늘에 마음껏 몸을 담그며 바람을 느꼈다. 이 길 끝에 있을 이야기가 어떻게 펼쳐질진 모르지만 새로운 곳에 당도한다는 건 언제나 설렘을 느끼게 한다.

소년은 주머니에서 너덜너덜해진 편지를 꺼내 읽으며 만감이 교차하는 듯한 표정을 지었다.

"약속을 지킬 수 있기를."

그 마음을 아는지 모르는지 바람에 찢어질 듯 흔들리던 편지지는 덜컹거리는 차의 진동으로 하마터면 손을 떠날뻔했다.

소년은 놀란 나머지 편지지를 꽉 쥐었고 전보다 더 구겨져 버렸다.

"이런… 좀 천천히 가주세요!"

라디오에서 흐르는 음악에 맞춰 콧노래를 부르던 이삿짐센터 아저씨는 뒤에서 들리는 소리에 잠시 귀 기울이고는 넉살 좋게 웃을 뿐이었다.

도착한 그곳은 사람들이 좀 이상했다. 뭔가를 감추고 있는 듯한 기분이 든다.

소년은 그런 생각이 들었다.

모두가 밝은 모습으로 어울리고 잘 지내는 것처럼 보이지만 왠지 모를 이질감이 느껴졌다.

뭐랄까 하나의 막이 형성되어 있다고 해야 할까. 사회생활을 하면서 필요한 소통의 방법일 수도 있겠지만 그런 긍정적인 의미만은 아닌 거 같았다.

어떤 주제에 대해서 말을 해도 정말 하고 싶은 뭔가를 두리뭉실하게 피해 가면 듣는 사람은 그걸 느낄 수 있다. 이 마을에 사는 분들과 얘기하면 항상 그걸 겪게 된다. 아마 그분들도 그걸 은연중에 요구하고 있는 게 아닐까? 여기까지만 물어 더는 알려고 하지 마 같은 것 말이다.

그리고 소년은 얼마 뒤 전학 온 학교로 가기 위해 아침부터 가방을 챙겼다. 이 마을에 이사 오고 나서 며칠의 휴식시간이 주어졌고 새 학기가 시작될 때까지 엄마 집안일도 도와주고 많은 주민들도 만났지만 과연 이곳에서 학교를 다니는 게 맞는지 의구심이 들었다. 하지만 사회생활을 하기 위해서 거쳐야 하는 과정이니 군말 없이 집 밖을 나서야만 했다. 선택의 여지가 많은 거 같으면서도 없는 게 세상이며 필연적으로 맞닥뜨려야 할 살아남는 것에 대한 문제를 최소화하기 위해서도 기본적인 학력은 만들어 놓는 게 좋을 것이다.

여주인공은 작가 지망생이고 혼자서 다니는 걸 좋아하는데 아버지가 형사다. 지금은 은퇴하고 레스토랑을 운영하고 있지만 과거엔 마을의 사건을 많이 해결해서 신망이 두터운 편이다. 하지만 단 한 가지 악랄했던 살인마를 잡지 못했다는 것. 그게 유일한 오점이다.

아무튼 은퇴한 지금은 정의를 지키는 것에 관심이 없는 것 같다.

남주인공은 우연히 살인마가 떨어뜨린 수첩을 줍고, 소설가를 꿈꾸는 여주인공이 살인마의 마지막 목표라고 확신하고 일부러 그녀와 친해지고 지켜주려고 한다. 하지만 그녀가 노려지고 있다는 말은 차마 하지 못한다.
　그러던 어느 날 자신을 의심하는 여주인공으로 인해 어쩔 수 없이 진실을 말하게 되고 여주인공은 혼란에 빠진다.
　그리고 남주인공은 살인마를 추적하기 위해 여주인공 아빠의 과거 행적을 파헤치기로 한다.

　그러다 가장 유력한 용의자로 예상하던, 여주인공의 친한 남자와의 갈등으로 인해 여주인공은 남주인공에게 다시는 찾아오지 말라고 한다.
　그녀의 말대로 남주인공은 더 이상 다가가지 않고 멀어지게 된다.
　그러던 어느 날 위기에 처한 여주인공의 아버지를 도와주게 되고 상처를 입는다.
　병원에 입원한 그는 아버지에게 고맙단 말을 듣고 여주인공이 왜 글을 쓰는지 알게 된다.
　그리고 남주인공은 고민에 빠진다.
　왜 경찰들은 이 작은 마을에서 일어난 살인사건을 해결하지 못하는 걸까? 혹시 누군가 주기적으로 타지에서 찾아와 사람을 죽이고 떠나는 걸까?
　아니면 마을사람들끼리의 갈등으로 인해 생긴 사건은 아닌 걸까?
　남주인공은 친구들과 함께 여주인공의 남자친구를 조사한다. 하지만 어떤 증거도 나오지 않고 결국 그동안 오해한 거였다는 결말로 다가간다. 하지만 남주인공은 이상한 기분을 떨칠 수가 없다.
　여주인공의 남자친구는 분명 겉모습은 선량해 보이지만 뭔가를 숨기고 있단 느낌이 들었다. 너무 완벽하게 착한 사람이기 때문이다. 하지만 이젠 포기해야 할 때가 온 것 같다.

얼마 뒤 비 오는 길을 걷던 남주인공은 길가의 작은 수풀에 앉아 우울해하고 있는 여주인공을 만난다. 여주인공은 남자친구도 잘해주고 예전보다 행복해졌는데 글이 여전히 써지지 않는다고 슬퍼한다.
"너는 작가가 왜 되려는 거야?"
여주인공에게 우산을 건네주며 묻자 감정을 표현하기 위해서라고 그녀는 바로 답한다.
"꼭 그럴 수 있을 거야. 응원할게."
남주인공은 그렇게 말하고 자리를 떠났다.

감정… 감정이라….
우리는 감정을 맹신하면 안 된다.
얼마든지 이성을 이용해 거짓말하는 게 가능하니까.
때론 이 감정이 세상의 질서를 무너뜨리는 건 아닌지 생각해 봐야 한다.

그러던 중 여주인공이 남자친구에게 납치되고 남주인공은 가장 의심되는 건물로 향한다.
하지만 문이 잠겨져 들어갈 수 없다.
결국 경찰을 부르게 되는데 경찰은 왠지 들어가려고 하지 않는다.

이상함을 느낀 남주인공은 계속 경찰들에게 질문을 한다.
"왜 들어가지 않는 거죠? 빨리 들어가서 수색해 주세요! 저 안에서 납치된 사람이 죽어갈 수 있는데 밖에서만 시간을 보낼 건가요?"
"아직 서에서 답이 오지 않아 어떤 행동도 취할 수가 없다."
남주인공은 화가 났다.

"솔직하게 말하세요. 당신들은 진실을 마주하는 게 두려운 거 아닌가요?"

"…."

"그러니까. 쉽사리 저 안으로 못 들어가는 거죠. 자신이 죽을 수도 있으니까."

"그 입 다무는 게 좋을 거야."

"저 안에 들어가 살인마와 싸우다 죽지 않아도 이미 당신들은 죽은 거나 마찬가지입니다."

"자식이…."

"그럼 문이라도 열어주시라구요. 저라도 들어갈 테니까."

"지시가 올 때까지 조용히 있어."

주인공은 주변 잔디밭에 박혀있는 돌멩이를 꺼낸 뒤 건물 창문에 가서 강하게 내려치기 시작했다.

"문 열어 살인마 자식아!!"

경찰들은 안 되겠다고 판단했는지 남주인공에게 수갑을 채워 경찰차에 태웠고 결국 연행하기로 한다. 그때 도서관에서 책을 하나 찾은 여주인공의 아버지가 뭔가를 보고 놀란다

그리고 그날 밤 형사는 경찰서에 잠입해 남주인공을 구해주며 손에 총을 쥐여준다.

"가라."

"그리고 이건 그 집의 열쇠다."(남주인공이 살인마인 걸 알아낸 여주인공의 아버지)

왜 여주인공의 아버지는 이 열쇠를 나한테 주는 걸까.

직접 가서 구하면 될 텐데. 그리고 이 열쇠를 어째서 가지고 있는 걸까. 여주인공의 아버지는 상처 입은 배를 움켜쥐고 나중에 따라가겠다고 힘들게 말한다.

형사는 이미 진실을 알고 있었다. 하지만 진실을 밝히려 해도 마을사람들이 자신의 말을 믿어주지 않았고 더 나아가 마을을 망치려는 악인들의 폭정에도 눈을 감고 외면하는 동네 사람들의 모습에 좌절한 것.

그래서 생각했다. 내가 저 살인마를 잡지 않으면 결국 저 사람들은 평생을 악인들의 노예로 살게 될 것이다.
저들에겐 그런 결말이 어울릴 것이다.

그래서 형사는 마을을 포기한 것이다.
그리고 그걸 간파한 살인마는 형사가 자신을 잡지 않는단 사실을 알고 형사의 딸을 죽여 살인을 마무리 지으려 한다.

악으로부터 사람들을 구하는 걸 포기했으니 자신의 가족까지도 포기하라는 것이다. 가족의 소멸 그게 악마의 최종 목표니까.
그런데도 그가 아직까지 식당 일을 하며 이 마을에 머무는 이유는 뭘까. 이미 마을은 망했고 희망이 없는데 왜 남아있는 걸까.
그게 바로 악마가 원하는 것. 진실을 아는 자들이 포기하고 그걸 당연하게 생각하며 살아가는 세상. 의지가 없는 세상.

하지만 여주인공의 아버지는 뒤늦게나마 다시 용기를 냈다.
조금 뒤 여주인공이 갇혀있을 듯한 자신이 연행되었던 그 건물 앞에서 남주인공은 열쇠를 꺼내 구멍에 맞추고 돌린다.
　그리고 조금씩 문을 연다. 사실 너무 두렵고 들어가기가 싫은 그였다. 하지만 물러설 수 없었다.

　그런데 얼마 가지 못해 공격당해 기절했고 깨어나니 의자에 몸이 묶여있었다. 잠시 뒤 웬 아줌마가 오더니 부엌 겸용으로 보이는 작은 맥주바 의자에 앉아 마주 보며 맥주를 한 잔 따라준다.

　이곳은 원래 식당이었고 예전엔 장사도 잘됐다고 한다.
　하지만 이곳에서 살인사건이 벌어지면서부터 사람들이 오지 않게 되었고 지금은 집의 역할만 하고 있다고 한다. (식당이 망하는 것도 의도)
　원래 주인이 있었지만 집을 요새화하기 위해 쫓아낸 것.
　여자는 남주인공과 일방적인 대화를 나누다 그동안 일어났던 살인사건에 대해 말을 꺼낸다.

　이 마을에서 일어났던 살인사건은 총 5번.
　그 형사와 딸을 죽이면 의지를 가진 사람들을 모두 죽이게 된다.
　그렇게 되면 희생자는 총 일곱 명.
　인간에겐 예로부터 행운의 숫자인 7이었지만 그게 희생자의 수라면 어떨까?
　그 일곱 번째를 기념하는 게 악마의 목적이었다.
　즉 인간들도 이 동네에서 더 이상 7을 행운의 숫자라 말할 순 없을 것이다. 이 마을을 망치려는 악마들은 그런 의미를 노리고 있다.
　죽음의 7을 기념하게 만든다.

그런 말들을 뱉은 뒤 아줌마는 어느새 몸이 묶여 정신을 차리지 못하고 있는 남자를 비웃듯 말한다.

"지금 이 건물 안에 그녀도 잡혀있다. 네 앞에서 죽여주지. 어차피 너는 이 마을에 온 지 얼마 안 된 이방인이기 때문에 굳이 죽일 생각은 없다. 우리 편이 되어라."

하지만 남주인공은 거부하고 여자를 보내주라고 한다. 차라리 자신의 목숨을 내놓겠다는 것. 아줌마는 그런 그를 비웃으며 악마들에게 그녀를 데려오게 한다.

그런데 여자가 그 자리에 없다.
바로 그때 당황한 남자들을 뒤에서 공격하는 여주인공.

그 순간 남주인공은 차가운 표정을 지으며 아줌마를 바라본다.

"감정은 이성으로 얼마든지 속일 수 있다."
"뭐?"
"난 그동안 그녀를 지켜주고 있다는 가면을 쓴 채 즐겨왔을 뿐이야. 왜냐면 그녀를 죽이기 위해서."
남주인공은 순식간에 다른 사람이 되어있었다.
"너 정체가 뭐야…."
"그런데 그녀를 너희가 일곱 번째 제물로 삼으려고 하다니 있을 수 없는 일이지. 너희는 그녀를 전혀 이해 못 하고 있어."
"너야말로 지금 처지를 이해 못 하는듯하군."

"그녀는 더 멋진 살인마를 만나야 해."
그때 창문을 깨고 아버지가 들어온다.
"난 그동안 그녀를 죽이기 위해 많은 데이트 신청을 했어. 근데 단 한 번도 허락하지 않았지. 한 번만 속았어도 죽였을 텐데."
"…."
"너희가 내 기회를 뺏어간 거야."

권총으로 악마들을 쓰러트린 형사는 딸에게 창문 밖으로 도망치라고 한다. 여주인공은 창문으로 나가려다 순간 멈칫하고, 어딘가로 향하는 아버지를 돌아본다.

"나는 완벽주의자라 조금이라도 계획에 차질이 생기면 그 살인은 멈추거든. 내 사냥감을 빼앗긴 순간 이미 끝난 거야."
"같은 살인마 주제에 젠틀하다는 말을 듣고 싶은가 봐."
"그러니 난 그녀를 죽일 순 없어도 너희에게 죽는 것만큼은 허락할 수 없어. 포기한 사냥감은 완벽하게 놓아준다. 그게 내 신조다."

"재밌네."

아줌마는 빠르게 맥주바 카운터 아래쪽에 놔둔 총을 들어 남주인공을 향해 쐈고 뒤에 서있던 건장한 체구의 남자들도 모두 총을 들었다.
남주인공은 고개를 숙여 총알을 겨우 피했고 가지고 온 연막탄을 던져 건물 전체를 연기로 휩싸이게 만들었다.

그리고 약물이 든 주사기로 악마들의 몸을 맞혀 한 명씩 쓰러뜨렸다.

하지만 그중에 덩치 큰 한 명은 온몸에 상처자국이 많은 거로 보아 웬만한 양으로는 통하지 않는 마약중독자 같았다.
남주인공은 주사가 통하지 않는 악마에게 압도당하며 위기에 빠졌다.

그리고 죽임을 당하려는 찰나, 뒤에서 형사가 악마에게 총구를 겨눴다.
"멈춰!!"
악마는 천천히 뒤돌아 칼을 든 채 형사에게 다가갔다. 바로 그때 숨어있던 아줌마가 형사에게 달려들어 넘어뜨린다.
"너희를 모두 죽이고 이 마을을 지배하겠다!!"
정말 죽을 수 있는 절체절명의 위기.

남주인공은 총을 집어 천장에 달린 조명을 노린다.
형사는 주저하는 남주인공을 보며 말한다.
"괜찮아 쏴!!"
그러자 남주인공은 방아쇠를 당겨 샹들리에를 떨어뜨렸고 악마들 밑에 깔린 형사는 겨우 목숨을 건진다.
그렇게 악마들을 쓰러뜨리고 돌아서는 찰나 죽은 줄 알았던 괴물이 덮쳐왔고 그 순간 벽을 무너뜨리며 등장한 미니 트랙터가 괴물을 쳐버린다.

"농사짓는 거에 비하면 별거 아니네."

여주인공은 아무 일도 없었다는 듯한 표정으로 트랙터에서 내렸고 남주인공과 형사는 쿨한 그녀를 빤히 쳐다본다. 그렇게 목숨을 건 싸움이 끝나고 형사는 죽지 않은 악마들을 찾아내 몸을 모두 묶었고 잠시 뒤 경찰들이 온다.

그리고 경찰들은 살았다는 듯 말한다.
"대체 어떻게 한 거야? 저 무서운 놈들을…. 이제 시달릴 일 없겠네."

여주인공은 말했다.
"당신들은 경찰임에도 주민들을 지키지 않고 악마들에게 영혼을 팔아 모른척해 왔으니 그에 상응하는 죗값을 받게 될 겁니다."
"금고에서 뭐가 나왔습니다!!"

굳은 표정으로 주인공들을 노려보던 그들은 악마들의 집으로 발길을 돌렸다.

사실 여주인공은 편지봉투를 악마들의 금고에 하나 놔두고 왔다.
나중에 온 경찰들이 그걸 발견하게 한 것이다.
그 편지는 뉴스로 공개되는데 내용은 이렇다.

우리는 계속해서 인간들의 삶을 파괴시킬 것이다.
사람답게 살 수 없도록 그들의 정신을 붕괴시킬 것이다.
그 어디에서도 우린 너희를 타락시킬 수 있다.

여주인공은 동네 주민들에게 경각심을 일깨우기 위해 일부러 그런 쪽지를 남긴 것이다.

경찰서 앞 게시판에 붙어있는 악마들의 글로 보이는 문구를 보며 여주인공과 남주인공은 환하게 웃는다.

남주인공이 말했다.

"네가 쓴 것 중에 최고의 글인데?"
"근데 너 살인마라며? 정말 날 죽이고 싶은 거야?"
"포기해야지. 트랙터에 깔리는 취미는 없거든. 며칠 뒤 이 마을을 떠날 거야."
"꼭 가야 해?"
"약속은 지켰으니까."

얼마 전 자신에게 거액의 돈과 편지를 함께 보낸 정체불명의 사람은 이렇게 요구했다.
"이 마을을 죽여라."
죄 없는 주민을 죽이라는 말도 되지만 타락한 이 마을의 원인을 찾아 없애라는 의미도 있는 거라면 약속은 분명 지킨 것이다.

"이제 마을도 너의 꿈처럼 살아날 일만 남았네. 난 이제 살인마인 날 죽이러 갈 거야."

남주인공은 그렇게 마을을 떠났고 이 마을을 담당하던 경찰들은 불의를 외면한 죄로 조사를 받고 있다고 한다.

"뭐… 일단 이 정도로 스토리를 정하면 될까?"

갑자기 떠오른 스토리를 빠르게 적어나간 성훈은 캔커피를 하나 따서 입맛을 다시듯이 천천히 마셨다. 작가가 되기 위해 글을 꾸준히 쓰고 있지만 생활비 부족으로 제대로 몰입하기가 힘들었다. 그래서 일단은 알바를 하나 구해서 충당하는 게 더 중요해 보였다. 거기에 작년에 알게 된 소설가 소나 님의 펀딩을 돕고 싶은 마음도 커지고 있었으니까. 이런저런 고민으로 힘들긴 하지만 그래도 저 창가 너머로 보이는 겨울의 공원은 늘 그에게 심적인 편안함을 준다. 이곳 원룸을 계약한 것도 결국 저 풍경 때문이었다. 그 당시엔 녹색의 여름이었는데 내가 원할 때 언제든지 볼 수 있는 아름다운 자연이 있다는 것. 그것만으로 계약할 이유는 충분했다. 그런데 왜 이 세상은 그러지 못하게 만드는 걸까. 성훈은 겨울 공원에 깔린 설탕 같은 눈가루를 커피에 조금 뿌렸다.

2002년 3월 곰팡이

나는 원룸 화장실의 곰팡이를 좋아하면서도 싫어한다. 여기서 좋아한다는 건 곰팡이 자체를 좋아하는 게 아니라 그 곰팡이를 청소를 해서 없애는 것을 좋아한다는 의미다. 또 싫어한다는 건 곰팡이가 나에게 해로워서이기도 하지만 없애기 위해서 뭔가를 자꾸 해야 한다는 스트레스를 주기 때문이다. 난 마트에서 곰팡이를 없애주는 젤리 형태의 약이나 스프레이처럼 뿌리는 액체로 된 제거제를 사서 주기적으로 화장실 청소를 한다. 화장실은 원체 습한 곳이기 때문에 곰팡이가 피기엔 최적인 공간이다. 그래서 청소를 다 했다고 생각해도 잘 찾아보면 생각지도 못한 곰팡이가 곳곳에 숨어있다는 걸 알 수 있다.

그래서 지쳐서 한두 달 방치하고 청소를 안 할 때도 있다. 곰팡이는 지구라는 곳이 존재하는 이상 공기가 존재하는 이상 절대로 완전히 없어지지 않는 존재다. 뭐 된장에서 피는 곰팡이처럼 나름대로 진화한 인간과의 공생관계로 인정받은 특별 케이스도 있고 말이다. 어쨌든 화장실이나 싱크대에 핀 곰팡이는 그런 된장 곰팡이와는 같은 취급을 받을 수가 없다. 눈에 보이면 일단 없애야 한다. 사회도 마찬가지다. 법을 어기는 사람은 당연히 처벌을 받아야 하고 거기서 그치는 게 아니라 계도를 해서 다음에 같은 잘못을 저지르지 않도록 해줘야 한다. 그건 세상이 굴러가기 위한 최소한의 질서이며 규칙이다. 하지만 어떤 사람들은 곰팡이를 대충 없애도 되는 것이라 생각하기도 한다. 눈앞에 있는 것만 깨끗하게 없앴다고 이제 다 됐다고 좋은 세상이 되었다고 거짓말하는 사람들이 있다. 우리는 그들을 어떻게 바라봐야 할까. 그들의 사회에서 행사하는 힘만을 인정하고 순응하며 그러려니 해야 하는 것일까? 정말로 화장실이 깨끗해졌다고 생각을 해야 하는 것일까?

 나는 화장실에서 청소를 할 때마다 항상 저런 생각을 한다.
 곰팡이를 없애주는 제거제에 의존하는 게 아닌 왜 저것을 없애야 하는지를 고민하는 것이다. 약의 효능은 그다음의 문제다. 내가 정말 화장실의 청결을 유지할 의지가 있는지에 대해서 생각을 해봐야 하는 것이다.
 곰팡이를 없앤 뒤 며칠 동안은 쾌적한 기분이 들고 만족스럽다. 하지만 조금만 관심을 두지 않으면 어느새 벽과 바닥에서 피어난 곰팡이를 보며 불쾌한 감정에 휩싸인다.
 노력한 만큼 노력하지 않은 만큼 결과가 나오는 것이다.
 그래서 난 곰팡이를 없애기 위해 약을 사고 청소도구를 사고 하는 일련의 과정들이 우리의 삶과 많이 닮아있다고 생각한다.
 아 이렇게 말을 하는 사이 어디서 들어왔는지 모르는 날파리가 눈을 가린다. 없애고 싶지 않으니까 제발 눈에 띄지 마.

2002년 3월 문단속

난 아침에 약속을 지키기 위해 새벽에 일찍 일어나 샤워를 빨리하고 밥도 일찍 먹고 늦지 않기 위해 신경을 쓴다. 그리고 먼저 가있기 위해서 이른 시간에 밖을 나선다. 집에서 조금만 걸어가면 지하철역이 있기 때문에 교통상 불편함은 없다. 하지만 난 주기적으로 같은 실수를 저지른다. 이건 고질병이다. 몇십 년간 사라지지 않는 고질병. 바로 내가 문을 확실히 잠그고 나왔는지 기억이 나지 않는 것이다. 그래서 난 아차 싶어 내려가던 지하철 계단에서 방향을 바꿔 울 것 같은 표정으로 집까지 돌아간다.

머릿속으론 약속시간 안에 못 갈지도 모른다는 불안감과 그래도 확실히 할 건 하고 가자는 오기가 동시에 생기며 갈등하게 만든다. 상반되는 감정으로 혼란스러워하는 것이다. 결국 집 앞까지 가면 오히려 이렇게 된 이상 문이 열려있었으면 좋겠다는 생각까지 든다. 문이 제대로 닫혔으면 그건 그거대로 슬프기 때문이다. 이건 따지고 보면 마치 상황이 나의 감정을 지배하는 경우인데 이때 중요한 건 냉정함과 침착함이다. 이러나저러나 부정적으로 생각될 수밖에 없는 상황 속에서 어차피 온 김에 걱정한 대로 문이 열려있길 바라는 건 내가 실수투성이의 인간이라고 인정하는 것이기도 하지만 동시에 제대로 확인을 하자는 노력의 자세이기도 하다. 그리고 그런 과정 속에서 난 느낀다. 조금 전 일을 기억하지 못하고 다시 돌아가서 확인을 하는 것 자체가 인간다운 거라고. 나는 기계도 아니고 특별한 능력을 지닌 초능력자나 외계인도 아니다.

그래서 이번에도 기억이 나지 않는다며 자책하고 기꺼이 집으로 돌아가는 이 행위를 어쩌면 즐기는지도 모르겠다.

왜냐면 사회생활을 하기 위해 출발하는 지점인 집이라는 공간이 안전하게 유지되어야 밖에서 내가 하는 모든 일에 온전하게 집중할 수 있기 때문이다.

일의 시작은 집을 나설 때의 문단속에서부터 시작된다고 해도 과언이 아니다.

이 마음가짐은 사회에서도 그대로 통용되며 큰 영향을 미친다.

사람들이 출근 준비를 하는지 부스럭거리는 소리가 은근히 들리는 원룸 복도에서 집 문고리를 잡아 돌리고 열리지 않는 걸 확인한 난 안도의 한숨을 내쉬며 문에 등을 기댔다.

"아 다행이다."

복도 창문으로 보이는 하얀 눈들은 새로운 발자국을 맞이하기 위해 바쁘게 내리고 있었고 나는 다시 원점에 섰다.

1999년 4월 친구와 자전거 여행

은호는 선욱이와 자전거를 타고 집 밖으로 나섰다. 동네 중간중간에 자리를 차지하고 서있는 수많은 차들. 은호는 차를 타는 것보단 비교적 덜 안전한 자전거를 타고 친구들과 함께 앞으로 나가는 게 좋았다. 동네 끝에 다다르자 신호등이 보였고 우리는 잠시 섰다. 숨을 고르는 것이다. 선욱이는 기대감에 찬 표정으로 신호를 기다렸고 은호는 자전거에 달린 음료수통을 확인하며 신호를 기다렸다. 이윽고 신호등 불이 녹색으로 바뀌자 우리는 앞으로 나아갔다. 자전거를 탄다는 건 그런 것 같다. 나의 의지만 있으면 언제든지 나갈 수 있는 것. 내가 가고 싶은 곳으로 언제든지 갈 수 있는 것. 자전거는 어린 시절부터 우리에게 그런 자세를 알려주는 중요한 역할을 맡고 있었다. 이런 생각을 하며 은호는 선욱이와 계속 앞으로 나아갔다. 시원한 바람이 우리를 감싸고 우리는 그것을 헤치며 마치 수영선수가 앞으로 나가듯 계속해서 나아갔다. 중간중간 쉬어 갈 만한 공원이나 맛있는 간식이 있는 슈퍼나 문방구가 여러 군데 있어서 우리는 그때그때 판단을 해서 쉬어 갈 수 있었다. 은호는 이런 여행이 앞으로도 끝나지 않았으면 했다. 선욱이는 슈퍼에서 잠시 멈춘 뒤 빵을 사 왔고 한 조각을 뜯어 입에 문 채 기분 좋게 웃고 있었다. 선욱이는 내성적인 성격을 가지고 있는 순수하고 착한 사람이다. 그런데 학교 아이들은 그 성격을 악용해서 선욱이를 괴롭히곤 했다. 하지만 난 선욱이가 그들보다 훨씬 더 좋은 사람이란 걸 안다. 그래서 학교 친구들이 선욱이를 어떻게 대하든 난 신경 쓰지 않고 우정을 지키면서 잘 지내고 있는 것이다. 인간은 그래야 한다. 어른이든 아이들이든 사람들의 눈치를 보느라 내가 하고 싶은 말을 못 하고 좋은 사람들과 친해지지 못하는 건 분명 문제가 있다. 물론 누군가의 미래를 무시한 채 좋아한다는 미명 아래 그 사람을 죽이는 악행도 벌어지곤 한다. 인연이란 나의 욕심으로 가질 수 있는 것이 아니다. 그런 생각을 하며 우리는 어느새 큰 터널을 만났다. 터널은 마치 거대한 우주선에 들어가는 것처럼 환상적인 몰입감을 줬다. 마치 빨려 들어가는 것 같았다. 은호는 몸에 열이 많은 편이라 항상 이런 터널을 좋아했다. 어둠 속에서 전해지는 그 서늘하고 시원한 바람은 이불 속에 숨어 형과 우주선을 타고 미사일을 쏘며 장난을 했던, 저녁 운동장에서 철봉에 거꾸로 매달려 바람을 맞던 추억들을 저절로 떠오르게 했다. 터널은 우리에게 그런 무한한 세상이었다. 우린 그 세상을 지나 계속해서 앞으로 나아갔고 여러 건물들을 지날 땐 그 안에서 살고 있는 사람들의 숨결을 느꼈다. 빠르게 스쳐 지나가며 그런 기분을 느낀다는 건 큰 의미가 있다. 자전거 여행은 그런 것이다. 단 하나의 목적으로 가는 게 아니라 여러 것들을 경험하고 지나가면서 우리가 없는 곳에서도 또 다른 존재가 있다는 것을 알고 그것에 따른 상념에 잠기고 생각을 하며 세상과 소통하는 게 바로 자전거 여행이라고 생각한다. 아니 그렇게 생각하지 않아도 저절로 알 수 있었다. 그렇게 우린 드디어 목적지인 공원을 만났고 자전거를 세웠다. 아까 슈퍼에서 사 온 맛있는 간식과 집에서 챙겨온 시원한 음료수를 꺼내 먹으며 우리가 사는 동네로 돌아갈 이 터닝포인트 지점에서 시간을 보냈다. 말없이 우리를 지켜보는 맑은 하늘은 출발할 때 동네에서 바라보던 하늘과 약간은 달랐다. 구름의 모양 때문에 그렇게 느낀 것이다. 사람들은 하늘을 닮아야 한다. 구름의 모양처럼 다양한 생각을 하며 사는 인간이지만 그걸 악행을 저지르는 핑계로 이용하기도 한다. 그래서 우린 그러지 않기 위해 하늘의 거짓 없는 푸르름을 두 눈에 새기는 것이다. 은호는 자전거 여행을 하며 선욱이와 그리 많은 대화를 나누지 않았지만 하늘처럼 충만해지는 뭔가를 느꼈고 그런 기분을 가슴에 가지고 자전거를 반대 방향으로 돌렸다. 그리고 돌아가는 길은 좀 다르게 가기로 했다. 30분쯤 지났을까 아담한 수풀림이 보이는 작은 도로가 나타났다. 큰 도로에서 아랫길로 빠지며 연결되는 도로라 작은 터널이 큰 도로를 밑에서 받치는 구조였다. 작은 도로지만 큰 도로의 소음으로 인해 꽤 소란스럽고 어지러웠다. 우리가 기억하고 있던 길이 맞았음에도 뭔가 느낌이 달랐다. 아마 확충공사를 해서 그럴 것이다. 길이라는 건 참 신기하다. 한 갈래인 길을 다니다 어느 날 그 길이 한 갈래씩 늘어나게 되면 설레면서도 이상한 불안감에 휩싸인다. 솔직히 우리는 당황 했지만 그 감정을 숨기고 계속 나아갔다. 그리고 정말 이상한 일이 벌어졌다. 분명 선욱이와 함께 달리고 있었는데 어느 순간부터 보이지 않았다.

"어 왜 안 보이지?"

은호가 마지막으로 기억하는 선욱이는 같이 신호등을 기다리며 지나가는 차들을 구경할 때의 모습이었다.
"같이 횡단보도를 건넌 줄 알았는데."

선욱이가 사라질 거라는 예상은 전혀 하지 못했다. 그런데 그런데도 이상했던 거는 그걸 인지하고 있었음에도 혼자서 집까지 왔다는 것이다. 친구가 따라오지 않으면 당연히 어디 있는지 찾아 헤매고 안전하게 집까지 함께 와야 하는데 어느 순간 망각해 버렸다. 그렇게 혼자 집에 온 뒤 은호는 자신이 사는 다세대 주택 마당에 자전거를 세우고 돗자리에서 놀고 있는 친구들에게 합류했다. 기억 속에서 선욱이는 순식간에 지워진 것이다. 그리고 지금 상황에만 집중했다. 하지만 가슴은 불안감에 두근거렸고 은호는 무의식적으로 이미 안 좋은 예감이 들고 있었다. 그리고 얼마 가지 않아 그 생각이 맞다는 걸 깨닫게 됐다. 선욱이 형이 마당으로 나오더니 은호의 멱살을 잡았고 선욱이가 어떻게 됐는지 아느냐고 다그치기 시작했다. 은호는 너무 놀랐지만 가만히 있었다. 자신이 잘못했다는 걸 알고 있었으니까. 선욱이의 형은 혼자서 돌아온 은호에게 화를 낸 뒤 이렇게 말하고 어딘가로 향했다.
"선욱이한테 무슨 일이 생기면 절대로 너 가만 안 둬."

그 말은 가슴에 비수가 되어 박혔다. 자신의 잘못을 제대로 응징하는 말이었다. 사실은 이렇게 멱살만 잡히고 끝나선 안 되는 일이었는지도 몰랐다. 선욱이의 형은 이성의 끈을 잡고 화를 냈다. 이미 마음속으로는 무기징역에 처하고 싶었을 텐데 은호는 그걸 알고 있기 때문에 더 어떤 말도 할 수 없었다. 그리고 아마 선욱이의 형은 병원으로 갔을 것이다. 자신도 같이 갔어야 하는데 그 순간엔 감히 그럴 수 없었다. 은호는 그렇게 선욱이가 없는 상황에서 넋이 나간 상태로 친구들과 놀았다. 하지만 평소에 느꼈던 아름다운 노을이 아니었고 아름다운 시간이 아니었다. 함께 놀러 간 친구가 사라졌다. 은호는 자신이 아름다움을 아름답다고 느껴선 안 되는 사람이라고 느꼈다. 그리고 며칠 뒤 앞 건물에 사는 친구가 먼저 얘길 꺼냈다. 선욱이에게 면회를 가자는 것이었다. 친구들은 너나 할 것 없이 동의했고 각자 준비한 자전거를 끌고 나와 주택 문 앞에 모였다. 교통사고 후 경찰들에게 돌려받은 선욱이의 자전거는 면회를 가자고 말을 꺼낸 친구가 빌려 타기로 했다. 자전거 여행은 어느새 사고가 난 친구를 면회하기 위해 떠나는 무거운 길이 되어버렸다. 이윽고 선욱이의 자전거를 탄 친구가 먼저 페달을 밟기 시작했고 우리는 조용히 그 뒤를 따랐다. 날씨는 여름과 어울리지 않게 흐렸다. 어두운 색깔이 실패한 수채화 그림처럼 내 눈동자로 다가왔다. 그 길은 무척이나 두렵고 가슴이 아픈 길이었다. 병원으로 가는 길은 그동안 갔던 여행 가는 길과는 달랐다. 무심히 스쳐 지나가는 차들이 현실적으로 무섭게 느껴졌고 마치 우리의 생명을 잡아 삼켜 면회를 가지 못하도록 강제로 반대 방향으로 끌고 가는 느낌마저 들었다. 금방이라도 내 자전거가 뒤집혀 나뒹굴 거 같은 그런 기분이었다. 나는 그 차들의 속도로 만들어진 바람이 무척이나 아프게 느껴졌는데 선욱이는 저런 차들과 부딪혀서 사고가 났다. 그 고통을 나는 감히 상상할 수 없다. 병원에 가서 선욱이가 자신의 형이 그랬던 것처럼 나의 멱살을 잡거나 때리거나 나에게 폭언을 퍼부어도 나는 달게 받을 준비가 되어있었다. 오히려 그렇게 해주길 바랐다. 지금도 선욱이가 어떤 상태인지 모른다. 어쩌면 목숨이 위험한 상황일 수도 있고 수술을 받아야 하는 상황일 수도 있다. 이미 은호에게 자전거는 자전거가 아니었다. 나는 절대로 용서받을 수 없는 잘못을 저지른 것이다. 조금 뒤 우린 병원에 도착했고 건물 구석에 있는 자전거 보관소에 가서 던지다시피 자전거를 세우며 로비로 달려갔다. 뒤에서 제대로 서지 못한 자전거들이 쓰러지는 소리가 들렸지만 개의치 않았다. 선욱이는 3층에 있다고 했다. 사람의 심리는 그렇다. 층이 높은 곳에 선욱이가 있었다면 왠지 죽을지도 모른다고 혹은 큰일이 벌어졌을지도 모른다고 생각했을지 모른다. 하지만 3층이라고 하니 왠지 모를 안도감이 생겼다. 층이 낮다는 건 비교적 증세가 약하다는 소리도 될지 모른다는 일말의 헛된 희망이라도 가지고 싶었던 것이다. 병세가 컸다면 사람들이 많이 왔다 갔다 하지 않는 증세가 심각한 환자들을 따로 관리하는 그런 고층에 있을 거라고 생각을 했다. 물론 이기적인 헛된 생각에 불과했지만 말이다. 은호가 이런 생각을 하고 있는 사이 친절한 목소리의 간호사가 3층으로 올라가라고 안내를 해줬다. 은호는 그 부드러운 목소리에 마저 의지하며 엘리베이터의 버튼을 눌렀다. 엘리베이터가 3층에 금방 도착하자 우리는 1층과 마찬가지로 카운터에 있는 간호사에게 친구가 외과에 입원했다고 말하며 면회를 하고 싶다고 했다. 간호사는 조금 기다리라고 말한 뒤 자리에서 일어나 우리 시야가 닿지 않는 병동으로 향했고 조금 뒤 휠체어를 탄 선욱이가 우리에게 다가왔다. 선욱이의 어머니가 휠체어를 밀고 있으셨다. 은호는 이미 선욱이가 큰 상처를 입어 온몸에 붕대를 감고 알아볼 수 없는 상태가 된 걸 상상하며 불안해하고 있었는데 정말 그런 최악의 상상을 하고 있었는데 선욱이는 그런 은호의 걱정과는 달리 밝은 모습으로 우리를 바라보고 있었다. 평소에 함께 놀면서 보여주던 그 미소였다. 은호는 다행이라는 생각이 듦과 동시에 가슴이 철렁했다. 오히려 그 모습이 자신을 질책하는 거 같고 죄책감을 더 강하게 만드는 것처럼 느껴졌다. 선욱이는 원망하는 게 아니라 오히려 면회를 와줘서 고마워하고 있었다. 친구가 자신을 두고 갔다는 사실 자체를 이미 잊은듯한 선욱이는 우리를 바라보며 괜찮다고 안심시키기만 했다. 그리고 뒤에서 조용히 듣고 계시던 선욱이의 어머니는 그때의 상황을 말해주셨다.

큰 도로에서 동네로 향하는 아랫길로 빠지던 차가 신호위반을 하는 바람에 아들이 사고가 났는데 주변 수풀림에서 그림을 그리고 있던 미술 선생님이 바로 달려와 119에 신고한 덕분에 빠른 조치를 할 수 있었다고 하셨다.

"의사 선생님이 차랑 부딪혔을 때 충격이 좀 있었지만 생명엔 지장 없다고 하셨어. 너무 걱정하지 않아도 돼. 휠체어도 잠시 쓰고 있는 거란다."
"네…. 선욱이는 병원에 언제까지 있어요?"
"회복기간은 한 달 정도 걸린다고 하더라."
"아….."

선욱이의 어머니는 우리를 안심시키셨지만 하늘이 몇 번이고 무너지셨을 것이다.

은호는 죄책감을 이기지 못한 채 눈물을 흘리며 사죄를 했고 선욱이의 얼굴을 제대로 바라보지 못했다. 곧바로 괜찮다는 말이 들려왔지만 그렇다고 자신이 용서받는다는 생각은 절대 들지 않았다. 사고가 크지 않아 이 정도에서 끝났지만 더 큰 사고가 될 수 있었고 분명한 건 친구를 챙기지 않고 혼자서 집으로 돌아갔다는 사실이다. 선욱이 부모님은 그 사실까지 용서하시진 않았을 것이다. 은호는 어떤 원망도 없이 용서를 받으니 오히려 이 공간에서 자신의 존재만이 완벽하게 사라진 거 같았다.

그렇게 면회를 마친 우리는 다음에 또 찾아뵙겠다는 인사를 드린 뒤 선욱이에게 손을 흔들며 계단 밑으로 내려갔다. 선욱이는 걱정하지 말라며 손을 흔들었다. 은호는 다행이라는 안도감도 느끼고 있었지만 죄책감이 점점 더 커지는 걸 느꼈다. 우리는 병원 밖으로 나온 뒤 제대로 세워 놓지 않아 쓰러져 있는 자전거들을 일으켜 세웠다. 그리고 병원을 한번 바라본 뒤 페달을 밟고 내리막길로 향했다. 자신 때문에 사고가 나버린 친구를 면회하고 돌아가는 길의 바람은 전혀 시원하지 않았다. 추억에도 책임이 따르는 건지 모른다. 어떤 잘못을 저지르고 책임지지 않으면 추억도 그만큼 더럽혀지는 게 당연한 거 아닐까. 은호는 친구들 틈에 섞여서 사과를 했지만 나중에 혼자 찾아가서 자신이 했던 행동에 대한 질책을 받고 싶은 마음이 더 커지고 있었다. 인간이라면 그래야 한다. 생각해 보면 나는 어떤 심각한 사고도 충분히 일어날 수 있는 상황을 만든 것이고 선욱이는 천만다행으로 살았을 뿐이다. 이미 모두가 알고 있는데도 말을 꺼내지 않았을 뿐이다.

2001년 5월 첫 알바 면접

나는 알바 면접을 보기 위해 희망공원역으로 향했다. 처음 해보는 알바라서 긴장감이 꽤 강했고 지하철을 갈아타는 게 뭔가 위험지역으로 넘어가는 듯한 기분도 들었다. 집이랑 점점 멀어진다는 기분은 영 유쾌하지 않다. 또 면접에서 떨어지고 안 좋은 기억만 생길지도 모른다. 하지만 내 생활비뿐만 아니라 그녀를 도와주기 위해 적은 돈이라도 필요했기 때문에 고민할 시간이 없었고 인터넷 사이트에서 한참을 뒤지다 겨우 적당한 곳을 구한 것이다. 나는 어떻게든 돈을 만들기 위해서 모든 방법을 강구해야 했다. 그래서 결정한 게 장난감을 파는 곳에서 일을 하는 것이었다. 난 장난감을 좋아하는 성격이기 때문에 일이 힘들어도 버틸 수 있을 거 같았다. 보기만 해도 기운이 생기는 거랄까. 어쨌든 드디어 도착한 희망공원역. 나는 재빨리 내린 뒤 지하철 개찰구로 향했다. 밖으로 나오자 기념비가 작게 서있는 희망공원이 바로 앞에 보였다. 하지만 자신이 사는 집 앞의 공원과는 전혀 다른 콘크리트 바닥이 깔린 공원이었고 찻길을 따라 산책로가 길게 이어져 있었다.

"잠깐 시간 내서 운동하긴 좋겠다."

나는 면접 시간에 늦어선 안 된다는 생각 때문에 상점과 주택들이 즐비해 있는 동네로 발걸음을 재촉했다. 그런데 지원한 회사는 분명 이 동네에 있을 텐데 쉽게 찾을 수 없었다. 결국 회사에 전화해서 찾아오는 길을 문자로 받았지만 그래도 잘 찾을 수가 없어서 전화 통화로 설명을 드리면서 걸어갔다. 그러다 겨우 건물을 찾을 수 있었다.

"여기구나…."

7층 정도 되어 보이는 높이의 상가 건물이었다.

나는 심호흡을 한 뒤 면접을 보는 2층으로 올라갔다. 그리고 사무실 문을 열기 전에 노크를 2번 했고 천천히 들어가면서 안을 살펴보았다. 바로 앞에는 수많은 장난감들이 가득 차있었다. 왼쪽으로 고개를 돌리자 넓은 책상 두 개를 붙이고 여자 두 명과 남자 한 명이 각각 앉아있는 모습이 보였다. 난 본능적으로 회사 직원이라는 생각이 들었고 앞으로 다가가 면접을 보러 왔다고 말했다.

"저 면접 보러 왔는데요."

두 여자는 아무 말도 없이 심드렁했고 일이 바쁜 듯 키보드를 빠르게 치고 있었다. 그리고 혼자서 앉아있던 남자는 나에게 방금 전화하신 분이냐고 물어보더니 면접용으로 보이는 테이블 앞 의자에 앉으라고 했다.

나는 애써 진정하며 의자에 앉았고 말실수를 하지 않기 위해 온 신경을 집중했다. 그리고 나에게 앉으라고 한 사람은 느낌상 사장인 거 같았다.

어깨선 정도까지 내려오는 사자의 갈기처럼 화려한 웨이브 머리를 한 남자는 냉정한 눈빛으로 나에게 말했다.

"알바는 처음이라고 하셨죠?"

"네 처음입니다."

"집은 여기서 먼가요? 다니기 불편하지 않겠어요?"

"네 거리는 좀 있는데 좀 일찍 나오면 문제없습니다."

"여기가 무슨 일 하는 것 같아요?"

"장난감 파는 곳 아닌가요."

"맞아요. 그래서 일이 바쁘면 늦게까지 할 때도 있는데 괜찮으신가요."

"네 괜찮습니다."

"저는 다른 건 괜찮은데 시간 약속 어기는 사람은 정말 싫어요."

"네 저 시간 약속 잘 지킵니다. 그거는 걱정하지 않으셔도 돼요."

사장은 얘기가 끝났다고 생각하는지 자리에서 일어나며 말했다.

"그럼 내일부터 나오실 수 있죠."

"네 상관없어요."

"그럼 내일 봅시다. 잘 부탁드립니다."

남자는 나에게 손을 내밀었고 나도 내밀어 악수를 했다.

난 사무실에 뭐가 있는지 잠시 구경한 뒤에 1층으로 내려갔고 다시 희망공원역으로 향했다.

1997년 5월 길을 잃어버리다

　동네에 이사 온 지 얼마 안 되었을 때 나는 갓 만난 친구들과 초등학교 위에 있는 숲으로 놀러 간 적이 있다. 이 초등학교는 산 아래쪽에 위치해 있어서 등교하는 학생들에겐 고지대나 마찬가지다. 그리고 등굣길을 지나 산 위로 계속해서 올라가면 산꼭대기에 상수원이 위치해 있다. 여기서 보내는 수돗물이 이 지역을 책임지고 있는 것이다. 그리고 산꼭대기까지 이어지는 찻길은 아이들에게 무한한 놀이터나 마찬가지였다. 자전거를 타고 상수원까지 올라간 다음 꼭대기에서 동네까지 신나게 내려가거나 상수원에서부터 쭉 시작되는 내리막길 옆 배수구 벽면에 붙어있는 달팽이를 잡아 놀기도 했고 그러다 숲속으로 들어가 헤매고 다니며 미로 속에 들어온 것 같은 스릴감을 느끼기도 했다. 하지만 이건 내가 이사 오고 나서 좀 더 시간이 흐른 뒤였다. 아무것도 몰랐던 당시엔 얘기가 달랐다. 난 초등학교 정문 조금 위에 있는 넓은 밭에서 친구들과 잠자리와 메뚜기를 잡고 놀고 있었는데 한 명이 상수원으로 향하는 오르막길을 가리키며 말했다.

　"우리 저기서 숨바꼭질할까?"

　나는 친구의 손가락을 따라 시선을 옮겼는데 일자로 쭉 이어진 오르막길은 저 멀리에서 오른쪽으로 꺾어 들어갔고 그 길은 높은 나무들에 가려서 모습을 감추고 있었다.

　"꼭대기로 올라가자고?"

　"아니 거기 말고 왼쪽에."

　"왼쪽?"

　우리는 오르막길이 꺾이는 구간에서 왼쪽을 바라봤고 거기엔 숲으로 통하는 작은 길이 있었다.

나는 별로 내키지 않았지만 하고 싶어 하는 친구들이 많아서 어쩔 수 없이 따라갔다.

우리는 작은 길로 계속 내려갔고 수많은 나무가 높게 세워져 있는 숲속의 한 공터에서 가위바위보를 한 뒤 술래를 정하고 숨바꼭질을 시작했다.

나는 숲속에 들어와 있다는 것 자체가 두렵게 느껴졌지만 그래도 친구들과 함께 있어서 괜찮다는 생각을 하며 숨을 곳을 찾았다.

"여기 있으면 못 찾겠지."

나는 친구가 찾을 수 없도록 지형지물이 비교적 험하게 형성된 구석진 곳에 최대한 몸을 숙여 기척을 내지 않았다.

생각대로 친구는 내가 있는 곳을 찾지 못했고 난 술래가 포기하고 이름을 부르면 일어나려고 했다.

그런데 이상했다. 조금 전까지 주변에서 친구들의 킥킥대는 소리가 들렸는데 너무 조용했다.

"내가 여기서 몇 분 동안 있었지?"

나는 순간 두려운 마음이 생겼다. 숨는다는 것에 집중해서 친구들이 어딨는지 제대로 파악하지 못한 것이다. 그리고 애초에 너무 멀리 온 거 같았다. 어느 정도 숨어있다가 나왔어야 하는데 어쩌면 친구들이 돌아가려고 날 찾았을지도 모른다.

그런 생각까지 들자 겁이 나 허겁지겁 일어나서 공터 쪽으로 갔는데 길이 아까랑 달랐고 날은 점점 어두워지고 있었다.

난 머릿속이 하얘져서 아무것도 할 수 없었다.

날이 아직 밝았다면 어느 방향이든 가봤을 텐데 어둠이 내려앉기 시작하는 길을 함부로 갈 순 없었다. 그건 본능이었다. 그때 높은 나무들이 차가운 바람에 흔들리며 스산한 울음소리를 냈다. 마치 내게 왜 이곳에 왔냐고 다그치는 느낌이었다.

 어린 나이에 이런 상황을 감당할 수 없었던 난 사고가 마비된 채 서서히 울음이 나왔고 이윽고 눈물을 흘리며 앞으로 걸어갔다. 산에 짐승이 있을지도 모르는데 위험천만한 행동이었다. 하지만 가만있을 수만은 없었다. 울면서 계속 걸어나갔고 잘 보이지도 않는 길 중에 그나마 더 넓고 인간의 손길이 느껴지는 듯한 방향을 무심코 택했다.

 어딘지도 모르는 어둠 속을 무작정 걸어가는 기분은 당해보지 않은 사람은 절대 알 수 없을 것이다.

 그렇게 몇십 분을 걸었을까 저 멀리에 불빛이 하나 보였다.

 나는 살았다는 생각에 서서히 속도를 냈고 그 빛은 점점 커졌다.

 내가 도착한 곳은 타이어가 많이 쌓여있는 자동차 정비소처럼 보였는데

 강하게 풍겨오는 기름냄새에 난 긴장이 풀려 더 크게 울었다.

 "응 무슨 소리야?"

 내 울음소리에 놀랐는지 아저씨 한 분이 건물에서 나와 다가왔다.

 "무슨 일이야."

 "우아앙."

 "보아하니 길을 잃었나 보구나. 너 어디 학교니."

 "정의초등학교요."

 "내 딸이랑 같은 학교네. 근데 이 시간에 혼자서 여기까지 왔어?"

 아저씨는 내가 다니는 초등학교 이름을 듣고 잘됐다는 듯 누군가의 이름을 큰 소리로 불렀다.

 "야 지아야."

 "왜요."

 건물 안에서 귀찮아하는 듯한 목소리가 들려왔다.

"애가 길 잃었댄다. 좀 데려다줘라."

"네? 아 진짜."

목소리의 주인공은 집까지 데려다주라는 말에 심기가 불편했는지 문을 확 열고 걸어 나왔다. 나랑 키가 비슷한 또래 여자아이였다.

"산 쪽 말고 동네로 돌아서 가라."

"알았다구요. 야 따라와."

"…."

여자아이는 내가 온 방향이 아닌 다른 길로 빠르게 걸어갔고 난 아저씨에게 인사를 드리고 급하게 따라갔다. 좀 걸으니 군데군데 창문이 환하게 빛나는 집들이 나를 반겼는데 이쪽은 내가 사는 동네와는 다른 시골 같은 느낌이 강했다.

"여기는 친구 나라네 집."

"응? 응…."

"아까 아빠가 있던 곳은 알겠지만 차 정비소야. 손님은 많지 않지만 이쪽 동네에 사시는 분들은 항상 찾아주셔."

"응."

"그리고 엄마랑 사이가 안 좋은지 보통 저기서 자더라."

"…."

여자아이는 건물을 지나칠 때마다 설명과 동시에 이런저런 말을 해줬는데 길을 잃어서 놀란 나를 신경 써주는 거 같기도 했다.

"여기는 우리 집."

작은 열매가 달린 나무가 마당에 아담하게 서있는 포근한 느낌의 집이었다.

"저 나무는 살구나무야. 얼마 전까진 벚꽃처럼 하얀 꽃이 달려있었어."

"응…."

그리고 이 집을 마지막으로 길이 끝나는 곳엔 비포장도로가 깔려있었다.

"여기서 왼쪽으로 쭉 올라가면 네가 사는 동네가 나와."

"아…."

여자애의 말이 맞았다. 왼쪽으로 고개를 돌리니 저 멀리 초등학교의 뒷모습이 쓸쓸하게 보이고 있었다.

난 고맙다고 인사를 한 뒤 왼쪽으로 천천히 걸음을 옮겼다. 그런데 뜻밖의 말이 들려왔다.

"같이 가줄까?"

"어?"

"그냥 나 이 길 좋아하거든."

난 같이 가주려고 하는 그 마음이 고마우면서도 왠지 미안했다. 사실 길 잃었다고 찾아와서 우는 건 민폐일 수도 있는데 흔쾌히 집까지 안내해 주겠다니 나중에 학교에서 만나면 꼭 보답을 하고 싶었다. 그렇게 여자애는 내 옆에서 비포장도로에 깔린 작은 돌들을 축구공처럼 차며 걸었다.

"넌 몇 학년이야?"

"난 1학년."

"나도 1학년인데 몇 반이야?"

"나 6반."

"난 7반이야."

그녀는 바로 내 옆 반이었다. 학교 다니면서 한 번도 본 기억이 없는데 이렇게도 만나는구나 싶었다.

"자 다 왔어."

두 사람이 도착한 후문은 학교 정문보다 기둥이 훨씬 크고 양쪽으로 펼쳐지는 벽도 높아서 밤에 보면 웅장하게 느껴진다. 마치 장승을 보는 거 같기도 하다.
"나는 학교 마치면 거의 후문만 이용해. 그쪽 동네엔 친구가 없거든."
"그럼 아까 그 집에 사는 친구랑 같이 노는 거야?"
"응."
"나도 이사 온 지 얼마 안 돼서 친구가 많지는 않아."
우리는 후문에서 짧은 대화를 나눴고 이제 헤어져야 할 거 같아 인사를 하려고 했는데 여자아이가 이름을 물었다.

"너 이름이 뭐야?"
"은호. 이은호."
"나는 김지아야."
"아까 너희 아빠가 말할 때 들었어."
"그렇게 울었으면서 이름을 기억하네."
"나 이제 갈게 고마워."
"응 잘 가."

난 고맙다는 인사를 한 뒤 동네로 들어가는 왼쪽 길로 방향을 꺾어 걸어가는데 뒤에서 큰 소리가 들렸다.

"은호야 다음부턴 길 잃어버리지 마!"
여자아이는 팔을 힘껏 흔든 뒤 걸어왔던 길 속으로 사라졌다.

2000년 3월 소나 님을 처음 만나던 날

난 어두운 날 카페에서 소나 님을 처음 만났다. 그녀는 사람들 틈에서 이야기를 나누고 있었고 나는 테이블 끝에 앉아서 가만히 지켜보기만 했다. 원래 쑥스러움을 잘 타는 성격이라 이곳에 와서 새로운 사람들과 만남을 가진 것이 다소 어색하고 적응이 되지 않았다. 하지만 난 이곳에 와야 하는 이유가 있었다. 왜냐하면 작가인 소나 님의 생각에 공감을 하기 때문이다. 그녀가 만드는 작품을 보며 많은 것들을 느낄 수 있었고 나아가 그녀의 삶의 자세를 비롯한 여러 부분을 본받고 싶었다. 그래서 용기를 내 이곳에 왔다. 소나 님은 사람들과 이런저런 얘기를 하면서 중간중간 자신의 생각을 곁들였고 그 모습을 보면서 어떤 스타일로 사람들과 교감하는지 조금은 알 수 있었다. 열정적으로 부딪히고 서로의 생각을 자꾸 끄집어내며 새로운 걸 배워나가려는 진취적인 분 같았다. 그렇게 시간을 보내던 중 주문한 음식이 나왔고 우리는 너나 할 거 없이 얘기를 멈춘 뒤 먹는 것에 집중했다. 물론 속으론 소나 님과 어떤 얘기를 해야 할지 고민하고 있었고 어떤 얘기를 하면 안 될지도 신경 쓰고 있었다. 음식을 먹은 뒤 난 고심 끝에 어떻게 해서 그런 작품을 만들 수 있었는지에 대해 물어봤고 소나 님은 단답으로 말했다.
"열심히 만들면 되죠."
좀 전에 했던 다른 사람들과의 열띤 대화와는 다른 표현 방식. 마치 자판기에서 순식간에 나온 쿨한 커피와 같았다. 소나 님은 열정과 쿨함을 동시에 가지고 있었고 난 자유로운 그 스타일에 더 큰 매력을 느꼈다. 이후 1시간 정도가 더 흘러 그날의 모임은 그대로 끝나게 되었고 난 가방을 챙기고 나갈 준비를 했다.

그런데 소나 님은 나에게 이해할 수 없는 말을 건넸다.

"근데 그쪽은 저한테 물어볼 거 없으세요?"
"네 저요? 저 물어봤는데요?"
소나 님은 기억이 잘 안 난다는 듯 말했다.
"아 그래요. 바람 같으신 분이네."

난 그 말을 듣고 내 귀를 의심했다. 그 언어는 내가 평소에 글을 쓰는 스타일과 닮아있었다. 나랑 얘기를 했음에도 잊어버렸다는 건 그만큼 사람이 많았기 때문에 정신이 없었다는 말일 텐데 그런데 그걸 표현하는 언어가 너무 훌륭했다.

이런 착각이라면 언제든지 반길 수 있다.

난 그녀의 책이 좋아서 모임에 용기를 내서 나온 건데 그녀의 평상시 말도 그 책만큼이나 아름다웠다.

"성훈 씨라고 했죠?"
"네."
"혹시 읽는 것뿐만 아니라 글도 쓰시나요?"
"네 쓰죠."
"어떤 걸 쓰고 싶으세요?"

나는 갑자기 대답하기 너무 힘들었지만 문득 작년에 돌아가신 시인이 떠올랐다. 나의 마음을 다독여 주었던 그리고 처음으로 소설을 쓰게 만들었던 분. 하지만 그렇게 돌아가시고 난 더 이상 글을 쓰지 않고 있었는데 그때 소나 님의 작품을 만나게 된 것이다.

마치 여전히 넌 글을 써야 한다고 말해주는 듯한 따뜻한 글이었다.

난 그런 생각을 하며 소나 님의 질문에 답을 했다.

"사람 간의 거리를 지키는 것이 중요하다는 걸 말하고 싶어요."
"거리요?"
"네. 거리를 지키면서 걷다가 도움이 필요할 땐 서로가 돕는 거죠. 지금은 돌아가셨지만 제가 좋아했던 시인이 늘 하던 말이에요."

소나 님은 그 말을 듣더니 뭔가가 떠오른 듯 말했다.

"그건 마치 꽃과 나비 같은 거네요."
"네. 그런 느낌이에요. 말하자면 소나 님의 글이 꽃이라면 나비가 어느 순간 날아오는 거죠. 자신에게 필요한 자양분을 얻기 위해. 동시에 그 가치를 다른 곳에 전해주기도 하구요."
"음….."

난 너무 나갔나 싶어서 멋쩍게 자신의 머리를 쓰다듬었고 소나 님은 장면을 상상해 봤는지 기분 좋은 표정을 짓더니 날 바라봤다.

"제 작품에 나비가 날아온다라. 멋지네요."
"네."
"그런 날이 왔으면 좋겠네요."

난 모임을 마치고 카페 밖으로 나온 뒤 비도 오지 않는 어두운 거리 속으로 괜히 손을 내밀었다. 그건 왠지 비가 내린 거 같은 시원함이었다.

1998년 3월 재회

아침에 일찍 등교한 은호는 친구들과 교실에서 장난치며 시간을 보내고 있었다. 지우개 따먹기도 하고 칠판에 낙서도 하고 친구에게 숙제를 빌리기도 하면서 그 시간을 기다리고 있었다. 그 시간은 바로 선생님이 오고 계시다는 누군가의 외침이다. 우리는 잘못한 것도 없는데 그 소리만 들리면 우왕좌왕하며 자리에 가서 앉는다. 은호는 그 스릴이 좋았다. 마음껏 장난치고 놀다가 정돈되는 느낌이 꽤 상쾌했다. 하지만 도박을 하다 그 현장을 경찰들에게 들켜서 허겁지겁 흔적을 없애는 사람들은 그 스릴의 의미가 완전히 틀릴 것이다. 그건 정돈이 아니라 은폐니까.

교실 뒷문 쪽에서 그런 생각을 하고 있었는데 드디어 한 학생의 외침이 들려왔다.

"선생님 오신다!!"

그리고 몇 초 뒤 땅이 울릴 정도의 수많은 발자국 소리를 내며 밖에 있던 학생들이 교실로 달려왔고 은호는 스치는 친구들의 옷깃을 뒤로하며 당번이 깜박하고 놓고 간 칠판지우개를 가지러 가기 위해 복도 밖으로 걸음을 옮겼다.

그런데 그 순간 자신의 반으로 달려가던 여자아이와 눈이 마주쳤다.

한순간에 떠오르는 기억들.

"어?"

"너는 그때 울보~!"
1년 전 산에서 길을 잃어버린 자신을 안내해 줬던 그 여자아이였다.
"맞아 너 내 옆 반이라고 했었지. 지금은 2학년이라 반이 달라졌지만."
"응 맞아."
"그래도 같은 반은 역시 아니네. 어쨌든 다시 만나서 반가워."
"응 반가워."
우린 당황스러움과 반가움이 섞인 채 인사를 건넸고 어느새 조용해진 복도 저 끝에서 들려오는 선생님의 또각또각 구두 소리에 급하게 헤어져야 했다.
"그럼 나중에 또 봐."
산에서 길을 잃은 날 이후로 1년 만의 만남이었고 은호는 아마 내년에 다시 만나지 않을까 하는 생각을 하며 교실로 돌아갔다.

2002년 5월 열쇠 돌리는 소리

나른한 오후의 주말. 난 소파에 누워 쉬고 있었다. 잠이 오면 오는 대로 오지 않으면 오지 않는 대로 그렇게 편하게 누워 시간을 보내는 게 좋았다. 그러다 집을 환기시키기 위해 대문을 살짝 열어놨는데 문밖에서 익숙한 소리가 들려왔다.
열쇠가 헛도는지 어떻게든 열기 위해 안간힘을 쓰고 있는 소리였는데 그 열쇠의 주인공은 옆집 아저씨다. 아저씨는 이 시간쯤마다 와서 열쇠와 사투를 벌이는데 잘 열리지 않는 것에 대한 화인지 숨소리까지 거칠어지곤 한다.
"후우…. 후우…."

술을 마시고 들어와서 제대로 몸을 가눌 수 없는 상태에서 열쇠까지 잘 맞지 않으니 스트레스가 심해지신 거 같았다.

아저씨가 술 마셨다고 예상할 수 있는 건 그의 걸음걸이가 불규칙적이기 때문이다. 발소리가 엇박자로 들리다가 퍽 소리가 나는데 그건 균형을 잃어서 쓰러지려고 하다가 반대편 발로 겨우 버티면서 벽에 부딪히는 소리가 아닐까. 게다가 거친 숨소리까지 들리니 정상적인 상태로는 도저히 볼 수 없는 것이다.

그래도 저 아저씨는 술 취해서 혼란스러운 데도 집에 들어가려는 의지가 있다. 그리고 열쇠가 헛돌아도 일단 도전하는 그 마음이 난 중요하다고 생각한다.

사회라는 게 술을 마실 수밖에 없게 만드는 곳이라 하더라도 그럼에도 저렇게 정신을 차리고 문을 열려고 하다 보면 그 한계를 언젠가는 넘어설 수 있지 않을까?

조금 뒤 청량한 딱 소리가 복도에 울려 퍼짐과 동시에 문이 열리는 소리가 들렸다.

"드디어 열렸구나."

그건 자동차를 타고 고속도로를 달리던 아빠가, 한 소절뿐이었지만 시원한 바람 속에 부르던 비틀스의 〈Beautiful Sunday〉를 떠올리게 했다. 난 그 순간 긴장이 풀려 한숨을 길게 내쉬었다. 이제 잠이 들 수 있을 거 같다.

그동안 열쇠를 헛돌리는 소리가 수십 번 넘게 들려왔고 한 번도 간섭한 적이 없지만 기어코 문이 열리는 이 순간은 늘 달콤했다.

"Hi~ hi~ hi~ beautiful sunday~"

② 이상한 바자회

1999년 5월 운동장의 뱀

　이른 아침. 눈앞까지 겨우 보이는 진한 안갯길을 걸으며 학교로 향했다. 사람이 옆에 바로 붙지 않으면 보이지 않을 정도로 심한 안개. 그건 고립이었다. 언젠가 길을 잃고 헤매게 되면 이런 느낌일 수도 있겠다 싶었다. 세상엔 다양한 종류의 미로가 있고 이 안개는 지아와 함께 헤매던 버드나무와의 미로와는 다른 느낌이었다. 어쩌면 우린 모든 미로에 적응해야 하는 운명인지도 모른다. 이 학교는 정문으로 가는 길이 오르막길을 좀 올라가야 해서 안개로 인해 더 길게 느껴졌다. 모습이 감춰진 학교에서 들려오는 동요소리도 왠지 모르게 음산했다. 계속 걸어 올라가다 학교 이름이 크게 적힌 정문에 도착했는데 낯선 곳에 오기라도 한 듯 사방을 살핀 뒤 조심스레 안으로 발길을 옮겼다. 이슬 때문에 촉촉해진 운동장의 모래를 밟으며 걸어가는데 저 앞 축구 골대가 흐리게 보이고 있었다. 그리고 가까워질수록 골대 그물에 뭔가가 축 늘어진 채로 걸려있다는 걸 알게 됐다.
　본능적으로 난 그게 뱀이라는 걸 알았고 골대 앞까지 다가가니 이미 죽어있었다.
　저 뱀은 스스로 그물에 올라가서 묶이는 바람에 운 나쁘게 죽은 걸까 아니면 사람이 죽여서 장난치듯 걸어놓은 걸까 문득 한 치 앞도 제대로 볼 수 없는 안개 속의 내가 저 뱀과 비슷하게 느껴졌다. 외롭고 처량했다. 난 그렇게 뱀의 죽음을 뒤로하고 동요가 들려오는 쪽으로 걸어갔다.
　그리고 교실로 들어와 선생님을 기다리면서 떠올렸다. 죽었음에도 무서울 정도로 생기가 남아있었던 뱀의 눈을.

2001년 5월 알바 첫날

알바 첫날인 아침이 밝았다. 난 늘 그렇듯 시간을 어기지 않기 위해 집에서 일찍 나와 지하철을 타고 회사로 향했다. 항상 느끼는 거지만 아침에 바쁘게 어딘가로 가면 몸에선 덜 깨어난 듯한 무게가 느껴진다. 아직 활동을 하면 안 되는 좀 더 쉬어야 하는 상태일 수도 있을 것이다. 쉽게 말해 덜 깨어난 거다. 하지만 사람들은 그 시간을 좀 더 당기는 습관을 가지고 있다. 빨리 깨어야 빨리 뭔가를 할 수 있기 때문에 그러는 것일까. 난 이 느낌이 그리 나쁘진 않지만 그리 달갑지도 않다. 어쨌든 오늘부터 알바를 하러 가야 한다.

1시간 정도가 지나 희망공원역에 도착했고 지하철을 빠져나오며 차가운 아침 공기에 몸서리를 쳤다.

"우와."

적응의 연속. 인간은 어딜 가도 적응을 잘한다지만 그 말은 곧 매번 새로운 환경에 적응해야 한다는 말이기도 하다. 하지만 그걸 버틸 수 없는 사람도 분명 있을 것이다.

그러니 적응할 시간이 좀 더 필요한 사람들을 처음부터 쳐내며 저 사람은 안 된다고 못을 박아선 안 된다. 이런 생각을 하는 걸 보니 난 일을 못 한다고 오늘까지만 나오라고 하는 최악의 상황을 미리 걱정하고 있는 것이다. 왜냐면 말 없는 여직원들의 모습과 사자 같았던 사장님의 모습이 좀 두려웠기 때문이다.

나로서는 처음 하게 된 알바고 빠릿빠릿한 성격이 아니라서 회사에서 지시하는 업무를 제대로 소화할 수 있을지 자신이 없었다.

그래도 난 해야만 한다. 조금 뒤 회사 앞에 도착했고 난 어제처럼 심호흡을 한번 한 뒤 2층으로 다시 올라갔다. 살짝 열려있는 문. 난 그 틈으로 빼꼼히 안을 살펴봤다. 컴퓨터 키보드를 두드리는 소리나 인기척이 없었다. 난 왠지 모를 안도감을 느끼며 안으로 들어갔고 아무도 없는 사무실을 둘러봤다.

역시 장난감이 많이 올려져 있는 진열대가 가장 인상 깊었고 보는 것만으로 기분이 좋아졌다.

장난감, 프라모델, 여러 공구 등 다양한 물건들이 소비자의 선택을 기다리고 있었다.

난 이 순간은 솔직히 알바를 하러 온 사람이 아니라 소비자의 입장에서 저 상품들을 사고 싶은 쪽에 가까웠다.

그리고 예전부터 느꼈는데 장난감도 장난감이지만 그걸 포장하는 박스의 중요성도 크다는 것이다. 뭐랄까 돈을 주고 사도 박스가 너무 이뻐서 차마 뜯지 못하고 그대로 보관하는 사람들도 많다고 한다.

박스의 코팅 재질에 따라 마치 물광처럼 빛나는 경우도 있는데 그 자체만으로도 멋진 예술 작품이 된다고 난 생각한다.

그래서 프라모델을 모으는 사람들은 웬만하면 박스를 버리지 않고 시리즈별로 보관한다. 컬렉터가 아닌 사람들은 이해를 못 할 수도 있겠지만 말이다.

"여긴 무슨 일로?"

"아 깜짝이야!"

진열대의 상품들을 보며 감상에 빠져있는데 갑자기 누가 말을 걸어서 난 화들짝 놀라버렸다.

"아. 어제 면접 보러 오셨죠."

"네 맞아요. 잘 부탁드립니다."

나를 놀라게 한 사람은 여직원이었다.

"아직 일 시작하려면 시간이 남았으니까 저쪽에서 커피 한잔 타서 드세요."

그녀가 가리킨 곳엔 싱크대와 냉장고가 있었다.

"네 감사합니다."

여직원은 외투를 벗어 의자에 걸친 뒤 바로 컴퓨터를 켰고 싱크대로 가서 머그컵을 꺼낸 뒤 믹스 커피가 담긴 스틱을 가위로 자르고 안에 털어 넣었다. 그리고 커피포트에 물을 담고 버튼을 눌렀다.

망설임이 없는 움직임. 나는 그 모든 행동이 업무준비의 일환이라는 걸 자연스레 알았다.

물이 다 끓자 여직원은 머그컵에 적당히 따르고 커피용 숟가락으로 녹이면서 컴퓨터 앞으로 돌아갔다.

난 눈치를 좀 보다가 싱크대로 가서 믹스 커피 스틱을 하나 집었다.

그리고 머그컵을 쓰는 건 왠지 부담스러워서 종이컵을 사용했는데 여직원이 나까지 마실 수 있도록 커피포트에 물을 좀 더 넣었는지 양이 딱 맞아 보여서 다 부어버렸다.

그리고 수세미와 세제가 있는 걸 보니 자기가 먹고 설거지까지 하는 시스템이랄까.

아마 자유롭게 먹고 싶을 때 이용하는 거 같았다.

난 어떤 일을 하게 될지에 대한 걱정 때문에 괜히 커피용 숟가락을 쥐고 빠르게 휘저으며 주변을 어슬렁거렸다.

그리고 그런 내가 신경 쓰였는지 여직원이 한마디 했다.

"사장님 조금 있다 오시니까 일단 저곳에 앉아서 쉬고 있으세요."
"아 네."

그녀가 가리킨 곳엔 책상 세 개가 기역 자로 붙어있었고 흠집이 많이 난 걸 보니 작업을 하는 곳일 가능성이 컸다.

또 그쪽엔 출입문이 하나 더 있어서 밖으로 이동하기에 용이해 보였다.

전체적으로 2층 사무실의 구조는 하늘에서 봤을 때 니은 자로 만들어져 있다. 내가 면접 볼 때 열고 들어왔던 문 쪽은 일자로 쭉 내려오는 긴 부분으로 장난감들이 많이 올려진 진열대가 3줄로 평행하게 세워져 있고 문 바로 옆엔 싱크대와 냉장고가 있다. 그리고 방금 말한 책상 세 개가 있는 곳은 진열대 아래쪽 끝부분에서 오른쪽으로 꺾어 이어져서 니은 자로 보이는 것이다. 때문에 진열대와 작업용 책상을 마주 보고 있는 사무실 안쪽 꼭짓점에 위치해 있는 사장과 여직원들의 자리에선 양쪽을 모두 확인할 수 있다.

난 그런 사무실의 구조를 보면서 어떤 느낌으로 일하게 될지 대충은 느낄 수 있었다.

"안녕하세요."

"네 안녕하세요."

또 다른 여직원이 내 뒤에서 먼저 인사를 걸어왔다. 붙임성이 있는 친근한 목소리였는데 낯선 공간에서 일을 시작해야 한다는 부담감에 짓눌려 있는 사람들이 들으면 긴장이 눈 녹듯 사라질 만한 목소리였다.

그녀는 먼저 온 여직원에게 인사를 하며 옆자리로 갔고 무슨 용도인지 모르는 종이가 잔뜩 쌓여있는 기계를 살펴보며 컴퓨터를 켰다.

그리고 둘이서 어제 일에 관련된 대화를 하기 시작했다. 완전히 끝마치지 못한 업무도 있었던 모양이다.

그리고 곧이어 갈색 머리로 염색한 중학생 정도로 보이는 남자 하나가 네모난 음료수 종이용기를 빨대로 마시면서 들어왔고 나를 보자 가벼운 목례를 하며 인사를 했다.

"안녕하세요."

"네 안녕하세요."

왠지 낯가림이 느껴지는 목소리였는데 뭔가 이 상황을 익숙해하는 거 같았다. 말하자면 아마 일하던 사람이 일을 그만두고 새로운 사람이 들어오는 걸 많이 겪었기 때문에 이곳은 남과 친해지긴 어려운 곳이라고 판단했을지도 모른다. 뭐 내 상상일 뿐이지만.

 아무튼 그 남자는 그대로 나를 지나쳐 여직원들에게 갔고 업무가 아닌 다른 이야기를 꺼내며 조용했던 사무실의 활기를 살렸다. 분명 난 그렇게 느꼈다. 이 공간의 톤이 살짝 올라갔다고 해야 하나 업된다고 해야 하나 그 남자에겐 그런 좋은 기운이 있는듯했다. 게다가 업무 얘기를 하고 있는 사람들을 순식간에 자신의 이야기로 매료시키는 건. 쉬운 일이 아닐 것이다.

 나는 책상에 앉아 저 앞에서 들려오는 남자의 목소리를 들으며 나에게 도움을 줄 사람이라는 걸 직감했다.

 그때였다.

 내가 들어온 문 쪽에서 발걸음 소리가 빠르게 가까워지고 있었다. 그가 온 것이다. 어제 면접 때 나를 압도하며 사자 같은 갈기 머리를 휘날렸던 사장님. 바로 그가 직원들의 인사에 장난스럽게 화답하며 등장했다.

 "안녕하세요."

 "어 안뇽."

 처음 뵈었을 때도 인상 깊었지만 다시 봐도 역시나 강렬한 머리 스타일이었다.

 "성훈 씨 오셨네요."

 사장님은 내가 인사드리자 반가워하시긴 했는데 나는 그 표정을 보며 어딘가 모를 거리감을 느꼈다. 과연 이 사람이 얼마나 일을 할까 무슨 문제를 일으키지는 않을까라는 여러 감정이 느껴졌다. 하지만 그건 이익을 추구해야 하는 회사 입장에서 당연한 것이다. 게다가 저분은 사장이다.

해서 난 사장님의 반응을 통해 머릿속으로 그동안 회사를 떠난 사람들의 열심히 일하는 모습을 마음대로 상상하기 시작했다.

현실적으로 나 역시 거쳐 가는 사람 중 하나인 것이다.

사장님은 그렇게 직원들과 인사를 한 뒤 책상에 앉아 여직원들처럼 컴퓨터를 켰고 상품에 대한 이야기를 하기 시작했다.

사장님의 등장으로 그 어린 남자는 내가 앉아있는 쪽으로 와 음료수를 계속 마셨다.

그 뒤로 몇십 분의 시간이 지났고 업무에 대한 얘기가 끝났는지 사장님이 자리에서 일어나 내 이름을 부르며 잠깐 이쪽으로 오라고 하셨다. 직원들에게 나를 인사시키는 거였다. 사장님은 어깨동무하듯 나의 등에 손을 살짝 대고 말했다.

"오늘부터 일하게 된 성훈 씨라고 하고. 처음이라 모르는 게 많을 테니까 다들 잘 신경 써주고 잘 지내."

"네."

"그리고 성훈 씨 이제 말 편하게 놓을게요. 괜찮죠?"

"네 그럼요."

"그래 성훈아 모르는 거 있으면 저기 앉아있는 민수한테 물어보고 잘 지내보자."

"네 잘 부탁드립니다."

음료수를 마시던 남자의 이름은 민수였다.

"민수야 일단 9시부터 작업 시작할 테니까. 상품 확인하는 법이랑 포장하는 법 제대로 알려줘."

"아 네…."

사장님의 지시에 민수 씨는 네라고 대답을 했지만 좀 내키지 않는 표정으로 나를 옆으로 오라고 한 뒤 사이즈별로 정리된 서류봉투 모양의 비닐포장지를 하나씩 꺼내 설명했다. 포장지는 상품의 크기별로 구분해 사용해야 하며 비닐에 붙어있는 접착면 코팅제도 확인을 잘해야 하며 그전에 에어캡 포장도 주의를 기울여야 하고 만약 상품을 넣은 포장지의 접착력이 약하다면 배송을 해서는 안 된다는 내용이었는데 난 그 설명을 들으며 비닐포장지 상단 끝부분에 마감되어 있는 밀봉을 위한 접착제 면을 만지작거렸다. 사용 전까지 접착성을 보호하기 위해 하얀색의 얇고 긴 비닐재질로 코팅되어 있었는데 코팅비닐의 끝을 잡고 쭈욱 떼는 상황을 난 계속 시뮬레이션했다. 최대한 빨리 적응해서 회사에 피해를 주고 싶지 않았으니까.

민수 씨는 말로는 설명이 안 된다고 생각했는지 진열대로 가 상품이 담긴 박스를 하나 가져왔고 나에게 포장을 한번 해보라고 했다.

난 설명 들은 대로 에어캡으로 상품을 포장하려 했는데 영 어색했고 민수 씨는 설명을 멈추지 않았다.

"작은 박스는 2바퀴 돌리시고 큰 거는 3바퀴나 4바퀴 돌려주세요."

"아 네."

"그리고 칼이나 테이프가 필요하면 저쪽에 있으니까 쓰세요."

"아 저깄구나."

"그리고 칼은 웬만하면 가지고 계시는 게 좋아요. 여기서 일하는 동안 계속 쓴다고 보면 돼요."

"네."

"그럼 에어캡으로 상품을 싸셨으니 저깄는 커터칼로 자르시고 테이프로 고정하세요."

"아하."

그렇게 우여곡절 끝에 어설프게 상품 하나를 포장한 난 민수 씨에게 검사받으며 쉬운 일은 없다는 걸 다시금 느꼈다.

"뭐 이 정도면 괜찮은 거 같아요."

"다행이네요."

"주의하실 건 작은 상품을 너무 큰 비닐에 넣거나 큰 상품은 너무 딱 맞춰서 넣으면 안 돼요. 비닐도 다 돈이라 제대로 안 쓰면 낭비거든요."

맞는 말이었다. 이곳은 사업장이니 물건 하나하나에 예민할 수밖에 없다. 민수 씨는 낯가림 있고 무심한 듯하면서도 할 말은 조곤조곤 다 하는 섬세한 사람이었다.

또 아까 여직원들과 얘기하는 걸 보면 자신과 어느 정도 친하다고 생각하면 살갑게 다가오는 스타일 같았다.

"그럼 이제 비닐에 안 들어가는 큰 상품을 알려드…."

"안녕하세요! 늦었죠!"

바로 뒤에 있는 문을 열고 달려오듯 들어온 여자의 큰 목소리에 나와 민수 씨는 화들짝 놀랐다.

그분은 40대 중반 정도로 보였는데 청바지 위에 긴팔 티셔츠를 입고 팔꿈치까지 소매를 걷어 올린 걸 보니 억세고 당찬 느낌이 강했다.

"희란 씨 그분은 오늘부터 같이 일하게 된 성훈 씨에요."

"아 네. 반가워 성훈아."

"네 잘 부탁드려요."

"민수한테 일하는 건 좀 배웠어?"

"네 지금 배우고 있었어요."

그녀는 초면임에도 불구하고 오래된 사이처럼 친근하게 나를 대하셨다. 그러면서 민수 씨가 아까 설명했던 일에 대해서도 다시 한번 알려주셨고 주문 들어온 상품을 찾는 방법과 일이 끝나고 사무실을 정리하는 것까지 전체적인 것들을 빠르게 습득할 수 있게 하셨다.

"희란 언니 이거요."

"고마워."

나에게 커피를 마시고 기다리라고 권했던 여직원이 수백 장은 돼 보이는 종이뭉치를 가져오더니 희란 씨에 전해줬다.

난 저 종이들이 뭔지도 모르는데 불길한 예감이 들고 있었다.

희란 씨는 두꺼운 종이뭉치를 들고 책상에 앉더니 분류를 하기 시작했는데 분류하고 분류해도 두꺼운 종이가 쉽사리 줄어들지 않았다.

나는 저 종이들의 정체가 설마 그건 아닐 거라고 애써 부정했지만 이 사무실에서 저 많은 종이가 할 수 있는 역할은 극히 제한적이지 않을까.

분류를 한다는 건 뭔가의 종류가 여러 개라는 것이고 그렇다는 건 나아가서 그 뭔가를 찾아서 확인한다는 의미다.

"자 그럼 시작해 볼까?"

희란 씨는 힘들게 분류한 종이들을 구분하기 쉽게 엑스 자 모양으로 교차시켜서 쌓았고 제일 위에 있는 종이를 들고 진열대로 향했다.

그리고 다양한 종류의 상품들을 가져와서 크기별로 쌓으며 편지봉투 모양의 종이를 상품 끝에 한 장씩 반쯤 걸쳐서 올려놓으셨다.

내 예상대로 그 종이는 각 상품의 이름이 적혀져 있었다.

난 눈앞에 점점 쌓이는 상품들을 보며 어떻게 해야 할지 몰라 멍하니 서있었는데 희란 씨가 상품들을 가져와서 놓으며 말했다.

"상품을 찾을 땐 브랜드를 나눠서 찾는 게 좋아. 그래야 동선을 줄일 수 있고 시간을 단축시킬 수 있어."

"네."

"그리고 그다음으론 크기별로 나눠야 해. 작은 순서부터 빠르게 포장하고 제일 큰 건 나중에. 오케이?"

"네."

"택배차에 상품을 적재할 때도 작은 크기에서 큰 순으로 적재되거든."

"아…."

그건 경험에서 우러나오는 말이었다. 브랜드별로 진열대가 나뉘져 있다면 마구잡이로 찾아선 안 된다. 그렇게 되면 진열대 극과 극을 왔다 갔다 하며 비효율적으로 상품을 찾을 것이고 체력적으로도 힘들 것이다.

또 희란 씨는 처음부터 알았던 것이 아니라 일을 하면서 좀 더 효율적인 방법을 알아낸 것 같았다. 왜냐면 집중해서 일하는 모습에서 그런 자세들이 자연스럽게 보였으니까.

그렇게 희란 씨에게 감탄하고 있는데 뒤에서 민수 씨가 이제 포장해야 한다고 말하면서 준비해야 할 것들을 알려줬다.

"일단 작업용 장갑은 항상 끼시고 크기가 큰 상품은 제일 나중에 포장할 거예요."

"네."

"포장하는 법은 잘 숙지하셨죠?. 하면서 계속 늘 거니까 걱정하실 건 없어요."

난 대답은 잘했지만 사실 불안한 마음이 컸다. 정해진 시간 내에 포장을 완료할 수 있을까부터 시작해서 혹시 일을 못 하면 하루 안에 잘릴 수도 있을까라는 생각까지 수많은 걱정들이 머릿속에서 몰아쳤다.

"후우…."

난 진정하기 위해 숨을 크게 내뱉었고 내가 여기 온 이유를 떠올리며 마음을 다잡았다.

뭔가를 해내기 위해선 노력이 반드시 필요하다. 난 그걸 외면하지 않기로 했다.

이런 생각을 하던 찰나 사장님의 목소리가 들려왔다.

"자 그럼 작업 시작합시다!!"

1999년 5월 누명

어느새 3학년이 된 은호는 청소시간 대걸레를 빨기 위해 화장실 쪽으로 걸어갈 때였다. 어딘가에서 고함치는 소리가 들려왔는데 학교 복도를 쩌렁쩌렁하게 울릴 정도였다.
'무슨 일이 벌어진 걸까?'
은호는 화장실로 가지 않고 그 소리가 나는 쪽으로 걸어갔다. 우리 교실의 길이의 한 세 배 정도 되는 거리에서 들려오고 있었다. 아마 복도 끝에 있는 교실일 것이다.
가까이 갈수록 소리는 더 커졌지만 들어가지는 않고 밖에서 살짝 보고 돌아가려고 했다.
자신처럼 대걸레나 빗자루를 든 아이들이 모두 제자리에 서서 교실 뒤쪽에서 싸우고 있는 여자들을 바라보고 있었다.
네 명이었는데 그중 한 명은 지아였다. 그녀의 친구로 보이는 여학생은 울고 있는 같은 반 여자아이를 다독이고 있었고 지아는 자신들을 노려보고 있는 여학생 두 명에게 화를 냈다.
"당장 사과해."
"우리가 왜."
"너희들 때문에 얘가 상처받았잖아."
"우린 아무것도 안 했는데?"
"너희가 누명을 씌워서 얘가 우는 거잖아."
"그게 왜 누명이야 사실인데."
"너희들 정말 못됐구나."
"너는 우리 반도 아닌데 왜 상관하는 거야. 이제 좀 나가줄래. 청소하는 거 안 보여?"

"사과해."

"못 하겠다면?"

그러자 지아는 갑자기 교실 뒤쪽으로 가더니 말없이 앉아있는 반 친구 여자애를 끌고 왔다. 그리고 물었다.

"너 그때 얼마 잃어버렸다고 했지?"

"7천 원."

"혹시 지폐에 표시 같은 거 해둔 거 있어?"

"응. 지폐 끝에 내 이름을 작게 적어놨어."

"몇 장 정도 적었어?"

"다…."

"다라고? 알겠어. 너희들도 들었지?"

"그래 들었어. 근데 그게 왜?"

지아는 의기양양한 목소리로 말했다.

"난 이 교실에서 언젠가부터 분실사고가 계속 일어난다는 걸 이 반 반장인 내 친구 나라한테 듣게 되었어. 그래서 그동안 지갑을 잃어버린 친구들과 이야기하면서 공통점을 찾아냈지. 바로 지갑이 발견될 때마다 아이들이 억울해했다는 것이고 지갑엔 항상 돈이 사라져 있었다는 거야."

"그런데?"

"그래서 난 그 돈을 훔치는 자들의 심리가 뭔지 고민해 봤어. 그리고 알았지. 그들은 자신들의 잘못을 남에게 덮어씌우는 걸 즐긴다는 걸. 그리고 돈을 훔치는 것에 대해서 어떤 죄책감도 느끼지 않는다는 것을 말이야. 때문에 내가 예상하기에 절도를 멈출 거 같지 않았어."

여학생 두 명은 그녀의 얘기를 들으며 당황한 기색이 역력했다.

"난 반장과 고민 끝에 한 가지 방법을 찾아냈고 이 반 아이들을 등교시간이나 점심시간에 따로 한 명씩 불러서 말해줬어. 혹시 너도 돈을 잃어버릴지 모르니. 지폐를 학교에 가져오게 된다면 이름을 적으라고 말이야."

"…."

"이제 좀 상황이 파악이 돼? 오늘도 도난사고가 일어나긴 했지만 아직 아무도 이 학교에서 벗어나지 못했어. 그렇다는 건 그 돈도 아직 쓰지 못했다는 거야."

"무슨 말이 하고 싶은데."

"내 말은 지금부터 우리 모두가 가지고 있는 돈을 꺼내서 확인하면 범인을 찾을 수 있다는 거야. 어때? 도난당한 지갑이 얘 가방에서 나왔을 때 가장 먼저 몰아세운 게 너희들이니까 솔선수범해서 먼저 돈을 보여주면 안 될까? 얼마 전에 누명을 쓴 저 아이는 지폐에 이름을 적어놓고도 차마 말하지 못했고 이미 너희가 써버렸겠지."

"…."

"아직도 모르겠어? 지금 울고 있는 저 친구도 내 말대로 지폐에 이름을 써놨지만 친구들을 의심하기 싫어서 참고 있었을 뿐이야. 그런 친구들에게 너희는 매번 누명을 씌웠어. 그러니 이젠 끝을 봐야겠지. 곤란하면 나머지 반 애들의 돈을 먼저 확인해 봐도 괜찮아."

두 학생은 굳은 표정으로 지아와 울고 있는 여학생을 노려보고는 체념한 듯 주머니에 들어있는 지폐를 꺼내 바닥에 던졌고 누명을 쓴 여학생은 그 지폐를 줍더니 이름이 적힌 부분을 반 아이들에게 보여주며 자기 돈이 맞다고 말했다.

그리고 범행이 들킨 두 학생은 정문 쪽으로 몸을 돌리며 말했다.

"에이 재수 없어. 좋다 말았네, 가자."

그게 참고 있던 화를 자극한 걸까 그 말을 들은 지아의 친구가 그들을 불러세웠다.

"야 잠깐 기다려."
"뭐?"
"너희는 친구의 돈을 훔쳤고 그걸 다른 사람한테 뒤집어씌웠어. 그런데도 친구에게 미안하다는 말도 없이 도망치는 거야? 그러면 잘못이 없어질 거라 생각해?"
두 여학생은 그녀를 비웃었다.
"뭔가 착각하는데 우리는 초등학생이야. 걸려도 혼나면 그만이라고. 설마 이런 걸로 소년원이라도 갈 거라 생각해?"
"나이가 어리면 그걸 이용해서 범죄를 저질러도 되는 거야?"
"우리가 뭘 하든 너는 신경 꺼줄래?"
"우리…라고?"
"뭐?"
"너희는 나쁜 짓을 저지르려는 친구를 막지 않고 오히려 부추긴 공범에 불과해. 그런 건 친구가 아니야. 꿈을 키워가야 할 학교에서 친구에게 상처를 주고 남의 것을 훔치고 뒤집어씌우고 그래놓곤 어떤 반성도 없이 우린 어리니까 그래도 된다고 나이를 이용해 범죄를 저지른 사실을 외면하고."
"그만해."
"너희 같은 썩어빠진 아이들이 나중에 어른이 되니까. 지금 세상이 이렇게 된 거잖아."

"그만하라니까."

"너희랑 같은 반이라는 게 정말 슬프다."

결국 두 학생 중 한 명이 그녀를 때리려는 듯 손을 들자 은호는 교실 안으로 들어가려고 했다. 그때 앞쪽 문에서 누군가 소리를 질렀다.

"너희들 그만 안 둬!"

"선생님…."

"방금 싸운 네 명은 교무실로 당장 따라와."

"…."

"울고 있는 친구도 데리고."

"네…."

지아는 울고 있던 여학생의 손을 잡고 친구를 따라 앞문으로 나갔고 지갑을 훔친 두 학생은 성질을 내며 발로 책상을 찬 뒤 뒷문으로 걸어갔다.

은호는 그들이 지나가는 순간에 입을 열었다.

"사람에게 해선 안 되는 짓을 하면서 그것에 물들게 만들면 그 친구의 미래는 어떻게 되는 걸까. 그건 친구에게 정말 큰 죄를 짓는 거 아니야?"

"…."

"친구란 건 나와 친한 이 사람이 바르게 살아갈 수 있도록 도울 수 있는 책임감을 가지고 있어야 한다고 생각해."

은호는 교통사고가 난 선욱이를 생각하며 다시는 그런 잘못을 저지르지 않겠다는 결심을 했고 저 두 학생의 미래를 위해 진심을 담아 말했지만 그들은 은호의 말을 듣고 코웃음 친 뒤 선생님이 올라간 계단 쪽으로 향할 뿐이었다.

은호는 한바탕 소란이 지나간 교실에서 그제서야 청소를 시작하는 반 아이들을 바라보며 그녀가 말했던 대로 아이들의 세상이 이정도라면 어른들의 세상은 어느 정도일까 라는 생각이 들었다. 그건 사람이 살 수 있는 곳이긴 한 걸까. SF영화에 나오는 과장된 괴물들의 등장이 꼭 허구인 것만은 아닐지도 모른다. 은호는 그런 생각을 하며 대걸레를 빨기 위해 화장실로 향했다.

2001년 5월 알바 첫날의 점심

 사장님의 작업 시간이라는 말과 함께 난 희란 씨가 찾아주는 물품들을 하나씩 작업대 위로 올려서 에어캡으로 포장한 뒤 가위로 잘라 스카치테이프로 붙였고 크기에 맞는 비닐포장지에 넣어 봉합했다. 그리고 마지막으로 소비자의 이름과 주소가 적혀있는 송장을 붙여서 플라스틱으로 된 큰 박스에 차곡차곡 쌓았다. 처음 하는 거라 많이 어설펐지만 조금씩 요령이 생길 것이니 급하게 생각하지 않기로 했다. 그리고 실수하는 것이 있으면 최대한 빠르게 고치면 된다. 난 정신없는 상황 속에서 침착함을 잃지 않기 위해 노력했고 시계는 순식간에 점심시간을 가리켰다. 현재시간 11시 50분 사장님은 자리에서 일어나 외쳤다.
 "밥 먹으러 가자."
 "네."
 난 하고 있던 포장까지 마저 한 뒤 장갑을 벗어 작업대에 올려놓고 민수 씨와 함께 1층으로 내려갔다.
 건물 밖으로 나오니 여직원 하나가 근처 식당 앞에 서있는 게 보였다. 이삼십 년은 된 거 같은 오래된 식당이었는데 내 취향이었다. 요즘처럼 크고 세련된 식당이 아닌 세월의 때가 묻어있는 듯한 편한 분위기. 그 분위기는 자칫 밥 먹는 것도 업무 같은 느낌을 들게 할 수 있는 세련된 식당보다 훨씬 매력적이었다. 물론 사람에 따라 그런 현대식 분위기를 좋아하는 경우도 있을 것이고 나 역시 음식이 맛있으면 금방 적응해서 먹겠지만 이왕이면 좀 더 마음 편히 있다 갈 수 있는 정겨운 식당이 좋았다.

나는 알바 첫날에 처음 먹는 점심이라는 생각 때문에 은근히 긴장을 하면서 식당 안으로 들어갔고 사장님은 의자 여섯 개가 세 개씩 마주 보고 있는 테이블에 앉아있었다. 우린 인원이 딱 여섯 명이라서 다 같이 앉을 수 있었고 사장님은 식당 아주머니에게 백반을 달라고 했다.

나는 식당을 둘러보다가 벽에 붙어있는 메뉴판을 발견했고 요일별로 백반의 반찬이 다르다는 걸 알아냈다. 그리고 오늘은 고기반찬이 포함되어 있었다. 여직원들은 둘이서 작게 대화를 하고 있고 희란 씨와 민수 씨는 핸드폰을 바라보면서 바쁘게 뭔가를 하고 있었다. 아마 인터넷 검색이나 메신저를 하고 있을 것이다. 나는 음식이 나오기만을 기다리며 사장님이 바라보고 있는 천장 쪽에 높이 설치된 티브이에 시선을 옮겼다.

티브이엔 청문회라는 글자가 화면 상단에 적혀있었고 안경을 쓴 날카로운 이미지의 남자가 양복을 입고 굳은 표정으로 앉아있었다. 그리고 그 뒤로도 수뇌부로 보이는 중장년층의 남자들이 수십 명 앉아있었다.

혼자서만 청문회를 해도 될 텐데 저렇게 많은 사람들이 단체로 출석했다는 건 정부나 정치인들의 입장에서 물어볼 것이 많다는 얘기일 것이다.

그리고 출석한 모두에게 책임이 있다는 소리일 것이다.

저 사람은 어떤 잘못을 했길래 저렇게 수세에 몰려서 청문회까지 하는 것일까.

"정말 뇌물을 준 것이 아닙니까?"

"네 아닙니다."

"그럼 그동안 거래했던 자금의 출처를 명명백백하게 밝힐 수 있습니까?"

"…."

그는 정치인들의 물음에 쉽게 답하지 못하며 눈을 감고 약간 거칠게 심호흡을 하고 있었다. 뭔가 말할 듯 입을 벌리면서도 금방 입을 다물고 콧바람을 내쉬며 말을 삼켜버리는 행동을 반복했다. 아마도 청문회의 압박감을 버티는 것 자체만으로도 힘들어하고 있었다.

그리고 정치인들의 계속되는 공세에 결국 대답했다.

"네 밝히겠습니다."

"정말입니까. 국민들에게 약속할 수 있습니까."

"네 약속하겠습니다."

난 저렇게 한 기업인을 몰아세우는 정치인들을 보며 많은 생각이 들었지만 여직원들이 수저통을 여는 걸 보고 금세 현실로 돌아와 손을 도왔다.

그리고 잠시 뒤 식당아줌마가 넓은 양은쟁반에 수많은 반찬이 있는 백반을 가지고 오셨다. 테이블에 하나씩 내려놓으며 맛있게 먹으라고 하신 뒤 빠르게 부엌으로 돌아가셨는데 난 점심시간에 몰리는 손님들을 감당해야 하는 식당아줌마의 바쁜 모습에서 정직한 밥을 먹는 사람들이 부정을 저지르는 건 정말 큰 죄를 짓는 거라는 걸 깨달았다.

그리고 우린 정직한 밥을 향해 숟가락을 들었다.

"잘 먹겠습니다."

"어 많이 먹어."

사장님은 툭 던지듯 말을 하신 뒤 밥을 드셨고 난 제육볶음을 제외한 김, 나물 종류에 젓가락을 가져갔다. 개인적으로 처음 만난 직원들이랑 같이 앉아 먹어서 그런지 정겨운 오래된 식당임에도 신경이 쓰여서 입맛이 없었다. 또 매운 걸 먹으면 속이 쓰린 편이라 점심에 제육볶음을 먹기엔 부담이 있었다. 난 이제 막 적응하는 시기고 이렇게 조금씩 적응하는 게 맞기 때문에 최대한 티 내지 않고 밥을 먹었다.

사장님은 밥을 금방 드시고는 먼저 간다는 말을 하고 사라지셨고 직원들은 그제서야 숨통이 트였다는 듯 본격적으로 제육볶음을 먹기 시작했다.
먹는 둥 마는 둥 하던 젓가락의 속도가 달라지는 걸 보며 난 상사와 부하의 관계에 이런 부분도 있다는 걸 알았으며 또 아무리 오래된 식당이라도 사장과 직원들이 들어가면 업무를 보는듯한 세련된 식당으로 변한다는 것도 알게 됐다.
그런 내 맘을 알아주는지 청문회에 불려 나온 기업사장은 티브이 속에서 여전히 눈을 감고 감상에 젖어있었다.

1999년 6월 이상한 바자회

오늘은 수업이 일찍 끝나는, 학교의 정기행사 바자회를 하는 날이다. 해가 중천에 떠있는 화창한 운동장에서 바자회에 참가하는 학생들이 돗자리를 깔고 집에서 가져온 물건들을 아기자기하게 꺼내놓고 있었다. 은호는 적당한 자리를 고른 뒤 비닐 가방에서 돗자리를 꺼내 활짝 펼쳤다.

공기와의 마찰로 인해 돗자리는 하늘을 나는 양탄자처럼 공중에 펴진 채 서서히 땅으로 내려앉았다. 은호는 신발을 벗고 그 위로 올라간 뒤 들고 있던 종이가방에서 물건들을 빼 돗자리 끝 선에 맞춰 나열했다. 낡은 만화책과 1학년 때 가지고 놀던 장난감 같은 보고 만질 수 있는 물건 위주였다. 은호는 학부모들이 학교 정문으로 들어오는 걸 확인하면서 기대감에 젖어있었다. 생각대로만 팔리면 문방구에서 콘에 떠주는 아이스크림을 2층이 아니라 3층 아니 8층까지 쌓아달라 할 심산이었다. 왜냐면 2층까진 부담이 없는데 그 이상부턴 어린 마음에 돈이 꽤 비싸게 느껴져서 평소엔 엄두도 낼 수 없었다. 그래서 8층 같은 고층의 아이스크림 탑은 언제나 로망으로 남아야 했다. 하지만 이번 바자회 행사로 인생 대역전의 기회가 온 것이다.

"꼭 다 팔아야지."

은호는 먹이를 노리는 매의 눈빛으로 학부모들이 자기 쪽으로 오기만을 원했다. 운동장은 점점 학부모들로 인산인해를 이뤘고 마침내 자신에게도 얼마냐고 물으며 흥정을 해오기 시작했다.

은호는 그동안 집 앞마당에서 친구들과 부루마불을 해온 기억을 떠올리며 지금이 바로 그 경험을 살릴 때라고 확신했다.

"꼬마야 이 만화책 얼마 하니."

은호는 주사위를 던졌다.

"오백 원이요."

"백 원만 깎아줄래."

"원래 가격은 2,500원이라서 5분의 1 가격이에요."

"음 이따 다시 올게."

미련 없이 떠나는 사람들. 던진 주사위 숫자는 고작 1이었다. 전혀 나아갈 수 없었다.

"역시 쉽지 않구나."

그때 또 다른 사람들이 흥정을 해왔다.

"이 자동차 장난감 얼마야?"

"육백 원이요."

"어때 이거 사고 싶니?"

자동차를 바라보던 어린 남자아이는 고개를 절레절레 흔들며 싫다고 했고 부모님은 웃으면서 다른 곳으로 향했다.

이후로도 비슷한 가격을 불렀지만 아무도 사는 사람은 없었고 은호는 불안해지기 시작했다.

이런 식으로 주사위를 계속 던지다간 건물을 사긴커녕 무인도에 갇히게 될 판이었다.

"가격을 낮출까….'

수도 서울은 못 사도 콩코드 여객기라도 얻고 싶은 마음이 간절했다. 머릿속에선 이미 아이스크림이 10층까지 쌓여있었는데 시간이 흐를수록 한 칸씩 줄어들고 있었다. 마치 배터리가 줄어드는 듯한 아슬아슬한 느낌이라고 하면 비슷할까.

게다가 사람들의 동선을 지켜본 결과 한번 지나간 곳은 웬만하면 돌아오지 않았다. 돗자리를 하나씩 확인하고 살 게 없으면 바로 빠진 뒤 아이들과 준비해 온 간식을 먹는 분위기였다. 구경하는 부모님들은 벌써 반으로 줄어들고 은호는 가격을 미리 내리지 못한 걸 자책하며 절망했다.

그때 누군가가 자신 앞에 쪼그려 앉아 만화책을 하나 집어 들었다.

"이거 얼마야?"

"삼백 원입니다!!"

이제 물러설 곳은 없었다. 무슨 일이 있어도 콘 아이스크림 5층 석탑을 완성시킬 것이다.

근데 말을 걸어온 사람은 학부모가 아니었다.

"지아잖아."

"응 안녕."

"너는 물건 안 팔아?"

"아니 벌써 다 팔았는데?"

"다 팔았다고?"

지아는 만화책을 들고 손가락으로 브이 자를 만들며 웃고 있었다. 1학년 때 산에서 길을 잃어버렸을 때와 1년 뒤 복도에서 우연히 만났을 때 그리고 얼마 전 절도범으로 오해받던 친구를 구해준 걸 봤을 때 이후로 네 번째 만남이었다. 그럼에도 그녀는 은호를 살갑게 대했다.

그녀는 여유 있게 주머니에서 천 원짜리 지폐 몇 장과 동전들을 꺼내 보여줬다.

바자회로 저 정도의 돈을 벌었다니 게다가 천 원짜리 지폐 사이에 파란색 종이가 한 장 껴있다. 예상이 맞는다면 저건 명절에나 만날 수 있는 전설의 만 원권이다.

그야말로 은호 기준의 돈 많은 범주를 넘어서는 수준. 그녀는 분명 학교 뒤에 살고 있는 부루마불 은둔고수일 것이다.

은호는 애써 침착함을 유지하며 지아와 흥정했다.

"저기 정말 만화책 살 거야?"

"응. 사고 싶어."

"그럼 깎아서 오백 원에 줄까."

"삼백 원이라며."

"…"

"왜 말을 바꿔."

"그게 원래 가격이 2,500원인데 5분의 1 가격이면 싼 거잖아."

그의 어설픈 흥정에 지아는 한심하다는 듯 게슴츠레한 눈빛으로 바라봤다.

그녀의 돈에 혹해 대박을 노리려다 황금열쇠에서 역시나 무인도가 나와버린 걸까. 오늘 바자회에서 물건을 팔지도 사지도 못할 거 같은 불안한 예감이 들었다.

"그럼 사백 원에⋯."

"뭐 기분이다. 여깄는 거 전부 다 줘."

"그래 이거 전부 사백 원에⋯. 응? 이거 전부?"

지아의 눈빛을 보니 거짓말은 아닌 거 같았다.

"응 전부. 그 대신 부탁이 있어."

"부탁이라니?"

"저 아이가 팔고 있는 테이프의 비밀을 같이 풀자."

"테이프?"

"응."

"테이프가 왜?"

"저거 엄청 비싸. 내 돈으로는 못 사."

"무슨 소리야 그렇게 많이 벌었는데 살 수가 없다니."

"그러게 저 아이는 무슨 생각인 걸까."

은호는 지아가 눈짓으로 가리키는 쪽을 바라봤고 비디오테이프를 손에 든 남자아이가 그리 밝지 않은 표정으로 앉아있는 게 보였다.

"테이프가 많긴 한데 그렇게 비싸다고?"

"아니 비싼 건 하나야. 저 아이가 들고 있는 밀봉된 테이프."

"음⋯."

은호는 돗자리에서 일어나 신발을 신고 남자아이 쪽으로 걸어갔다.

남자아이는 지나가는 학부모들에게 큰 소리로 비디오를 사라고 외쳤고 수십 개의 테이프가 돗자리에 어지럽혀져 있었다.

"너 몇 학년이야?"

"2학년."

"나보다 한 살 어리네."

"형도 비디오 살 거야?"

"응 여기서 제일 비싼 거를 사고 싶은데."

아이는 비디오테이프가 들어있는 밀봉된 검은색 케이스를 하나 들어서 내밀었다.

"여깄어."

"이거 얼마야?"

"천만 원."

"응? 천만 원? 아니…. 천 원?"

"천만 원."

바자회에서 터무니없는 가격을 제시하는 꼬마의 말을 들으며 은호는 경악했다.

"왜 그걸 천만 원에 파는 거야? 누가 그러라고 시켰어?"

"응. 아빠가 그랬어. 그러면 아저씨들이 와서 살 거라고 했어."

그 말을 듣자 은호는 이상한 느낌이 들었다. 뭔가가 부자연스러웠다. 지금 같은 가격으로 팔면 당연히 모든 사람들이 포기하고 자리를 뜰 것이다. 근데 저 꼬마는 사는 사람이 있다고 했다.

"한번 만져보면 안 될까?"

"응 안 돼, 천만 원을 줘."

"…."

은호는 의문점에 다가가기로 했다.

"저기 너희 부모님은 오늘 오셨어?"

"아니 나 혼자 왔어."

"같이 오지 왜?"

"아빠는 중요한 일이 있다고 엄마 몰래 혼자 가라고 했어."

"…."

"그리고 이 테이프는 무조건 천만 원에 팔라고 하셨어."

꼬마는 아빠 얘기를 하면서 주저앉았고 시무룩해졌다. 은호는 왠지 흐트러져 있는 비디오 속에 앉아있는 꼬마가 안타깝게 느껴졌다. 분명 아빠 엄마와 함께 시간을 보내고 싶었을 텐데 서운하고 슬프지 않을까 하는 괜한 걱정이 들었다.

은호는 자신의 돗자리에서 만화책을 보고 있는 지아에게 다가가 말했다.

"저 꼬마 좀 외로운 거 같아."

"이거 재밌다."

"내 말 듣고 있어? 가보라며."

지아는 만화책을 덮으며 물었다.

"너는 어떤 상황일 때 비디오를 천만 원에 팔 거야?"

"음…. 글쎄 세계적인 희귀한 작품이면 그 정도에 팔 수 있을까?"

"죽은 작가의 숨겨둔 작품 같은 거?"

"그런 거지."

"그럼 저 아이가 하고 있는 행동이 이상하다는 건 너도 눈치챘을 거야."

"그렇다는 건."

"저 아이는 지금 중요하고 수상한 뭔가를 가져온 거야."

지아는 진지한 얼굴로 아이를 바라보며 자신의 생각을 계속 얘기했다. 그녀의 생각은 이렇다. 아이가 팔고 있는 천만 원의 비디오는 단편이 아니라 시리즈인데 아이는 당연히 시리즈를 같은 가격으로 팔아야 하는데 저 하나는 그러지 않았다는 것. 즉 저 비디오 하나만 천만 원에 팔려고 한다는 건 저 속에 뭔가가 있다는 것이다.

지아는 은호에게 물었다.

"저 안에 뭐가 있는지 궁금하지 않아?"

"너…."

"그래 난 저 케이스 속을 확인해 보고 싶어."

"꼭 그럴 필요가 있을까."

하지만 은호는 지아의 말에 그동안 담임 선생님을 지켜보며 가져왔던 의문들에 대한 답이 저 테이프 안에 있을지도 모른다는 생각이 들었다. 얼마 전 학교에서 직접 만든 부식을 먹고 전교생이 단체로 복통을 일으켰을 때 반 아이들에게 뭔가를 숨기는 느낌을 많이 받았고 우린 잘 모르지만 몇 년 전 일어났던 폭행사건과도 관련이 있다는 소문이 돌고 있었으니까.

"그럼 어떻게 저 비디오를 확인하려고?"

"딱 하나 방법이 있어. 우리가 힘을 이용해서 강제로 저걸 빼앗을 순 없지. 그렇다면."

"그렇다면?"

우리는 다시 꼬마에게 다가갔다. 꼬마는 재등장한 우리를 보며 다 알고 있다는 듯 말했다.

"아까 그 비디오 찾는 거지?"

"그래. 근데 사는 건 아니야."

"그럼?"

"빌리고 싶어. 그리고 너랑 같이 확인하고 싶은데."

"나랑?"

"응. 이 남자애 집이 학교 바로 앞에 있거든. 거기에 너랑 같이 가서 비디오가 잘 나오는지 확인해 보고 싶어. 어때? 너도 그 안에 뭐가 있는지 궁금하잖아."

"으음…."

꼬마는 선뜻 답하지 못하고 땅을 바라보며 고민했다. 꼬마의 선택에 따라 우리는 다른 방법을 찾아야 한다. 과연 성공할 수 있을까. 은호는 이왕 여기까지 온 김에 반드시 확인을 해보고 싶었다. 그렇게 꼬마는 한참을 서있었고 슬픈 감정을 억누르는 듯했다. 얼마나 시간이 지났을까 꼬마는 기죽은 모습으로 겨우 입을 열었다.

"아빠는 이걸 값으로 따질 수 없다고 했어."

"…."

"아빠 옆에 있는 사람도 부르는 게 값이라고 했어."

은호와 지아는 놀라서 서로의 얼굴을 바라봤다.

"값으로 따질 수 없고…."

"부르는 게 값이라고…."

우리는 그 말을 듣고 왜 아이가 아까 사람들에게 천만 원을 요구했는지 알 수 있었다.

이 비디오에는 어쩌면 최악의 진실이 담겨있을지도 모른다. 우리는 과연 이 비디오테이프를 열어봐도 되는 걸까.

"저기 지아야 이쯤에서 그만두는 건…."

"아니 그래서 더 봐야겠어."

"…."

"왠지 그게 저 아이의 미래를 위해서도 우리를 위해서도 좋을 거 같아."

은호는 어쩔 수 없이 허리를 숙여 꼬마에게 말했다.

"너도 이 안에 뭐가 있는지 궁금해?"

아이는 말없이 고개를 끄덕였다.

"그럼 내 집에 가서 비디오를 확인해 보자. 그러고 나서 너에게 빌린 값을 줄게. 알았지?"

우리는 아이의 허락을 받음과 동시에 돗자리에 있는 비디오를 빠르게 정리하고 정문으로 걸어가려고 했다. 그런데 정문 쪽에 검은색 점퍼를 입은 두 남자가 돗자리를 살피고 있었다. 사람의 감이라는 건 참 신기하다.

본능적으로 저 남자들이 이 아이를 찾는 거라고 확신한 우리는 아이를 돌려세웠다.

"저 사람들 아무래도 이 아이를 찾는 거 같지?"

"아마도…."

"꼬마야 잘 들어 지금부터 우린 숨바꼭질을 할 거야."

"숨바꼭질?"

"그래 저 아저씨들이 술래고 우리는 들키지 않고 도망쳐야 돼."

"왜?"

"그 비디오를 지키기 위해서야."

"이 비디오를?"

"지금 가지 않으면 이 비디오를 영원히 확인하지 못할 수도 있어."

"…."

"그러니까 일단 이 비디오를 무사히 지키고 그다음을 생각하자. 알았지?"

"응."

우리는 꼬마를 설득한 다음 도망칠 작전을 세웠다.

"이제 어디로 가야 하지? 점점 가까워지는데."

"일단 어른들 틈에 섞여서 도망치자."

우리는 선택권이 별로 없었고 최대한 사람들이 많은 쪽으로 섞여서 지아의 집으로 향하는 후문 쪽으로 천천히 걸어갔다.

은호는 혹시나 들킬 상황을 대비해 학교 안의 숨을 곳을 필사적으로 떠올렸다. 교실은 너무 개방되어 있고 창고는 오히려 고립될 위기가 있었다. 무사히 도망치기 위해서는 상대방의 허를 찌를 줄 알아야 하는데 심장이 두근거려서 제대로 된 판단을 하기가 힘들었다.

이곳에서 친구들과 숨바꼭질을 하면서 가장 들키지 않았던 곳은 어디였을까.

순간 장소가 생각난 은호는 지아에게 말했다.

"후문 옆에 학교 오른쪽 출입구로 향하는 오르막길로 가자."

"알았어."

"가자 꼬마야."

"응."

"만약 걸어가다 저 남자들이 우리를 부르면 두 번째 부를 때 힘껏 달리는 거야."

돗자리에서 장사를 하다 말고 짐을 챙겨 가는 걸 확인하면 그들은 바로 눈치챌 것이다. 하지만 내가 생각하는 장소까지만 갈 수 있다면 따돌릴 수 있다.

운동장의 모래는 조용히 걷고 싶은 우리의 마음을 몰라주고 요란한 소리를 내며 위치를 발각시키려 했지만 다행히 아직 주변에 사람들이 있어서 소리가 묻히고 있었다.

지아는 말했다.

"저 사람들 아이의 얼굴을 알고 있어."

"그렇겠지. 이걸 사러 온 거니까."

바로 그 순간 걱정하던 목소리가 저 멀리서 들려왔다.
"거기 걸어가는 꼬마 세 명 잠깐 서볼래."
우리는 움찔했지만 돌아보지 않고 계속 걸었다.
"얘들아 잠깐 거기."
두 번째 불렀다.
"지금이야!"
"뛰어!"
우리는 전속력으로 학교 오른쪽 후문 쪽으로 달려갔다.
"지아야 동물 키우는 우리 알지~!"
"응~!"
"그 뒤에 구멍이 있어 그곳으로 나가서 학교 외벽 뒤에 숨어있으면 찾지 못할 거야."
"알았어."
"나는 뒤에서 따라갈게 먼저 가! 그리고 이거."

은호는 종이가방에서 밀봉된 테이프 하나만 꺼내 지아에게 건네줬다. 무슨 생각이 있는 모양이었다.
하지만 어디까지나 우리는 어린애들이고 그들은 어른이었다. 다리길이도 차이가 많이 나서 이상태로는 동물 우리에 도착하기 전에 잡히게 된다. 시간을 끌 수 있는 뭔가가 필요했다.

"받아라."

은호는 지아와 꼬마를 먼저 보내고 몇 초 뒤 따라 달리며 나머지 비디오들이 담긴 종이가방을 뒤로 던지듯 떨어뜨렸다. 그렇게 땅에 부딪힌 비디오들이 바닥에 흩어지자 난 손을 뻗으며 일부러 "안 돼."라고 외쳤고 어쩔 수 없이 도망을 선택하는 것처럼 연기했다.
 예상대로 남자들은 달리는 걸 잠깐 멈췄지만 역시 호락호락하지 않았다.
 "잠깐 이상한데. 내가 주울 테니까 넌 꼬마를 잡아."
 "알았습니다."
 내가 지연시킨 시간은 10초 정도, 이 정도면 지아랑 꼬마는 남자들의 시야에 들어오기 전에 외벽 뒤로 숨을 수 있다. 문제는 나였다.
 '숨을 곳…. 숨을 곳이 필요해….'
 너무도 급박한 순간. 나의 눈엔 평소 두려워하던 장소 하나가 보였고 난 그곳으로 뛰어들었다.

 난 가끔씩 학교 오른쪽 출입구 앞에 있는 작은 화단 쉼터에 가서 긴 나뭇가지를 들고 그곳에 조성된 소규모 인공 연못을 휘젓곤 했다.
 그리고 그 연못 가운데에 깊게 박힌 드럼통 크기의 고무 장독대는 늘 나에게 공포감을 줬다. 연못보다 더 깊이가 있는지 장독대에 담긴 물만 유난히 검게 느껴졌고 웬만큼 긴 나뭇가지로도 바닥에 닿지 않았다.
 그리고 연못에 관한 소문이 하나 있었다. 바로 상어가 살고 있다는 것. 난 어릴 적 물에 관한 기억 때문에 깊은 물을 싫어하고 무서워했다. 하지만 왜 그런지 화단에 있는 깊은 물엔 관심이 생겨서 툭하면 찾아가서 나뭇가지로 휘젓곤 했다. 그러다 상어의 모습이 상상되고 소름이 끼칠 때면 고무 장독대 뚜껑을 닫아버리고 자리를 떠나곤 했다.
 나에게 학교 연못은 그런 곳이었다. 두렵지만 왠지 가고 싶은 곳. 나뭇가지가 닿지 않는 그 아득한 느낌이 자꾸만 날 유혹했고 겁이 나게 했었다.

"꼬마야 또 거기서 놀고 있니."

"안녕하세요 아저씨."

학교 경비 아저씨는 화단 쉼터 주변의 자잘한 쓰레기들을 빗자루로 쓸면서 간간이 말씀을 거시곤 했다.

"아저씨 여기 상어 있는 거 아세요?"

"그럼 알지."

"본 적 있으세요?"

"아니 오래전에 한 학생이 상어한테 잡아먹힌 적이 있단다."

"으아악."

난 무서워서 학교와 화단 사이에 길게 뻗어있는 길 가운데로 나와버렸다.

"놀랐잖아요. 아저씨."

"뭔 소리를 그렇게 크게 질러. 내가 더 놀랐다 꼬마야."

경비 아저씨는 웃으며 말씀하신 뒤 계속해서 주변을 쓸었고 난 주변 나무들을 보며 놀란 마음을 진정시켰다.

"그럼 안녕히 계세요."

"그래 잘 들어가라."

난 화단과 그렇게 점점 멀어져 갔지만 고무 장독대에서 제자리를 맴도는 상어의 파장이 발밑까지 전해져 왔다. 언젠가 꼭 마주할 날이 올 거라고 말하는 듯.

"어디로 간 거야! 안으로 들어갔나!"

우리를 쫓는 남자들이 학교로 들어가는 소리가 들렸다. 복도에서 울리는 발걸음 소리가 그걸 알려줬다.

고무 장독대 뚜껑을 살짝 든 은호는 주변을 살폈고 복도에서 비디오테이프 여러 개가 부딪히는 소리가 들려오자 다시 뚜껑을 닫았다.

"젠장 이 녀석들."

조금 뒤 발걸음 소리도 점점 멀어져 갔고 은호는 조용히 연못 밖으로 나왔다. 옷이 물에 흠뻑 젖어 무거웠다.

은호는 몸을 숙이고 빠르게 동물 우리 뒤쪽으로 간 뒤 개구멍으로 빠져나갔다.

지아와 꼬마는 은호가 말한 대로 외벽 뒤에 조용히 숨어있었다.

"어떻게 됐어?"

"걱정 마 그 사람들 학교 안으로 들어갔어."

"다행이네. 근데 옷이 왜 젖었어?"

"응 연못에 숨어있었어."

"비디오 내가 가지고 있어서 다행이네."

"그러게."

"누나 이제 비디오 보러 가는 거지."

"응 보러 가자."

꼬마는 어느새 지아를 누나라고 부르고 있었다. 지아의 사람을 편하게 해주는 친화력은 역시 남다른 거 같다.

"나뭇잎 소리 안 나게 조심해서 내려가."

우린 외벽에서 소리를 최대한 내지 않으며 낮은 언덕을 내려갔고 산에서 길을 잃었을 때 지아와 함께 걸었던 길에 닿았다.

"후문 지날 때는 빠르게 오케이?"

"응."

우리는 조용하게 움직였고 열린 후문을 지날 땐 혹시 있을지도 모를 남자들이 보지 못하도록 전속력으로 달려서 지나갔다.

곧이어 은호가 사는 다세대 주택이 나타났고 우린 인도가 아닌 주택가를 마주 보는 방향에 조성된 풀밭으로 들어가서 빼곡히 서있는 나무 뒤에 숨어 남자들이 혹시 오는지 살폈다.

들키지 않으려면 빨리 들어가야 했다. 마당까지만 가면 높은 나무가 몇 그루 있기 때문에 그들의 시선을 거의 따돌릴 수 있다.

"가자."

우린 양쪽에 있는 문 중 후문을 택했고 몸을 숙인 채 길을 빠르게 건너갔다.

"좋았어!"

"휴…."

지아는 그제야 한숨을 돌리며 이마에 맺힌 땀을 닦았고 꼬마는 말없이 주택을 바라보고 있었다.

"꼬마야 다 왔어 여기가 내가 사는 곳이야."

"빨리 올라가자."

우리는 안전한 장소에 왔음에도 긴장을 풀지 않고 몸을 숙여서 계단까지 신속하게 움직였다.

집으로 올라가는 계단 앞에 서자 비로소 긴장이 풀린 은호는 주저앉았다.

"십년감수했네."

"너네 집에 처음 와보네."

지아는 지금 상황의 심각성도 모르는지 속 편한 소리를 했다.

"뭐야 그 놀러 온 거 같은 말투는."

"몇 층으로 가면 돼?"

"3층."

난 빨리 들어가고 싶어 하는 지아 때문에 억지로 몸을 일으킨 뒤 계단을 올라갔다.

딸칵 소리와 함께 집 문이 열렸고 우리는 너나 할 거 없이 달려 들어가 신발을 벗고 쓰러졌다.

남자들을 따돌리느라 기진맥진한 것이다.

"은호야 일단 보리차."

"응? 보리차?"

"뭐야 없어?"

"응 지금은 없어."

"갈증엔 보리차가 최곤데 센스가 없네."

"남의 집에서 센스 찾지 마."

"남의 집이니까 센스를 찾지."

"…."

할 말 없게 만드는 지아였다. 하긴 얼마 전 친구네 집에서 보리차에 집착했던 게 자신이었으니까.

"뭐 그럼 주스로 봐줄게."

지아는 주스가 담긴 페트병을 꺼내 컵 세 개에 따른 뒤 하나씩 나눠 줬다.

"너 왜 이렇게 익숙한 거야."

"자 마셔."

"누나 잘 마실게."

"은호야 빵 먹을래?"

"저기 여기 내 집이거든."

지아는 입에 빵을 물고 자리에 앉은 뒤 품에 넣어둔 테이프를 꺼냈다. 그리고 빤히 바라봤다.

곧 있으면 이 밀봉된 케이스 안에 뭐가 들어있는지 알게 될 테니 그

전에 마음의 준비를 하는 거 같았다.

꼬마는 입맛이 없는지 빵도 한 입만 먹고 거의 그대로인 주스를 바닥에 내려놓으며 말했다.
"누나 이제 보고 싶어."
"꼬마야 이제 와서 말하는 것도 웃기지만 정말 이거 뜯어도 될까?"
"무슨 소리야?"
"응 마지막으로 물어보는 거야. 이 테이프 케이스 안에 어떤 내용물이 있는지 모르니까."
"음….."
"네가 상처받을 수도 있어서 그래."
"지아 말이 맞아. 네가 허락하면 너는 작은방에 가있고 우리끼리 본 다음에 너도 봐도 되는지 판단을 할게."
꼬마는 입을 꾹 다물고 잠시 생각에 빠지더니 이내 단호한 투로 부정했다.
"아니 나도 볼래."
"괜찮겠어?"
"아빠는 항상 내가 문밖에서 얘기를 듣고 있으면 와서 문을 세게 닫았어."
"…."
"난 이제 싫어 그런 거."
난 그 말이 뭘 의미하는지 백번 이해하고 있었다. 그리고 지아도 의젓한 꼬마의 대답에 별말 없이 기분 좋은 얼굴로 테이프를 건넸다.
"꼬마야 네가 직접 테이프를 뜯어."
"내가?"

"이미 알고 있잖아. 네가 해야 된다는 걸."

지아에게 비디오테이프 케이스를 받은 꼬마는 뭔가를 밀봉시키기 위해 칭칭 감아놓은 랩의 끝을 잡고 잠시 고민하다가 이윽고 풀기 시작했고 지아는 뒤로 물러나 은호 옆으로 와서 앉았다.

이 테이프의 밀봉을 풀면 꼬마의 아버지에 관련된 중요한 것이 나올 텐데 꼬마는 어린 나이임에도 불구하고 그걸 짊어질 각오를 하고 있었다. 비디오 케이스를 감고 있는 랩을 풀면서 꼬마는 두 눈을 감은 채 천천히 손목에 스냅을 줬다. 그런데 그 순간 은호는 문 쪽에서 낯선 인기척을 느꼈다.

"그렇게는 안 돼."

은호는 무단으로 침입한 검은색 점퍼 차림의 두 사람으로부터 지아와 꼬마를 지키기 위해 앞으로 나섰다.
"당신 누구야 누군데 마음대로 남의 집에 들어와."
"저 테이프 우리 거라서 돌려받으러 왔을 뿐이다."
"당장 나가."
"테이프만 돌려주면 바로 나가겠다."
"경찰에 신고하기 전에 나가."
난 손에 잡히는 아무거나 들고 남자를 노려봤다.
"그렇다는데 어쩌죠 순경님들."
"뭐?"
남자의 말이 끝나기가 무섭게 밖에서 순경 두 명이 빠르게 문안으로 들어왔다.

"순경이?"

"너희가 남자아이를 무단으로 납치했다는 신고를 받아서 왔단다."

"납치라니요. 그리고 당신들 여길 어떻게 안 거야?"

남자들은 웃었다.

"하하 알다니 우린 그냥 따라왔을 뿐이야."

"그게 무슨."

"네 꼴을 보면 알 텐데"

"말도 안 되는 소리를 아….'"

아차 싶었다. 은호는 남자의 말을 듣고 바로 깨달았다.

아까 연못에 숨었을 때 물에 잔뜩 젖어서 그대로 동물 우리까지 걸어갔었다.

남자들은 학교 출입구 밖으로 나와서 옷에서 떨어진 물이 만들어 놓은 선을 따라온 것이다.

너무 급한 상황이라 전혀 생각하지 못했다.

"왜 아이를 집으로 데려왔고 물건을 훔친 건지 설명해 줄 수 있겠니?"

"훔친 게 아닙니다. 꼬마한테 허락받은 겁니다."

"근데 왜 도망가."

그때 지아가 입을 열었다.

"이 비디오 케이스 안에 있는 것을 꼭 확인하고 싶어서 아이의 허락을 받고 여기로 온 거예요. 도망치는 것처럼 보여도 어쩔 수 없어요."

"나름대로의 사정이 있다는 건가?"

"우리는 아이의 아버지가 이 비디오를 천만 원에 팔라고 했다는 걸 들었어요."

"천만 원?"

"네 천만 원이요. 이 비디오가 왜 천만 원이나 하는지 궁금하지 않으세요? 우린 그걸 밝히고 싶었을 뿐이에요."

순경들은 지아의 말에 선뜻 답을 하지 못했다.

"그리고 지금 제가 가장 궁금한 건 남자들이 왜 여기에 있냐는 거예요. 왜 갑자기 쳐들어와서 아이를 저지시키는 거죠. 이 비디오 케이스 안에 뭐가 있는지 아니까 이렇게 남의 집에 무단 침입을 한 거 아닌가요? 우리가 봐선 안 되는 게 여기 있는 거예요?"

"우리는 비디오테이프 때문에 쫓아온 게 아닙니다. 실은 아드님의 아버지께서 자식 혼자 운동장에서 바자회를 하게 내버려두는 게 미안해서 우리라도 찾아가 챙겨주라고 부탁하신 겁니다."

"그래요?"

"그래서 운동장에 찾아갔는데 저 두 명이 아드님을 데리고 어딘가로 가고 있었죠. 우리는 뭔가 수상해서 멈추라고 했죠. 그런데 도망가더군요."

남자는 그렇게 말한 뒤 꼬마에게 다가가 허리를 숙이고 부드럽게 말했다.

"이제 그 테이프를 돌려주시고 저희랑 집으로 가시죠. 부모님이 걱정하고 계세요."

지아는 가만히 듣고 있다가 재밌다는 듯 웃기 시작했다.

"사기꾼들은 참 이상해. 바로 눈앞에 있는 진실을 감추는 주제에 항상 정의와 법을 입에 달고 살지."

남자들은 지아를 아무렇지 않은 표정으로 주시했지만 은호는 그게 노려보는 거라는 걸 알았다. 왜냐면 연못에서 상어를 상상할 때의 그 소름과 흡사했으니까.

"왜 우리를 사기꾼이라고 하는 거지?"
"당신들 지금 듣기 좋은 말들을 늘어놓고 있지만 사실은 이걸 피하려고 하는 거죠."
"무슨?"
"확실히 대답하세요. 그렇게 당당하다면 여기서 저 아이가 비디오를 뜯게 해요. 그리고 진실을 알게 하는 거죠."
"…."
"어떤가요? 당신들을 증명시킬 수 있는 가장 간단하고 완벽한 해답이라고 생각하는데?"

순경들은 말없이 상황을 지켜보기만 할 뿐이었다.

"우리가 왜 그래야 하지?"
"또 은근슬쩍 요점을 피해가네요. 단지 비디오를 뜯어보자는 게 그렇게 거부까지 해야 할 일인가요? 당신들 비디오 케이스 안에 있는 뭔가를 감추고 싶은 거지?"

"피곤하게 하는군."

남자는 기분 나쁘다는 표정을 지으며 핸드폰으로 어딘가에 전화를 걸었고 몇 초 뒤 사무적인 톤으로 목소리를 바꿨다.

"네 선생님 접니다. 다름이 아니라 오늘 아드님을 모시기 위해 학교에 찾아갔다가 웬 아이들이…."

남자는 통화하는 사람에게 선생님이라고 존칭을 쓰며 지금까지 있었던 일을 설명했고 꼬마에게 비디오를 뜯게 해도 되겠냐는 말을 했다.

"네 알겠습니다. 네 이따 들어가서 뵙겠습니다."

전화를 끊은 남자는 우리를 향해 돌아서며 손가락으로 비디오를 가리킨 뒤 고개를 끄덕였다. 허락을 받았다는 뜻이다.

"그럼 아드님이 원하시는 대로 해드리겠습니다."
"…."
"아무래도 이 비디오를 뜯고 확인하는 게 제 입장에서도 좋을 거 같네요. 저도 억울한 건 질색이거든요."

우리는 안도의 한숨을 쉬며 이제 봐도 된다는 눈빛을 보냈고 꼬마는 다시 비디오테이프의 랩을 풀기 시작했다. 하지만 뭔가 망설이는 듯 제대로 풀지 않았다.

"꼬마야 왜 그래?"
"저기…."

푸는 걸 멈춘 꼬마는 예상치 못한 말을 우리에게 했다.

"나 그냥 이거 안 볼래."
"뭐?"
"왠지 보고 싶지 않아졌어."
"설마 했던 최악의 엔딩이네."

지아는 씁쓸한 표정을 지었다.

"엄마 아빠가 운동장에 안 와서 화가 나서 장난친 거였어."
"저기 경찰분들 이제 상황 정리 된 거 아닌가요?"
"네…. 뭐."

순경들도 슬슬 정리를 해야겠다고 생각했는지 종이를 꺼내 뭔가를 적을 뿐이었다.

"저기 꼬마들아 세상을 살면서 호기심을 가지는 건 좋은 거지만 남을 의심하는 건 좋지 않은 버릇이란다. 마음 같아선 너희들 혼내주고 싶지만 선생님을 봐서 이번엔 그냥 넘어가 줄게."
"…."
여기서 더 지체할 필요가 없다는 듯. 신발을 급하게 신으면서 순경 중 한 명이 말했다.

"너희들 다음부턴 그러지 마라. 이번만 특별하게 봐주는 거야."
"…."
남자들은 순경들이 나간 뒤 테이프가 담긴 종이가방을 챙기며 말했다.

"어이 용감한 아가씨."
"…."
"시리즈는 말이지 중간에 멈추면 안 되는 법이야. 그건 마니아들에게 죄를 짓는 거나 다름없거든."

꼬마는 밀봉된 비디오테이프를 들고 기운 없이 남자에게 걸어가 넘겨주었고 집에 돌아가기 위해 신발을 꼬깃꼬깃 신었다.
"지아 누나 안녕."
"…."
"잘 있어라 얘들아. 기회가 되면 또 보자."

지아는 가만히 서있다가 그 말을 듣고 고개를 들었다.

"잠깐만요."
"응?"
"당신 맨 처음 여기 들어왔을 때 뭐라고 말했는지 기억나요?"
"글쎄."
"당신은 이렇게 말했어요. 그렇게는 안 돼."
"그게 왜?"
"이 말을 듣고 알았죠. 그 말의 대상은 비디오를 가져온 우리의 행위에 대한 질책이라기보단 비디오 케이스 자체라는걸. 즉 그렇게는 안 된다는 건 법도를 가르쳐야 한다는 가르침의 영역이 아니라 당신의 사적인 마음이 더 강하게 느껴졌다는 거예요."

"…."

"당신들 아이가 테이프를 열지 않을 거란 걸 알고 있었죠?"

"잘 지어내는구나."

"당신들은 이 집에 들어오면서 제지할 때 아드님이라는 말을 앞에 붙이지 않았고 차가운 목소리로 위압을 했어요. 그건 여기 모두가 느꼈구요. 때문에 우리는 당신의 감정 그대로를 받아들이고 글자 그대로 해석하면 역시 의심할 수밖에 없어요."

남자는 지아를 바라보며 입꼬리를 올렸고 처음에 소름 끼치게 만들었던 그 톤으로 돌아왔다.

"너는 진실을 좋아하는 거니?"

"…."

"진실이란 건 말이야. 진흙 속에 숨어있을수록 더 아름다운 법이야. 진주랑은 다르지."

"…."

"그만 가죠 아드님."

남자는 그 말을 뒤로하고 꼬마와 함께 계단 밑으로 내려갔고 우리는 계단에 울리는 신발소리가 사라질 때까지 듣고 있어야 했다.

이대로 오늘의 해프닝은 일단락되는 걸까. 속으로 이런 생각을 하고 있는데 지아가 갑자기 말을 걸었다.

"은호야."

"응?"

"너라면 어떻게 할 거야?"

"어떻게 한다니?"

"네가 그 남자라고 쳤을 때 어떻게 하면 아이가 비디오 밀봉을 풀지 않도록 할 수 있지?"

"글쎄…."

"어렵게 생각할 필요 없어."

"음…."

"아까 상황을 곱씹으면서 생각해 봐."

"꼬마가 비디오 케이스 랩을 풀 때 그 남자는 신발장 쪽에 서있었고 비디오를 건들 틈은 없었지."

"바로 그거야."

난 순간 불현듯 한 가지가 떠올라 소리를 질렀다.

"아! 그렇다는 건."

"맞아."

"뭔가…. 이해가 되면서도 씁쓸한걸."

"그 남자가 시간이 갈수록 여유를 찾을 수 있었던 건 아이가 자신이 원하는 대로 움직이고 있다는 걸 눈치챘을 때부터지."

"불안감을 자극했구나."

"만약 밀봉을 풀어서 나온 내용물이 범죄와 관련된 것이라면? 하는 생각에 결국 마음을 바꾸게 된 거지."

"그렇게 되면 자신의 아버지가 죄를 저지른 게 되는 거니까."

"뭐 하지만 테이프 케이스가 열리기 전에 순경들이 나서서 막았을지도 모르지."

"순경들이 막는다고?"

은호의 질문에 지아는 밖에서 들려오는 무전기 소리에 귀 기울이며 말했다.

"왜 순경들은 비디오에 아무런 관심도 없었을까. 이정도 상황이면 앞장서서 열어볼 텐데."

"그러게. 아예 관심을 두지 않았지."

"이 동네는 뭔가를 숨긴 채 조용한 척하고 있을 뿐이야. 아마 비디오를 사려는 자도 따로 있었겠지. 그들은 감시하러 온 거고."

"그 남자가 조금 전에 말했던, 진주랑은 다르다는 그건가."

지아는 남은 주스를 마시며 아쉬운 표정을 지었다.

"역시 주스는 빵이랑 먹기엔 너무 맛이 강해. 은호야 혹시 우유 없어?"

"응 없으니까 주스로 참아줘. 왜 갑자기 화제를 바꿔."

"이제 돌아갈 때가 됐다는 말이야."

그 말에 은호는 시계를 바라보며 아직 오후 3시밖에 되지 않은 걸 확인했다. 그렇게 바쁘게 뛰어다녔는데 시간이 이렇게밖에 지나지 않았다니. 아닌가 오히려 충실하게 시간을 썼기 때문에 그런 걸 수도. 은호는 마주하는 상황에 따라 시간이 흐르는 속도에 차이가 있을지도 모른다는 생각이 들었다. 아마 우리를 속여야 했던 꼬마의 입장도 비슷할 것이다. 방에서 그 압박감에 쌓여있었는데도 시간이 이렇게밖에 안 지났구나 하면서 말이다.

그러다 문득 운동장에 놔두고 온 돗자리와 만화책, 장난감이 떠올랐다.

"운동장으로 돌아가야겠어."

우리는 집 밖으로 나와, 학교 정문으로 향하는 오르막길을 천천히 걸었다.

바자회 행사가 끝났는지 부모와 손을 잡은 아이들이 하나둘 정문으로 빠져나오고 있었다. 수상한 남자들을 피해 도망치고 비밀을 밝히려던 꼬마가 마음을 바꿔버리는 등 여러 일들을 겪고 있던 동안 저 부모님들은 아무 문제 없이 자식과의 소중한 추억을 만든 것이다.

꼬마를 생각하니 왠지 씁쓸한 기분이 들어서 은호는 어떤 말도 할 수 없었고 지아도 말없이 걸을 뿐이었다.
그렇게 도착한 운동장엔 몇 개 남지 않은 돗자리만 펼쳐져 있었고 하나도 팔지 못한 물건을 가방 속에 넣으며 한숨을 쉬었다.
"비디오 속에 뭐가 들어있는지도 결국 보지 못했고 아이스크림도 날라갔구나 에휴."
"무슨 소리야 아까 내가 말한 거 못 들었어?"
"뭐가?"
"이거 내가 모두 산다는 말."
"근데 비디오를 확인하지 못했잖아."
"뭐 그래도 아까 연못에도 빠지고 고생했으니까 감안해 줄게."

아까의 일은 잊은 걸까? 지아는 활기찬 모습으로 정문으로 먼저 걸어갔고 은호는 아직도 마르지 않은 축축한 옷을 내려다보며 한숨을 쉬었다.
"우리 아이스크림이나 사 먹을까."
"나 아이스크림 먹으면 아마 감기 걸릴 거야."
"그건 해봐야 아는 거지. 어쨌든 빨리 와."
"해봐야 안다니…. 그게 그럴 때 쓰는 말이 아닌…."

은호는 투덜거리면서도 어쩔 수 없이 문방구로 따라갔고 조금 뒤 4층까지 쌓은 콘 아이스크림을 하나씩 손에 들고 초등학교 후문 쪽으로 걸어갔다.

그리고 지아는 아까 있었던 일에 대해서 얘기했다.

"아이는 결국 진실을 덮는 걸 선택했어."

"무서웠겠지."

"아마 그 남자가 처음에 한 말 때문에 겁을 먹었을 거야. 어쨌든 그 남자는 아버지의 측근이고 계속 만나야 하는 관계이기도 하고 아이는 이것저것 생각하고 나름대로 살 방법을 선택한 거지."

"일리 있네."

은호는 얘기하는 김에 예전부터 궁금하던 걸 물어보기로 했다.

"그런데 지아야."

"왜?"

"전부터 느낀 건데 너는 그런 걸 왜 그렇게 잘 알아?"

"흥 무슨 소린지 모르겠네요."

"누명을 쓴 친구를 구해주고 범인을 잡은 것도 그렇고 아까 꼬마가 비디오를 파는 걸 보면서 수상하다고 눈치챈 것도 그래. 다른 사람들은 꼬마가 천만 원에 판다는 소리를 할 때마다 허무맹랑하다며 웃으면서 지나갔어. 사실은 그게 일반적인 반응이고 그런데 넌 아니었어. 왜 그런 얘기를 하는지 파고들었고 의심했고 그 답을 찾으려 했어."

"…"

"너도 나에게 뭔가 숨기는 게 있는 거지?"

"…"

지아는 너무 솔직한 은호의 말에 살짝 놀란 표정을 지었지만 이내 피식 웃으며 주머니에 있던 뭔가를 꺼내 나에게 들이밀었다.

"자 받아."
"응? 이거…. 살구잖아."
"잘 익었길래 하나 챙겨왔지."
자신의 집에 열린 살구를 건네준 지아는 뒷걸음치며 천천히 거리를 벌렸다.

"그럼 다음에 또 봐."

저만치 멀어져가는 지아의 뒷모습은 신기루처럼 일렁거렸고 그 위로 햇빛을 쬐고 있는 나무의 잎들은 고개를 들었다 숙였다 하며 단잠에 빠진 듯했다.
"방금 있었던 일이 거짓말 같네."

은호는 4층짜리 콘 아이스크림과 살구를 보며 생각했다. 이정도면 부루마불의 우대권이나 우주여행에 당첨된 건가? 하고. 그렇게 소년은 아이스크림을 한 입 베어 물고 발길을 돌렸다.

2001년 4월 대학로 도착

어느덧 소나 님이 약속했던 요리대회 날짜가 다가왔다. 나는 어제저녁에 미리 옹심이와 호박죽을 만들어서 함께 섞은 뒤 준비해 놓은 물통에 넣어 냉장고에 시원하게 보관해 놨다.
그리고 바닥에 누워 아무것도 없는 천장을 보며 즐거운 생각에 잠겼다. 각자 준비한 맛있는 음식으로 모임을 가지고 맛에 대한 얘기도 나누며 추억을 만들 수 있다는 게 나에겐 엄청난 매력으로 다가왔다. 어쩌면 평소에 보지 못했던 그분의 모습을 만날 수 있을지도 모른다. 난 그런 생각들을 하며 잠이 들었다. 그렇게 빠르게 밤이 지났고 다음 날 아침에 눈을 뜬 난 그 호박죽을 담은 시원한 병을 가방에 넣었다. 드디어 출발이다. 집 밖을 나선 나는 그분이 있는 대학로에 가기 위해 지하철을 탔다. 한 역 한 역 지나며 창가 밖에 보이는 하천의 풍경과 날아다니는 새를 눈에 담았고 신발 속에 숨어있는 발가락으로 두근거리는 마음의 장단을 맞췄다.

시간이 지나 지하철은 대학로에 도착했고 나는 열릴 준비를 하는 문을 보며 서두르라고 마음속으로 재촉했다. 이윽고 문이 열렸고 나는 바로 앞에 있는 높은 계단을 빠르게 걸어 올라가며 개찰구 포스기에 바로 찍을 수 있도록 카드를 미리 꺼냈다. 지하철 요금을 계산하고 포스기를 빠져나온 내 눈앞엔 개미떼 같은 수많은 사람들이 각자의 목적지를 향하고 있었다. 대학로는 언제나 인산인해다. 다른 지역에도 많이 가봤지만 이곳만큼 미어터지겠다 싶은 느낌이 드는 곳은 별로 없었다. 아니 아예 없었다. 이곳은 예술인들이 많이 살고 있는 지역인데 각자가 지향하는 예술성이 달라서 그런지 몰라도 그것을 표현하는 것으로 느껴질 만한 옷차림을 입은 사람들도 많이 보였다. 나는 예술이라는 것에 대해 좀 더 밀착하는 듯한 촉감을 느끼게 하는 대학로를 그래서 좋아한다.

1999년 8월 소중한 마음

슈퍼의 문이 열리며 작은 종소리가 울려 퍼졌고 은호와 지아가 그 소리 아래로 조심스레 들어왔다.

"일단 목이 마르니 음료수를 골라보실까."
"근데 지아야 나 돈 안 가지고 왔는데."
지아는 그럴 줄 알았다는 표정으로 은호를 한번 바라보더니 음료수가 진열된 곳으로 걸어갔다.
"난 이온음료 마셔야지 넌."
"사주는 거야? 그럼 난 탄산으로 할까."
그때였다.
또다시 문이 열리더니 한껏 기대감이 느껴지는 목소리 톤의 두 아이가 들어왔다.
"550원으로 살 수 있는 거 골라."
"550원? 응!!"
여자아이는 남자아이의 말을 듣고 알았다며 슈퍼 안을 구석구석 살피며 돌아다녔다.
"저기 지아야."
"응?"
"550원으로 살 수 있는 게 있을까?"
"찾아보면 있겠지."
너무 적은 돈으로 맛있는 걸 찾고 있는 두 아이를 은호는 은근히 신경 쓰고 있었다.
그리고 그게 슈퍼 어딘가에 있었으면 했다.
그렇게 몇 분이 지나 아이들이 뭔가를 골랐는지 계산대에서 동전을 세는 소리가 들려왔다.
은호는 아이들이 무언가를 샀다는 거 자체에 안도감을 느꼈고 지아에게 아이들이 밖으로 나가면 계산하자고 했다. 뭔가 그래야 할 거 같았다.

"안녕히 계세요."
"그래 또 와라."
이제 우리 차례다.
"지아야 이제 계산…."
"오빠 다음에 돈 많이 모아서 저거 사자!"
"응 알았어!"
그 순간 은호는 밖으로 나가는 아이들을 보며 가슴이 따듯해지면서도 한편으론 먹먹해지는 감정을 느꼈다.

"은호야 안 나갈 거야?"
"어? 아…. 가야지."
"자."
은호는 지아가 건네는 탄산 캔음료를 들고 슈퍼 밖으로 나갔고 지아는 나오자마자 궁금한 듯 물었다.
"왜 아이들을 그렇게 뚫어지게 본 거야?"
"…."
"표정이 안 좋던데."
"안 좋다기보단 너무 아름답게 느껴져서 오히려 우울해졌어."
"우울하다고?"
"응…. 돈이 부족해서 원하는 걸 살 수 없을지라도 다음을 기약하고 오빠를 향해 환하게 웃는다는 거 너무 아름답지 않아?"
"너 혹시 조울증 같은 거 있니?"
"그런데 요즘 세상은 뭔가 저런 소중함을 잊어버리는 거 같아."
"…."
"세상에 아직 양심이 있다면 아직 그 정의라는 게 살아있다면 저 아이들의 미래를 지켜줘야 하는 거 아닐까? 그런 생각이 들었어."

"그럴지도 모르겠네."

"암튼 난 지아 너와 함께 다니면서 많은 걸 경험할 수 있었고 여러 생각을 할 수 있었어 고마워."

지아는 은호의 진심이 담긴 말을 들으며 조용히 비닐봉지에서 단팥빵을 꺼내 내밀었다.

"탄산음료랑 안 어울리는데 괜찮아?"

"알면 과자로 사주지…."

1996년 5월 첫사랑 그녀

야자 시간이 끝났다는 종소리가 교실 스피커에서 은은하게 들려오자 반 친구들이 분주하게 가방을 챙겨 하나둘 일어난다. 하지만 난 괜히 책상 서랍에 손을 넣고 뭔가를 찾는 척 자리에서 일어나지 않았다. 왜냐면 1분단 맨 뒤에서 천천히 가방을 챙기는 그녀가 아직 내 이름을 부르지 않았기 때문이다. 즉 나에게 있어서 진짜 종소리는 그녀의 목소리다. 마치 경찰이 눈앞에 사건을 두고도 바로 출동 못 하는 상태라고 하면 비슷할까. 난 지금 경찰서장이나 윗선의 명령을 기다리고 있는 것이다. 이건 그녀와 나의 암묵적인 룰. 하지만 내가 같이 나가자고 먼저 말을 거는 순간 깨어질 룰. 딱 그 정도의 사이. 난 그렇게 판단하고 있다. 얼마 전 두통약을 먹고 비몽사몽하고 있는 나를 깨워서 집에 가자고 말해준 게 그녀와 나의 전부다. 그렇게 우연히 정문까지 함께 걷게 되었고 그 순간이 좋았던 난 아직 환상에서 벗어나고 싶지 않을 뿐. 어쩌면 날 싫어할지도 모른다. 조금 지나면 더 이상 내 이름도 부르지 않고 휙

나가버릴 거 같은 예감마저 든다. 하지만 한 가지 확실한 건 그녀와 함께 있을 땐 마음이 편안해진다는 것. 이런 기분을 느끼는 건 흔한 일이 아니다. 이런 감정이 느껴지는 사람은 내 기준에서 좋은 사람이다. 신뢰할 수 있는 사람이다. 때문에 난 비록 얼마 안 가 사라질 인연이라 해도 그렇기에 더 소중한 거라고 믿고 있다. 아무튼 내가 지켜본바 그녀의 학교생활도 암묵적인 룰이 있다. 일단 그녀는 정기적으로 간식 나눠 먹는 걸 좋아한다. 아니 반드시 나눠줘야 한다. 종이상자에 담긴 과자를 여러 통 챙겨오는 걸 보면 어떤 사명감을 느끼는 게 분명하다. 보통 초콜릿 과자를 가져오는데 난 그게 너무 맛있어서 편의점에서 몇 번 살까도 싶었지만 그래도 학교에서 나눠 먹는 맛엔 비할 수 없다 싶어 관뒤버렸다. 세상은 때론 굳이 그러지 않아도 되는 것들로 짜여져 있다고 느껴질 때가 있다. 할 수 있지만 해선 안 되거나 하지 않아도 되는 것들. 생각보다 그런 것들이 주변에 많이 존재한다. 어쨌든 슬픈 건 같은 4분단일 땐 내가 1열 오른쪽 그녀가 2열 왼쪽이라 뒤돌아보면 바로 마주할 수 있어 자주 얻어먹었지만 그녀가 1분단으로 옮기면서부턴 그러지 못했고 밖에서도 당연히 사 먹지 않았다. 그 과자를 사 먹으면 정말 상관없는 사이가 될 거 같았으니까. 또 그녀는 반 친구들을 살갑게 대하며 이야기 들어주는 걸 좋아한다. 아니 반드시 들어야 한다. 자신의 앞뒤에 앉은 친구들이나 짝꿍이 하는 얘기를 들을 때마다 초롱초롱한 눈으로 집중하는데 발단 전개 위기 절정 결말 중에 위기 정도라고 생각되면 초콜릿 과자를 먹는다고 스스로 밝혀서 그런지 우리가 볼 땐 뭔가 영화관에 온듯한 생동감이 들기도 했다. 야자 끝나고 24시간 김밥가게에 가서 혼자 만두를 시켜 먹는다는 나의 말에 그녀는 초콜릿 과자 봉지를 힘차게 뜯었었다. 그녀에게 위기는 어떤 의미인 걸까. 뭐 이젠 1분단 아이들의 이야기에 집중하는 그녀를 멀리서 바라보기만 하는 신세가 되었지만 말이다. 어쨌든 그녀는 남에게 항상 친절하다. 아니 친절해야만 한다. 야자 시간에 오늘 수업 중 몰랐던 걸 물어보면 귀찮거나 싫은 표정 하나 없이 작은 목소리로 설명해 줬었는데 그 조곤조곤함이 무척이나 따뜻했다. 그리고 내가 이해했는지 확인을 꼭 했다. 그건 내가 너에게 도움이 되었냐는 물음이며 책임감이었을 것이다.

주변사람들의 이야기를 들어주고 다독여 주는 그 다정함은 마치 차분하고 잔잔한 시냇물 같았다. 뭔가를 헤치지 않고 부드럽게 흘러가는 건 중요하다. 인간들의 관계에서도 마찬가지다. 그렇게 따지고 보면 난 시냇물처럼 흐르는 누군가의 마음을 느끼는 걸 좋아하는 사람인지도 모르겠다.

그리고 그녀에겐 마지막 룰이 있다.

내 이름을 부르기 전엔 항상 열린 창문으로 어두운 하늘을 바라본다. 그녀는 어떤 생각을 하는 걸까. 때론 커튼을 헤치고 들어온 바람이 그녀의 머릿결을 세차게 흐트러뜨리며 블랙홀처럼 그 공간을 맴돌 때가 있다. 지금 당장 어딘가로 그녀를 끌고 갈 것처럼.

하지만 어떤 상황에서도 그녀는 미소를 머금고 밖을 바라봤다. 강한 사람이었다.

내가 교실에 마지막까지 남는 가장 큰 이유는 그 모습을 보고 싶어서다. 사실 나와 그녀의 사이가 꼭 가까울 필요는 없었다.

내가 그녀에게 말을 걸지 않아도 그녀는 자신이 있는 곳에서 새로운 이야기를 만들어 나간다.

같은 분단이 아니어도 그녀에게 나의 이야기가 없어도 교실은 시냇물처럼 잘 흘러간다.

난 그거면 충분하다. 이렇게 여러 생각들이 피어나는 곳에서 그녀를 만난다는 것 자체로 충분하다. 종이 치고 몇 분이 흘렀을까. 창문 밖을 보던 그녀는 바람을 한껏 베어 문 교실로 시선을 돌렸다. 그리고 교실 뒤편 사물함에 올려진 작은 쓰레기들을 주워 휴지통에 버린 뒤 가방을 멨고 그제서야 입을 열었다.

"성훈아 집에 안 가?"

"어?"

난 그 말을 듣고 가방을 챙겨 교실 뒷문으로 걸어갔고 그녀는 창문을 닫고 걸쇠를 위로 올려 잠갔다. 교실 밖으로 나오니 다른 반 아이들도 거의 남아있지 않았다. 야간 순찰 하는 경비 아저씨의 말소리만이 멀리서 메아리처럼 들려왔다.

교실 문을 잠근 뒤 우린 실내화 가방을 들고 중앙계단 쪽으로 향했다. 건물 양 끝에 있는 출입구들은 야자가 끝나고 바로 하교하지 않을 시 금방 폐쇄되기 때문에 어차피 돌아서 중앙 로비로 나가야 했다. 물론 내가 어느 쪽이냐면 그렇게 돌아서 가고 싶은 쪽이다. 조금이라도 그녀와 더 걷고 싶으니까.

운동장에 서서 학교를 정면으로 바라봤을 때 왼쪽 끝에 우리 반이 있는데 그쪽 출입구가 열렸다고 해도 바로 정문으로 향하는 길이라 그녀와 걷는 시간이 짧을 수밖에 없다. 만약 그쪽으로 내려갔는데 출입구가 열려있기라도 한다면 가장 짧은 거리를 걷게 되는데 그래서 가장 좋은 방법은 오른쪽 출입구로 가는 것. 그곳으로 가면 막혀있어도 가장 긴 거리를 그녀와 함께 걸을 수 있다. 하지만 어디까지나 암묵적인 룰에서 좀 더 나아간 상상일 뿐 중앙계단으로 내려온 뒤 본관 정문에서 신발을 갈아신는 그녀의 모습을 보며 난 곧 현실로 돌아와야 했다.

언제 끝날지 모르는 아슬아슬한 그녀와의 시간을 소중히 하는 게 더 중요했기에 담담하고 차분하게 이 순간을 받아들였다. 그녀는 저녁의 그림자에 덮인 꽃들을 스쳐 지나가며 어떤 말도 건네지 않았고 난 그녀의 발에 맞춰 걸으며 같은 발이 동시에 나가게 했다. 그게 지금 나의 마음을 표현할 수 있는 유일한 방법이었다. 그녀가 어떤 고민을 하고 어떤 생각을 하는지 알 순 없지만 암묵적인 룰이 허락하는 선에서 그 고뇌의 시간을 같이 걸어나가고 싶었다. 그렇게 우린 정문에 도착했고 환하게 빛나는 학교 밖 가로등 아래서 그녀의 얼굴도 선명해졌다. 이별은 간단했다.

"안녕 내일 봐."

"잘 가 주희야."

걷는 내내 한 마디도 하지 않았던 그녀는 헤어질 때가 되어서야 나에게 미소를 지으며 손을 흔들었고 아파트 단지로 연결되는 왼쪽 길로 향했다. 난 멀어지는 그녀의 모습을 좀 더 지켜본 뒤 학원으로 향하는 오른쪽 내리막길로 방향을 틀었지만 여운의 무게는 쉽사리 발걸음을 옮기지 못하게 했다.

1996년 4월 친구의 고백

어느 날 친구와 학교 주변에서 놀고 있었는데 또 다른 친구가 전화를 걸더니 찬규가 또 여자에게 고백을 한다는 말을 전해왔다. 곧 있으면 고백이 시작되니 빨리 이곳으로 오라는 것이었다. 우리는 그 말을 듣자마자 빠른 걸음으로 찬규가 있는 곳으로 향했고 이번에는 고백이 성공할 수 있을지 심장이 두근거리기 시작했다. 사실 이건 우리의 정기행사다. 지금 가고 있는 아파트 단지엔 우리 중학교에 다니는 학생들이 많이 살고 있어서 이런 일들이 자주 벌어진다. 찬규가 좋아하는 여자가 살고 있는 아파트에 내 친구도 살고 있어서 본의 아니게 상황을 목격하고 소문이 순식간에 퍼지는 식이다.

　물론 지금은 우리한테 전화했던 상진이가 놀이터 그네에 앉아 고민에 빠져있을 때 양복을 입고 손에 꽃다발을 든 찬규가 여자 집으로 걸어가는 걸 보고 미행한 것이지만 말이다.

　아무튼 찬규는 중학교에 올라와서 만난 친구다. 그리고 그는 좋아하는 여자가 있다. 혜인이라는 여학생이었는데 찬규는 그 여자를 초등학교 때부터 짝사랑했다고 한다. 그리고 혼자서 조용히 좋아하는 게 아니라 항상 좋아한다고 표현해 왔다. 오늘처럼 날을 정해서 선물을 갖다주기도 하고 그녀에게 도움이 될 수 있는 것을 항상 찾아 헤매는 친구였다. 그렇게 중학교까지 시간이 흘렀고 찬규는 아직도 그녀에게 고백을 하고 있다. 이건 보통 용기 가지고는 할 수 없는 일이다. 어느 날 그녀가 운명 같은 남자를 만날 수도 있는 거고 결국 더 이상 그녀에게 다가갈 수 없는 시간이 올 수도 있는데 찬규는 그런 건 개의치 않는다는 듯. 후회 없이 그녀를 좋아하고 있다. 나는 그런 마음이 정말 멋지다고 생각한다.

　그렇게 우린 목적지에 도착했고 아파트 단지로 들어가자 차 뒤에 숨은 채로 나에게 빨리 오라고 손짓하는 친구들 모습이 보였다.

　아직 그녀는 나오지 않았고 우리는 찬규가 눈치채지 못하도록 허리를 숙여 최대한 낮은 자세로 차까지 빠르게 걸어갔다

"야 이번엔 고백이 성공할까."

"글쎄 봐야지."

"근데 저 정도로 좋아한다는데 한 번쯤은 사귀어도 좋을 텐데."

"그건 아니라고 봐."

　우린 이번 고백의 성공여부에 대해 얘기를 속삭이듯이 말했고 숨어서 지켜보고 있다는 것 자체에 재미를 느꼈는지 몇 명 친구들은 웃음을

참고 있었다.

난 꽃다발을 손에 쥐고 여자가 나오길 기다리는 찬규의 표정을 보았다. 한 치의 흔들림도 없는 눈빛. 찬규는 그녀를 진심으로 좋아하고 있었다.

"야 나온다."

우리는 그녀가 나오는 모습을 자동차의 창을 통해서 지켜봤고 찬규는 그녀에게 다가가 꽃을 건네주었고 준비해 온 말을 전하기 시작했다.

하지만 그녀는 말 한마디 없이 말을 듣기만 했고 표정도 무척이나 담담했다.

하지만 찬규는 하고 싶은 말이 많았는지 다른 때보다 더 길게 대화를 이끌어 갔는데 우리는 오늘도 아니구나 싶어 항상 그랬듯 침체된 분위기로 변했다.

성공하면 축하해 주려고 했는데.

"이번에도 날 샌 건가."

"아직 모르잖아 있어봐."

우리가 이런 얘기들을 하는 사이 찬규는 어느새 할 얘기를 마쳤는지 먼저 들어가라는 듯, 아파트를 한번 바라본 뒤 그녀와 눈을 마주쳤고 꽃다발을 품에 안은 그녀는 손을 작게 흔들고 건물 안으로 사라졌다.

이번에도 잘 안 된 걸까. 찬규는 그리 좋지 못한 표정으로 우리가 숨어있는 차 쪽 방향의 길로 걸어왔다. 우리는 기다렸다가 찬규가 지나가는 찰나에 달려들면서 어깨동무를 했다.

기분을 풀어주기 위해서다.

"야 잘됐어?"

"사귀어 준대?"

"양복까지 빼입고 로맨티스트네."

 찬규는 친구들이 다가오자 여러 감정이 섞인듯한 표정으로 짧은 인사를 나눈 뒤 집으로 돌아갔고 우리는 찬규의 모습이 보이지 않을 때까지 자리를 지키다가 흩어졌다.
 매년 용기를 내는 친구의 뒷모습을 끝까지 기억하고 싶었으니까.
 그렇게 버스를 타고 집으로 돌아가면서 난 찬규의 말을 계속 떠올렸다.
 사실 내 상상일 뿐이지만 아까 고백할 때 이렇게 들렸었다.
 '나는 앞으로도 마음이 변하지 않을 거야.
 지금 내 마음을 받아주지 않아도 난 너를 계속 좋아할 거고.
 강요하는 게 아닌 너의 입장에서도 나를 좋아하는 마음이 생길 수 있도록 노력할 거야.'라고.
 내가 이런 생각을 한 이유는 찬규의 말을 듣던 그녀의 표정에서 그저 담담한 것만이 아닌 진심으로 고마워하는 마음도 보였기 때문이다.
 찬규 혼자서만 좋아하는 게 아닌 그 여자도 충분히 그 마음에 공감하고 있다는 것.
 앞으로 저 두 명이 어떻게 될지는 모르지만 분명 멋진 미래로 나아가지 않을까.

1999년 7월 박 순경의 흥미

박 순경은 파출소 책상 위에 쌓아놓은 비디오테이프를 계속 바라보고 있었다. 최근 동네에서 일어난 작은 사건 사고들을 정리 및 재조사해야 하고 순찰도 계속 돌아야 하고 총기류와 구비물품 등이 없어지지 않도록 철저히 관리함과 동시에 가위바위보에서 지는 바람에 떠안게 된 동료들의 옷까지 세탁해야 하는 등 너무 바쁜 상태였지만 그 와중에도 저 비디오테이프가 자꾸 신경 쓰였다.

"빨래 돌렸습니까?"

"그래."

박 순경에게 말을 건 후배로 보이는 남자는 나른한 듯 왼쪽 팔로 얼굴을 괸 채 오른손으로 볼펜을 돌리며 지루하다는 티를 팍팍 내고 있었다.

"우리 여기 온 지 얼마나 됐지?"

"몇 년 됐죠."

"그런가?"

"네 왜 그러십니까?"

"그냥 심심해서."

최 순경은 웃으며 말했다.

"동네가 조용하다는 건 그만큼 안전한 곳이라는 거고 그만큼 우리가 일을 잘하고 있는 거겠죠."

박 순경은 그래도 왠지 탐탁지 않은 표정이었다.

"최 순경."

"네."
"얼마 전에 정의초등학교에 아동납치사건이 있었지?"
"아 그거요. 별거 아니었다고 합니다. 아이들이 장난친 거래요."
"그래?"
"네. 근데 신고가 어떻게 들어간 건지 다른 파출소에서 출동했다네요."
"다른 파출소? 그런 경우도 있나."
"뭐 관할지역이 달라도 같은 경찰이니 도울 수 있는 거겠죠."
"그런가."
"왜요? 가고 싶으셨어요?"
"그래 가고 싶었다 짜샤. 아이들과 괴한들의 추격전이라니 낭만적이잖아."
"낭만적이라니…."
"근데 하나 물어봐도 되냐."
"네 물어보십쇼."
"넌 왜 경찰이 되기로 한 거야?"
"네? 당연히 사람들이 안전하게 살 수 있는 세상을 만들기 위해서죠."
"그거 말곤?"
"뭐 부모님께 효도하고 의젓하게 살고 싶은 마음도 있달까. 쑥스럽게 왜 이런걸."
"나는 하나가 더 있으니까."
"어떤 거요?"
"난 신고를 받고 출동하면 가해자와 피해자의 눈빛이나 성격, 분위기 등을 살펴보지. 왜 저런 말을 하는지 혹은 거짓말을 하고 있는 건 아닌지를 알아내기 위해서 말이야."
"그 말은 꼭 무슨 사건이 벌어지길 기대하는 것 같네요."

"아니 기대하는 게 아니라 벌어지게 된다는 걸 아는 거야."
"어떻게 알아요? 예언 같은 거 하세요?"
"잘 들어. 이 동네에 사람이 사는 이상 어떤 식으로든 사건 사고는 무조건 일어나. 꼭 강력범죄가 아니라도 말이야. 뭔가가 일어난다는 건 이해관계투성이인 사회에서 필연적인 거야. 기억해 두는 게 좋아."
"아 네."
"그래서 그 꼬마들과 얘기를 해보고 싶었을 뿐이야. 왜 그런 판단을 한 건지."
"뭐 저도 그건 궁금하네요."
"꼬마들의 입장에선 그날 있었던 일이 이해관계로 봤을 때 말이 되지 않은 거야. 그래서 비디오테이프를 들고 도망친 거고. 그런 과한 행동까지 하는 걸 주저하지 않은 거야."
박 순경은 그렇게 말하면서 비디오테이프를 바라봤다.
"이거 소장님이 올 때까지 건들지 말라고 했지?"
"네."
"그 꼬마를 데려간 남자가 가져가겠다는 걸 최 순경이 겨우 말렸다고?"
"네 별거 아니긴 해도 어쨌든 우리 관할지역이니 그날 출동했던 순경들이 잠시 이곳에 들러서 보고만 하려고 했는데 아무래도 꼬마들의 말이 신경 쓰여서 일단 우리 서에서 확인하고 꼬마의 아버지에게 돌려주는 게 맞는 거 같다고 우겼죠."
"꼬마들이 무슨 말을 했는데?"
"저 테이프 안에 뭐가 있는지 보고 싶다고 하더라구요."
"테이프 케이스 안에?"
"네 근데 뭐 그냥 영화 시리즈잖아요. 꼬마들이 오해한 거겠죠. 하지만 사람이 감이라는 게 있잖아요. 그래도 뭔가 꺼림직한 거 그래서 꼬마을을 쫓았던 남자들이 가져가려는 걸 극구 말렸죠."
"언제까지 돌려주는 거야."
"소장님이 저녁에 오시는 대로 확인하고 별거 없으면 내일 돌려줄 겁니다. 결론적으로 아무 일도 안 일어났고 이게 범죄현장의 증거도 아니라서요."
"그래."
"뭐 그나저나 꼬마의 마음은 저도 좀 알 거 같네요. 예를 들어 운동회 같은 중요한 행사에 가족이 안 오면 슬프지 않겠어요."
"너 그런 과거가 있었냐…."
"아니 제가 아니라 예를 들어서라는 거죠."

박 순경은 당황하는 최 순경을 보며 재밌어했고 곧 테이프 쪽으로 시선을 돌리며 말했다.
"저 비디오테이프 건은 아마 이대로 끝나지 않을 거야."
"네?"
"그 아이들 포기하지 않을 거란 소리야."
"어째서요?"
"아이들은 아직 테이프 케이스를 열어보지 못했어. 그럼 이왕 의심을 시작한 거 끝을 봐야 직성이 풀리지 않겠어?"
"그런가요."
"우리 있을 때 소장님 안 오실 수도 있으니 교대할 때 이 순경한테 인수인계 확실하게 하고. 근데 너 짜장면 시켰어?"
"아 깜박했다."
급하게 중국집에 전화하는 최 순경의 목소리에 지붕에 잠시 앉아있던 참새는 자신의 둥지가 있는 깊은 곳으로 순식간에 사라졌다.

1997년 4월 낙필 상병님

　이등병 시절 연병장에서 훈련을 하던 난 10분이라는 짧은 휴식시간이 오자 화장실에 가려고 했다. 그런데 갑자기 낙필 상병님이 나를 부르더니 잠깐 앉아보라고 했다. 혹시 혼이 나려나 싶어서 긴장을 했는데 상병님은 돌멩이를 하나 줍더니 땅바닥에 산 모양을 그렸다. 나는 이게 뭐지 하고 있는데 갑자기 나에게 질문을 던졌다.
　"야 나는 지금 상병인데 내 군 생활은 어디쯤인 거 같냐?"
　나는 그 말을 듣고 생각했다. 제일 꼭대기는 제대일 것이고 상층 부분은 병장일 것이고 상병 정도면 중간쯤에 있겠구나라고.

　나는 그런 확신을 가지고 돌멩이를 산의 중간 정도에 내려놓았다. 그러자 낙필 상병님이 말했다.

　"그래 나는 그 정도야 그럼 너는 군 생활이 어느 정도인 거 같아?"

　너무 쉬운 질문이었다. 나는 대답할 것도 없다는 듯 돌멩이를 산 그림 맨 아래에 내려놓았다. 그런데 낙필 상병님은 나에게 그게 아니라고 했다.

　"성훈아 아니야 너의 군 생활은…."

　상병님은 바닥에서 돌멩이를 하나 줍더니 자리에서 일어나 마치 투수처럼 자세를 잡았고 온 힘을 다해 돌멩이를 던졌다. 저 멀리 사라져 가는 돌멩이를 바라보는 나에게 상병님은 말했다.

"네 군 생활은 저기야."
"…."

신교대에서 훈련을 마치고 갓 자대로 배치받은 난 아무 말도 할 수 없었다. 그리고 며칠이 지났다.

저 멀리 날아가는 돌멩이를 바라보며 인생의 허무함을 느꼈던 난 빨래한 군복과 속옷을 정리하며 개인정비 시간을 가지고 있었다.

그런데 체육복으로 환복한 낙필 상병님이 기분이 좋은지 콧노래를 부르면서 이쪽으로 걸어오고 있었다.

모른척하고 있었지만 분명 목표는 나였다.
"야 여기 군 생활 어때 할만해?"

난 당연히 괜찮다고 대답했다.
"네 할만합니다."
"너 나랑 재밌는 거 할래?"
"재밌는 거 말입니까?"
"응 그럼 너부터 할래?"
"네 저부터 하겠습니다."

낙필 상병님은 나에게 눈을 감으라고 했다.
"야 눈감아 봐."
"네 감았습니다."
"뭐가 보여?"

난 솔직하게 말했다.

"아무것도 보이지 않습니다. 깜깜합니다."
"그게 뭔 거 같아?"
"잘 모르겠습니다."
낙필 상병님은 말했다.

"그게 네 군 생활이야."
"…."

눈을 감은 난 아무 말도 할 수 없었다.

오래전 일이지만 난 지금도 군 복무하던 당시를 가끔씩 떠올린다. 가끔씩이긴 해도 너무 생생한 기억들이라 날짜를 되짚어 보면 이런 말이 저절로 나오기도 한다.
'벌써 그렇게 됐어?'
누구나 마찬가지일 것이다. 흐르는 세월의 속도는 무섭게까지 느껴지는데 확실한 건 지금 이 시간 속 우리의 경험이 많은 풍파를 거치고 있다는 것이다.
그렇게 하나의 조각이 나왔을 때 우린 그걸 가슴속에 마련해 둔 보물상자에 넣고 추억이라 부르며 소중하게 여긴다.
그리고 그 추억들은 우리에게 늘 살아갈 원동력이 되어준다.

이른 아침 낙필 상병님의 갈굼 같으면서도 쿨한 개그를 떠올린 난 기분 좋게 웃으며 자리에서 일어났다. 역시 이 개그는 최고다. 귀찮은 아침을 반길 수 있게 한다.

1990년 5월 초등학교 수학여행

이건 초등학교 6학년 때 수학여행에 가서 생긴 일이다. 우리 학교는 지어진 지 얼마 안 된 학교였고 이쪽 지역도 개발을 한 지 얼마 안 되어서 많은 사람들이 이사를 오지 않은 시기였다. 그래서 전 학년의 학생 수가 턱없이 적었고 가장 심했던 6학년은 단 하나의 반만 만들어서 운영했다.

그래서 우리는 반이 하나밖에 없는 탓에 남다른 유대관계를 만들 수 있었다. 학교를 마치고 나서도 다 같이 오랫동안 대화를 나눈다거나 친구네 집에 단체로 찾아가거나 하는 등의 반으로서 함께 활동하는 경우가 많았다.

그러던 어느 날 학교에서 수학여행을 간다고 했다. 말이 수학여행이지 반이 하나밖에 없기 때문에 사실상 자유여행이라고 보는 것이 맞을 것이다.

그리고 담임 선생님은 임용고시에 붙고 나서 만난 첫 제자들과 떠나는 첫 여행이기 때문에 의미가 남다르다고 하셨다.

그런 설렘을 안고 며칠 뒤 수학여행을 가는 아침이 밝았고 나는 밥을 충분히 먹은 뒤 집 밖을 나섰다. 건물 밖에 나오자 아침 안개가 많이 끼어있었다. 이곳은 유난히 안개가 자주 낀다. 왜냐면 이 아파트 단지와 초등학교 사이에 큰 산이 자리하고 있기 때문이다. 땅의 온도와 산에 냉기가 합쳐져서 만들어지는 듯한 안개. 난 이게 좋았다.

난 이 안갯길 속을 걸어 학교에 도착했고 먼저 와있는 친구들과 어떤 간식을 싸 왔는지 수학여행 가서 뭘 할 것인지에 대해 이야기를 나누었고 운동장엔 학생들이 점점 모습을 보이기 시작했다.

그리고 여행에 필요한 계획서가 들어있는 듯한 파일철을 하나 가져

오신 선생님은 들뜬 목소리로 학생들을 버스까지 인솔했다. 나는 풍경을 보는 것이 중요하기 때문에 아이들이 많이 몰려있는 뒤쪽보단 좀 더 앞쪽에 있는 중간에 위치한 창가 쪽에 가방을 내려놓았다. 그런데 한 가지 안 가져온 게 있어서 당황했다. 그건 바로 카세트테이프와 이어폰이었다. 음악을 들으면서 여행하고 싶었는데 그만 깜빡해 버렸다.

하지만 그 후회도 잠시. 버스에 요란한 엔진소리가 들리고 시동이 걸리자 물건을 못 챙긴 아쉬움보다 설레는 감정이 더 올라오기 시작했다. 그리고 옆에 친구가 앉으며 과자 봉지를 뜯고 하나 먹어보라고 건네자 저절로 미소가 지어졌다.

이번 여행은 이 엔진소리를 음악으로 삼는 것도 괜찮을 것이다.

"내가 가져온 거도 먹을래?"

난 준비해 온 과자 봉지를 뜯었고 버스는 안개를 뚫으며 학교를 나섰다.

몇 시간 뒤 버스는 심한 꼬부랑길을 올라가고 있었는데 스릴 넘친다고 좋아하는 친구들도 있었지만 어지럼 등을 호소하는 친구들이 더 많았다.

저 길처럼 예상치 못하게 일이 꼬이기도 하고 상처를 받기도 하고 우리는 그렇게 살아가는 걸까. 끝을 모르는 꼬부랑길을 바라보며 난 감상에 잠겼다.

그렇게 산꼭대기까지 겨우 올라가자 반 친구들은 모두 안도했지만 안타깝게도 한 가지를 간과하고 있었다.

"내리막길도 꼬부랑길이잖아!!"

나는 높게 올라온 만큼 얻을 수 있었던 풍경을 두 눈에 새겼고 이 소중한 경험을 계속 기억하고 싶었다. 수학여행이니까.

1999년 6월 포대 자루

정의초등학교에서 조금 멀리 떨어진 또 다른 동네. 디근 모양으로 형성된 동네 가운데엔 놀이터가 떡하니 자리하고 있었고 아이들은 팀을 나눠 물총으로 전쟁을 벌이고 있었다. 가위바위보에서 이긴 아이들은 놀이터를 본진으로 삼아 공격을 해왔고 진 아이들은 주택 정문 안쪽에 숨어 문과 담벼락을 방패 삼으며 수비에 전념했다.

문방구에서 파는 물총이 대부분 그렇겠지만 총과 물통이 연결되는 부위에서 물이 조금씩 새어 나오는데 아이들은 개의치 않았다.

개중에 좀 더 디테일한 아이는 풍선으로 만든 물폭탄까지 던졌는데 그 파괴력은 가공할 만했다. 나중에 나이를 먹어 군대에 가면 저 아이는 분명 훌륭한 군인이 되겠지.

그리고 그런 아이들은 실제로 빨리 어른이 되고 싶어 한다.

"두영아 나 물 다 떨어졌어."
"빨리 물 넣고 와."

두영이가 사는 다세대 주택 마당에서 수비를 하고 있던 난 1층 두영이네 집 문을 연 뒤 바로 앞에 보이는 부엌의 호스를 틀어 탄환을 채웠다.

놀이터 정글짐 뒤에 숨어 공격하는 아이들을 이기는 건 여간내기가 아니다. 대장으로 정해진 아이를 맞춰야 이기는 규칙인데, 정글짐 터널에서 나오지를 않는다.

이럴 땐 결국 돌격밖에 없다.

대장인 두영은 여러 집에 숨어있는 같은 편 아이들에게 명령했다.

"자 내가 셋을 외치면 동시에 달려드는 거야."
"좋아."
"하나…. 둘… 셋!!"
"가자!!"

우리는 너나 할 거 없이 무작정 놀이터로 돌진했지만 미끄럼틀 위에서 투석기처럼 물폭탄을 던지는 적군을 도저히 당해낼 수 없었다.

산 높은 곳에 주둔하는 군대가 왜 압도적인 전적을 자랑하는지 알 거 같았다.

그리고 저 물폭탄은 꽤 아프다.

치열했던 전쟁이 끝나고 우린 놀이터에 사이좋게 앉아 방금 사 온 음료와 아이스크림을 하나씩 먹으며 많은 얘기를 나누었다.

사실 이 동네 아이들과 자주 놀지는 않지만 자연스럽게 만날 때가 있다. 바로 같은 반 친구 두영이가 이곳에 살고 있기 때문이다. 물론 두영이와 엄청 가까운 사이는 아니지만 학교에서 만나도 쉽게 말을 건네고 어울릴 수 있었다. 그래서 방과 후에 같이 놀자고 따라가도 선뜻 허락하곤 했다. 아무리 다가가려 해도 멀어지는 사람이 있고 아무 노력도 하지 않았는데 어느새 함께 어울리는 사람도 있다.

두영이는 그런 의미에서 후자인 거 같다.

그런 생각을 하고 있을 때쯤. 은호는 단 한 번도 못 본듯한 느낌의 아이들 무리가 포대 자루를 끌며 놀이터 주변으로 다가오는 걸 볼 수 있었다. 자신 역시 이곳에 살지는 않지만 그래도 뭔가 이곳과는 어울리지 않는 무리라는 걸 몸이 인지하고 있었다.

포대 자루 속에선 낑낑대는 소리가 들려오고 아무래도 불안한 예감이 맞는 거 같았다.

특히 그 포대 자루를 끄는 아이는 좀 더 나이가 있어 보였다. 최소한 6학년은 돼 보이는 큰 키에 날카로운 눈매를 가진 남자아이였는데 같은 무리에게 뭐라고 말하더니 놀이터 울타리에 기댄 채 주변을 둘러보는 듯했다.

무리 아이들은 뭐가 즐거운지 시끌벅적하게 모래땅을 파기 시작했고 5분 정도가 지나자 꽤 큰 구덩이가 만들어졌다.
설마 아니겠지. 은호는 무리가 하는 짓을 가만히 주시했다.
그런데 울타리에 기대어 있는 소년이 살짝 뒤를 돌아보고 만족스러웠는지 포대 자루를 끌고 구덩이 쪽으로 걸어오고 있었다. 설마 진짜 그런 짓을 하려는 건가?

그 소년은 구덩이 앞에 서더니 뭔가가 발버둥 치는 듯 요란하게 흔들리는 포대 자루를 들고 물끄러미 바라봤다. 그리고 어떤 고민도 없이 손을 놓았고 포대 자루는 구덩이에 빠졌다.

두 눈으로 보고도 믿을 수 없었던 은호와 아이들은 자리에서 일어나 그 소년 무리에게 몰려갔다.

"야 너 지금 뭐 한 거야. 빨리 안 꺼내?"
"왜 너도 하고 싶어?"

이런 상황에서도 소년은 어떤 동요도 없이 오히려 우리를 회유한다고 해야 할까 끌어들이고 있었다. 아주 자연스럽게 말이다.

"우리가 진짜로 저 개를 묻으려고 하겠냐. 당연히 장난이지."
"장난이라도 너무 심하잖아."
"이 동네는…. 역시 재미가 없네."
"재미라고?"

저 무리는 우리가 생각하는 재미와는 전혀 다른 재미를 원하는 모양이었다. 소년은 김이 샜다는 듯 혀를 찬 뒤 말했다.
"난 세준이라고 해. 너희가 살고 있는 이 동네를 죽여줄 사람이니까 이름을 잘 기억해 둬."
본인의 이름을 말한 소년은 저 개를 풀어주라는 말만 남긴 채 휘파람을 불며 골목길로 사라졌고 포대 자루를 푼 아이들도 빠른 걸음으로 따라가며 상황은 일단락됐다.
작은 강아지를 품에 안은 두영은 걱정스러운 표정을 지었다.

"근데 이 개는 어쩌지?"
"경찰서에 갖다줘야 하나?"
"동물 보호 센터라는 게 있다던데."

강아지를 어떻게 할 건지 많은 의견이 나왔지만 쉽사리 결정하긴 어려웠다. 생명은 원래 어려운 것이다. 은호는 그런 생명을 함부로 대한 소년이 도저히 용서되지 않아 화가 치밀어 올랐고 그들이 사라진 골목길만 바라볼 뿐이었다.

1990년 5월 방 배정

　버스를 타고 우리가 도착한 곳은 어둠 아래 우두커니 서있는 약간은 오래돼 보이는 병원처럼 생긴 호텔이었다. 저녁쯤에 도착해서 그런지 조용한 호텔이 약간은 을씨년스럽게 느껴졌다. 우리는 챙겨온 가방을 메고 버스에서 내린 뒤 담임 선생님을 따라 호텔 안으로 들어갔다. 호텔은 카운터를 제외하고 1층이 모두 불 꺼진 상태였고 남직원이 카운터에서 우리를 반겨주고 있었다. 직원은 수학여행을 왔다는 계약서를 제시한 담임 선생님과 어떤 얘기를 나눈 뒤 종이에 사인을 했다. 그리고 각 방의 열쇠를 건네주었고 선생님은 호수에 따라 학생들을 배정한 뒤 열쇠를 나눠주셨다. 난 같은 방에 배정된 친구들과 열쇠를 받은 뒤 바로 5층으로 올라갔다. 여자들은 여자대로 남자들은 남자대로 선생님은 혼자서 방을 쓰게 되었는데 방에 들어온 우리는 크지도 작지도 않은 방을 살피면서 실컷 기분을 냈다. 그리고 가방을 내려놓자마자 챙겨온 옷으로 갈아입는 친구도 있었고 나는 가방을 연 뒤 가져온 간식이 얼마나 남았는지 확인했다. 나에겐 간식이 중요했으니까. 그리고 치약이나 칫솔, 비상 약품 같은 물품도 확인했는데 혹시 필요할지 모를 친구들을 위해서 수건을 세 개 정도 챙겨왔는데 마침 세수를 하겠다는 친구가 있어서 하나를 주었다. 친구는 고맙다면서 화장실로 들어갔고 우리는 선생님의 지시가 있을 때까지 쉬기로 했다. 하지만 문밖에서 시끄러운 소리들이 들리더니 갑자기 다른 방에 배정받은 친구들이 몰려들어 왔다. 그리고 한 친구는 이 방도 좋다면서 바닥에 다이빙을 하면서 엎어졌다. 난 안다. 아직 이곳에서 무슨 시간을 보낼지 모르지만 낯선 공간에 와서 새로운 경험을 한다는 건 늘 가슴 떨리는 일이라는걸. 난 반 친구들과 왁자지껄하게 떠드는 이 순간에도 처음 온 여행의 무게를 분명히 느끼고 있었다. 그렇게 한바탕 소란이 끝나고 잠시 방이 조용해지자 난 살짝 창문을 열어 바람을 쐤다. 다이빙을 한 뒤 어느새 잠들어 버린 친구도, 폴라로이드 카메라로 다 함께 찍은 사진을 후후 불며 자신의 가방에 소중히 넣는 친구도 그리고 무슨 일이 생기진 않을까 전전긍긍하는 선생님의 마음도 내겐 너무도 소중했다.

1990년 5월 정체 모를 여자

조금 뒤 저녁시간이 되었고 담임 선생님은 준비해 온 도시락과 빵, 음료수를 각 방에 나눠주셨다. 우리는 받은 음식을 맛있게 먹었고 남은 빵과 음료수를 차지하기 위해 가위바위보를 하기도 했다. 그리고 담임 선생님은 2시간 뒤에 한방에 모두 모여서 장기자랑을 할 테니 각 방별로 아이디어를 모아 열심히 만들라고 하시며 방으로 들어가셨다. 친구들은 난데없이 장기자랑을 준비하라는 말에 당황을 했고 그래도 안 할 수는 없으니 머리를 맞대서 고민했다. 몇 분이 지났을까 이렇다 할 아이디어가 없는 상황 속에서 친구 하나가 뭔가 떠올랐다는 듯 손바닥을 주먹으로 살짝 쳤다. 우린 그 친구에게 좋은 생각이 있냐고 물어봤고 친구는 뭔가 말하려고 했는데 바로 그때 복도에서 여자의 비명 소리가 들려왔다. 놀란 우리는 무슨 일인지 알기 위해 복도로 뛰어나갔고 반대편 문에서도 선생님이 뛰어나오셨다. 울음소리가 들려오는 방으로 달려 가보니 같은 반 여자애들이 한 명을 다독이고 있었다. 그 여자아이는 두 손을 벌벌 떨면서 울고 있었는데 왜 그러냐고 물어보니 옆에 있던 친구가 대신 말해줬다. 방 구경을 하다가 아무 생각 없이 인터폰을 들고 장난으로 "여보세요 안녕하세요."라고 말을 했는데 갑자기 웬 여자가 낮은 목소리로 "네…."라고 답을 했다는 것이다. 근데 그 목소리가 직원의 목소리라고 하기엔 너무 소름이 돋아서 울음이 나왔다고 했다. 우리는 그 말을 듣자마자 선생님과 함께 로비 1층으로 내려갔다. 그런데 카운터에 여자직원은 없었다. 선생님은 1층을 돌아다니며 남자 직원을 발견했고 방금 여기서 여직원이 우리 여학생과 전화를 했는데 그 여자는 어디 있냐고 물어봤는데 직원은 이렇게 말했다.

"여직원들은 아까 다 퇴근했습니다. 밤에는 남직원 한 명에 경비원 한 명까지 해서 총 두 명이 일합니다."

우리는 그 말을 듣고 아연실색했다. 그럼 반 여자아이가 들은 여자 목소리는 누구였단 말인가. 우리는 일단 다시 5층으로 올라가서 여자를 다독여 줬다.
그런데 반 여자들 중 한 명이 갑자기 손을 들더니 진실을 밝혔다.

"저기…. 그 목소리 제가 한 거예요."
"?"
"윤지가 인터폰으로 전화하길래 듣고 있다가 장난치려고 귀신 흉내를 낸 거예요."
"왜 그런 장난을…."
"기분이 들떠서…. 죄송해요."

장난을 친 친구는 진심으로 사과를 했고 겁에 질려있었던 윤지도 안정이 되었는지 친구에게 다가가 괜찮다며 오히려 위로했다.
그 모습을 지켜본 선생님은 오해가 풀렸고 사과도 했으니 이제 즐겁게 수학여행을 보내는 것에 집중하자며 파이팅을 외쳤다.

"6학년 1반 파이팅!!"
"파이팅이라니…."
"왜 내가 쑥스럽지."

이 반은 선생님으로서 처음 맡게 된 반이었기 때문에 그 애정과 책임감은 분명 엄청나셨을 것이다. 그래서 선생님은 풋풋한 젊음과 노총각의 기운으로 반의 분위기가 다운될 때마다 파이팅을 외치며 최선의 노력을 다하고 계셨다.

그렇게 우린 다시 장기자랑을 준비했고 아이디어가 있다며 자신감을 내비치던 친구를 믿었지만 정작 발표 시간이 되자 손발이 안 맞아 흐지부지되며 보기 좋게 실패했다. 한 명씩 일어나며 연기를 하려고 했는데 쑥스러움을 이기지 못한 것이다. 하지만 그걸로도 좋았고 웃을 수 있었다. 이런 여유가 수학여행의 특권인지도 모르겠다. 이후 여자애들의 댄스실력에 압도당하며 장기자랑은 화려하게 마무리됐고 수학여행의 첫날 밤은 친구들의 베개싸움과 함께 저물어 갔다.

그리고 나는 문득 이런 생각이 들었다.
인터폰의 여자 목소리는 해프닝으로 끝났지만 만약 나쁜 마음을 가진 자들이 착하고 순수한 사람들을 속이고 그걸 진실인양 믿게 만드는 일들을 벌인다면 우린 그걸 어떻게 막아낼 수 있을까.

성훈의 그 물음에 1층의 텅 빈 카운터는 말없이 자리를 지키고 있을 뿐이었다.

1999년 6월 미술 선생님과의 소풍

구름이 맑게 펼쳐진 하늘 아래로 수많은 학생들이 줄지어 학교 정문을 통과하며 내리막길로 천천히 향하고 있었다.
각자 집에서 준비해 온 맛있는 도시락과 친구들과의 즐거운 대화는 길 안내를 하며 지도하는 선생님들의 기분까지도 맛깔나게 했다.
"찻길은 위험하니까 선배들은 저학년 후배들이 인도를 벗어나지 않도록 잘 챙겨주세요."
"네."
선생님들은 학생들이 소풍 중에 다치지 않는 것이 가장 중요했기 때문에 공사지역이나 길이 안 좋은 곳은 모두 피해서 인솔했다.
최근 있었던 선욱 학생의 교통사고가 학교와 동네에 많이 알려져서 부모님들의 불안감이 커진 상황이었는데 소풍을 간다는 안내문을 가정에 보내자 우려하는 문의전화가 빗발친 것이다.

하지만 신 선생님은 이럴 때일수록 움츠러들 것이 아니라 학교와 부모들이 앞장서서 이 동네의 안전을 지키고 바꿔나가야 아이들을 훌륭한 어른으로 만들 수 있다며 학부모 위원회에서 호소했기에 무기한 중단을 막을 수 있었다
그래서 안전을 위해 첫날은 1학년에서 3학년까지 둘째 날은 4학년에서 6학년까지 총 이틀로 나눠서 소풍을 가기로 했다.

"신 선생님."
"네?"
"모르시죠? 한아름 선생님이 많이 고마워하고 계세요."
"제가 뭘요."
"소풍과 연계해서 여러 행사를 준비하고 있었는데 그게 엎어질 뻔했잖아요. 은인이세요."
"아닙니다."

신 선생은 한아름 선생님의 마음을 전해 들으며 도착한 공원에서 학생들이 돗자리를 펴고 즐겁게 떠드는 모습을 바라봤다.
주변의 꽃들은 수많은 색으로 빛나며 학생들을 감싸 유유히 흔들렸고 따듯한 햇살 아래로 흐르는 바람이 작은 잎들을 날아오르게 했다.

"이곳은 무척이나 아름다운 곳입니다. 한 선생님이 왜 그렇게 고집을 피우셨는지 알겠네요."
"그러게요."
"선욱 학생도 같이 왔으면 좋았을 텐데."
"퇴원은 했지만 일단 집에서 당분간 자율 학습 하기로 했답니다."
"한번 찾아가면 좋겠네요."

신 선생은 대화를 마치고 바로 학생들이 모여있는 곳에 가 크게 외쳤다.
"자 지금부터 가져온 미술 도구로 그림을 그릴 거예요."
"네."
"시에서 주최하는 대회라 수상한 사람은 각 학교의 수상자들과 꿈나무 수련회에도 참가하게 되니까 열심히 그리세요."

은호는 돗자리에 앉아 옆의 친구가 만들어 내는 비눗방울을 손으로 연신 잡아 터트리는 것에 집중하고 있었고 그런 그를 바라보던 누군가가 등을 툭툭 건드렸다.

"그림 안 그릴 거야?"
"어 현우야!"
"기억하고 있네 오랜만."
"지아네 동네에서 했던 그 전쟁을 어떻게 잊겠어."
"그땐 정말 재밌었지."

은호는 현우의 붙임성 좋은 성격이 좀 부담이 됐지만 그렇다고 싫은 건 아니었다.

"근데 은호야 지아는 어딨어?"
"응? 지아는 왜."
"항상 같이 다니지 않았어? 틀림없이 같이 그리고 있을 줄 알았는데."
"글쎄…."

은호는 문득 지아가 자신과 얼마나 함께하고 있었는지 떠올려 봤지만 늘 같이 있는 건 절대 아니었다. 냉정하게 말하면 만나는 빈도는 정해져 있었다.
바자회 도망사건 때 그나마 자주 같이 다녔고 학교에서는 복도에서 마주칠 때 인사만 나눌 뿐이었다. 즉 평소에는 그리 자주 만나지 않았다.
현우는 지아네 동네에서 어쩌다 전쟁놀이를 한 게 기억에 강하게 남아있어서 그렇게 느낀 것이다.

"뭐랄까 지아와는 뭔가 사건이 벌어질 때 의도치 않게 만나는 사이라 그게 아니면 평소엔 만나지 않아."
"응? 그게 무슨 관계야."
"이상한 관계인지도."
"으흠…."
현우는 모르겠단 표정으로 잠시 생각하더니 다시 밝아졌다.

"그럼 난 나라 찾으러 가야겠다."

은호는 속으로 생각했다. 현우는 자신보다 훨씬 진취적이고 정의로운 사람이라고, 틀렸다고 생각되는 것에 있어서는 선생님에게도 굽히지 않고 할 말을 하기 때문에 많은 학생들의 지지를 받아 매번 반장에 뽑히는 게 아닐까 싶었다. 그래서 지아와 나라에게도 꽤 큰 신뢰를 받고 있는 것 같았다. 그러다 문득 자신 때문에 사고가 난 선욱이가 떠올랐다.
만약 내가 아닌 현우가 그날 같이 자전거 여행을 갔다면 선욱이는 사고가 났을까?
은호는 그런 궁금증이 생겼다.

"현우야 내 생각에 너는 절대 친구를 버리지 않을 사람 같아."
"무슨 소리야?"
"비록 타임머신은 없어서 확인은 못 하지만 너는 왠지 그럴 거란 확신이 들어."
"말만으로도 고맙다."

현우는 나의 말을 듣고 쑥스러운지 자리에서 일어났고 음료수를 하나 건네준 뒤 나라를 찾는다며 어딘가로 달려갔다.

"그림을 그리기 전에 자신의 마음에 드는 장면을 찾아보세요. 그리고 그 장면 속에서 어떤 꽃을 부각시킬지 아니면 전체적으로 모든 꽃을 부각시킬지 고민해야 합니다. 화법은 그 이후의 문제입니다."

"색깔을 다르게 칠해도 되나요."

"칠하는 건 개개인의 몫이지만 그 꽃의 원래 색을 존중하는 건 어떨까요. 그 누구에게도 상처 주지 않고 스스로 우뚝 선 그 꽃의 색깔을요."

미술을 가르치는 신 선생은 학생들에게 본인의 생각을 전하며 소통했고 한아름 선생은 멀리서 그의 모습을 바라보고 있었다.
한아름 선생님의 표정에서 굳은 신뢰감을 본 은호는 문득 현우와 미술 선생님이 닮았다는 생각이 들었다.
또 자신에겐 그런 면이 없어서 지아와 더 가까워지지 않는 것일 수도 있다.

"어느 방향이 좋을까."

은호는 이미 그림을 그리기 시작한 학생들 사이에서 뒤늦게 구도를 잡기 시작했다.

1990년 11월 학년의 마지막은 역시 운동장에서

아직 겨울로 넘어가진 않았지만 점점 딱딱해지는 운동장의 흙을 밟으면서 우린 가을이 끝나가는 걸 느끼고 있었다. 그리고 그때쯤 담임 선생님은 우리에게 캠핑을 간다고 말을 하셨다.
"캠핑이요? 텐트 치고 자는 그거요? 어디로 가는데요?"
"학교에서 하기로 정했다."
"네? 학교요?"
"그래. 학교 운동장에서 이번 주 금요일에 캠프를 하기로 했다."
반 아이들은 영 탐탁지 않은 분위기였고 굳이 해야 하냐는 말까지 나왔다.
"1학기에 여행 다녀오지 않았나요?"
"그냥 수업해요 네? 선생님."
선생님은 자신의 예상과 다른 아이들의 반응에 살짝 동요하는 표정을 지었지만 이내 평정심을 되찾았다.
"물론 1학기 때 수련회 겸 여행을 다녀오긴 했지만 시간도 지났고 그때보다 너희도 성장을 했잖아. 그러니 이번에 하게 된 운동장 캠핑도 캠핑 나름대로 뭔가를 얻어갈 수 있을 거다."

반 아이들은 그 얘기를 듣고 더 이상 의문을 제기하고 앉았고 나 역시 납득을 했다. 말씀처럼 우린 1학기에 여행을 다녀왔고 여러 경험을 하면서 사회성이나 협동심을 길렀는데 이번 운동장 캠핑은 그걸 살릴 수 있는 좋은 기회도 될 것이다. 형식적으로 하는 성의 없는 행사는 절대로 아니었다.
난 처음 부임해 오셨을 때보다 훨씬 의젓해진 선생님을 보며 왠지 모르게 기분이 좋아졌다.

"운동장에 설치할 텐트는 학교에서 준비했으니 너희들은 조를 짜줄 테니 필요한 음식과 물품만 준비하면 된다."

"네."

"그리고 그날 캠프파이어, 장기자랑, 담력훈련 등등 많은 계획이 잡혀있으니까 행사를 도와줄 자원봉사단도 뽑을 거야. 생각 있는 사람은 반장에게 말해서 신청해. 아무튼 행사 전까지 고지할 사항이 있으면 프린트해서 칠판 옆 학급 정보게시판에 걸어놓을 테니 수시로 확인해."

"네."

"그럼 이상."

"차렷 경례!"

"감사합니다."

학교 종례가 끝나자 우린 부리나케 가방을 챙기고 교실을 빠져나갔다. 학원을 간다거나 운동을 한다거나 그 밖 여러 계획들이 남아있기 때문이다.

친구들과 점심시간이나 쉬는 시간에 대화하면서 들었는데 결국 중학교 입학을 대비한 선행 학습이라고 보면 되지 않을까.

1학기 때는 이곳 아파트 단지에 이사 온 지 모두 얼마 안 되었기 때문에 학원에 다니지 않는 반 친구들이 많았다. 그래서 학교를 마치면 반 친구네 집에 가서 자주 놀기도 했고 시간들이 맞으면 주말에도 만나 버스를 타고 수영장이나 스포츠경기장에 가기도 했다. 그러니 여름방학은 말할 것도 없었다.

하지만 그 이후론 2학기에 들어서면서 하나둘 학원에 다니기 시작하고 진로 관련해서 고민하는 무게감 자체가 달라지면서 학교 밖에서 만나는 빈도도 당연히 줄어들어야 했다.

10월 정도가 넘어가면서부터는 교실의 공기도 이미 졸업을 해버린 듯한 끝나 있는 듯한 느낌을 많이 받았고 말이다.

그래서 난 이번에 운동장에서 하는 캠프가 친구들과의 마지막 시간일 거라고 속으로 생각했다.

그렇게 난 다 같이 왁자지껄 얘기를 나누며 하교하던 친구들이 지금은 혼자 혹은 따로따로 나가는 걸 무게를 실어도 잘 부서지지 않는 신발 자국 모양의 흙 위에 가만히 서서 지켜봤다. 왠지 정문을 빨리 지나치기 싫었다.

1990년 11월 운동장 캠핑

망치에 부딪혀 딱딱 소리를 내는 철심은 텐트를 고정시키기 위해 땅속을 파고 들어갔고 반 친구들은 텐트를 팽팽하게 유지하며 오늘 하루를 멋지게 보낼 아지트를 완성시키려 했다.

하지만 내키지 않는 친구들도 있었다.

"선생님 오늘 정말 여기서 자는 거예요?"
"그래. 추우니까 옷 따듯하게 챙겨라."
"아 선생님."
"다른 애들은 텐트 벌써 다 만들어 가잖아. 빨리 서둘러라."

담임 선생님에게 투정을 부린 친구들은 마지못해 망치를 들어 철심을 두드렸다.

성훈은 이건 마치 군대훈련 같다고 느꼈다.

전쟁이 일어나면 훨씬 더 극한인 상황에서 텐트 철심을 박아야 할 것이다.

이번 운동장 캠핑은 반 친구들과 협동심을 기를 수 있는 것은 물론, 중고등학교생활을 잘 견뎌낼 수 있게 정신력까지 단련시켜 주는 중요한 시간이라는 걸 모두가 알고 있었다.

그런 우리에게 격하게 답해주고 싶으신지 담임 선생님은 군대에서 요리용으로 쓰는 반합을 여러 개 가져오시더니 각 조에게 나눠줬다.

반 여자애들은 이게 뭐냐고 놀라기도 했지만 곧 재밌어하며 이걸로 어떤 요리를 해 먹어야 하는지 고민하기 시작했고 담임 선생님은 다음 단계로 넘어가셨다.

"이걸로 요리를 해 먹으려면 반합을 걸칠 수 있는 나무 지지대와 불이 필요하겠지. 다들 와서 나뭇가지를 가져가라."

반 친구들은 먼저 달려온 순서대로 괜찮은 나뭇가지를 선점해 가져갔는데 만드는 방식이 여러 가지였다. 비슷한 길이의 나뭇가지를 엑스자로 교차해 묶은, 지지대 2쌍을 반합이 들어갈 만한 넓이로 양쪽에 세운 다음 나뭇가지를 걸치거나 아예 Y자의 튼튼한 나뭇가지를 두 개 골라 땅속에 심은 뒤 나뭇가지를 걸치기도 했다. 그리고 어떤 친구들은 어차피 반합은 튼튼하다며 장작 위에 그냥 올려버리기도 했다.

"선생님 이거 캠핑이 아니라 수련회 온 거 같은데요?"
"캠핑이란 게 그런 거지. 그간 경험해 온 수련을 바탕으로 여유롭게 즐기는 거니까. 결국 캠핑하는 순간에도 자신을 갈고닦는 거란다."

어느새 점심시간이 되었고 우린 학교에서 준비해 주고 집에서도 각자 가져온 식재료를 이용해 반합을 가득 채우기 시작했다.

"너희는 뭐 할 거야? 우리는 김치찌개 할 건데."
"우리는 카레 할 거야."
"쟤네는 삼겹살이랑 두부를 볶는대."

그리 많지 않은 식재료였지만 우리는 최선을 다해 요리를 만들었다. 아직 본격적인 겨울은 아니었지만 은근히 느껴지는 냉기가 우리를 더 신나게 했다. 물론 아닌 친구도 있었지만.

"으 이 날씨에 운동장에서 밥을 먹는다니."
"맞아. 낭만적이지 않아?"
"그런 의미가 아닌데…."

어쨌든 우린 완성된 요리를 덜어 선생님들에게 먼저 드렸고 두근거리는 마음으로 숟가락을 들었다. 운동장의 추위를 버티는 뜨거운 김치찌개 국물을 먹으면서 누구랄 것도 없이 마치 맥주를 마시듯 캬 소리를 냈다.

"캬 죽인다."
"이거 간 누가 맞춘 거야?"
"당연히 내가 한 거지."

한수는 으쓱해하며 본인의 요리 실력을 자랑했다.

소문을 듣고 다른 텐트의 친구들도 몰려와 한 순가락씩 떠먹었고 김치찌개는 순식간에 없어지고 있었다.

"딱 지금이야. 밥 넣어!!"

우리는 얼마 남지 않은 김치찌개에 밥을 넣은 다음 김가루를 솔솔 뿌리면서 비볐다. 그리고 마지막에 계란 하나를 깨 넣고 자작하게 익히며 누룽지까지 만들고 있었는데 담임 선생님도 어느새 옆에 오셔서 두 눈을 빛내고 계셨다.

그렇게 점심시간이 지났고 우린 축구시합을 하며 금방 저녁을 맞이했다.

"그럼 지금부터 담력시험을 할 테니까. 정해준 짝들은 순서대로 줄 서고 조심히 따라와라."

선생님은 플래시를 2인 1조인 짝들에게 나눠주셨고 앞장서서 뒷산으로 걸어가셨다.
그곳엔 귀신 분장을 한 친구들이 숨어있었다.
사실은 뒷산 산책로를 한 바퀴 돌고 오는 것뿐이지만 어둠이란 건 그리 호락호락하지 않았다. 항상 뭔가가 나타날 것만 같은 위협감이 도사리고 있다.

난 플래시를 들고 겁먹지 않은 척 반 여자애와 함께 산책로를 걸어갔다. 훨씬 더 어렸을 때 이순신 장군 동상이 움직인다는 소문을 확인하러 야밤에 직접 학교 운동장에 갔었는데 한 명이 무서워서 발길을 돌리는 바람에 다섯 명이나 되는 친구들이 함께 소리를 지르며 도망친 적이 있다. 어둠은 그런 것이다. 사람의 생각에 따라 무한대로 무서워진다.

난 그때의 기억을 되살리며 이번만은 그러지 않기로 마음먹었다.

"으아악!!"

그런 생각을 한 지 얼마 되지도 않았는데 다른 짝들이 소리를 지르며 우리를 추월해 달려갔다. 아니 도망갔다. 덕분에 내 짝도 함께 달리며 저 조는 멤버가 늘어나 세 명이 되었고 혼자 남은 난 인생의 매정함을 느끼며 그들을 쫓았다.

"같이 가!!"

그렇게 담력시험은 어둠의 승리로 순식간에 끝이 났고 우린 거대한 장작들이 화려하게 불타는 캠프파이어를 시작했다.
곧이어 음악소리가 조금씩 커지며 선글라스를 폼 나게 낀 친구가 제자리에서 힘껏 점프를 하며 발차기를 했고 친구들은 환호성을 질렀다.

캠프파이어와 장기자랑의 조합은 최고였다.
담임 선생님은 우리의 추억을 위해 가능한 모든 노력을 다하신 듯했다.

그때 한 친구가 말했다.
"저 하늘 좀 봐 구름들 생긴 게 이상하지 않아?"
"그러게 사람 얼굴 같네."
어두운 하늘 속 구름은 사람의 형상처럼 학교를 내려다보며 웃는 거 같기도 하고 노려보는 거 같기도 했다.

"무슨 공포영화 같다."

우리는 그 기이한 하늘의 구름을 선명히 마주했고 캠프파이어의 빛은 수많은 반딧불이가 되어 어둠 속으로 퍼져나갔다.
보통 이런 날엔 아름다운 모양의 구름이 떠있으면 좋았겠지만 아닐 때도 있는 게 인생의 묘미가 아닐까.

난 문득 운동장 캠핑을 위해 다 같이 준비를 하자며 한수가 자기 집으로 같은 조 친구들을 부른 어제의 기억이 떠올랐다.

우리는 친구네 집에 가서 좀 준비하는 척하다가 서서히 놀거리를 찾기 시작했고 원래의 목적을 잊은 채 시간을 보냈다. 그러다 잠이 몰려와서 한수가 깔아준 이불을 덮고 다 함께 천장을 바라보고 있었다.
그때 왜인지 친구 한 명이 노래를 불렀고 그 노래를 알고 있던 우리도 하나둘 따라 부르기 시작했다.

"제대로 달릴 수 없는 시간이라도
끝날지 모르는 울음이 터져나와도
마음만은 이미 벽을 넘고 있어

넘칠 정도로 우리를 기억하고 있어
아무리 큰 어둠이 덮쳐와도
감당 못 할 두려움이 엄습해도
흘러가는 빗속에 발을 담그고 미소 지을 거야
혼자라 해도 언제나."

우리는 노래를 마치고 쑥스러운 듯 잠시 웃었고 이내 잠이 들었다.
믿을지는 모르겠지만 그날 밤 친구네 집 천장에 아마 별똥별이 떨어졌던 거 같다.

4

닭꼬치

1999년 6월 그를 향한 마음

수업종료 종소리가 울리자 점심 당번인 학생들이 분주하게 1층으로 향했고 각 교실 속에선 이제 밥을 먹는다는 기대감이 섞인 대화 소리가 높아지고 있었다. 그리고 그 요란함 속에서 한아름 선생은 그와 복도에서 마주쳤고 한아름 선생은 수줍은 표정으로 가볍게 목례를 했다.

"신 선생님."
"아 한 선생님."
"요즘 바쁘시죠?"
"모두가 그렇죠 뭐."

신 선생도 한 선생을 반기는 표정이었지만 더 이상 대화를 이어나가기 힘들어하며 머리를 긁적였다.

"저 그럼 이만."
"점심 같이 안 드세요?"
"잠시 외출 좀 하려구요. 밖에서 먹어야죠."
"아 네."
"그럼."

신 선생은 인사를 하고 빠른 걸음으로 걸어갔지만 한 가지 전해줄 말이 생각났는지 식당으로 가려는 한 선생을 불러 세웠다.

"아 참, 한 선생님."
"네."
"꿈나무 수련회에 누가 참가하는지 모르시죠?"
"수상자가 정해졌나요?"
"네 다음 주 월요일 집합장소에 각 학교 수상자들이 모여 버스를 탄다고 하네요."
"혹시 은호라는 학생도 포함되어 있나요?"
"어떻게 아셨나요?"
"소풍 가서 모두가 그림을 그리고 있을 때 한 명 한 명 지켜봤거든요. 그런데 은호 학생과 지아 학생의 그림이 한눈에 들어왔어요."
"저랑 같네요. 뭔가 그 아이들은 자연을 사랑하는 분위기가 강했죠."
"…."

한 선생은 신 선생의 마지막 말에 아무 대답도 하지 않고 눈을 맞추기만 하며 상기된 표정을 지었다. 그리고 결심했다.
"지금 당장은 아니구요. 바쁜 일이 끝나면 나중에 저녁 같이 하실래요?"

예상하지 못한 말에 무척이나 당황했지만 신 선생은 그 마음을 피하지 않았다.
"네. 바쁜 일이 끝나면."

1996년 5월 끌려가다

난 친구들과 피시방을 가기 위해 길을 걸어가고 있었는데 다른 학교 남학생 여러 명이 한 여학생과 함께 횡단보도를 건넌 뒤 아파트 단지의 다목적 상가로 들어가는 게 보였다. 저 학생들은 비디오가게에 가는 걸까 아니면 학원으로 가는 걸까. 뭐 음식을 사러 가거나 갈만한 이유가 있는 거겠지. 그런데 내가 봤을 때 남자들과 여자는 왠지 친구의 느낌은 아니었다.

같이 걷는다기보다 여자가 억지로 등 떠밀리는 거 같았으니까. 하지만 어디까지나 내 개인적인 생각일 뿐이고 남자들과 여자는 아무 문제 없는 친한 친구일 것이다, 정상적인 세상이라면 말이다. 하지만 만약 괴롭힘 같은 것이라면 도움을 요청해야 할 텐데. 뭔가 그 여학생의 표정이 기운이 없거나 체념한 듯한 분위기여서 자꾸 신경이 쓰였다. 난 그들이 친구일 거라는 결말로 가려고 했지만 본능이 그게 아닐 수도 있다고 자꾸 자극해 왔다.

"야 너 어디 봐?"
"응?"
"아는 사람 있었어?"
"아니 그냥."

난 친구들에게 아무것도 아니라고 말했지만 여학생이 사라진 쪽을 계속 바라보게 되는 건 어쩔 수 없었다.
물론 이런 생각이 나에겐 어렸을 때부터 해온 습관적인 망상에 가깝겠지만 말이다.

하지만 의심할 만한 이유가 하나 있었다. 저번에도 한번 길거리에서 본 적이 있는데 그때 여자가 남자들 모르게 종이를 몰래 떨어뜨린 적이 있다. 물론 확인해 보지 않아서 그냥 쓰레기를 버린 걸 수도 있겠지만 상상력을 발휘해 보면 거기에 뭔가를 적었을 것이다. 때문에 나중에 종이를 떨어뜨리는 걸 다시 보게 된다면 아마 반드시 주워서 확인을 하고 있지 않을까. 그럼에도 난 지금의 상상이 멀쩡한 학생들을 마음대로 의심해 버린 쓸데없는 망상이었길 바랐고 다시 친구들과의 대화 속으로 들어왔다.

1998년 5월 슬러시

우린 친구들과 자전거 여행을 할 때면 언제나 들리는 문방구가 있다. 그 문방구에 시원한 슬러시가 있는데 사실 내가 자전거 여행을 하는 이유 중에 하나가 저 슬러시를 먹기 위해서다. 사람들은 공감할 것이다. 정말 목이 마른 상태에서 문방구를 지나갈 때 슬러시 기계가 드릴처럼 돌아가고 파란색 빨간색 노란색 등등 아름다운 색을 뿜내는 음료수가 적당히 언 상태로 슬러시가 되어가는 걸 보면 바라보는 것만으로도 황홀해지는 느낌을 받게 된다. 그리고 슬러시 기계 겉표면에 은근하게 서리가 껴있는 걸 보면서 지금 내가 가지고 있는 갈증을 완벽하게 해소해 줄 완벽한 답이라는 걸 알게 된다. 마치 차가 주유소에 들러 기름을 넣거나 두 우주선이 도킹을 해서 기름을 공급해 주는 것처럼 슬러시는 지친 나의 심신을 회복시켜 주는 소중한 에너지 공급원인 것이다. 난 친구들과 주머니에서 동전을 꺼내 문방구 아줌마께 드리며 먹고 싶은 맛을 골랐다. 아줌마는 종이컵을 꺼내 슬러시 레버를 당겨놓고 길게 나오는 슬러시를 종이컵에 받으며 서서히 돌리면서 소라 껍질 모양으로 뾰족하게 만들었다. 사실 슬러시를 담는 스타일은 문방구마다 다르다. 어떤 문방구는 종이컵 끝 선까지만 담는 경우도 있으며 운 나쁘면 다 채우지 않을 때도 있다. 이건 결국 얼마나 최선을 다해 슬러시를 만드는가와도 관련이 있다. 몇 시간에 걸쳐 제대로 슬러시를 만들면 우리가 지금 사 먹고 있는 슬러시처럼 소라 껍질 모양으로 길게 담는 게 가능하다. 하지만 성의 없게 만들면 슬러시가 녹은 상태나 마찬가지라서 아이스크림처럼 길게 쌓을래야 쌓을 수가 없다. 그래서 우리는 다른 문방구에 들를 때면 기계 속에서 돌아가는 음료수를 먼저 살펴본다.

음료수가 회오리 모양의 쇠 날과 같이 빠르게 돌면 그 문방구는 꽝이고 음료수가 하얗게 응고되어 천천히 돌아가면 오케이다. 우리는 그렇게 최고의 결과물을 얻기 위해 고군분투했고 결국 늘 최상의 슬러시를 만들어 내는 이 문방구를 우리의 에너지원 공급장소로 정했다.

콜라 맛, 포도 맛, 딸기 맛, 등등 다양한 맛을 가진 슬러시를 각자 손에 든 우리는 누가 먼저랄 것도 없이 무아지경에 빠졌다.

빨대를 꽂아 강하게 흡입하며 음료수만 빨아들여 슬러시를 빙하처럼 하얗게 만드는 나.

빨대 끝의 숟가락처럼 생긴 부분으로 천천히 떠먹는 친구.

빨대가 답답해서 그냥 입으로 빨리 먹다가 머리가 아파서 괴로워하는 친구 등등.

슬러시를 먹는 방법도 여러 가지였다.

우린 그렇게 에너지를 충전한 뒤 다시 페달에 발을 올렸고 맨 앞에 있는 친구가 출발하자는 신호를 보냈다.

난 음료수 성분이 거의 사라져 하얘진 슬러시를 빨대로 휘저었고 빙하는 균형을 못 버티고 무너졌다.

1996년 5월 절망의 꽃

어두운 방. 꽃은 쓰러져 있었다. 아니 부러져 있었다.
생명의 가치를 외면하고 풍겨오는 파멸의 내음에 입꼬리가 올라간 그들은 꽃을 내려다봤다. 자포자기한 듯 미동도 하지 않는 꽃. 눈에선 눈물만이 흘렀고 사방에선 위협적인 웃음소리가 들려왔다.
탐욕을 갈망하는 뱀은 꽃 주변을 서성이다 이내 줄기부터 숨을 조이기 시작했다. 꽃은 무기력했고 뱀은 그 모습을 즐기다 때가 되었다는 듯 입을 크게 벌렸다. 삼키려는 것이다. 어둠 속에서 살의를 드러낸 송곳 같은 이빨은 꽃을 절망시키기에 충분했다.
꽃의 순수함을 질투하는 걸까 아니면 그 아름다움을 구속하고 싶은 것일까.
뱀은 자신의 독을 한껏 응축시키며 마지막을 준비했고 꽃은 어둠 속에서 자취를 감췄다.
"흐흑…."
겁먹은 나약함은 인기척을 내지 않기 위해 두 손으로 입을 틀어막고 있었고
뱀은 유유히 방을 빠져나갔다.
"난 짓눌린 이 내음이 좋다네…."
생명이 사라진 텅 빈 방에서 사악한 웃음소리는 여운을 즐기고 싶다는 듯. 숨죽인 나약함에 귀 기울이며 한참을 방에서 머물렀다.

1999년 5월 솔방울

은호는 지아네 동네가 훤히 보이는 산 언덕에서 외쳤다.
"그럼 이 마을을 힘들게 하는 악당들을 무찌르러 출동하겠습니다."
지아도 흥을 돋웠다.
"최고의 용사들이 함께하니 분명히 마왕을 무찌를 수 있을 거예요. 그런데 싸우려면 무기가 필요하겠죠? 우리에겐 어떤 무기가 있을까요?"

은호는 땅에 바퀴가 박힌 채 오랜 시간을 보낸 낡은 리어카에 다가갔고 그 위에 살포시 덮인 비닐을 걷어냈다. 그 속엔 문방구에서 파는 고무 빨판이 달린 화살촉과 활 그리고 물총, 콩알탄 같은 여러 무기들이 함께 담겨있었다.

"오. 보기만 해도 믿음직한 무기들이 가득하네요."
"이제 이걸로 싸우는 겁니까?"
"어라? 이건 뭐죠?"
"잠자리채네요."
"이상하네요. 이걸로 악당 이길 수 있어요? 저렇게 적들이 많은데요?"

지아는 마을 군데군데 서있는 나무들 뒤로 숨어있는 아이들을 보며 걱정된다는 투였다.

"뭐야 정말 적들이 있었어…. 근데 저건…."

은호는 숨어있는 아이들이 들고 있는 무기를 보며 두 눈을 의심했다.

땅에다 쏘면서 연습하는 거 같은데 물이 나오지 않고 콩 같은 게 나오며 바닥에 부딪히고 있었다. 즉 저건 물총이 아니라 비비탄총이다. 근데 우린 고작해야 장난감 활과 물총뿐. 승산이 없을 수밖에.

"저는 이번 전쟁에서 빠지겠습니다."
"응? 그건 무슨 말이지?"
"저거 안보이세요? 비비탄총이잖아요."
"그게 어때서?"
"어때서라니 맞으면 아프잖아요. 게다가 한 명은 웃으면서 레밍턴 들고 있어요."

그러자 뒤에서 한심해하는 목소리가 들려왔다.

"제군들은 저 무기들이 두려운가?"
"난 무섭다곤 안 했거든."

지아는 바로 부정했고 나라는 의기양양하게 적들을 주시했다.

"무기에 겁먹으면 할 수 있는 것도 못 하게 되지. 중요한 건 어떻게 그 무기를 무력화시키느냐지."

은호는 그 말을 듣고 결심했다.

"대장님 저는 이번 전투에서 역시 빠지겠습니다."
"왜?"

"저 무기를 무력화시키려다 이마에 엄청난 혹이 생길걸요. 그럼 전 학원에 가야 해서 이만."

두영이네 동네에서 했던 물총 전투가 괜스레 그리워지는 은호였다.

"전쟁을 치러야 할 병사가 왜 그렇게 나약해? 그래서 요즘 군대가 자꾸만 축소되고 문제가 자꾸 생기는 거지. 그래서 나중에 나라 지키겠어?"
"윽 이상한 죄책감이 심어지고 있어…."
"그리고 미안하지만 이미 늦었답니다."
"응?"
"지아야 거기 잠자리채 좀 줄래?"

지아는 뭔가를 알고 있는 듯. 웃을 듯 말 듯 한 표정으로 잠자리채를 넘겨줬고 나라는 방향을 반대로 잡더니 나무를 향해 채를 높이 뻗었다.

"응? 나라야 매미를 잡으려면 그물을 위쪽으로 향하게 잡아야지…. 어?"

은호는 잠자리채가 매미가 아닌 다른 물체 쪽으로 접근하는 걸 보고 뒷걸음질 치기 시작했다.
저건 엄청 큰 솔방울이라고 최면을 걸고 싶었지만 역시 저건 벌집이었다.
지아는 당황한 은호에게 활과 고무 화살촉 몇 개를 건네준 뒤 콩알탄도 한 주먹 쥐여주었다. 그리고 나라는 결단을 내린 듯 말했다.

"얘들아 뛰자."

잠자리채가 벌집을 건드리는 순간 침입자를 막기 위해 수많은 벌들이 뛰쳐나오며 검은 무리를 형성했다.

은호는 그 모습이 마치 엄청난 크기의 검은 솜사탕으로 느껴졌다.

"으아아!"

세 사람은 미친듯한 속도로 동네를 향해 뛰어 내려갔고 은호는 돌부리에 걸려 흙바닥에 굴러버렸고 지아는 무전기를 하나 던져줬다.

"받아! 쓰는 법은 알지? 버튼 하나밖에 없거든."
"으…."
그래도 아프기보단 즐거워지기 시작한 은호였다.
더러워진 옷을 털 시간도 없이 일어나 지아와 나라를 엄호하기 위해 달려갔다.

"무전기 잘 들려? 갈대밭에 숨어있는 적군 발견!! 은호는 콩알탄을 던져~"
"대장 콩알탄은 바닥에 던져야만 터집니다. 사람한테 던져봐야 소용없어요."
"그럼 화살을 쏘면 되잖아."

무전기의 치지직 소리와 함께 명령이 들리자 모험본능이 솟아오른 은호는 등에 메고 있는 장난감 화살을 양손으로 쥐었고 고무 화살촉을 낀 뒤 진지한 표정으로 갈대에 숨어 적군을 조준했다. 그리고 화살을 당기던 오른손의 힘을 풀자 고무 화살이 적군 아이의 이마에 **뽁** 하는 소리를 내며 귀엽게 명중했다.

"나이스!! 적군 하나 해결!!"
"근데 차 정비소에 지아의 아버지로 보이는 분이 벌들한테 쫓기고 있습니다."
"그분은 강하니까 괜찮아."
"아니 강한 거랑은 상관이….”
"자 이제 지아네 집 쪽에 있는 소나무 아래 적군을 노린다."
"저건 아까 봤던 그 레밍턴 샷건!!"

나라는 갈대밭에 누워 상황을 알렸고 지아는 헬멧을 쓰고 소나무 쪽으로 다가가고 있었다.
그런데 지아네 집 담벼락 안쪽에서 어디서 많이 보던 동그란 물체가 포물선을 그리며 날아왔다.

"물폭탄?"

지아쪽으로 정확하게 날아오는 물폭탄을 막기 위해 은호는 대신 몸을 날렸다.
퍽 하는 소리와 함께 물폭탄이 터졌고 은호는 온몸이 젖은 채로 지아를 보호하며 주머니에서 콩알탄을 꺼냈다.

"각오해라!"

은호는 물폭탄을 던진 적군 아이에게 달려가 바닥에 콩알탄을 던지기 시작했고 아이는 콩알탄이 바닥에 부딪힐 때마다 점프를 뛰며 본의 아니게 탭댄스를 추었고 즐거운 듯 웃었다.

"물폭탄 투척병 제거 완료!!"
"그럼 이제 내 차례지."

지아는 대신 물폭탄을 맞은 은호에게 엄지손가락을 치켜세운 뒤. 입으로 두두두 소리를 내며 샷건을 쏘고 있는 아이에게 초콜릿 바를 수류탄처럼 던졌다.

아이는 초콜릿에 매료되어 그 자리에 주저앉아 포장지를 뜯었고 지아는 아이의 머리를 쓰다듬었다.

"소나무 아래 총기를 든 적군 소탕 완료."
"치지직! 이제 마지막 미션이다. 전 병력은 지금 당장 우리 집 쪽으로 모인다!!"

지아는 콩알탄이 터지지 않아 시무룩해진 은호에게 따라오라고 손짓했고 마지막 적군이 버티고 있는 나라네 집 앞으로 향했다.
그곳에 도착하니 은호와 덩치가 비슷해 보이는 남자가 복면을 쓴 채 나라네 집 벽 앞에 버티고 서있었다.

"여기까지 용케도 왔군. 너희가 가지고 있는 무기로 나를 한 번이라도 맞히면 패배를 인정하지. 물론 소탕당한 아이들에게도 나에게서 풀려날 기회를 주지."

은호는 승부욕에 불타올라 같이 따라온 물폭탄병에게 말했다.

"물폭탄 남은 거 있으면 다 가져와."

아이는 은호 말대로 만들어 놓은 물폭탄을 다 가져왔지만 복면을 쓴 남자는 단 한 대도 맞지 않고 모두 피했다. 보통 운동신경이 아닌듯했다.

"이제 무기도 거의 다 썼고 아무래도 패배한 거 아닐까?"

그만 끝내자는 투로 은호는 말했지만 이 전쟁의 주최자는 생각이 다른듯했다.

"모든 병사는 은호 가방에 있는 비눗방울 총을 꺼내 복면 남자에게 쏜다."
"알았다 오바."
"이건 왜?"

아이들은 어리둥절해하며 비눗방울 총을 하나씩 들어 쏘기 시작했고 곧 아름다운 방울들이 공중을 떠다니며 복면 남자의 시야를 가려왔다.

"이런다고 못 피할 줄 알아?"

복면 남자는 비눗방울들을 경계하며 어디서 공격이 올지 집중했지만 한 방울 두 방울 터지며 사라질 뿐이었다. 얼마 지나지 않아 비눗방울들은 시야에서 완전히 자취를 감췄고 지아와 은호가 든 무전기에서 나라의 목소리가 들렸다.

"타깃 조준 완료."

복면 남자는 그 소리가 자신의 위에서 들리는 걸 깨닫자 황급히 올려다봤고 나라는 벽 위에 서서 그의 이마를 장난감 화살로 조준하고 있었다.

"요란하다고 그것만 보네."

복면을 벗어 던진 현우는 졌다는 듯. 두 손을 들어 항복의 의사를 전했고 참가자들은 하나둘 주머니에서 생일 축하용인 작은 폭죽을 꺼냈다.
 나라는 때가 됐다는 듯. 나무에 달린 교감 선생님의 얼굴을 닮은 붉은 감을 향해 활시위를 겨냥했다.

"자 다들 준비됐지? 쓰리 투 원!!"
"발사!!"

나라가 쏜 화살에 명중된 감이 나뭇가지를 떠나 현우의 머리 위에 떨어지자 아름다운 색들을 품은 소박한 폭죽들이 터지며 우리의 승리를 축하했다.

그렇게 전쟁이 끝나자 나라는 친구들과 폭죽의 잔재를 쓸고 주변을 정리한 뒤 약속한 간식을 먹기 위해 집으로 함께 들어가려고 하는데 저 멀리서 벌집을 또 건드렸다고 화내시는 지아 아버지의 호통 소리가 들려왔다.

우린 도망치듯 집으로 들어갔고 동네의 공기는 아직 승리의 여운을 즐기고 있었다.

"누가 내 얘기하나?"

집에서 쉬던 교감은 잠시 이상한 느낌을 받았지만 이내 은은한 커피 향을 맡으며 콧노래를 흥얼거렸다.

1996년 6월 닭꼬치

친구와 나는 중심상가에서 놀다가 집으로 돌아가기 위해 도로 위에 세워진 육교공원 쪽으로 걸어갔다. 이 육교는 공원으로도 쓰이고 있어서 상당히 큰 규모를 자랑했는데 이 육교공원 덕에 반대편 지역으로 쉽게 넘어갈 수 있을 뿐만 아니라 공연이나 전시회도 정기적으로 열리기 때문에 주변 주민들도 많이 이용하는 상당히 편리하고 유용한 곳이었다. 그리고 내가 이곳을 선호하는 덴 또 다른 중요한 이유가 있다. 바로 그 육교공원으로 올라가는 계단 옆에 닭꼬치집이 있다는 것이다. 우린 다른 음식을 먹었더라도 닭꼬치집은 쉽게 지나치지 않는다. 왜냐면 닭꼬치가 익어가는 냄새가 거리에 퍼지면 기가 막히기 때문이다. 그래서 친구들과 놀면서도 3천 원 정도는 쓰지 않고 가지고 있는다. 이날도 우리는 닭꼬치를 열심히 굽고 있는 아저씨를 바라보며 자석에 끌리듯 다가갔다. 닭꼬치집답게 달콤하고 매콤한 이미지의 간판이 우리를 홀리고 있었다. 닭꼬치집 앞에 도착한 우리는 아저씨에게 인사를 했고 책받침 형식의 메뉴판을 바라봤다. 치즈맛 불맛 매콤한 맛 데리야끼맛 등등 다양한 맛이 있었는데 친구는 갑자기 벽에 붙어있는 처음 보는 메뉴에 시선을 고정했다. 그 포스터엔 맛의 속도라는 신제품 메뉴가 큼지막하게 적혀있었다. 친구는 포스터를 본 뒤 생각할 필요도 없다는 듯, 맛의 속도를 골랐고 난 제일 좋아하는 데리야끼맛을 달라고 했다. 주문을 받은 아저씨는 아무것도 묻어있지 않은 닭꼬치를 두 개 꺼내 숯불 위에 올려 굽기 시작했다. 타닥타닥 장작 타는듯한 소리. 난 그 소리를 좋아한다. 그건 고기가 노릇노릇하게 잘 구워지고 있다는 걸 증명하는 소리기 때문이다. 난 그 소리에 매료되어 한순간도 놓치지 않고 구워지는 걸 지켜봤다. 그리고 진지한 표정으로 굽는 아저씨에게서 어떤 무게가 느껴졌다. 그건 장인정신이다. 고기가 타지 않도록 계속 살피며 불을 조절하는 건 아무나 할 수 있는 일이 아니다. 섬세해야 하고 정교해야 한다. 사회생활이란 건 삶이란 건 그런 것일지도 모른다. 사람들은 다양한 맛의 소스를 닭꼬치에 입혀서 먹지만 기본적으로 닭고기 자체가 훌륭하게 구워져야 한다. 그래야 닭꼬치가 더 발전해 나갈 수 있으며 소스 없이도 본연의 맛을 느낄 수 있다.

나는 아저씨를 보며 '과연 내가 당장 저 일을 하게 된다면 계속 찾아오는 손님들에게 최선을 다해서 요리를 할 수 있을까?'라는 생각이 들었다.

변함없이 꾸준하게 열심히 살아가는 것. 아직 고등학교도 졸업 못 한 나에겐 닭꼬치의 연기가 무척이나 아득하고 멀게 느껴졌다.

그런 생각을 하는 사이 닭꼬치는 완성되었고 아저씨는 데리야끼 소스를 바른 뒤 나에게 건네주셨다.

난 감사하다고 말씀드린 뒤 닭꼬치 한 조각을 먹었고 친구가 시킨 건 어떤가 싶어 옆을 봤는데 친구가 보이지 않았다. 난 당황해서 주변을 둘러봤는데 없었다. 화장실에 간 건가?

이상해서 핸드폰을 꺼내 전화했는데 받질 않았다.

난 아저씨께 물어봤다.

"저기 제 옆에 있던 친구 어디 갔어요?"

아저씨는 무덤덤한 표정으로 육교공원으로 향하는 계단을 손으로 가리키셨다.

"아까 저기로 뛰어올라 가던데요."

"네?"

나만 놔두고 갔다고? 아니 왜?

난 친구가 혼자서 갑자기 사라진 게 이해가 되지 않았다. 바로 그때 벽에 붙어있는 메뉴판이 다시 눈에 들어왔다.

"혹시 저 메뉴 매운맛이에요?"

"네 여기서 파는 것 중에 제일 맵죠."

"근데 안 매운 것처럼 설명해 놨네요."

"아마 메뉴명으로 궁금증을 자극하는 거겠죠…."

"불맛보다도 매워요?"

"아마 그럴걸요?"

"그래서 맛의 속도…."

난 집까지 전력으로 달려가는 친구의 필사적인 모습을 상상하며 전화를 걸었다.

"안녕하세요 저 은호인데요. 혹시 도진이 있나요?"

"어 은호구나 도진이 지금 집에 들어와서 얼음 먹고 있는데? 뭐 매운 거 먹었니?"

"네 매운 닭꼬치를 먹었거든요."

도진이 어머니는 못 말리겠다는 듯 웃으시고는 다음에 놀러 오라고 말씀하시며 끊으셨다.

닭꼬치 **159**

난 핸드폰을 주머니에 넣고 닭꼬치를 계산한 뒤 옆에 친구가 놓고 간 돈을 보며 피식 웃었다.

"그래도 그 와중에 돈은 놓고 갔네."

난 그렇게 아저씨에게 인사를 드리고 육교공원으로 올라갔다.

그리고 문득 얼마 전 종이를 떨어뜨렸던 여학생이 떠올랐다.

'그녀는 지금 괜찮을까?'

나는 아직 어두워지지 않은 중심상가를 돌아봤다. 몇 시간 뒤면 또 화려해지겠지.

1999년 6월 놓치다

"아…. 놓쳐버렸구나."

대형마트 앞 버스정류장 벤치에 앉은 은호는 한숨을 쉬고 있었다. 몇 시간 전 아침 교실조례 때 담임 선생님이 갑자기 넌 수업을 안 해도 되니 집에 돌아가 짐을 챙기고 정오까지 수련회 버스를 타라고 말씀하셨고 안내문 한 장을 주셨다. 그 안내문엔 수련회에 필요한 준비물과 합류장소 그리고 이번 행사의 취지가 적혀있었다. 예술가로서의 가능성이 보이는 아이들을 모아서 꿈을 북돋아 주려는 자리처럼 느껴졌다.

어쨌든 생각 못 한 일이 벌어져 놀란 은호였지만 왠지 설레는 기분이 싫지 않았고 재빨리 가방을 챙겨 담임 선생님께 인사를 드리고 교실 밖으로 나갔다.

집에 돌아와서 수련회에 가져갈 만한 옷을 고르고 있는데 시계를 보니 아직 3시간이나 남아있어서 일단 뭐 좀 먹고 짐을 챙기기로 했다.

라면을 하나 끓여서 먹고 티브이를 틀어 뭔지도 모르겠는 뉴스를 보고 자꾸 엉뚱한 행동을 했는데 그러다 문득 가기 싫다는 생각마저 들었다.

이제 남은 시간은 1시간 30분 정도 은호는 아차 싶어 그제서야 짐을 헐레벌떡 챙겼다.

그렇게 짐을 모두 챙기고 나니 순식간에 시간이 지나 있었고 50분 안에 대형마트에 도착해야 했다.

그곳은 동네 형, 친구들과 자전거를 타고 여행하면서 많이 와본 곳이어서 가는 길을 알고는 있지만 걸어서 가는 건 좀 다른 문제였다. 그래도 가야 했다. 은호는 가방을 메고 무작정 달리기 시작했다. 빨리 달리는 건 자신 있었기에 웬만하면 도착할 수 있을지 모른다고 생각했다. 하지만 좀 달리다 보니 금방 숨이 차올랐고 멈춰 서야 했다.

"후우…. 역시 써야겠지?"

은호는 항상 타왔으면서 잊어버리고 있던 최고의 교통수단을 떠올렸고 숨이 차올랐지만 시간이 없었기 때문에 방향을 바꿔 다시 집으로 향했다.

마당에 세워둔 자전거의 자물쇠를 풀고 동네 길로 끌고 나온 은호는 페달에 발을 올렸다. 그리고 몸무게를 실으며 빠르게 노를 저었다.

그러다 자전거의 특성인지는 모르겠지만 너무 빨리 가다 체인이 헐렁해져 빠질 거 같은 느낌이 들면 바퀴와 페달을 앞뒤로 움직이면서 체인을 맞춘 뒤 다시 달려야 했다.

마음이 급한 만큼 자전거도 급해진 것이다.

어쨌든 조금만 더 가면 대형마트가 보인다. 제발 아직 아이들이 버스에 탑승하지 않고 기다리고 있길 아니 탑승했더라도 아직 오지 않은 학생을 위해 조금만 더 버스기사님이 기다려 주길. 은호는 쓸데없이 시간을 보낸 것을 후회했다.

그렇게 드디어 집합장소에 도착했지만 버스는 역시 떠난 상태였고 몇 명의 어른들이 여유롭게 길을 걷고 있었다.

"딴짓 안 하고 바로 나왔어야 하는데."
 은호는 이제 버스를 놓쳤다는 말을 담임 선생님께 어떻게 말해야 하나. 그걸 걱정해야 했다. 걱정이란 건 하나가 해결되면 하나가 금세 등장한다. 게다가 이건 해결도 아닌 사건에 가까운 결말이다. 버스를 놓쳐버렸으니.
 왠지 기운이 빠져 자전거를 타고 싶지 않았던 은호는 천천히 끌면서 집을 향해 걸어갔다.
 옆으론 보기에도 시원한 푸른 하천이 은호가 걷고 있는 길과 함께 일직선으로 나아가고 있었다.

"잠깐 저기서 발이라도 담그고 싶네."

그때였다.

"왜 돌아오고 있어?"

은호 앞엔 가방을 앞으로 메고 한 손엔 아이스크림을 든 지아가 서있었다.

"지아야 네가 왜 여길?"
"왜긴 나도 수상자니까."
"버스 좀 전에 갔어."
"벌써? 아깝네."

"아깝다는 말을 밝은 표정으로 하는구나."

은호는 선생님들이 만들어 준 기회를 이렇게 허무하게 날려버렸다는 것에 죄책감이 들었다. 그리고 앞에 서있는 지아에게 그 사실에 대해 말을 하면 시간이 길어질 거 같아서 다시 발걸음을 옮기기 시작했다.

"근데 넌 이 길을 어떻게 알아? 여기 지름길인데."
"나라랑 자전거 타고 몇 번 와봤어."
"그럼 자전거 타고 오면 되지 왜 걸어온 거야?"
"바보야 난 너와 다르게 10시부터 걸어왔다고."
"2시간이나 있었는데 지금 도착했다고?"
"그거야 거리에 구경할 게 많으니까 천천히 걷다가."

그건 맞는 말이었다. 이곳은 희귀한 식물들도 자라는 지역이라 연구하러 찾아오는 사람들이 있다는 얘기를 미술 선생님에게 들은 적이 있다. 때문에 자연환경이 좋아 담백한 민들레부터 화려한 장미까지 수많은 식물을 길 여기저기서 만날 수 있었다. 마치 자전거를 타고 달리는 우리를 응원해 주는 듯한 존재들이었다.

"은호야 나 자전거 태워줄래?"
"뭐?"
"2시간 동안 또 걸어갈 순 없잖아."
"천천히 걸어서 2시간인 거지."
"어쨌든 말이야."
"…."

은호는 살짝 기울여 끌고 있던 자전거를 바로 세우고 먼저 올라탄 뒤 눈짓했고 지아는 아이스크림을 든 채로 옆으로 살짝 돌아 뒷자리에 걸터앉았다.

"아이스크림 떨어뜨리면 안 되니까 조심해."
"알았다구."

은호는 서서히 앞으로 움직였고 적당한 타이밍에 한 발을 페달에 올리며 속도를 냈고 동시에 다른 발을 올려 중심을 잡았다. 지아는 아이스크림을 먹으며 잔잔히 흐르는 하천을 구경했고 완전히 고르지 않은 길은 자전거를 덜컹거리게 하며 오히려 두 사람을 들뜨게 했다.
그러다 속도가 빨라지는 내리막길을 만난 은호는 최대한 천천히 가려고 했는데 지아는 생각이 달랐다.

"달려."
"응?"
"안 들려? 달리라구. 마음껏."

결국 자전거는 점점 속도를 내기 시작했고 순식간에 가까워져 오는 꽃들의 모습은 두 사람의 눈동자 속에 아주 잠깐 스쳐 날아갔다.
그렇게 신나게 달린 두 사람은 조금 뒤 신호등이 나타나자 녹색불임에도 자리에 멈춰섰다.
이곳은 신 선생님이 교통사고가 난 선욱이를 119에 신고했던 그 장소였기 때문이다.
하늘 높이 자란 소나무들이 수풀림 속에 우뚝 서있고 그 앞으론 신호등이 반짝이는 찻길이 조용하게 자리하고 있었다. 어떤 사고가 일어나도 아무도 모르게 사라져 버릴 것만 같은 곳. 은호는 이곳에서 사고 난 선욱이가 얼마나 큰 무서움을 느꼈을지 상상할 수 없었고 그런 생각이 들자 가슴이 쓰려왔다. 그리고 자신이야말로 이곳의 사고와 떼려야 뗄 수 없는 사람이라는 것도 알았다.

"여기서 사고가 났구나."

지아는 수풀림 앞에 있는 신호등을 기준으로 오른편에 있는 신호등 아래를 내려다보고 있었다. 거기엔 하얀 래커로 칠해진 동그라미가 있었는데 선욱은 거기서 차와 부딪힌 것이다.

"이 신호등은 원래 없었지만 큰 도로에서 동네로 빠져야 하는 주민들이 자주 다니는 길목이라 안전성이 문제가 돼서 도로 확장공사를 할 때 추가 설치한 거래."
"잘 알고 있네."
"그거야 경찰서에 가면 다 알려주니까."
"경찰서?"
"이곳에서 오래 근무한 경찰이라면 알지 않을까 싶어서."
"그렇구나."
"하지만 신호등을 설치했는데도 사고가 난 거라니."
"아무리 조심해도 단 한 명만 실수를 하면 교통사고는 일어난다는 건가."
"잔인한걸."

은호는 그 순간 잔인하다는 지아의 말이 마치 자신에게 하는 거 같아 숨이 막혀왔고 현기증 같은 증세가 느껴져 신호등 기둥에 기댄 채 천천히 주저앉았다.

"왜 그래 괜찮아?"
"난 왜 항상 사람들을 두고 먼저 떠나는 걸까. 왜 주변을 살피지 않는 걸까. 그런 생각이 들어."
"은호야…."
"조금만 더 신경을 쓰면 막을 수 있는 것도 아무렇지 않게 지나쳐 버려."

지아는 은호 옆에 같이 앉아 반대편 신호등을 바라봤다.

"그러게, 세상은 왜 그런 걸까."

1996년 6월 자살

성훈은 야자를 마치고 자신이 사는 아파트로 가기 위해 신호등을 기다리고 있었다. 그러다 문득 신호등 건너편에 친구들과 함께 놀던 커다란 느티나무와 컵라면과 삼각김밥을 먹던 주유소 옆 편의점이 눈에 들어왔다.
지금은 사이가 멀어진 친구들과의 기억인데도 아직도 함께하는 거 같았다. 기분이 왠지 울적해져서 눈물이 차오를 거 같아 괜히 헛기침하면서 아무렇지 않은 척 사방을 둘러봤다.
그때 어디서 많이 보던 다른 학교 여학생이 왼쪽에서 달려오는 버스를 향해 빠르게 걸어가고 있었다. 그건 삶에 미련이 없는 후련함에 가까웠다.

"안 돼…."

성훈은 그 순간 헤어졌던 친구들의 모습이 스쳐 지나갔고 신호등의 기둥에 걸린 여학생의 그림자가 완전히 떠나버리기 전에 미친 듯이 달려가서 손을 잡고 끌어당겨 가까스로 버스를 피했다.

"이게 뭐하는 짓이야! 이거 안 놔!!"
"소중한 시간을 고작 남의 삶을 상처 주는 것에 허비하는 놈들…. 고작 그런 놈들한테 굴복하지 마!!"

성훈은 그녀의 손을 놓지 않고 계속 달렸다.
지금 그녀를 위해서 할 수 있는 건 이것뿐이었다.

1998년 5월 버드나무

초등학교 후문 밖엔 이상할 정도로 앞쪽으로 꺾인 버드나무가 있었고 이슬을 머금은 수많은 나뭇가지가 여자의 긴 생머리처럼 하늘거리며 아이들을 유혹했다. 그 안은 미로 같아서 들어가면 이슬의 시원함이 몸에 닿으며 기분을 좋게 했고 마치 길을 찾듯 헤매면서 뛰어놀았다. 여름에만 허락된 신비의 놀이터에서 은호는 버드나무 줄기를 헤치며 나아가다 난데없이 지아와 마주쳤다.

"어 지아야."
"은호네. 유치하게 여기서 뭐 하는 거야?"
"…."

본인도 신나서 놀고 있었으면서 갑자기 팔짱을 끼며 안 그런 척하니 설득력이 없었다.

"지아야. 너 방금 엄청 행복한 표정이었는데."
"널 보니까 기분이 안 좋아졌어."
"미로에선 누굴 만날지 예상할 수 없잖아."
"버드나무는 정화와 치유의 상징이거든…."
"그 상징에 부응하지 못해 미안하네요."

은호는 그래도 이 미로를 헤치며 앞으로 나가는 걸 좋아했다. 그건 곧 인생이라는 길을 헤치며 나아가는 것 같았으니까. 이곳에서 함께 헤매고 있는 아이들도 같은 기분일 것이다.
지아는 갑자기 좋은 생각이 났는지 은호에게 말했다.

"너 눈감아 봐."
"왜?"
"마법을 보여줄게."
"마법?"

은호는 눈을 감았고 지아는 수많은 이슬이 달린 버드나무 나무줄기를 흔들었다.

그러자 이슬들이 폭죽처럼 퍼져나가며 은호를 감쌌다.

"이게 뭐야."
"여름 한정 버드나무 폭죽!"

지아는 은호를 놀린 뒤 버드나무 미로 속으로 사라졌고 소년은 또다시 길을 헤쳐야 했다.

"기다려!"

은호는 지아를 따라가며 나중에 어른이 되었을 때도 이 버드나무가 우리를 반겨줄까라는 생각이 잠시 들었다. 미로 속에서 헤매는 순간이 우리에게 정화와 치유가 되어가는 시간이라면 기꺼이 나뭇잎이 모두 떨어진 겨울의 버드나무 아래서도 길을 찾아 헤맬 텐데. 혹시 그런 마음이 사라진 어른이 된다면 버드나무는 날 어떻게 바라볼까. 눈앞을 가리는 미로가 왠지 그립게 느껴졌다.

1996년 6월 달콤한 닭꼬치

육교공원에 있는 벤치에서 난 자살하려던 여학생과 함께 앉아있었다. 버스에 부딪히려고 하기 전에 무작정 손을 잡고 육교로 달려오긴 했는데 지금부터 어떻게 해야 할지 갈피를 잡을 수가 없었다. 그래서 육교공원 아래 있는 단골 닭꼬치집에서 맵지 않은 맛 아무거나 두 개를 산 뒤 같이 먹으면서 무슨 일이 있었는지 얘기하려고 했다.

"저기 괜찮아?"
"…."
"왜 죽으려고 한 거야?"
그녀는 쉽게 입을 열지 않았다.
"이상하게 생각할지도 모르지만 난 네가 그놈들한테 괴롭힘당하는 걸 알고 있었어."
"…."
"너 끌려가면서 종이를 떨어뜨리잖아. 그걸 봤어."
"…."
"부모님이나 학교 선생님한테는 얘기하지 않았지?"

나로서는 그녀가 누구의 도움도 받지 못하는 상황일 거라고 생각할 수밖에 없었다.
그렇지 않은 이상 매번 친구들에게 미안 종이를 길에 떨어뜨리며 친구들에게 미안하다는 말을 할 리가 없으니까.

"어른…."
"?"
그녀는 드디어 입을 열었다.
"티브이를 보면 어른들이 아이들을 도와주잖아"
"…."
"하지만 현실은 달라. 그렇게 달콤하지 않아."
"…."
"범죄를 저질러도 처벌받지 않는 힘 있는 사람들을 어떻게 생각해?"
"그건…."

"그게 어른이란 거야. 그러니까. 이제 내가 어떻게 되든 내버려둬."

그녀는 그렇게 말한 뒤 가방에 얼굴을 파묻었다. 난 지금 할 수 있는 게 별로 없다는 걸 깨닫고 들고 있던 닭꼬치 중 하나를 그녀에게 건넸다.

"저기 이거 먹을래? 내가 자주 가는 가게에서 산 건데 진짜 맛있어."
"…."

가방 속에 숨은 그녀의 얼굴은 요지부동이었고 난 일단 닭꼬치를 감싸고 있는 은박지를 뜯은 뒤 연기가 모락모락 나는 걸 일부러 보여주며 뜨겁다는 듯 호호 불며 먹었다. 분위기를 바꿔보기 위해서였다.
그래도 배는 고팠던 걸까. 그녀는 천천히 고개를 들어 나를 슬쩍 바라봤고 드디어 닭꼬치 하나를 건네받았다.
"저기…. 세상은 달콤하지 않지만 이 닭꼬치는 확실히 달콤하거든."
"…."
"그러니까 그런 놈들 때문에 자살하지 마. 세상엔 나쁜 사람들만 있는 건 아니야. 좋은 어른도 반드시 있어."

난 어떻게든 위로하고 싶었다. 그때 그녀의 얼굴과 무릎에 상처가 있는 게 보였다. 난 그게 무얼 의미하는지 본능적으로 알았다. 그녀는 괴롭힘으로 인해 생긴 상처를 치료할 여유도 없었던 것이다. 그 정도로 심적으로 몰려있었던 거 같다.

"잠깐만 여기서 기다려."

난 닭꼬치를 잠시 내려놓고 육교공원 계단 아래로 뛰어갔다. 그녀에게 소독약과 연고, 대일밴드를 사주기 위해서다. 가능하면 가장 가까운 약국을 찾아서 약을 전해주고 싶었다. 그런데 평소에 잘만 보이던 약국이 이럴 땐 보이지 않는다.

"젠장."

난 순간적으로 친구들과 자주 다니던 피시방 건물 1층에 약국이 있었던 게 떠올랐다. 다행히 아직 문을 닫지 않아서 필요한 약을 살 수 있었고 그녀에게 빨리 전해주기 위해 전속력으로 달려갔다.

"후…."

난 육교공원에 도착한 뒤 숨을 고르며 벤치로 갔지만 그녀는 닭꼬치를 다 먹고 어딘가로 사라진 후였다.

도와주는 사람도 없이 악인들에게 괴롭힘을 당해온 그녀의 상처가 자꾸 생각나서 화가 났다. 하지만 어둠 속에서 삭여야만 했고 육교 너머로 화려하게 빛나는 네온사인 가득한 건물숲을 한참 바라보다 발길을 돌렸다.

2002년 2월 시간이 흘러 6학년

방학이 끝난 안개 가득한 등굣길은 그리 반갑지 않지만 매일 걷던 그 느낌으로 억지로 발걸음을 내딛던 은호는 학교에서 나눠줄 새 학년 교과서를 담을만한 적당한 가방을 등에 메고 괜히 흔들며 그 가벼움을 즐기고 있었다. 그때 뒤에서 자신을 못마땅해하는 목소리가 들려왔다.

"넌 6학년이 되어도 촐싹대는 건 변함이 없구나."
"네가 왜 여기 있어?"

지아는 돌아보는 은호를 반가움이 섞인 눈초리로 마주 본 뒤 이내 방향을 틀어 문방구 쪽으로 향했다.

"오늘은 준비물 같은 거 없을 텐데?"
"칠판 받아 적으려면 노트가 있어야죠."
"아…."
"뭐가 아… 야? 당연한 거잖아."
"그럼 난 먼저 갈게."

역시 지아는 다르구나 싶은 압도적인 거리감에 은호는 빨리 등교해서 교실에 앉아 수업이 시작되기 전까지의 긴장감을 느끼는 게 낫겠다는 생각이 들었다.

"어디가?"
"학교 가지 어딜 가."
"따라와 나 심심하거든."
"…."

은호는 갑자기 등장한 지아를 따라가며 궁금해 물었다.

"근데 어떻게 학교 가는 타이밍에 만나지? 신기하네."
"하나도 안 신기해."
"왜?"
"기다리고 있었거든."

은호는 지아의 저 짧은 대답에 티는 안 냈지만 적잖이 당황했다. 아침에 일부러 기다렸다니 우리가 그 정도의 사이였던 건가 하고 빠르게 과거를 되돌아봤지만 헷갈리기만 했다.
그래도 문방구에 들어가니 평소에 즐겨 먹는 불량식품이 많아 방금 전의 고민은 순식간에 잊혀졌다.

"저기 은호야. 학용품에도 관심 좀 가져."
"모르는구나 지아야. 불량식품이야말로 학교생활의 근간이야."

학용품은 눈길도 주지 않고 특유의 알록달록한 색을 자랑하는 먹거리에만 정신 팔린 은호를 지아는 싫지 않은 듯 바라보며 노트와 연필을 몇 개 골라 계산했고 은호도 불량식품 몇 개를 산 뒤 함께 나갔다.

방학 때도 자주 오는 학교지만 이렇게 가방을 메고 개학 날에 등교하는 건 또 기분이 다르다. 학생 모두가 신체적 정신적으로 좀 더 발전해서 모이는 것이기 때문에 그런 친구들과 다시 본다는 게 꽤나 큰 행복감을 준다.

옆에서 같이 걷는 지아도 방학 때 여러 일들이 있긴 했지만 은호에게 그런 존재다. 여러 생각을 하는 사이 두 사람은 어느새 학교를 지키는 정문을 지나 운동장을 가로질렀고 1층에서 신발을 갈아 신었다.

그리고 본관 로비 벽에 붙어있는 새로운 반이 적힌 배정표를 확인했다.
"난 5반이네. 은호는 몇 반이야?"
"음 잠시만…. 저깄다. 난 7반이야."
"이번에도 반이 다르구나."
"그러게…."
"아쉽네."

지아는 장난스럽게 명단이 적힌 종이를 째려본 뒤 은호에게 손을 흔들며 다음에 보자고 인사를 했다.
그때 은호는 갑자기 생각이 났는지 지아의 이름을 불렀다.

"지아야 잠깐."
"응?"
"이거."

은호는 주머니에서 아까 샀던 불량식품 하나를 꺼내 지아에게 건넸다.
"공부하다 심심할 때 하나씩 먹어."

손가락 크기의 종이 케이스 두 개가 같이 포장되어 있었는데 은호는 빨간색은 신맛이고 파란색은 단맛이라고 나름 설명을 해줬고 지아는 통을 흔들며 모래처럼 부서지는 소리를 맘에 들어 했다.

"고마워."

숨어있던 봄은 그렇게 우리에게 다가왔다.

1996년 6월 오지 못하는 학교

나는 친구들과 운동장에서 축구를 하고 있었다. 그런데 열심히 뛰어다니던 친구들이 하나둘 운동장 정문을 바라보며 멈추기 시작했다. 나는 무슨 일이 있나 싶어 돌아봤는데 거기엔 뭐라고 외치는 사람들이 모여있었고 선생님 몇 분이 못 들어가게 막고 있었다. 나는 그걸 보고 한 눈에 알아봤다. 저분들은 가출한 학생의 가족이었다. 그런데 가족은 정문 안으로 들어오지 못했고 학교 정문에 멈춰있어야 했다. 나는 학교에서 가족을 들어올 수 없도록 막았다는 걸 소문을 통해 이미 알고 있었다. 학교는 이렇게 주장했다고 한다. 학생이 가출한 건 안타깝지만 학교에 와서 소란을 피우는 건 많은 학생들에게 악영향을 미치거나 불안감을 조성할 수 있다고 그런 이유에서 들어올 수 없다고 했다. 나는 그 말을 결코 공감할 수 없었다. 교실에서 친구들과 함께 공부를 하고 미래에 대해서 고민하던 같은 학생이었는데 그런 학생이 가출을 했다고 없는 사람 취급하고 아픈 가슴 부여잡고 어떻게든 방법을 찾으려 방문하려는 가족을 못 들어오게 하는 건 학교가 할 짓이 아니었다. 그 악영향이라는 것은 무엇을 말하는 것일까. 학교에서 지켜줘야 할 학생이 등교를 하지 않고 있는데 대체 누가 누구한테 피해를 준 것일까. 학생들과 제대로 소통하면서 위험한 상황에 처하지 않도록 만전을 기했어야 하는데 학교는 그러지 못했다. 오히려 잘못을 저질러 놓고도 쉬쉬하고 한 학생의 삶을 아무렇지도 않게 지워버리려고만 한다.

그런 걸 학교라고 할 수 있을까. 학생의 가족이 학교 안에 들어간다고 반 친구들이 불편해하고 싫어하고 공부에 악영향을 미친다고 빨리 사라지라고 하는 그런 천인공노할 일이 정말로 발생할까. 방황을 끝내고 돌아오길 바라는 반 친구들의 마음을 학교는 왜 전혀 생각하지 않는걸까. 누군가의 인생을 순식간에 없애버릴 수 있는 것이 당연하게 벌어지는 세상이고 또 그걸 학교가 가르치고 있는 거라면 우리는 대체 학교를 왜 다니는 것일까.

그렇게 중요한 무언가를 외면한 채 걸어간다면 과연 옳은 길로 갈 수 있는 것일까.

정문 앞에서 학교를 바라보던 학생의 가족들은 발길을 돌려 점점 멀어져 갔고 우리는 다시 축구를 하기 시작했다. 그리고 난 기억하기로 했다. 비록 아는 사이는 아니었지만 온 힘을 다해 살아가던 한 친구의 삶을 말이다. 그리고 잊지 않을 것이다. 커튼 뒤에 숨어 가족들을 못 본 척하던 교장과 교실의 풍경을 허락하지 않기 위해 커튼으로 창문을 가려버린 비상식적인 교실들을.

1999년 5월 소각장에서

은호는 쓰레기들이 쌓여져 있는 초등학교 옆 구석에 있는 작은 소각장에서 한 손에 나뭇잎을 들고 생각에 잠겨있었다. 이것을 태워야 할지 말아야 할지 결정해야 했다. 항상 반 아이들을 진심으로 아껴주고 고민을 들어주고 극복할 수 있도록 힘을 보태주는 그런 분이셨는데 잘못을 감추려는 사람의 사주를 받고 있었다니 나로서는 그 소문을 받아들일 수 없었다.

그때 뒤에서 익숙한 여자의 목소리가 들려왔다.

"여기서 뭐 해?"
"지아야."
"쓰레기 태우려고? 이거 경비 아저씨가 하고 계시잖아."
"안 그래도 아저씨한테 몇 개만 태운다고 성냥 빌려왔어.'"
"네가 진짜 태우고 싶은 건 쓰레기가 아니면서?"

뭔가를 느낀 지아의 말에 은호는 답답한 마음에 작은 쓰레기봉투를 하나 주워 빈 소각로에 넣으며 말했다.

"만약 네가 존경하는 사람이 있고 감사의 의미로 선물을 주려고 했는데 그 사람이 부정을 저질렀다는 소문이 들린다면 넌 어떻게 할 거야?"
"부정?"
"응 그리고 시간이 흐르며 나 스스로도 어느 정도 그렇게 생각하고 있다면? 그럴 땐 어떡해야 할까?"

지아는 나의 물음에 골똘히 뭔가를 생각하더니 가까이 다가왔다.
그리고 내 손에 있던 나뭇잎을 뺏었다.

"아 그건!!"
"드리고 싶은 게 이거구나. 멋진 나뭇잎이네."
"…."
"뒤에서 지켜보는데 이 나뭇잎만 눈 빠지게 보고 있더라."
"왜 몰래 쳐다보는데."
"내 맘이지."
"난 정년이 멀지 않은 선생님을 보며 항상 그 나뭇잎 같은 분이라고 생각했고 보답하고 싶었어. 단지 그뿐이야."
"그래서 드리려고 한 거구나."
"어쨌든 그거 돌려줘 지금 태울 거니까."
"아니 못 줘. 내가 가지고 있을 거야."
"무슨 말이야."
"너 이거 태우면 분명히 후회할 거야."
"…."
"그리고 후회할 걸 알면서도 분명히 태울 거야."

그녀는 나를 꿰뚫고 있기라도 한 듯 정곡을 찔렀고 나뭇잎을 자신의 호주머니에 넣었다.
그리고 학교 안으로 도망치며 외쳤다.

"나중에 네가 하고 있는 걱정이 해결되면 그때 돌려줄게."
"야 어디가!"
"그리고 이건 내 감인데 아마 아닐 거야. 오랜 시간 학생들을 가르쳐 온 선생님이란 존재를 좀 더 믿어봐."

산에서 길을 잃고 울었던 날 그녀를 만나서 도움을 받았지만 그 이후론 가끔가다 마주치며 인사를 했을 뿐이고 이렇게 나중까지 기약할 사이는 결코 아니었다. 하지만 그녀와 얘기할 땐 마음이 편해져서 무심코 걱정하는 걸 말해버렸고 덕분에 나뭇잎을 빼앗겨 버렸다.

난 경비 아저씨에게 빌려 온 성냥으로 소각로에 불을 붙였고 조금씩 커지는 쓰레기봉투 구멍 속에서 쓰레기들의 모습이 드러났다. 저 구멍처럼 시원하게 진실이 보이면 얼마나 좋을까. 그렇게 사람들의 흔적은 끈질기게 타올랐다.

1996년 6월 길을 막다

점심시간에 학교 건물 1층으로 내려온 난 별관에 들어가려고 했다. 별관엔 더 많은 학생을 받기 위한 새 교실들과 독서와 공부를 동시에 할 수 있는 도서관 그리고 비를 막아주는 실내체육관까지 있었다. 난 운동을 하기 위해 체육관에 가고 싶었는데 별관 1층 입구 앞에 앉아있는 남학생이 굳은 표정으로 날 노려봤다.

"야 들어가지 마."

위압하는 남학생의 말에 난 당황한 채 말했다.

"왜? 저 안에 무슨 일이 있는 거야?"

"그냥 들어가지 마."

저 건물 안에서 어떤 일이 벌어지고 있는 건 확실해 보였다.

그리고 내가 계속 들어간다고 하면 저 학생은 폭력을 행사할 수도 있을 분위기였다.

"야 왜 그래…."

남학생과 아는 사이로 보이는 여학생들이 그러지 말라는 투로 말했지만 한편으론 두려워하는 게 느껴졌다.
　난 일을 크게 만들고 싶지 않아서 2층으로 올라갔다. 2층엔 별관으로 이어지는 구름다리가 있다. 그 다리를 통하면 밑의 학생들과 마주칠 일은 아마 없을 것이다.
　예상대로 2층엔 학생들이 자유롭게 드나들고 있었다. 그렇다는 건 아까 그 학생은 분을 못 이겨 화를 냈다는 건데 대체 무슨 일이 있었던 걸까?
　그런 생각을 하고 있을 때 시끄러운 소리가 1층에서 계단을 타고 올라왔다.

"당신이 좀 더 잡아줄 수 있었잖아요. 그렇게 힘들어했는데."
"나도 어쩔 수 없었어. 그 아이는 마음을 열지 않았으니까."
"그게 선생이란 사람이 할 말입니까!!"
"…"
"당신에게 잘못이 없는 건 알아요. 그래도…. 그래도…. 당신은 담임이잖아!!"

　후회만이 가득한 절규.
　얼마 전 학교 정문까지만 왔다가 돌아간 가족이 생각났다.
"가출한 학생의 친구들이었구나."
　친구들은 학생이 사라졌는데도 쉬쉬하기만 하는 학교의 대처를 보고 선생님도 학생도 다 싫어졌던 거 같다.

　마음껏 꿈을 키우고 거닐었던 학생이 혼란을 겪으며 학교를 떠났음에도 바로 없는 존재가 되는 학교. 그건 적어도 내가 생각하는 학교는 아니었다.

1997년 9월 행군

　군부대를 둘러싸고 있는 적당히 높은 산 출입구에서 우리 소대는 행군을 준비하고 있었다.
　이번에는 행군 거리가 꽤 길어서 힘들 때마다 먹으려고 물통에 이온음료를 넣고 군복 건빵 주머니엔 캔디와 초콜릿 바를 넣은 소대원도 있었다.
　"이상 있는 사람 있나."
　"없습니다."
　소대장님은 이미 전날 저녁 점호 때 물어봤지만 혹시나 싶어 한 번 더 물어봤고 없다는 말이 들려오자 소대 인원수를 최종확인 한 뒤 빨간 안내봉을 들고 앞으로 갔다.

　드디어 군부대 후문이 열리고 수백 명의 전 부대원이 일렬로 두 줄을 만들어 앞으로 나아갔다. 처음엔 내리막길과 평지뿐이라 무난하게 지날 수 있었지만 걸을수록 부대 주변 산보다 훨씬 높은 경사의 산들이 나타나며 발걸음을 무겁게 했다.

　중간중간 10분씩 쉬면서 숨을 돌릴 수 있었지만 조금씩 정신이 몽롱해지는 거 같았다.
　어느새 날은 어두워졌고 말없이 서있는 높은 산들을 보며 난 자연의 무한함에 압도되어 그 산들의 기운에 끌려가듯 걸었다.

내가 걷는 게 아닌 산이 끌어주는 거 같았다.
그렇게 몇십 킬로를 걸어 목적지인 작전 진지에 도착했고 이제 이곳에서 적군에 맞서는 훈련을 해야 했다.
큰 훈련이라 다른 사단에서도 많은 병력이 오고 있어서 난 나무에 몸을 기댄 채로 그 장관을 보고 있었는데 뭔가 숨쉬기가 점점 힘들어졌다.
방독 마스크를 쓰고 있는 듯한 압박감이라고 해야 하나 크게 숨을 쉬어봐도 시원하지가 않고 답답해져서 결국 그 자리에 바로 쓰러졌다.

어릴 때 난 어지럼증이 심해서 괜찮은 듯하면서도 금방 눕곤 했다. 그럴 때 습관이 있었는데 잘 개어진 이불 속에 발을 집어넣고 그 시원함을 느끼며 옆으로 눕는 것이었다.
이상하게 정면으로 누우면 머리가 더 아파서 되도록 옆으로 누우려 했다.
그렇게 누워있다 보면 부엌에서 엄마가 저녁준비를 하는 소리가 들려왔고 난 그 따듯한 소리에 집중할 때 어느새 머리가 괜찮아지곤 했다.
조금 뒤 완전히 날이 저물고 저녁이 완성되면 아빠 엄마 형과 함께 둘러앉아 그날 있었던 얘기를 하며 밥을 먹었는데 그땐 미처 몰랐다.
이렇게 눈물 날 정도로 그리운 기억이 될 줄은.

"야 인마 일어나!! 새끼야."
"야 안성훈!"
"정신 차려!"

이건 꿈인 건가? 소대 선, 후임들이 들것에 실려 가는 날 보며 걱정스러운 표정으로 다 함께 소리치고 있었다. 나의 뺨을 때리며 정신을 차리게 하려는 선임도 있었다. 평소에 그렇게 혼냈으면서. 난 그 모습을 흐릿하게 눈에 담으며 의무대로 실려 갔다.

'가족을 지키는 거 엄청 힘든 거구나, 선, 후임들도 마찬가지겠지.'
난 그렇게 생각하며 정신을 잃었다.

2002년 4월 파출소 아침 조회

"하암."
하품이 나오는 걸 참지 못해 입으로 가리는 박 순경 앞에서 야간근무를 한 이 순경은 인수인계 사항을 읊기 시작했다.
저녁 11시 치킨집에서 부부가 심하게 싸운 것과 가출하고 며칠 만에 돌아온 고등학생 그리고 새벽에 담을 타고 다니는 괴인 이야기 등등. 비교적 사건 없는 조용한 동네여도 큰 사고로 번질 수 있는 위험성은 분명히 도사리고 있었다.
그리고 박 순경은 이 순경에게 물었다.

"인수인계는 그게 다인가?"
"네. 왜 그러시죠?"
"뭔가 우리가 너무 안일하게 일하는 건 아닌가 싶어서."
"그런가요?"
"뭐 계속해 봐."

이 순경은 퇴근할 준비를 하기 위해 마지막 인수인계를 했다.

"그리고 좀 전에 말씀드린 도둑 말인데요."
"침입은 안 했다고? 이번이 몇 번째지."
"네 번째입니다. 목격자만 생기고 있네요."
"쉽사리 침입하지 못한다는 건 겁이 많다는 건가."
"네. 담 위에 서있다가 일을 늦게 마치고 들어오는 직장인 남자와 눈이 마주쳤는데 도망갔다고 합니다."
"음….'
"뭐 결국 밤새 신고 들어온 건 없으니. 그러다 스스로 포기하겠죠. 우린 순찰차로 겁만 주면 될 거 같은데요."
"자네들은 교통사고 난 학생 일은 벌써 잊은 건가?"
"아 소장님~"

파출소장은 앞마당을 쓸고 꽃에 물을 준 뒤 들어오며 한가함에 익숙해진 순경들을 다그쳤다. 다행히 크게 다치진 않았지만 선욱이라는 학생은 교통사고를 당해 아직도 학교에 제대로 등교하지 못하는 상황이며 초등학교 바자회에 대한 수상한 소문도 돌고 있다. 별일 아닐 거라고 안일하게 생각하는 순간 일어나는 것이 사고이기에 파출소장은 언제나 순경들에게 긴장감을 주고 싶어 했다.

"몇 년 전 꼬마가 고가에 팔려고 했던 비디오테이프 기억 안 나나?"
"아 그거요."
"밤에 돌아와서 케이스를 열어보니 그 안에 가족사진이 들어있었지."
"그랬었죠."
"그때 내가 얼마나 가슴이 아팠는지 아나. 가족 없이 혼자 운동장에 앉아있는 아이가 얼마나 마음이 안 좋았으면 비디오를 천만 원에 판다고 했겠나."

"…."

"아무리 별거 아닌 일처럼 보여도 좀 더 세심하게 신경 쓰게. 우리 경찰은 그런 아이들을 지켜야 할 의무가 있어. 눈에 보이는 사건만 해결하지 말고 보이지 않는 것도 확인하라는 말이야. 그러니 항상 최악의 상황을 염두하고 미연에 방지하겠다는 마음가짐으로 근무에 임하게들."

"네 알겠습니다."

박 순경은 소장님에게 갓 타온 커피를 건네는 최 순경 뒤로 퇴근하는 야간근무조에게 수고했다는 말을 건넸고 인수인계 사항을 보며 생각에 잠겼다.

2001년 10월 실수

녹색의 나뭇잎이 붉게 타들어 가기 시작한 어느 날. 나의 불안한 마음도 낙엽을 닮고 있었다.

"죄송하다고 하잖아요!!"
사장님은 컴플레인 전화를 받으며 무척이나 화가 나있었다. 그리고 잠시 뒤 1층으로 내려가셨는데 아마 담배를 피우러 가신 거 같았다.
순식간에 분위기는 안 좋아졌고 난 굳어서 가만히 서있기만 했다.
왜냐면 잘못이 나에게 있기 때문이다. 고가의 물품이었고 정해진 날짜에 반드시 도착해야 했는데 구매자가 받고 보니 모델명만 비슷한 엉뚱한 상품이 도착한 것이다.

그래서 그 상품을 이용한 어떤 계획이 취소가 됐을 것이다.

난 이 회사의 이미지를 깎아 먹었을 뿐만 아니라 직원들의 사기까지 떨어뜨렸다.

때문에 이번 달 월급을 스스로 깎아야 하나라는 생각까지 들었고 낙엽처럼 타들어 가는 사장님의 담배가 자꾸 상상됐다.

조금 뒤 계단에서 사장님이 올라왔고 난 죄송하다고 말씀드렸다. 하지만 사장님은 아직도 화가 나신 상태였다.

"죄송하면 끝나냐."

너무도 당연한 말씀이었다. 난 고작 죄송하다는 한마디로 이 상황을 모면하려고 한 건지도 몰랐다. 소나 님의 크라우드펀딩을 위해서 큰맘 먹고 알바를 시작했지만 위기가 금방 찾아온 것이다.

그렇게 걱정하고 있을 때 시계는 점심 12시를 가리켰고 우리는 항상 가는 백반집으로 향했다. 하지만 밥에서 플라스틱 맛이 났다.

군대 입소하던 날 훈련소 앞에서 먹었던 삼겹살에서 났던 맛과 비슷했다.

감당할 수 없는 뭔가가 찾아오면 평소에 그렇게 맛있던 음식에도 손이 가지 않는다.

그렇게 식사가 끝나고 올라가려는데 민수 씨가 시간이 남았으니 카페나 가자고 했다.

조금 있으면 일해야 하는데 카페라니 난 내키지 않았지만 거절하기도 뭐해서 따라갔다.

1분 정도 걸어서 카페에 도착했고 우리는 안에 들어가 적당한 자리를 잡았다.

빵과 음료수를 시킨 뒤 민수 씨는 입을 열었다.

"일 힘드시죠?"
"아니요. 아직 적응이 안 돼서 그렇죠 뭐."
"저도 처음에 엄청 실수했어요. 아마 더 심했을걸요."
"정말요?"
"네. 그래도 저는 이쪽 분야에서 일하고 싶으니까. 배운다는 마음으로 계속 다녔죠."
"아 네."
"이 일 관련해서 자격증도 따고 있어요."

민수 씨는 평소 모습만 보면 쿨하게 설렁설렁 다니는 줄 알았는데 사실은 누구보다 열심인 사람이었다.

이런 저런 얘기를 하는 사이 빵과 음료수가 나왔고 우리는 조금 더 시간을 보낸 뒤 회사로 돌아갔다.

그리고 이날은 물량이 많은 날이어서 저녁 늦게까지 일해야 했다.

"시간이 벌써 저렇게 됐네."

택배기사님이 오기 전까지 겨우 포장을 끝낸 우리는 의자에 앉아 쉬고 있었다.

그때 사장님이 오시더니 아까와는 다른 부드러운 표정으로 말하셨다.
"성훈아 혼났다고 그만두는 거 아니지?"
"네? 당연하죠."
"다음부터 잘해."

사장님은 그 말을 끝으로 직원들에게 외쳤다.

"자 그럼 마무리하자!"
"네!"

늦은 시간이었기 때문에 직원들은 바쁘게 지하철역으로 향했고 난 화장실에 잠시 들어간 뒤 손을 씻고 나왔다. 그런데 사무실에 불이 켜져있었다. 들어가 보니 사장님은 아직도 안 가고 컴퓨터 앞에 앉아 계획서 같은 걸 확인하고 계셨다.
　난 본능적으로 알았다. 사장님의 일은 지금부터라는걸.
　문득 점심시간 때 이쪽 분야에서 일하고 싶다던 민수 씨의 말이 생각났다.

어쩌면 민수 씨는 사장님을 보며 꿈을 키우고 있는 게 아닐까.
　난 사무실의 문을 조심히 닫고 왠지 모를 따스한 기분을 느끼며 계단 아래로 내려갔다.

1996년 7월 학교를 옮기다

고등학생인 난 토요일이라 빨리 끝난 김에 친구들이 다니는 다른 학교에 놀러 간 적이 있다. 중학교는 같은 곳을 나왔지만 고등학교는 따로 다니게 된 것인데 중요한 건 거리로 따지면 우리 모두가 잘못 배정된 거나 다름없다. 왜냐면 내가 사는 아파트 단지와 친구들이 사는 아파트 단지는 꼭대기에 정자가 있는 동산 하나를 가운데에 끼고 있는데 그 동산 옆으론 소규모 밭들과 두 단지를 이어주는 길이 2km 정도 이어져 있다. 그 길을 기준으로 동산 반대편엔 대형마트 같은 큰 상가들이 세워져 있고 중간쯤엔 젊은이들이 많이 모이는, 중심상가로 향하는 커다란 육교공원이 있다.

왜 이런 얘기를 하냐면 내가 다니는 학교는 친구들 동네 쪽에 있고, 친구들이 다니는 학교는 내가 사는 동네에 있는 것이다. 게다가 서로의 집을 지나쳐 좀 더 걸어가야 학교가 나온다.

그래서 친구들이랑 학교 얘기를 할 때면 잘못 지원했다는 푸념도 하지만 그럼에도 이정도면 다행인 거라고 모두가 느끼고 있다. 사실 여기엔 에피소드가 있다. 고등학교 진학에 대해서 한창 고민을 하던 중학교 3학년 때 친구네 집에 멤버가 모여서 회의를 한 적이 있다. 성적이 안 좋아서 이쪽 고등학교에 못 갈 수 있다는 친구도 있었고 원하는 곳에 갈 수 있지만 이제 이 멤버가 다시 못 모이는 거 아니냐고 걱정하는 친구도 있었다. 우리는 간식을 먹고 밤을 새우며 시간을 보냈었는데 결국 결론은 하나였다. 어떻게든 될 것이다.

그렇게 다짐을 하고 우리는 얼마 뒤 지정된 고등학교로 가서 배치고사를 봤고 나온 성적표를 들고 친구네 집에 다시 모여 대책 회의를 했다.

하지만 사람마다 성적도 다르고 특정 학교가 원하는 모집요강에 전부 통과하는 것도 어려워서 사실상 같이 진학하는 건 불가능하다는 결론밖에 나오지 않아 좌절했는데 기적 같은 일이 벌어졌다.

바로 미달사태가 일어난 것이다. 우리가 사는 곳은 만들어진 지 얼마 안 된 신도시라서 인구가 그리 많지 않고 고등학교들이 모두 새로 지어져서 소위 말하는 명문고가 존재하지 않았다. 즉 새로 시작하는 학교들이기 때문에 이 도시의 학생들이 다른 지역의 전통 있는 학교에 가면 갔지 다른 지역의 학생들이 이쪽으로는 오지는 않는 것이다. 그런 이유로 이 신도시에 있던 고등학교 세 곳은 미달사태라는 예상치 못한 악재를 맞이한 것이지만 성적이 안 돼서 지원하지 못하고 있던 학생들에겐 말 그대로 기적이 일어난 거나 마찬가지였다. 결국 세 고등학교는 비어 있는 미달인원을 인접 동네에 사는 학생들로 채우며 문제를 해결하기로 했다. 성적이랑 상관없이 말이다.

그 소식을 들은 우리는 기뻐하며 학교에서 나눠준 고등학교 지망신청서를 사전에 약속한 대로 적어 넣었다. 1지망이 무조건 될 줄 알았기 때문에 2지망은 전혀 염두에 두지 않았다. 결국 1지망은 단 한 명의 친구에게만 허락됐고 나머지 친구들은 모두 대충 적은 2지망으로 가게 되었다. 그래서 우린 2km 이상을 걸어 서로의 집을 지나쳐 가야 하는 처지가 된 것이다.

하지만 미달사태가 없었다면 아예 다른 지역으로 이사 가는 친구도 분명 있었을 것이기에 우린 이것만으로도 좋았다. 결국 고등학교를 졸업하면 대부분의 친구와 멀어진다는 걸 뒤늦게 알았지만 지금도 난 영원할 거라 믿었던 그때의 철없는 바람이 그리울 때가 많다.

나는 친구들이 있는 학교 계단을 올라가며 그 시간을 떠올리며 살짝 웃었다.

드디어 도착한 4층, 난 핸드폰으로 전화를 걸어 어디 있냐고 물어본 뒤 친구가 있는 반으로 걸어가는데 갑자기 옆 교사 휴게실에서 생각지도 못한 분이 걸어 나오셨다.

우리 학교에서 가르치시던 도덕 선생님이었다.

"어 선생님?"

"성훈아 너구나."

"왜 여기 계세요?"

도덕 선생님은 주로 개량한복을 자주 입으셨는데 지금은 검은색 양복을 차려입고 계셨다. 원래 자유분방한 동네이장 같았던 분이었는데 이미지가 너무 달라져 있어서 난 생각 못 한 만남에 적잖이 충격을 받았다.

학년이 오르면서 선생님의 수업을 들을 수 없으니 자연스레 자주 못 본다고 생각했는데 아예 다른 학교에 와계신 줄은 꿈에도 몰랐다.

"잠깐 들어와."

도덕 선생님은 반가웠는지 나를 휴게실로 들어오라고 하셨고 친구들이 아는 사이냐며 묻길래 우리 학교에 있던 분이라고 설명해 준 뒤 잠깐만 얘기하다가 나오겠다고 말했다.

오케이라고 말하며 다시 교실로 가는 친구들을 뒤로하고 휴게실로 들어갔는데 도덕 선생님은 커피포트에 물을 넣고 전원 스위치를 켠 뒤 나에게 소파에 앉으라고 하셨다.

"왜 옮기신 거예요?"

선생님은 어떤 사정이 있는듯한 침체된 표정으로 나지막이 말했다.

"교장이 그냥 이리로 가라고 하더라고."

"며칠 전까지 학교에서 선생님을 봤는데 그리고 지금 학기도 안 끝났잖아요."

내 말을 들으며 선생님은 수업시간 때 자주 그러셨던 것처럼 피식 웃기만 하셨고 말을 금세 돌리셨다.

"너는 요즘 어때. 공부 잘 하고 있어?"

"저야 뭐 그렇죠."

"열심히 해. 시간은 정말 빨리 가니까."

"네."

그렇게 대화가 끝난 나는 휴게실 밖으로 나왔고 선생님은 또 놀러 오라는 말을 하신 뒤 문을 닫으셨다.

대체 도덕 선생님에게 어떤 일이 있으셨던 걸까? 교장 선생님과 사이가 안 좋다는 말은 소문으로 알고 있었지만 이 정도였을 줄은 몰랐다.

학기가 끝나지도 않았는데 옮기는 게 가능한 건가?

그런 생각을 하고 있을 때 친구들이 가방을 메고 나에게로 걸어왔고 우리 학교 처음 오는 거 아니냐고 다음엔 네가 다니는 학교에도 가야겠다는 말을 하며 계단으로 함께 내려갔다.

학교라는 곳은 우리의 생각보다 더 어두운 곳일지도 모른다.

2002년 6월 수풀림을 헤매는 자들

알바를 마치고 온 성훈은 피곤함을 이기지 못하고 의자에 털썩 앉으며 고개를 뒤로 젖혔다.

물량이 많은 마감 날이라 원래 퇴근시간보다 4시간을 더 연장해서 일했으니 체력이 좋지 않았던 그로서는 꽤 벅찬 하루였다.

눈을 감고 한참을 앉아있던 성훈은 자리에서 일어나 음료수를 컵에 따르고 창가로 걸어갔다.

"피곤해도 할 건 해야지."

이미 어두워졌지만 공원의 풍경을 보는 것을 소홀히 하지 않는 그였다.

낮에는 녹색의 나무와 아름다운 꽃들이 반겨준다면 저녁엔 고요하면서도 웅장한 기운이 내 몸속에 스며드는 기분이 든다.

그런데 그런 생각을 하는 성훈의 눈에 뭔가가 보였다.

두 개의 형체가 공원 구석에 있는 수풀림 속으로 내려가고 있었다.

"저 사람들 또 왔네."

그들은 수풀림에 들어가면 왔던 방향으론 한 번도 나온 적이 없다. 즉 가로질러서 수풀림 아래 횡단보도 쪽으로 간 걸로 보였다.

하지만 아무리 생각해도 멀쩡한 길을 두고 수풀림을 가로질러 가는 건 너무 이상했다. 그래서 얼마 전 그들이 수풀림에 들어갔을 때 몰래 미행한 적이 있는데 그들은 어둠 속에서 담배를 피우며 재밌는 대화를 나누는지 웃고 있었다. 그냥 담배 피우러 온 사람들을 의심하고 망상을 하니 무의식적으로 글 소재를 찾으려고 괜한 짓을 한 거 같아 자괴감이 밀려왔다. 그때부터 관심을 두지 않았지만. 그래도 소나 님과의 약속을 지키기 위해 수풀림을 낮마다 찾아가면 뭔가가 미묘하게 달랐다.

"대체 그게 뭘까…."

성훈은 음료수를 마저 다 마신 뒤, 창가에서 물러나 침대에 몸을 던졌다.

2002년 6월 친구의 물음

"넌 왜 그 수업 안 들어?"

점심시간 소나무 아래서 만화책을 보고 있는 은호에게 한 친구가 와서 물어봤다.
"아 그 수업?"
"안 들으면 여러 가지 불이익이 있다고 들었어."
"불이익이라. 넌 그 수업 좋았어?"
"응 뭔가 도움이 되긴 하더라."
"어떤 식으로?"

친구는 수업을 머릿속으로 떠올리려는 듯 한 손으로 턱을 만지작하며 허공에 시선을 고정하고 생각에 잠겼다. 그리고 뭔가를 기억했다.

"아 그래 마약은 양면성이 있다고 하셨지."
"양면성?"
"마약성분이 있는 식물도 지혜롭게 잘 쓰면 약이 될 수 있고 잘못 쓰면 중독되어 인생을 망치게 된다, 뭐 그런 말씀이셨어. 결국 같은 문제라도 누가 마주하느냐에 따라 그 결과는 천지 차이라고 그러니 가면 속에 악의를 숨긴 자들을 잘 구분할 줄 알아야 한다고 했어."
"아이들 반응이 좋아?"
"응 처음엔 이게 뭐지 했는데 갈수록 입소문도 퍼져서 듣는 학생이 점점 많아지고 있어."
"그래…."

얼마 전에 생긴 그 특별 수업은 학생들에게 발전된 시각을 제시하겠다며 교직원 회의에서 미술 선생님이 치열하게 호소해서 얻어낸 결과물이었다.

애기를 들은 학부모님들과 언쟁까지 붙었지만 결국 설득하는 데 성공했고 실제로 수업이 운영되는 데 오랜 시간이 걸리지도 않았다.

미술 선생님의 진취성이라고 해야 할까. 행동력은 절대 보통 수준은 아닌 걸로 보였다.

은호는 넘기던 만화책을 보던 데까지 접은 뒤 덮었고 곧 종소리가 울릴 운동장을 응시했다.

그 어떤 발걸음도 불만 없이 받아주는 저 운동장처럼 아이들도 필시 학교와 선생님들을 믿고 가르침을 받으며 배워나갈 것이다. 그리고 그게 당연한 거라고 대부분이 생각할 것이다. 선생님이란 그런 존재다. 내가 알지 못하는 것들을 알려주고 그 지식을 올바르게 쓸 수 있도록 이끌어 주는 존재, 그래서 그런 분들을 존경하기에 나이가 들어서도 찾아가 뵙는 게 아닐까.

은호는 자리에서 일어나, 먼지가 묻은 바지를 턴 뒤 친구와 교실로 돌아갔다.

2002년 6월 신 선생의 특별 수업

"선생님은 미술을 가르치시는데 왜 특별 수업까지 하세요?"
학생들의 질문에 신 선생은 신념 가득한 표정으로 답했다.
"이 수업도 사실은 미술과 같아요."

학생들은 모르겠다며 미어캣처럼 단체로 고개를 갸우뚱했다.

"뭐랄까 이 학교를 거쳐 가는 학생들에게 항상 하는 말인데 우리는 그림이라는 인생에게 거짓말을 하지 말자는 거예요. 그건 곧 가면이죠."

"가면이요?"

"우리가 학교에서 배우는 도덕과 윤리를 무시하고 사회를 혼란스럽게 하는 자들의 특징이기도 하죠. 그들은 우리가 평소에 짓는 미소와 아름다운 풍경마저 가면으로 사용합니다. 그리고 너도 나쁜 짓을 해도 된다고 유혹하죠."

"그걸 어떻게 구분해요?"

"간단해요. 질서를 해치느냐 해치지 않느냐를 보면 됩니다. 예를 들어 사람을 죽인 살인마가 있다고 치죠. 그런데 살인마의 겉모습은 너무도 아름다워서 저 하늘의 햇살을 받으면 좋은 사람처럼 보여요. 현혹될 가능성이 높아지는 거죠. 그래서 중요한 게 눈앞에 펼쳐지는 아름다운 것들에 흔들리지 않고 진실을 보는 겁니다."

아이들은 정확히 뭔지는 몰라도 경청하고 있었다.

"그럼 우린 이렇게 말하면 됩니다. 당신은 사람을 죽인 것도 모자라 아름다운 자연까지 가면으로 악용하는 자일 뿐이라고."

"어른들은 그러고 살아요?"

신 선생은 잠시 고민하다 말했다.

"우리가 몇 살이든 그렇게 살아야 하는 거겠죠? 그래서 저는 여러분뿐만이 아니라 이 수업을 듣지 않는 다른 학생들도 그런 자세로 살아가

길 바라고 있어요."

1996년 7월 시기가 겹치다

난 친구들이 다니는 학교로 옮기신 도덕 선생님을 다시 찾아갔다. 반드시 물어야 하는 것이 있었다. 나는 예전 기억을 되살려 선생님과 얘기를 했던 휴게실을 금방 찾아냈다. 노크를 하자 조금 뒤 문이 열렸고 도덕 선생님이 한 손에 담배를 들고 나를 바라보며 살짝 놀라셨다.
"성훈아."
"안녕하세요 선생님. 드릴 말씀이 있어서요."
"들어와라."
난 창가 쪽으로 걸어가는 선생님의 뒷모습을 보며 휴게실 안으로 들어가 문을 닫았다.
선생님은 창밖을 바라보며 담배를 피우다 창틀 앞에 놔둔 재떨이에 비벼 끈 뒤 나를 바라보셨다
"그 아이 얘기를 하려는 거냐."
"네 선생님."
선생님은 소파에 앉아 말했다.
"뭐가 궁금한 거냐."
"저는 정확한 건 모르지만 그 학생이 가출한 시기와 선생님이 학교를 떠난 시기가 맞아떨어진다는 걸 알았습니다. 그리고 학교가 뭔가를 감추고 있다는 것도 알고 있습니다."
"그래서."
"왜 학교가 교직원을 비롯한 학생들과 부모들의 삶을 우습게 보는 것

인지 왜 의문을 가진 것에 대해서 정당하게 의견을 말해도 묵살하는 것인지 학교가 그토록 외치던 교육철학에도 전적으로 반하는 것인데 왜 학생의 눈과 귀를 통제하면서 아무 문제 없는 것처럼 속이는 건지 알고 싶어서입니다."

"그걸 알게 되면 넌 뭔가를 바꿀 수 있을 거라고 생각하니."

"그건 모르겠습니다."

도덕 선생님은 나의 말을 듣고 피식 웃었다.

"살면서 때로는 웃어넘기는 게 좋을 때도 있다."

"웃어넘긴다구요?"

"내 힘으로 어떻게 할 수 없는 것이 있다면 잠시 물러날 줄도 알아야 하지."

"잠시라면 언제까지요."

"난 그 학생이 가출을 한 뒤 학교의 대처에 분노했고 교장과 극렬하게 대립했지. 그리고 깨달았어. 이 학교는 아니 전국의 학교는 갈 길이 멀었다는걸. 너도 대충 눈치챘겠지만 난 이미 오래전부터 교장과 툭하면 부딪혀 왔어. 그래서 벼르고 있던 교장이 학교를 질타하는 나의 과격한 언행을 문제 삼으며 징계했고 결국 학교를 떠나게 만들었지."

"그걸 교장이라고 할 수 있는 건가요."

"하지만 우린 이걸 알아야 한다. 이 땅 어디로 가든 마주쳐야 하는 문제는 항상 똑같다. 그렇다는 건 어디서든 다시 싸울 수 있겠지. 그러니 좀 더 유연해질 필요가 있다. 떠난다고 지는 게 아니야."

"유연해진다…."

선생님은 강제로 학교를 옮기긴 했지만 가출한 학생을 포기하지 않은 것 같은 느낌이었다.

"그 학생은 돌아올까요?"

"그걸 바라기보단 돌아오고 싶은 학교를 만드는 게 우선이겠지."

그렇게 난 선생님이 주신 따듯한 차를 마신 뒤 고개 숙여 인사를 드리고 복도로 나갔다.

계단으로 내려가면서 휴게실 문이 닫히는 소리가 들렸고 난 선생님의 말씀을 곱씹었다.

"웃어넘기는 유연함이라…."

지금 학교에서 벌어지는 일은 결코 웃어넘길 수 없는 것인데 선생님은 오히려 그러길 바라셨다. 그리고 왠지 그 뜻을 알 것 같았다.

그 순간 학생들에게 괴롭힘을 당하는 그녀가 떠올랐고 난 나의 나약함을 웃어넘기고 조금 더 용기를 내기로 했다.

그녀의 마음이 사악한 자들의 악행을 넘어서서 다시 일어설 수 있도록.

2002년 6월 연주

아무도 없는 텅 빈 음악실에서 한 선생은 피아노 연주를 하고 있었다.
손가락의 흐름을 따라 흰 건반과 검은 건반이 어우러지며 따라 걸었고 그 걸음은 따듯한 멜로디가 되어 복도 밖으로 퍼져나갔다.
그리고 잠시 뒤 누군가의 신발이 바닥과 부딪혀 작은 소리를 냈다.

"신 선생님이신가요."
"네."

감았던 눈을 서서히 뜬 한 선생은 부끄러운지 신 선생을 제대로 보지 않았고 그도 마찬가지인지 괜히 칠판만 바라봤다.

"눈을 감고 계셨는데 저인 줄 아셨네요."
"틀렸어요."
"네?"
"단지 그 발소리가 신 선생이길 바랐을 뿐이에요."

용기를 내 꺼낸 말의 힘을 빌려 한 선생은 그와 눈을 맞췄다.
신 선생은 그녀와 잠시 눈을 맞춘 뒤 다시 칠판 쪽으로 시선을 어색하게 돌리며 말했다.

"어…. 저번 소풍 때 수상했던 아이들 있잖아요."
"네."
"걔들 어제 그냥 돌아왔어요. 버스를 놓쳤다네요."
"뭐라구요?"
"그래서 직접 데려다주려고 했는데 극구 거절해서 급하게 수상자를 바꿨어요."
"그런 일이…."
"다행히 우리 학교 말고도 늦은 학생들이 좀 있었나 봐요. 그래서 어제 오후에 버스가 한 번 더 와서 태우고 갔죠."
"네."
"기회를 스스로 차버리는 이상한 아이들이죠."
"그 기회라는 거 살면서 몇 번 만나기 힘드니까요. 하지만 그것보다 중요한 뭔가가 있는 거라면 그건 그 아이들이 만들어 낸 또 다른 기회가 아닐까요."
"맞아요."

신 선생은 그녀의 말에 공감하며 창문을 활짝 열었다.

"실례가 안 된다면 한 번 더 연주를 들려주실래요?"
"신 선생님."
"저 때문에 중간에 멈추셨으니까요."

한 선생은 당황했지만 곧 자세를 고쳐잡아 피아노 건반을 내려다보며 눈을 감았고 파도를 닮은 커튼이 일렁이자 멈춰있던 멜로디는 다시 그녀의 손길을 따라 걷기 시작했다.

"응?"

반 대항으로 축구경기를 하던 현우는 어딘가에서 갑자기 들리는 피아노 소리에 자신도 모르게 자리에 멈춰섰다.
그리고 소리가 들려오는 음악실 쪽으로 고개를 돌렸다.

"야 장현우 공 안 받고 뭐 해!"
"어? 아 미안."

좋은 패스를 그냥 흘려 보낸 현우에게 반 친구는 잠시 투덜거린 뒤 뺏긴 공을 다시 찾아오기 위해 달려갔고 현우는 옆에 있는 또 다른 친구에게 말했다.

"저 연주소리 좋지 않아?"
"그러게. 좋아하는 사람이라도 있나 봐."
"좋아하는 사람?"
"잘 들어봐. 설레고 애틋하고 그런 게 느껴지잖아."

설레고 애틋한 것. 현우는 분명 자신이 최근에 가지고 있는 마음도 그것과 비슷하다고 느꼈다.

"야 공! 공!"
"아 미안."

1996년 7월 노려보는 창문

보는 사람에 따라 음산하게 보일 수 있는 도심의 적막.
그 속의 조그만 방에서 그녀는 침대에 쪼그려 앉아 공포에 젖어있었다.
방 안에 놓여진 물건과 옷 그리고 발끝에 걸쳐있는 이불 그 모든 게 내 것이 아닌 것 같았다. 그때 방 안을 가득 채우는 여자의 울음소리가 들려왔다. 머리를 감싸 쥔 그녀의 시선은 창문을 향했다. 살짝 열어놓은 창문의 틈으로 서늘한 바람이 세어 들어왔고 하얀 커튼은 날카롭게 휘날렸다. 그리고 그 틈새로 무언가가 그녀를 노려보고 있었다.
커튼의 흔들림에 따라 그 눈동자는 일그러지며 그녀를 주시했고 창문 아래로 피가 흘러들어 오기 시작했다.
"그만해…."
빨간 피는 바닥까지 내려왔고 이내 침대를 타고 올라왔다.
그녀는 이불의 끝자락을 넘어 발끝까지 다가오려는 피를 바라보며 눈을 감았고 이내 체념했다.
"미안해…."
그때였다. 침대 이불을 새빨갛게 물들이던 피가 연해지기 시작했고 이불은 본래의 하얀색을 되찾았다. 울음소리도 더 이상 들리지 않았다.
그녀는 그제서야 눈을 뜰 수 있었고 커튼의 흔들림이 잦아든 창문을 멍하니 바라봤다. 그리고 저 너머에 빛나고 있는 미약한 별들의 따뜻함을 느끼며 피가 사라진 이불을 두 손에 감싸 쥐고 얼굴을 파묻었다.
커튼콜을 바라는 걸까. 음산한 적막은 서서히 방을 가리며 내려왔다.

2002년 7월 녹음하다

점심시간 은호는 항상 그랬듯 소나무 아래에서 만화책을 보다 졸음이 쏟아져 낮잠을 청하기로 했다. 그런데 꿈인지 환청인지 모를 시끄러운 소리가 학교 정문 쪽에서 들려왔다. 또 그분이구나라는 생각에 정신을 차린 은호는 자리에서 일어나 그쪽으로 걸어갔다.

"지금 교장 있는 거 다 알아. 또 나갔다고 할 거지?"

학교 행정직원이 한숨을 쉬며 말했다.

"업무 때문에 조금 전에 나가셨습니다."
"그냥 앵무새를 여기에 갖다 놓게."
"언제까지 여기서 이러실 거예요."
"이 학교가 정신을 차릴 때까지."
"자꾸 그러시면 저희는 또 신고할 수밖에 없어요."

직원은 고개를 절레절레 저으며 행정실로 돌아갔고 은호는 문득 생일 때 가족이 선물해 준 물건이 떠올랐다.

"맞다 그거."

교실로 달려간 은호는 사물함을 열쇠로 열어 그 안에 들어있는 카세트를 꺼내 건전지가 있는지 확인한 뒤 노인이 고성방가를 하는 정문으로 다시 향했다.

많은 아이들이 운동장 주변에서 점심시간을 보내고 있고 교직원들도 드문드문 지나다니는데 그 누구도 노인의 말을 신경 쓰지 않았다. 충분히 큰 목소리임에도 무슨 소리인지 이해할 수 없는 말들을 늘어놓았다.

'이거 녹음해도 알아들을 수 있을까?'

은호는 정문 기둥 뒤에 슬쩍 앉은 뒤 피켓을 들고 화내듯 외치는 노인의 모든 말을 녹음하기 시작했다. 일주일 동안 최소 2번 이상을 찾아온다는 건 어떤 사정이 있다는 것이고 왠지 자신이 졸업할 때까지도 멈추지 않을 거 같은 예감이 들었다.
그렇게 녹음을 하다 은호는 또다시 잠들어 버렸고 얼마 뒤 종소리와 함께 누군가 어깨를 흔드는 게 느껴져 눈을 떴다.
"학생 여기서 자면 어떡해. 수업시간 종 쳤어."
"아 깨워주셔서 감사합니다."

순경이 허리를 낮게 숙이며 나를 바라보고 있었고 정문 밖에서는 다른 순경이 노인에게 한 소리를 하고 있었다.

"할아버지 1인시위 하실 거면 조용히 하셔야죠. 다른데도 아니고 초등학교인데 피켓도 있으시면서 꼭 크게 소리를 지르셔야 직성이 풀리세요?"
"아직도 모르는구만, 아이들이 있기 때문에 그러는 거라네."

그 말을 들으며 박 순경은 그 말 할 줄 알았다는 듯 피식 웃더니 순찰차로 돌아가 무전기로 어딘가에 상황을 짧게 알렸고 멍하니 지켜보던 은호는 녹음기를 주머니에 넣으며 일어난 뒤 빠르게 교실로 향했다.

"이거 제대로 녹음된 거겠지?"

1996년 6월 첫사랑과 소라를

잠이 들었던 성훈은 버스에서 서서히 눈을 떴고 창가 밖으로 끝없이 펼쳐진 해변가가 보였다.
"얘들아 해변가에서 잠시 시간을 보낼 거니까 내릴 준비해."
"네."
난 버스에서 내려 천천히 걸어갔지만 반 친구들은 드라마에 나오는 것처럼 신발을 벗으며 파도를 향해 달려갔다.
"와…. 드라마가 거짓말이 아니었어."
친구들은 해변가 백사장을 뛰어다니며 물장구를 치고 단체사진도 찍고 안 찍는다고 손사래 치는 선생님을 어떻게든 카메라 줌 안으로 끌어들이기도 했다.
이렇게 추억이 만들어지는구나 싶은 맘에 기분이 좋아진 난 파도 쪽으로 걸어갔고 문득 발에 뭔가 걸린 걸 느끼고 허리를 숙였다.
거기엔 아주 작은 소라가 고운 모래 속에 섞여 있었다. 난 손에 들고 있는 텅 빈 음료수 페트병을 바라본 뒤 바닷물을 절반 정도 채우고 소라를 주워 넣었다.

"뭐 해?"

어느새 옆으로 다가온 주희가 말을 걸어왔다.

"뭐. 할 것도 없고. 소라나 가져갈까 해서."
"그렇구나. 그럼 나도 같이 주워줄게."
"어? 응…."

그때부터 난 주희와 함께 작은 소라를 줍기 시작했다.

그녀는 소라들을 한 손에 올리고 호기심 가득한 눈으로 구경한 뒤 나의 페트병에 넣었다.

생각지도 못한 전개.

"드라마가 거짓말이 아니었어…."

이 드라마가 끝나질 않기 바라며 소라를 최대한 천천히 주웠지만 나의 맘을 몰라주는 듯. 페트병은 어느새 가득 채워졌다.

발을 적시는 파도도 무시하고 소라를 줍던 주희는 페트병이 가득 찬 걸 확인한 뒤 자리에서 일어나 기지개를 켰다.

"다 했다!"
"고마워."
"이런 것도 재밌네. 그럼 난 이만 갈게."
"응."

다가왔던 파도는 다시 바다를 향해 멀어져 갔다.
추억을 만들어 줘서 고마워.

그때 난 친구들과 신나게 노는 한 소년을 바라봤다.

소년은 친구들과 공놀이를 하고 있었고 장난기가 발동해 서로를 물에 빠뜨리기도 했다.

그 뒤 다 함께 어깨동무를 하며 바다 너머의 푸른 세상을 바라봤고 소라의 고동 소리처럼 시원하게 환호성을 질렀다.

그렇게 뒤돌던 소년은 나와 눈이 마주쳤고 엄지손가락을 들어 올리며 미소 지었다.

그 미소는 바다의 끝과 하늘의 끝이 맞닿는 저 지평선에서 이불을 활짝 펼치듯 시원한 바람을 몰고 왔다.

"난 언제나 너희와 함께하고 있어."
"알고 있어."

소라의 빛이 넘실거리는 페트병을 들고 추억은 버스로 돌아갔다.

2002년 4월 편한 듯 더러운 듯

난 어느 순간 눈을 떴고 눈앞에 보이는 커튼에 희미하게 푸른 빛이 들어오는 걸 보면서 아침이라는 걸 눈치챌 수 있었다. 난 침대에서 일어나 전기밥솥에서 용기를 꺼내 쌀을 적당히 넣고 싱크대에 가서 물을 틀어 쌀을 씻은 뒤 다시 밥솥에 넣고 취사 버튼을 눌렀다. 그리고 아침마다 일어나서 물을 많이 마셔주라던 대학교수님의 말을 떠올리며 냉장고에서 물을 꺼내 큰 페트병 용량의 절반 정도를 계속해서 마셨다. 씁쓸한 맹물을 마시며 살짝 표정을 찡그린 난 화장실로 가 찬물을 틀어

비누도 쓰지 않고 세수를 했다. 얼굴을 깨끗하게 한다는 의미보다는 정신을 차린다는 의미가 담겨있다. 난 그렇게 화장실에서 나온 뒤 싱크대 위에 장을 열어 에너지바를 하나 꺼냈고 의자에 앉아 포장지를 뜯으며 컴퓨터 전원 버튼을 눌렀다. 컴퓨터는 요란한 소리를 냈고 모니터에서는 수많은 문자들이 생겨나며 키보드와 마우스가 지시하는 명령을 수행하기 위한 준비를 시작했다. 나는 밥이 다 지어지기 전까지 시간을 소비하기 위해 몇 개의 목적지를 정했다. 세상이 돌아가는 걸 알 수 있는 뉴스 포털사이트와 건강에 좋은 음식을 알 수 있는 사이트 그 정도면 충분했다. 하지만 요즘 세상은 예전과 달랐다. 뉴스 창이 뜨자마자 생성되는 수많은 뉴스는 아침에 상쾌한 기분마저도 맹물만큼이나 씁쓸하게 만들 뿐이었다. 난 세상이 반드시 깨끗하다고만은 생각하지 않지만 그럼에도 최소한의 선은 지킬 줄 아는 그런 세상이라고 믿어왔다. 그런데 현시대는 뭔가 불안한 균열이 가고 있는 거 같다. 우리가 사실은 낭떠러지 위에서 살고 있었다는 걸 깨달아 버리는 순간이 찾아오기 전에 뭔가를 미리 생각해야 하는 게 아닐까?

금은 틈이 되고 틈은 낭떠러지가 된다.

과거보다 편한듯하지만 그럴수록 뭔가가 오염되는 세상.

우리는 그 균열을 이겨내고 굳건히 땅을 지켜내야 한다.

2002년 3월 학생회장을 한다면

학교가 끝난 뒤 운동장에서 만난 지아의 단짝친구 나라는 결의에 찬 표정을 짓고 있었다.

훔친 지갑을 남에게 덮어씌웠던 여학생들의 정체를 지아와 함께 밝혀냈던 그녀는 이제 학교의 부정에 맞서려 했다. 아마 얼마 전 지아네 동네에서 했던 전쟁놀이처럼 임한다면 분명 학생회장이 될 수 있을 것이다. 그녀의 자신감 넘치는 모습은 지아의 친구다웠다.

"그러니까 몇 개월 뒤 학생회장 선거 유세 때 배탈소동의 주범이었던 부식을 완전히 폐지하자고 호소하겠다는 거지?"
"응 맞아. 이건 직접적으로 학생들의 건강에도 피해를 준 거니까."
"어떤 면에서?"
"일단 부식부터 말하면 이걸 정확히 어떻게 만들었는지 재료는 뭘 썼고 어떤 목적에서 매번 학교에서 만들어 학생들 상대로 먹이는 건지 위생상태는 정말 깨끗한 건지 제대로 알려주지 않잖아."
"그렇긴 하지만 그건 선생님들이나 어른들이 알아서 해주는 거 아니야? 다 확인하고 안전하다고 판단하니까 우리한테 주는 거 아니야?"
나의 말에 나라는 고개를 서서히 저었다.
"그렇게 생각하기엔 너무 많아."
"응? 뭐가?"
"환자 말이야. 배 아픈 아이들."
"배 아픈 아이들?"
"그래. 난 반장이니까 선생님을 대신해서 아픈 반 아이를 데리고 양호실에 갈 때가 있어. 그럴 때 보면 보통 한두 명의 아이들만 치료를 받거나 누워있었지. 갑자기 양호실이 가득 찰 정도의 환자가 동시다발적으론 생기진 않으니까. 난 작년에도 다른 반에서 반장을 해서 1년 이상 경험했으니 잘 알아. 그런데 얼마 전부터 아픈 아이들이 급속도로 늘어나기 시작했어. 개중엔 고열에 시달리거나 헛소리를 하는 아이들도 있었고."

"헛소리까지? 난 평소에 양호실을 거의 안 가니까 몰랐어."
"양호선생님은 별거 아니라고 배탈약을 주고 돌려보내지만. 난 역시 수상해."

은호는 나라가 왜 선거에서 그런 공약을 거는지 납득했다. 뭔가 바자회랑 관련된 뭔가가 있는 것처럼 느껴졌다.

"그 음식이 뭔가 이상하긴 하구나."
"아마도 그럴 거야. 왜냐면 급식 때문이라고 하기엔 나도 먹으니까. 지금껏 단 한 번도 아무 이상 없었거든."
"너 그 음식 안 먹었구나."
"응 아무리 생각해도 이상해서 거부했어."
"사실은 나도 안 먹긴 했어. 남이 주는 거 이젠 먹지 말라는 우스갯소리도 있으니까."
"우스갯소리… 만은 아닐 거야."
"그런데 이 공약을 학교에서 허락할까?"
"좀 순화해서 표현해야겠지. 그래서 나머지 공약들은 얘기를 꺼내지 않을 거야. 학교의 프로그램을 거의 부정하기만 하는 후보를 반기는 학생은 없을 테니까."
"그렇겠지."
"무슨 얘기해?"

언제 왔는지 지아는 뒤에서 나의 등을 살짝 두드리며 호기심 가득한 눈을 빛냈다.

"꼬마랑은 벌써 얘기 끝난 거야?"
"응. 생각할 시간이 필요하대."
"뭐라고 했는데?"
"아빠를 구할 수 있는 건 너뿐이라고 했지."

"저 꼬마구나 지아가 말했던 애가."

나라는 소각장 쪽에 혼자 쭈그리고 앉아있는 아이를 바라봤다.

"이 학교 학생들은 배 아픈 것도 모자라 마음까지 아파야 하는 건가."

자신의 몸에서 삐져나온 자그마한 그림자로 운동장과 땅따먹기하던 꼬마는 가끔씩 정문을 바라보기만 할 뿐이었고 얼마 뒤 자신을 데리러 온 그 남자들의 차에 몸을 실었다.

1993년 5월 오락실에서 가방을 잃어버리다

정민이랑 난 토요일 수업을 마치고 중심상가에 있는 오락실로 향했다. 그곳엔 우리가 좋아하는 게임이 하나 있는데 바로 격투 게임이다. 우리는 그 게임 하나만 했는데 보통 게임은 정민이가 했고 난 똑같은 게임이 설치된 반대편에 앉아서 구경했다. 똑같은 게임이 양쪽에 붙어있는 것은 반대편에서 누군가가 도전을 할 수 있게 하기 위함이다. 난 그 도전자가 나타나기 전까지 그 자리에 앉아서 마치 내가 게임을 이은 것처럼 조이스틱과 버튼을 누르며 장난을 치기도 했다. 물론 나도 다른 게임들을 구경하며 동전을 넣고 실제로 플레이하기도 했지만 그래도 친구가 하는 걸 구경하는 게 제일 재밌었다. 나는 게임을 해도 왕까지 가는 경우가 거의 드물었고 금방 싫증을 느끼는 성격이라 게임을 하러 간다는 것보단 친구가 스테이지를 깰 때마다 환호하고 호응하는 것. 친구와 무언가에 공감하는 것에 가치를 두고 있었다.

그래서 오락실은 우리에게 동전을 넣고 즐기는 것 이상의 경험을 하게 해준다.

우린 그렇게 정신없이 시간을 보냈고 집에 돌아가기 위해 자리에서 일어났다. 엘리베이터를 타고 내려가면서 분식집에 가자는 얘기를 하고 있는데 문득 허전한 생각이 들어서 내 몸을 내려다보고 금세 눈치챘다. 오락실에 가방을 두고 온 것이다. 나는 놀라서 다시 올라가는 버튼을 눌렀고 오락실로 급히 돌아갔다. 그런데 내가 앉아있던 자리에 가방이 없었다. 난 당황했지만 어딘가에는 있겠지라는 생각에 오락실 곳곳을 뒤졌다. 하다못해 코인 노래방까지 문을 열어서 찾았지만 가방은 어디에도 없었다. 문득 난 학생들의 돈을 뺏던 양아치들이 담배를 피우며 머무르던 넓은 복도로 향했다. 박스가 여러 개 쌓여있었고 창가로 들어오는 강한 햇빛이 눈을 부시게 해서 한 손으로 그 빛을 가리며 가방이 있는지 뒤졌다. 하지만 역시 찾을 수 없었고 난 좌절감과 불안감에 휩싸여 멍하니 제자리에 서있었다. 또 마치 죄를 지은 것처럼 심장이 두근거렸다. 그 가방 안에는 돈도 없었고 고가의 물건도 들어있지 않았다. 그래서 누군가는 나에게 다시 사면 되지 않느냐라고 말할 수도 있겠지만 가방은 그런 의미가 아니었다. 그 가방은 새 학기를 시작한다고 새로 샀던 가방이며 내가 학교에서 배우는 교과서 책들과 글씨를 적기 위해 쓰던 연필 지우개 그리고 친구들과 함께하면서 생긴 추억이란 진한 때까지 모두 담겨져 있는 가방이다. 단순한 가방이 아닌 것이다. 난 그렇게 힘없이 오락실에서 나왔고 사람들이 북적이는 중심상가 거리를 지나 정민이가 사는 아파트 단지 쪽으로 걸어갔다. 있을 리가 없지만 나는 그 순간에도 혹시 가방이라도 버리고 갔을까 단지 내에 위치한 상가 및 관리사무소 주변과 자연경관 같은 조경을 위해서 심어놓은 풀숲까지 구석구석 확인하면서 걸었다. 가방을 잃어버렸다는 사실에 동요해서 갈팡질팡하는 나를 정민이는 가만히 지켜봤고 찾을 수 있겠다는 말도 찾을 수 없다는 말도 하지 않았다.

   정민이는 그런 친구였다. 남을 소중하게 대할 줄 아는 친구였다. 아마 정민이는 그 가방의 가치를 알고 있었을 것이다. 그래서 불안에 떠는 나에게 어떤 말도 하지 않고 곁에서 지켜봐 준 것이다. 분명 난 가방을 찾을 수 없다는 걸 알면서도 미련을 버리지 못하고 후회하고 매달렸다. 하지만 이미 찾을 수 없는 상황이 되었고 그 현실을 받아들여야 한다면 더 이상 좌절할 순 없었다. 난 아파트 단지 오른쪽에 지어진 긴 도보 산책길을 걸었고 갈림길이 나오자 정민이가 사는 아파트로 향하는 왼쪽 길로 꺾은 뒤 벤치에 잠시 앉았다.

현실을 인정한 것이다.

높은 나무에 달린 수많은 잎들이 미약한 바람에 천천히 흔들리는 걸 올려다보며 정민이와 난 그렇게 아무 말도 없이 10분 정도 시간을 보낸 뒤 헤어졌다. 받아들이는 것은 중요하며 이후 어떻게 대처해야 할지 충분한 고민을 해야 한다. 멀어져 가는 정민이를 보며 난 게임기에 넣었던 동전을 떠올렸다.

동전을 넣은 이상 나는 게임 캐릭터를 이용해 미션을 깨야 하지만 제대로 진행되지 못하는 상황이 펼쳐지기도 한다. 조종기가 고장 났거나 동전을 먹었거나 혹은 그 게임에 정신을 빼앗겨 가방을 두고 나와버리는 난감한 상황들. 어쩌면 이건 동전을 넣는 행위로 인해 발생된 보너스 미션인지도 모른다.

그래서 난 오락실을 끊을 수 없다.

1997년 4월 금

난 어렸을 때 집 앞에 있는 공원에서 땅을 판 뒤 돌을 빼는 걸 좋아했었다. 사실 돌이라고 하기엔 다른 의미가 있었다. 그 돌을 처음 만난 날은 친구들과 깡통차기를 하던 중이었다. 난 잡히지 않기 위해 문방구 앞 공원 수풀에 숨어있다가 땅에 박혀있는 돌에 시선이 갔고 아무 생각 없이 주변을 손가락으로 판 뒤 흙 속에서 돌을 꺼냈다. 그런데 그 돌은 뭐가 묻어있는지는 몰라도 황금처럼 빛나고 있었다. 멀리서 아이들을 찾아 헤매는 술래의 목소리가 들려오고 있었고 나는 그 돌의 금빛 무늬에 반하게 되었다. 결국 다음 날부터 그 공원에 가면 자리에 앉아 금색으로 빛나는 돌을 파내는 습관이 생겼다. 그걸 어떤 금전적인 것으로 본 게 아니라 흙 속에서 꺼내어 들어 올렸을 때 전해지는 찬란한 기운이 마음에 들었다. 그래서 가끔씩 적당한 크기의 돌을 주머니에 넣고 집에 돌아가기도 했었다. 호기심을 자극하는 무언가를 알기 위해 접근하고 파악하는 건 곧 나의 판단력을 키우는 과정이기도 하다.

　이것을 해도 되는가 해서는 안 되는가 손에 쥐어도 되는가 안 되는가를 나는 주변의 사물을 통해 배워온 것이다. 내 입장에서 찬란해 보이는 어떤 것이 다른 사람에게 상처를 주지 않는 것이라면 나는 그것을 이 돌처럼 찬란하게 빛나는 별로 여길 수도 있을 것이다.

　금은보화가 아닌 진짜 금을 손에 쥐고 나이를 먹어가는 사람들의 미래를 말이다.

　그런 생각을 하고 있을 때 술래가 지키고 있는 감옥에서 친구들이 손을 잡은 채 갇혀있는 게 보였다. 난 같이 공원에 숨어있던 친구에게 일단 기다리라는 신호를 보낸 뒤 먼저 도망치며 술래를 유인했다. 친구는 그 기회를 놓치지 않고 달려가 깡통을 힘껏 발로 차며 다 함께 감옥을 벗어났고 흙 속에 묻혀있는 금은 떠나지 않고 계속 숨어있었다.

2002년 2월 구하고 싶은 것

오늘은 다른 지역에 사는 지인을 만나는 날이다. 아침도 안 먹고 집 밖으로 나온 난 도심 길가로 가기 위해 익숙한 골목을 걸었다. 손님이 항상 적던 낡은 카센터가 길 왼쪽에 나타났고 난 그 카센터 끝에서 오른쪽으로 꺾어 식당과 카페가 양쪽에 있는 길을 빠르게 지나갔다. 이 동네는 카센터가 많아서 어느 골목길로 들어가도 차를 정비하는 쇳소리가 요란하게 들려왔다. 그리고 난 그 소리를 들을 때마다 마음에 안정감이 생기곤 했다. 열심히 산다는 건 중요하다. 어떤 문제를 해결하기 위해 구슬땀을 흘리며 최선을 다하는 것. 그건 곧 나라가 제대로 된 길을 갈 수 있는 동력이 된다.

요즘 세상은 많이 혼란스럽다. 때문에 난 거짓 없이 피땀 흘려 사랑하는 사람들을 존경한다.

이런 생각을 하는 사이 지하철역이 있는 도심 사거리에 도착했고 난 저 멀리서 오는 택시에 손을 흔들었다. 택시는 나의 손을 봤는지 서서히 차선을 변경해 왔고 난 택시기사님에게 파주로 가자고 말씀드렸다. 택시 기사님은 얘기를 듣자마자 내비게이션에 목적지를 찍었고 난 곧 창가 밖 풍경에 시선을 고정했다. 항상 그렇지만 나는 어느 곳에 가는 동안은 풍경이 우선인 사람이니까.

어느 정도 갔을까. 택시기사님이 나에게 왜 거기로 가냐고 물어보셨다. 난 친한 사람을 만나러 간다고 말했다. 택시 기사님은 말했다.

"많이 친하신가 봐요."

"네."

사실은 친하다기보다는 반드시 만나야 하는 사람이었다. 지금 내가 고민하는 것들에 대한 해방구가 될 수도 있는 그런 사람이었다.

예를 들면 약사일 수도 있겠다. 사람들에게 필요한 약을 구비해 놓고 증상에 따라 처방해 주는 간결하고 명쾌한 직업. 하지만 모든 약국이 그렇진 않다. 어떤 사정이 있는지는 모르겠지만 구할 수 있음에도 구하지 않고 특정 약이 없는척하기도 한다.

그런데 다른 약국에 가면 당연하게 주는 경우도 있다. 즉 하나의 문제를 두고 접근하는 방식들이 다른 것이다. 우리는 살면서 거대한 힘을 가진 자들에게 의지하는 것보다 스스로 발로 뛰면서 그 마음에 의지하는 게 좋다는 생각이 든다. 그래야 힘들더라도 만날 수 있다. 당신이 아플 때 필요한 약을 줄 수 있는 약사 같은 누군가를.

난 그렇게 파주에 도착해 택시에서 내렸고 국밥으로 끼니를 때운 다음 그 사람을 만나 시간을 보냈다.

난 그에게 물었다.

"통제에 대해서 어떻게 생각하세요?"

그는 말했다.

"통제? 그것도 좋은 게 있고 나쁜 게 있지. 만약 너의 건강을 해치는 게 명백한데 그걸 따르라고 한다면 그리고 사람들이 그것에 우르르 몰려가고 있다면 그럴 때 오히려 길가 콘크리트 바닥 틈에 억지로 피어있는 꽃처럼 멈춰 서봐. 그게 시작이야."

2023년 7월 악의 현혹

사람을 죽인 악마들은 항상 눈으로 변해 아름답게 내려온다.

남의 인생을 앗아가 놓고, 그걸 범죄라 부르면 우리에게 속삭인다.

아니야 그건 사랑이야.

그래서 다시 그건 범죄라고 말하면 악마들도 다시 속삭인다.

아니야 그건 사랑이야.

그렇게 수억 번을 반복해도 현혹의 목소리는 귓가를 떠나지 않고 눈처럼 내려온다.

난 이것이 끝없는 싸움이라는 걸 알고 있다.

악마들은 우리가 살아가는 삶의 모든 곳에서 희생당할 사냥감을 찾고 있으며 그렇게 세상을 망치는 시간 동안 계속해서 역겨운 쾌락을 극대화시킨다.

사냥감을 찾으며 흥분을 고조시키는 것도

죽이는 순간에 흥분을 고조시키는 것도

죽인 후에 만족하며 흥분을 고조시키는 것도

악마들에겐 모든 역겨운 쾌락인 것이다.

때문에 우린 나의 가족을 타락시킬 수도 있는 악마들에게 맞서 싸우기 위한 정신적인 훈련을 반드시 해야 한다. 그걸 정신의 과정이라고 한다.

이 과정을 거치면 악마들이 아무리 아름다운 가면을 쓰고 다가와도 현혹되지 않을 수 있다.

하지만 악마들은 역겨운 쾌락을 얻기 위해 자신의 인생을 스스로 죽인 자들이며 자신이 타락한 것으로 만족하지 않고 다른 사람들의 인생까지 망치려 한다.

그래서 난 악마들을 용서할 수 없다.

마치 이렇게 말하는 거 같다.

"내가 타락했으니 너희도 타락시킬 거야."

그래서 그들은 세상에 존재하는 아름다운 것들의 이미지 속에 역겨운 쾌락을 숨겨 집요하게 정신을 현혹한다.

"괜찮으니까 너도 해봐."

결국 정신의 과정을 거치지 않은 사람들은 자신도 모르게 거짓된 아름다움에 잠식되어 그걸 깨닫지도 못한 채 희생양이 되는데 그럼에도 포기해선 안 된다. 때문에 한없이 아름다운 척을 하며 세상의 질서가 무너져도 괜찮다고 말하는 자들에게 우린 계속 외쳐야 한다.

"당장 사라져!"라고.

당신의 가족과 이 세상이 점점 무너지는 거 같은 느낌이 들 때 지켜낼 수 있는 건 결국 당신이다. 그러니 아름다워 보이는 것에 쉽게 마음이 동요하지 않는 훈련을 계속해 나가야 한다. 따듯한 마음을 가슴속에 간직하면서 말이다.

부디 앞으로 내릴 수많은 눈들이 부디 거짓이 아닌 기꺼이 손을 내밀 수 있는 진실의 눈이 되었으면 한다.

2002년 6월 박 순경의 조사 1

박 순경은 교회 옆 놀이터에서 놀고 있는 아이들에게 다가가 은호라는 소년에 대해 알고 있냐고 물어봤지만 아는 사람은 아무도 없었다.

"이 꼬마한테서 뭔가 냄새가 나는데."

박 순경의 입장에선 몇 년 전부터 일어나고 있는 일들과 전부 연결된 것 같은 이상한 소년이었다. 직접 물어보면 자꾸 피하기만 하고 그렇다고 죄 없는 미성년자를 경찰서로 데려갈 수도 없는 노릇이었다.

박 순경은 슈퍼에서 쭈쭈바 아이스크림을 산 뒤 꼭지를 먼저 따먹으며 잠시 쉬고 있었고 가까운 곳에서 뭔가를 두드리며 노는 아이들의 목소리가 들리자 그쪽으로 향했다.

"혹시 너희들 은호라는 친구 알아?"

"은호는 왜요?"

"아는구나."

박 순경은 문방구에서 게임을 하던 아이들에게 먹고 싶어 하는 아이스크림을 사준 뒤 은호를 알고 있는 아이들 데리고 가끔 앉아서 쉬던 미용실 앞 평상으로 향했다.

"은호랑 평소에 자주 놀아?"

"음 아니요."

"그럼 언제 만나?"

"이 동네는 좁긴 하지만 그렇다고 모든 아이들이 한곳에 모여서 놀지는 않아요. 보통 자신이 사는 집에서 가까이 사는 친구들과 그 근방에서 자주 모이죠."

"뭔지 알 거 같네."

"동네로 보면 같은 장소이긴 한데 자주 놀지 않는 곳으로 가면 기분이 이상해지죠. 그곳은 걔들의 장소라고 할까요. 암묵적인 약속 같은 게 있어요. 물론 좋은 뜻으로요."

"너희들 구역이 확실하구나."

"하지만 분위기를 타면 어디서든 함께 놀아요."

"은호는 어떤 아이였니?"

"더운 날이었는데 우리 집에 들어와서 냉장고에 들어있는 보리차를 보며 엄청 좋아했어요. 잠깐 목을 축이러 들어왔거든요."

"솔직한 성격 같네."

"보리차를 한 잔씩 마시고 나오는데 은호는 더 마시고 싶어 하는 게 보였어요."
"그렇겠지."

미치도록 더운 여름날 머리가 아플 정도로 시원한 보리차의 맛은 누구도 못 참을 거라고 박 순경은 속으로 생각했다.

"그리고 또 하나 있어요."
"그래?"
"놀이터 옆 큰길에서 세발자전거를 억지로 타다가 뭐에 걸려서 앞으로 넘어졌는데 턱에서 피가 났어요. 분명히 울 거라고 생각했는데 오히려 티를 안 내더라구요."
"보리차를 좋아하면서 참을성이 있다라…."
"은호에 대한 기억은 이게 전부예요."
"그래 고맙다. 네 이름은 뭐니?"
"김윤우예요."

박 순경은 윤우가 알려준 제보로 수상한 점은 찾을 수 없었고 왠지 나쁜 소년은 아니라고 느꼈지만 동시에 여러 겹의 막이 그 소년을 가리고 있는 듯한 기분이 들었다.

2002년 6월 비밀

봄이 전해준 열매가 익어가는 어느 날 지아는 타이어에 걸터앉아, 땀을 흘리며 차를 수리하고 있는 아빠를 지켜보고 있었다.

간혹가다 들어오는 동네 주민들의 차 수리 요청이 유일한 삶의 낙인 것처럼 행복한 표정을 짓고 계셨다.

"아빠가 정말 정비소 일을 하게 될 줄은 몰랐네요."
"응?"
"원래는 잠복을 하기 위해 정비소 직원인 것처럼 연기한 거잖아요."
"그랬었지. 그때 주인분은 날 진짜 직원처럼 대해주셨었지. 얼마나 혼이 났던지."
"그러다 결국 은퇴를 앞둔 아빠에게 이 정비소를 이어받을 생각이 있냐고 물어봤었죠."

그는 인생의 전환점이 되었던 날을 떠올리며 차 수리를 잠시 멈췄다.

"지아야 고장 난 차를 손보는 건 내가 형사로서 살아온 인생과 다를 게 없단다. 고장 난 세상을 바로 잡지 않으면 사람들은 제대로 걸어갈 수 없으니까."
"그렇게 말하실 줄 알았어요."
"너도 그래서 비밀투성이인 저쪽 동네를 자꾸 휘젓고 다니고 있잖니."
"덕분에 아까 순경 아저씨 한 명이 찾아와서 은호에 대해서 물어보던데 화난척하고 대충 돌려보냈죠."
"그 길 잃어버렸던 친구 말이냐?"
"기억하시네요."
"친구가 물살에 휩쓸릴까 봐. 지켜준 거구나…."
"그냥…. 은호가 그런 것과 멀어졌으면 좋겠다는 생각이 들었어요."
"난 네가 친구들을 위해 노력하고 있다는 걸 안다. 그리고 나의 뒤를 이을 사람이란 것도 알고 있지. 넌 저 동네를 구할 뭔가를 반드시 찾아낼 거다. 이건 형사의 감이야."

지아는 그렇게 집으로 돌아간 뒤 초등학교의 뒷모습이 가린 저 너머의 진실을 마주하며 나무에서 떨어진 살구를 하나 주웠다.

"고마워, 늘 거짓 없이 돌아와 줘서."

1995년 5월 살기 위해

 그날은 고등학교에서 두 절벽 사이에 만들어진 강에서 래프팅을 하기 위해 수련회를 가는 날이었다. 2학년이었던 나는 버스에 올라타서 적당히 한 자리를 골라 앉았고 가방에서 낡은 카세트테이프를 꺼낸 뒤 이어폰을 귀에 꽂았다. 내가 좋아하는 음악을 골라 들으며 그 음악의 러닝 타임 속에 친구들이 하나둘 버스 안으로 올라오는 걸 바라봤다. 여행을 떠나기 전 버스 안은 항상 혼란스러우며 시끄러운데 사실 그건 떠나기 직전의 분주함이다. 즉 내가 귀에 이어폰을 꽂고 음악을 듣고 있는 것처럼 각자가 여행을 떠나기 전에 마음의 준비를 하고 있는 것이다. 그래서 어수선하게 느껴지는 것인데 거기에 한몫하는 건 담임 선생님의 빨리 자리를 잡으라는 애정 섞인 외침이다. 수련회 내내 여러 일들이 생길 것이고 고생할 것이 뻔하기 때문에 당연히 선생님도 여러 걱정과 생각들이 교차할 것이다. 그래서 저렇게 외치는 것으로 분출하시는 게 아닐까. 어느덧 출발시간이 되자 버스는 학생들과 선생님들의 복잡한 사정을 껴안은 채 출발했다. 그런데 이건 내가 어렸을 때 초등학교에서 떠나던 여행의 느낌과는 사뭇 달랐다. 왜냐면 내년에 고3으로 올라가면 수능을 봐야 하고 진로에 관한 여러 고민들을 해야 하기 때문에 즐겁게 떠난다는 생각은 전혀 들지 않았다. 그래서 수련회라는 말이 붙은 걸까.
 몇 시간이 지나 우리는 목적지에 도착했고 가방을 챙겨 버스에서 내렸다. 그리고 눈 앞에 펼쳐진 높은 절벽과 그 사이를 흐르는 강을 보며 감탄했다. 저쪽에선 우리보다 먼저 내린 다른 반 학생들이 물가에서 장난치며 놀고 있었고 우리 학교가 아닌 일반인들은 래프팅을 타면서 비명을 지르고 있었다. 그리고 숙련자 코스로 보이는 바위가 여러 개 있는 구간에선 사람들이 탄 보트가 강물과 함께 바위에 걸리며 강하게 부딪혔고 세찬 소리를 냈다. 난 그 부딪힘으로 꽃처럼 피는 강물의 파편을 보며 두려움과 설렘을 동시에 느꼈다. 자연이라는 건 그렇다. 인간이 사랑하는 터전이면서도 항상 위험이 도사리고 있다. 즐긴다는 건 한 순간에 생존이 될 수도 있고 풍족한 것은 순식간에 배고픔이 될 수도 있다. 우리는 자연에 감사한 마음을 가지면서 침착함 냉정함을 잃지 않아야 한다.

이런 생각에 빠져있을 때쯤 교관의 목소리가 들려왔다.

"여러분은 지금부터 래프팅을 타게 될 겁니다. 인원은 여섯 명이 타게 되며 교관들이 중앙에 앉아 무사히 골인지점까지 갈 수 있도록 도울 겁니다. 교관이 알려주는 대로 잘 따르시고 안전에 유의해 주시기 바랍니다."

"네."

우린 임의대로 여섯 명씩 짝을 지었고 먼저 타고 싶은 순서부터 줄을 섰다. 첫 조와 함께 보트에 올라간 교관은 중앙에 앉은 뒤 노를 하나씩 잡게 했고 방향을 바꾸는 것과 나가는 법을 알려줬다. 학생들은 어설펐지만 이내 곧잘 따라 했고 교관은 안전 유의사항을 한 번 더 숙지시킨 뒤 노를 이용해 지렛대처럼 땅에 박아서 힘을 주었고 그 반동으로 인해 보트는 앞으로 천천히 나갔다. 친구들은 우리에게 브이를 하거나 환호성을 지르며 먼저 출발했고 물안개 속으로 사라졌다. 나는 그 소리를 들으며 강 양쪽에 자리한 산맥처럼 이어지는 높은 절벽을 바라봤다. 거기엔 생긴 지 오래되었는지 검으면서 동시에 녹색 빛도 띠고 있는 신비한 느낌의 식물들이 절벽 틈새마다 가득 차 하늘을 향해 올라가고 있었다. 그리고 그 아래로 흐르는 강물도 수위가 깊은지 검은색에 가까웠고 그 안에 무서운 뭔가가 있을 거 같은 생각이 들면서 나는 등골이 서늘해지는 걸 느꼈다. 예를 들면 공룡시대 때 있었던 수룡 같은 것 말이다. 이곳 분위기만 보면 나오고도 남을 거 같았다.

나는 어떤 상상을 한번 하면 그 상상을 계속 키우다 심리적으로 불안해질 때가 있는데 물속에 뭐가 있는지 걱정하는 지금이 바로 그런 경우다.

그런데 내 마음도 모르고 교관은 우리를 지목하며 빨리 보트에 타라고 지시했다. 친구들은 기대감에 들뜬 표정으로 노트에 빠르게 올라갔고 나는 검은색의 강물을 보며 망설이다 울며 겨자 먹기로 눈을 질끈 감고 올라섰다. 그리고 나한테 주어진 노를 받고 설명을 들은 뒤 연습하고 있는데 보트가 출발해 버렸다.

"벌써 출발이라고."

친구는 신나서 소리를 지르고 있지만 나는 두려웠다. 아까 한 그 상상 때문에 물에 빠지면 어떡하지라는 걱정만이 엄습해 왔다. 나의 의지와는 다르게 보트는 강한 물살을 타며 점점 빨라지기 시작했다. 숙련자 코스도 아닌데 너무 빠르게 느껴졌다.

나는 배운 대로 필사적으로 노를 저었고 우리 조는 강물에 빠지지 않을 정도로만 위태롭게 나아갈 수 있었다. 그리고 느꼈다. 노는 그냥 젓는 것이 아니라 왼쪽 오른쪽으로 방향을 꺾거나 앞으로 나갈 때 옆에 있는 동료를 믿어야 한다는 사실이었다. 노를 젓는 팀플레이가 맞지 않으면 방향이 심하게 꺾이면서 보트가 뒤집힐 수도 있고 절벽에 부딪혀서 부상자가 발생할 수도 있다. 래프팅은 그런 의미에서 같은 반 친구들과 협동심을 기를 수 있는 중요한 훈련이자 사회적 경험이었다.

그렇게 계속 보트를 타고 내려가자 거센 강물의 힘은 점점 약해졌고 학생들이 올라갈 수 있는 흙으로 만들어진 넓은 둔덕이 있었다. 먼저 도착한 교관들은 둔덕 위로 올라가 보트를 하나씩 끌어당기며 학생들을 내리게 했고 보트를 고정했다. 수십 명의 학생들이 올라가도 될 만큼 둔덕은 공간이 충분해서 우리는 물에 젖은 몸을 말리면서 쉬고 있었다. 그런데 나와 얘기하던 친구가 갑자기 물에 들어가서 놀자고 유혹했다. 난 아까 했던 상상도 있고 내키지가 않아서 거부했지만 분위기에 휩쓸려 둔덕 바로 앞에 있는 물가로 들어갔다. 완전히 들어간 게 아니라 바닥에 모랫바닥이 있었기 때문에 다리만 담그려고 했다. 우리는 수위가 낮다는 생각으로 안심한 채 다른 친구들한테도 들어오라고 얘기하고 있는데 어느 순간 우리가 떠내려가고 있다는 걸 알아챘다. 정말 순식간이었다. 우리는 당황해서 허우적거렸고 공포감 때문에 살려달라는 말조차도 못 했다.

우린 입으로 계속 강물을 먹으며 빨리 구해지기만을 바랐다. 그런데 머리에 이상한 촉감이 전해졌다. 누가 내 머리를 잡은 것이다. 그리고 힘을 주더니 내 머리를 강물 속으로 밀어 넣는 것이었다. 너무 놀라서 옆을 돌아봤더니 가운데 친구가 양쪽에 있는 나와 다른 친구의 머리를 잡고 아래로 누르면서 그 반동으로 수면 위로 올라가 숨을 쉬려고 하고 있었다. 우리는 인사불성이 되어서 그만하라고 소리치고 있는데 많이 겪어본 건지 교관들이 아무렇지 않다는 표정으로 노를 가져와 우리에게 하나씩 내밀며 잡으라고 했다. 우리는 필사적으로 그 노를 잡았고 무사히 구조될 수 있었다. 그리고 가운데 그 친구는 별명이 오사마 빈 라덴이었는데 과연 테러범 리더답다는 평을 들으며 명성을 인정받게 되었다.

왜 우리한테 그런 짓을 했냐고 다그칠 수도 있었지만 그건 그 친구 나름대로의 위기 극복을 위한 방식이었을 것이다. 발이 땅에 닿지 않는다는 그 무서움을 통감했기 때문에 화보다는 함께 살아나왔으니 다행이라는 생각이 더 강하게 들었다. 게다가 구명조끼를 입고 있었음에도 침착하지 못했기 때문에 더 겁먹은 것도 있으니 냉정하게 서로가 잘못한 것이다. 어쨌든 우린 그걸로 충분했다. 물론 그 친구와 다음엔 같이 물에 안 들어갈 생각이다.

그리고 난 그때 궁금증이 하나 생겼다. 하루하루 살다 보면 안전장치가 되어있음에도 그걸 망각하고 심리적인 부분이나 여러 요인들에 의해 무너져서 자멸할 때가 있는데 그럴 때 우린 어떻게 해야 할까? 게다가 안전장치마저 없다면 얼마나 더 큰 혼란이 생기게 될까? 난 교관이 풀고 있는 보트를 바라봤다. 래프팅은 경험이다. 그리고 그 경험은 위기 상황에서 효과를 발휘해야 한다. 우린 초보였기 때문에 그러지 못했고 안전장치를 머릿속에서 잊어버렸다. 하지만 이 경험이 앞으로 계속 쌓이고 안전장치에 대한 신뢰를 가짐과 동시에 그 기능을 활용할 수 있게 된다면 우린 함께 물에 빠진 누군가를 훌륭하게 구할 수 있을지 모른다. 난 이런 생각을 하며 물에 빠졌던 친구들과 다시 보트를 탔고 버스가 있는 곳으로 가기 위해 노를 저었다.

2002년 6월 박 순경의 조사 2

빨래가 돌아가는 건조기를 주시하고 있는 이 순경의 뒤에서 박 순경은 계속 인수인계에 대한 의문점을 꼬집고 있었다. 새로 열리는 바자회에 대한 조사와 불규칙하게 나타나는 담벼락 괴한의 존재 그리고 키 큰 남자에게 학교로 끌려간 선욱 학생에 대한 조치다.

"이번에 열리는 바자회 조사 안 한 거 같은데?"
"저는 야간근무를 주로 하니까요. 야밤에 교장한테 전화를 할 순 없잖아요."
"우리가 낮이랑 밤을 가리는 사람들인가? 내가 병원 때문에 며칠 쉬었을 때 대신 주간근무 했었지. 그땐 뭘 했지?"
"점심시간에 기사식당에서 취객이 난동을 부려서 그거 말리러 갔죠. 인수인계받은 거도 일단 학교에 찾아갔었고 선욱 학생도 만나봤고 그런데 별다른 점은 없었어요. 근데 박 순경님 새로운 사건들이 계속 일어나는데 그 일만 너무 잡고 계신 건 아닌지."

이 순경은 얘기하면서 언제 탔는지 두 잔의 커피를 들고 한 잔은 박 순경에게 건넸다.

"요즘 예전보다 일이 많아져서 피곤하신 거 같은데 좀 쉬면서 하세요. 이런저런 일들이 있었지만 이번에도 우리 동네가 치안이 가장 좋은 지역으로 선정됐잖아요."
"그 말. 일하지 않겠다는 선전포고로 봐도 되겠나?"
"글쎄요."

커피를 한 입 마신 박 순경은 쓴맛에 얼굴을 살짝 찡그렸다.

"뭐야 이거 설탕 안 넣었잖아."
"아 최 순경 거랑 헷갈렸네요."

박 순경은 어쩔 수 없다는 듯 설탕이 든 유리병 뚜껑을 열어 작은 숟가락으로 몇 번 설탕을 옮겨 담아 저었다. 그때 계단 아래에서 최 순경이 올라와 남자에게 끌려간 선욱 학생을 다시 찾아가 보자는 얘기를 하자 커피를 든 채 곧바로 순찰차로 향했고 어느새 커피를 다 마신 이 순경은 한숨을 쉬며 쓰레기통에 종이컵을 떨어뜨렸다.

"그럼 난 퇴근 준비나 해볼까."

2002년 4월 가습기

우리는 도서관 앞에서 1시간 정도 시간을 보내면서 소나 님을 기다리고 있었고 저쪽 지하철 방향 아랫길 쪽에서 소나 님이 올라오고 있는 게 보였다. 우리는 반갑게 인사를 드리고 도서관 바로 옆에 있는 커피숍으로 갔다. 그리고 함께 온 소나 님의 동료들은 다른 곳에 자리를 잡았고 우리 세 사람은 옆 테이블에 자리를 잡고 앉아 커피를 시켰다. 소나 님은 여기까지 오면서 산 건지 종이가방에 들어있던 물건들을 하나하나 올려놓으며 우리에게 보여줬다.

누구에게 선물하기 위해서 샀다는 신발과 여자들이 쓰는 귀여운 액세서리 몇 개 그리고 길에서 맛있어 보여 지나칠 수 없었다는 옥수수였다.

우리는 다른 거보단 옥수수를 보며 맛있겠다고 노골적인 말을 했고 소나 님은 주머니에서 스프레이형 알콜소독제를 꺼내 손을 소독하셨고 우리도 자연스레 손바닥을 내밀었다.

그 뒤 손을 비비며 소독제가 잘 스며들게 했고 그제서야 소나 님은 옥수수 두 개를 반으로 자른 뒤 나와 유라 씨에게 나눠줬다.

우린 너나 할 거 없이 옥수수를 맛있게 먹었고 난 유라 씨와 이런저런 얘기를 하는 소나 님에게 이번에 낸 책에 대한 질문을 했다.

"이번에 내신 책이요. 집에서 보는데 뭔가 어둡고 깊은 숲속으로 끌려들어 가는 기분이 들더라구요. 이런 걸 글로 표현하는 게 대단한 거 같아요. 글을 읽는 사람들이 어떻게 상상하고 느낄지도 다 예상하시는 거죠?"

소나 님은 지체 없이 답했다.

"네 다 생각해서 만들죠."

"그럼 평소에 스토리 만드실 땐 어떻게 영감을 얻으세요?"

"열심히 만들죠."

"아 열심히."

더 이상 물을 게 없는 명료한 대답이었다.

이렇게 나의 질문으로 화기애애한 분위기를 만든 뒤 유라 씨는 기회가 왔다는 듯. 소나 님을 위해 준비한 선물을 조심스럽게 테이블 위에 올렸다.

소나 님은 경계스러운 눈빛으로 포장된 선물을 바라봤는데 사실은 이미 우리가 뭔가를 사 왔다는 걸 눈치채고 아까부터 보고 계셨었다.

"이거 뭐야?"

유라 씨는 능청스럽게 말했다.

"지금 말고 이따 집에서 풀어보세요."

하지만 소나 님은 맘에 안 들었는지 혼내는 톤으로 변했다.

"말해."

우리는 어쩔 수 없다는 듯 사실대로 말했다.

"언니가 평소에 잔기침을 하는 편이라 혹시 집에 쓰시는 가습기가 도움 안 되나 싶어서 독자들과 조금씩 모아서 샀어요. 그동안 고마웠던 것도 있구. 아까 성훈 씨랑 마트에서 한참 고른 거예요."

소나 님은 갑자기 나를 바라봤고 순간 움찔했지만 눈치껏 거들었다.

"독자들이 꼭 선물해 드리고 싶다고 해서 마음을 모아 산 거예요. 받아주세요."

실제로 우린 아침에 일찍 만나서 카페에 들어가 소나 님에게 드릴 생일선물에 대해서 얘기를 나눴고 독자들의 마음을 담아서 쓴 롤링페이퍼 액자도 챙겨왔다.

그래서 얘기가 나온 김에 소나 님에게 필요한 가습기를 사자고 결심했고 일 때문에 일어나야 하는 독자분들과 인사를 한 뒤 마트에 가서 적당한 가습기를 고르게 된 것이다.

유라 씨는 소나 님의 집에 놀러 갔을 때 가습기가 계속 신경 쓰였다고 했다. 소나 님은 평소에 근검절약하는 사람이라 고장이 나도 난 줄도 모르고 계속 쓸 거라고 그래서 이왕 선물을 한다면 실용성이 있는걸 하고 싶다고 또 짐을 혼자서 다 들 수 없기 때문에 도와달라고 우리에게 전화를 한 것이다.

그래서 나는 소나 님과 유라 씨의 신경전을 보며 소나 님이 화를 내지 않기만 바라고 있었다.

물론 그 가습기가 딱히 불편하지 않고 제대로 작동한다면 우리가 마음대로 선물했을 때 싫어하실 가능성도 분명 있었다.

하지만 독자들에게 아침부터 전화해서 소나 님의 생일기념으로 뭔가를 사주고 싶다는 유라 씨의 마음을 부정하고 싶지 않았다.

독자들도 방이 건조해서 기관지에 문제가 생기면 잔기침 같은 걸로 인해 글 쓰는 것에도 분명 영향을 주긴 할 거라며 마음을 모아주었기에 일단 선물해 드리고 같이 혼나자고 마음을 먹은 것이다.

그리고 예상대로 우리는 혼이 났다.

"내가 이런 거 하지 말라 그랬지."
"아니 그래도 작업공간이 신경이 쓰이니까 그렇죠."
"그래도 얘가, 저번에도 맘대로 하더니."
"매년 생일이 오는데 어떡해 그럼….”
"넌 그런 부분이 문제야."

하지만 난 소나 님이 혼을 내는 거 같이 보여도 투닥거리는 친한 언니 동생이라는 느낌이 더 강하게 전해져 왔다. 그리고 어쩌면 이런 인연이 소나 님의 작품을 더 훌륭하게 만드는 원천이 아닐까 싶기도 했다.

누군가를 위해서 선물을 해준다는 건 분명 가치 있는 일이다.

이런 생각을 하는 사이 소나 님은 동료 작가들과 작업을 해야 한다고 자리에서 일어났고 난 옥수수알이 다 사라진 심을 쓰레기통에 버린 뒤 사용한 커피 용기를 쟁반 그릇에 담아 카운터에 전해주고 밖으로 나갔다.

소나 님은 항상 냉정한 듯하지만 실은 누구보다 따뜻한 사람이라는 걸 나는 안다.

우린 멀어져 가는 소나 님과 손을 마주 흔들며 헤어졌고 지하철역으로 돌아가며 유라 씨에게 오늘 선물 잘해드린 거 같다고 말했다.

그 말을 들은 유라 씨는 기쁜 미소로 답했고 다음에 또 만나자며 인사를 나눈 뒤 각자의 호선을 타기 위해 개찰구에서 헤어졌다.

2002년 8월 선거 유세

드디어 학생회장 유세 날이 시작됐다.

오늘 아침은 다른 날보다 더웠는데 은호는 제자리에 가만히 있을수록 더위 속에 갇히는 기분이 들어 빠른 걸음으로 학교로 향했고 한편으론 후보들이 어떤 공약을 내세우며 열띤 경쟁을 벌일지 기대하고 있었다. 정문 앞에 다다르자 발 빠른 후보들이 이미 지지자들과 나란히 줄을 서서 자신의 이름과 구호를 외치고 있었다. 그리고 그중엔 익숙한 얼굴도 있었다.

"기호 1번 장현우입니다. 잘 부탁드립니다. 어 넌?"
"반갑다 현우야."
"응 반가워 은호야."

정의로운 성격을 가지고 있는 현우는 매번 반장을 하고 있음에도 더 나아가 학생들의 전폭적인 지지를 받으며 학생회장에도 도전하고 있었다. 그리고 학생회장 선거에 1번으로 나온다니 뭔가 그답다는 생각이 들었다.

"넌 어떤 공약이야?"
"음. 일단 학급에서 일어나는 교칙 미준수나 불의에 대해서 벌금을 내는 규칙을 만들 거야. 그리고 그 벌금을 모아서 기부라든가 좋은 일에 쓸 거고. 규칙이라기보단 문화가 되었으면 해."
"기부…."
"이것 말고도 하고 싶은 건 많은데 가장 가능성 있는 걸로 몇 개만 밀고 가려고."
"멋지다…. 응원할게."
"고마워."

은호는 현우와 인사를 한 뒤 교실로 들어가 가방을 책상에 걸고 지아

네 반으로 향했다.

 개인적으로는 모든 후보들이 훌륭하지만 현재 학교에서 가장 큰 문제인 학교에서 직접 만든 부식을 먹고 많은 학생들이 몸에 이상이 생기고 있는 사안에 대해서 강하게 목소리를 낼 예정인 지아의 단짝친구 나라가 당선됐으면 했다. 그리고 모든 공약 중에서 제일 마음에 드는 것도 사실이었다. 그래서 어떻게 준비를 하고 있는지 도와줄 건 있는지 궁금했는데 교실에 도착하자 대립하는 듯한 소리가 들려왔다.

"너희들 연기를 그렇게 못해?"
"저기 애초에 그 음식이 위험한 건 맞아?"
"너만 아프지 않으면 그 빵은 괜찮다는 거야?"
"원래 밀가루를 안 받는 애들도 있는 거지."
"그래서 각 학급마다 열 명 이상이 복통을 호소해?"
"하지만 음식을 먹고 배 아픈 건 적응기간이 필요한 거라 문제없다고 교장님이 운동장 아침 조회 때 말하셨잖아."
"네가 그 음식 만드는 걸 봤어? 어떻게 그렇게 확신해?"
"그럼 너도 안 본 건 마찬가지잖아. 왜 안 좋은 거라고 확신하는데? 그리고 애초에 공약은 이게 주가 아니었잖아. 처음 얘기와 다른 거 같아."
"됐어 너희들한테 안 시킬 거니까 걱정 마셔. 연기는 쟤가 할 거니까."
 지아는 화난 표정으로 은호를 향해 손가락을 가리켰다.
"응? 나?"
"그럼 달리 누가 있어?"
"…."
"너 쟤한테 빵 남은 거 다 넘겨줘."

지아와 싸우던 남자학생은 은호한테 빵 조각이 여러 개 담긴 흰 봉지를 던졌다.
"먹고 배탈이나 나라."
"배탈이라니…."
"은호야 이쪽으로 와."

은호는 같은 반도 아닌 학생에게 배탈이나 나라는 악담을 들으며 칠판 앞으로 갔고 지아의 난감한 부탁으로 괜히 왔다는 후회감에 젖기 시작했다.
"그걸 굳이…."
"할 거지? 할 거잖아."
"뭐…. 해야지."

조금 뒤 머리에 흰색 띠를 두른 나라가 교실로 들어와 반갑게 말했다.
"은호 안녕! 오늘 나 도와주려고 왔나 보네?"
"어 나라야 안녕…."
"같은 반인데도 훼방을 놓으려는 누구와는 다르지."
"뭐? 지아 너 나한테 하는 말이야?"

나라는 험악한 분위기를 살피며 미소 지었다.

"유세준비 때문에 같은 반끼리 충돌이 생긴 건 전적으로 나의 탓이야. 좀 더 공약에 대해서 모두가 공감할 수 있도록 솔직하게 소통을 했어야 하는데 너무 미흡했던 거 같아. 사과할게. 하지만 난 이번 부식사태를 결코 모른척할 순 없어. 사실 이걸 주 공약을 내세우고 싶은 게 맞

아. 학생들의 몸에 이상이 생긴 게 학교에서 만든 부식과 관련이 있는 거라면 의문을 제기해서 사실을 밝히는 게 맞는다고 생각해. 내가 못 미더운 건 알지만 이번 한 번만 도와주면 안 될까. 수용아."

진심이 담긴 나라의 얘기에 수용이는 책상에 걸터앉아 잠시 고민하더니 은호에게 다가와 툭 내뱉었다.
"야 그거 다시 내놔."
"응…. 여기."

수용이는 빵 봉지를 들고 교실 앞문으로 걸어간 뒤 나라와 지아에게 조례할 때까지 최대한 많은 반을 돌자고 말하며 먼저 복도로 나섰다.

"얼마나 잘하는지 두고 보자."

은호는 지아의 반응을 보며 내가 그 역할을 하지 않아 천만다행이라고 느꼈고 혹시 다시 말려들지 모른다는 생각에 부리나케 원래 교실로 향했다.
그리고 잠시 뒤 복도 쪽 교실 창문 사이로 나라와 그 수용이의 목소리가 들려왔고 뒤이어 학생들의 웃음소리가 울려 퍼졌다. 이건 학교 정문이나 운동장에서 유세하는 후보들과는 다른 전략이었다. 아마 걷고 있는 학생에 호소하는 건 흘려들을 가능성이 높다고 생각했을지도 모른다. 그 생각이 유효하다면 누구보다 일찍 시작하는 이 교실유세가 큰 효과를 발휘할 것이다. 학생들이 앉아있는 상황에서 확실하게 집중시킬 수 있을 테니까.
또 여러 후보들이 교실을 드나드는 상황에서는 무슨 말을 하든 정신

사납기만 할 가능성이 높을 것이다. 그렇다면 후보들이 교실유세를 시작하기 전에 먼저 선점해서 공약을 각인시키는 게 맞았다.

"빵은 아이들의 배를 아프게 하는 것으로 이미 불합격이며 우리는 그런 음식을 계속해서 강제하는 학교의 실험대상이 되어선 안 됩니다!!"
"빠…. 빵으로 사기 친 자는 반드시 빵으로 갈 것이다!!"

은호는 수용이의 어설픈 연기 소리를 들으며 역시 안 하길 잘했다는 생각이 듦과 동시에 우리는 실험대상이 아니라고 호소하는 나라의 말이 설득력 있게 느껴졌다.
어른의 말이라고 해서 그걸 무조건 믿고 따르려면 그만한 투명성과 신뢰성이 뒷받침되어야 한다. 그리고 그걸 검증하는 사람들도 필요하다.
하지만 우리는 그것에 대해서 거의 아무것도 모른 채 일상을 살아간다.
때문에 그 점에 대해 의문을 제기하는 나라의 말은 꽤 중요한 의미를 가지고 있지 않을까.

그런 생각을 하는 사이 교실 앞문을 열며 나라가 들어와 교탁 앞으로 걸어왔고 지아와 수용이도 따라 들어왔다.
오늘 아침부터 교실유세가 있을 것이기 때문에 교탁 쪽에 모여있지 말라는 안내문이 며칠간 칠판 게시판에 붙어져 있어서 빠르게 진행할 수 있었다.

"안녕하세요. 기호 4번 나라입니다. 며칠 뒤 점심시간에 운동장에서 전교생에게 연설을 할 테지만 그전에 최대한 많은 교실에 찾아가서 우리의 뜻을 제대로 전하고 싶었습니다.

시간이 부족하지만 최대한 노력할 테니 여러분들도 많은 관심 부탁드립니다. 그럼 저의 공약을 말씀드리겠습니다. 저는….”

나라가 자신의 공약을 말하기 시작하자 지아는 은호에게 눈치를 주며 한 손으로 빨리 앞으로 나오라고 손짓했다.

"또?"
"빨리 나와."

은호는 지아와 수용이의 연기를 떠올리며 도저히 용기가 생기지 않았고 거부의 의사를 확실하게 담아 손사래를 쳤다. 지아는 그런 은호를 보며 한심하다는 표정을 지었다.
조금 뒤 나라의 유세가 끝나자 학생들은 역시 좋은 반응을 보였다. 그녀의 말대로 상황극 같은 걸 이용해 순화해서 공약의 메시지를 강조시키니 효과가 확실히 있었다.

그리고 내가 망설이는 걸 보던 수용이는 말했다.

"그럼 우리의 공약을 모두 말씀드렸으니 마지막으로 구호를 외치고 끝내겠습니다. 이반에서도 한 분이 나와서 함께 했으면 합니다. 음 저 뒤에 있는 학생!"
"저…. 저요?"
"네 괜찮죠? 시간 없으니까 빨리 나오세요."
"그게…."
"야 빨리 나가."

눈치를 주는 같은 반 친구들의 압력에 은호는 마지못해 앞으로 나갔고 지아는 구호가 적힌 종이를 보여주며 기대감에 찬 표정을 지었다.
"어라 뭐가 더 추가됐네?"
"응 이거 몇 개만 더 말하면 돼."

수용이는 봉지에서 빵을 하나 꺼낸 뒤 서부의 총잡이처럼 들고 겨눴고 은호는 무릎을 꿇었다.

"마지막으로 할 말은?"
"빵으로 사기 친 자 반드시 빵으로 갈 것이다!!"
"새겨듣지. 잘 가라 빵! 빵!"
"윽 분하다. 근데 이거 맛있네?"
"그렇지? 우유랑 함께 마시면 더 맛있어."
"우유도 있는 거야?"
"응 있지. 하지만 넌 곧 죽잖아. 남을 쉽게 믿었으니까."
"젠장!! 이 빵의 진실을 우리가 함께 밝힙시다!!"
"…."

그렇게 상황극은 끝났고 반 친구들은 무덤덤했다.
아까 복도에서 들려오던 학생들의 웃음소리와는 너무 다른 반응이었지만 지아는 밝은 목소리로 현명한 투표를 부탁한다고 말한 뒤 은호의 옷 끄트머리를 잡고 교실 밖으로 나가려 했다.

"나 끝난 거 아니야?"
"시간 없으니까 빨리 움직여야 돼. 나라는 벌써 옆 반으로 들어갔잖아."

지아의 말에 난감했지만 하기 싫다거나 부끄럽다는 이유로 도망쳐선 안 되는 순간이라는 걸 알았기에 빠르게 체념하고 따라나섰다.

"그럼 이 대사를 좀 바꾸는 게 어때."
"괜찮은데 왜?"
"내가 안 괜찮다고."
"자 알았으니까 일단 들어가자고."

수용이는 투닥거리는 지아와 은호의 등을 밀며 나라를 따라 교실로 들어갔다.
우린 그 이후 고학년을 대상으로 교실을 돌았고 투표 날까지 저학년으로 내려가며 유세하기로 했다. 그리고 한편으론 학교에 대한 도전이라고 할 수 있는 공약에 대해서 선생님들이 과연 제지를 하지 않을지 걱정해야 했다.
첫날은 무사히 넘어갔지만 이제부터 시작이라는 걸 모두가 느끼고 있었다.
그렇게 학생회장 유세 두 번째 날이 밝았다.

이른 아침 지아네 집 앞에서 기다리고 있던 은호는 어느새 자신의 키만큼 올라온 길가에 핀 꽃들을 바라봤다. 한껏 안개를 머금은 꽃들은 축축한 몸을 지탱하며 꼿꼿이 서있었다. 그 작은 씨앗들이 저렇게 자라나는 걸 보면 따뜻한 감정이 들고 기분이 좋아진다. 언제나 그 자리에 흔들림 없이 있어주는 존재 같달까. 나도 누군가에게 그런 존재가 될 수 있을까.

"은호야!!"
"아 깜짝이야."
"꽃을 왜 그렇게 보고 있어?"
"그냥 언제 이렇게 자랐나 싶어서."

지아는 꽃 앞에 가더니 향기를 맡으며 말했다.
"도라지꽃은 향기가 달콤하진 않지만 믿음이 생겨."
"믿음?"
"응. 믿음. 억세게 계절을 버텨온 향기니까."
"…."

은호는 지아가 하는 말을 들으며 마을을 가득 채운 도라지꽃들을 바라봤다. 그리고 속으로 생각했다. 이 도라지꽃이 몇 번 더 피고 질 때 우리는 지금처럼 변함없이 만날 수 있을까라고. 지아는 학교 방향으로 꺾어지는 큰길로 먼저 걸어가며 내일 운동장에서 하는 학생회장 후보연설에서 나라가 얼마나 잘하는지에 따라 승패가 결정날 거라고 했고 은호 역시 동의하며 아마도 현우가 가장 강력한 라이벌이 될 거라고 말했다.

"현우는 일단 남이 하기 싫어하는 일에도 솔선수범하니까. 싫어하는 사람이 없을 거야."
"솔선수범?"
"응 길에 쓰레기를 보면 굳이 봉지를 가져와서 담는다든가 길에 죽은 동물이 있으면 묻어준다든가 그런 사람이야."
"긴장해야겠는걸."
"응."

그렇게 대화를 하며 어느새 초등학교 후문에 도착한 우린 놀이터의 정글짐 꼭대기에 앉아서 운동장을 바라보는 나라에게 다가갔다.

나라는 팔짱을 끼고 생각에 잠겨있었다. 내일 있을 후보연설에 대한 걱정을 하는 것처럼 보였다.

"나라야 연설 준비는 잘하고 있어?"
"아 너희들 왔구나."
"어떨 거 같아?"
"최선을 다하는 것. 그거밖엔 없겠지."
"잘돼야 할 텐데."
"그래도 은호가 도와준 덕분에 우리가 지나갈 때 아이들이 흉내 내면서 호응하는 거 보면 유세 효과는 꽤 있었던 같아."
"아 그거…."
"은호는 안 할 거 같으면서도 다 하더라."

지아는 은호와 눈을 마주치며 고맙다는 듯한 표정을 지었다. 사실이었다. 지아를 만난 이후로 평소의 자신이라면 하지 않았을 행동들을 많이 해왔으니까. 분명 위험하고 다칠 수도 있었던 일들이었는데 왜 거절하지 않았던 걸까. 지아를 그만큼 믿고 있기 때문인 걸까.

"어 저 형 그 사람 맞지?"
"맞아 맞아."
"헤이!! 빵으로 사기 친 자 빵으로 갈 것이다!!"

일찍 등교한 저학년 후배들이 우리를 알아보고 장난을 걸어왔다. 은호는 자신의 연기가 명백하게 효과를 보고 있다는 걸 두 눈으로 확인하며 화답했다.

"새겨듣지. 잘 가라 빵 빵!!"

아이들은 아침부터 하는 상황극에 재밌어하며 경쾌한 발걸음으로 학교에 들어갔고 나라는 땅으로 내려온 뒤 저 아이들의 미래를 지키기 위해서라도 포기하지 말자고 결의를 내비쳤다. 그리고 손을 내밀어 눈치를 췄고 지아와 나도 손을 뻗어 마주 댔다.

"자 하나 둘 셋 하면 파이팅이야."
"오케이."
"아이들을 정체불명의 음식으로부터 구해내자!! 하나 둘 셋!!"
"파이팅!!"

손을 하늘 위로 들어 올린 우리는 안개가 아직 가시지 않은 놀이터에서 그렇게 마음을 모았다.

2002년 6월 요리대회 날

난 지하철 밖으로 나온 뒤 환한 햇살이 비춰주는 대학로를 걸었다. 이곳은 아기자기한 건물들이 많다. 작게 사업을 하는 사람들도 많고 예술 활동을 하는 사람들도 많아서 보통 우리가 사는 아파트나 주택단지의 느낌이 아닌 하나의 작품 같았다. 미니어처 같은 귀여운 느낌에서부터 거친 야수 같은 느낌까지 커피집이든 식당이든 서점이든 분야에 상관없이 자신만의 독특한 색채를 드러내는 곳이 많았다. 난 그런 개성 있는 거리를 구경하며 요리대회가 열리는 약속장소로 향했다. 난 성격이 약속을 잡으면 먼저 가서 기다리는 걸 좋아하고 만나는 사람을 위해서 전날에 미리 선물을 사는 경우도 많다. 그래서 당일에는 다른 곳에 들리지 않고 바로 약속장소로 향한다. 그게 그 사람에 대한 예의라고 생각하기 때문이다. 난 참가자들에게 가방 속에 넣어 둔 옹심이 호박죽을 빨리 보여주고 싶었다. 맛은 장담할 수 없지만 말이다.

그렇게 거리를 구경하며 계속 걸었고 30분 정도 지나서 약속장소인 게스트하우스에 도착했다. 그런데 아직 오픈을 안 했는지 세 명 정도의 사람들이 건물 앞에 서있었고 나는 초면이 아닌 그분들에게 가서 인사를 드렸다. 우린 좀 어색하긴 했지만 반갑게 인사를 했고 마치 어렸을 적 초등학교에서 떠난 수학여행처럼 설레는 마음으로 어떤 요리를 가져왔는지 소나 님은 어떤 요리를 좋아하는지에 대한 얘기를 나누기 시작했다. 난 운동장 캠핑을 했던 그때를 생각하며 잠시 그리운 감정에 빠지기도 했다. 어쨌든 모임이란 건 그렇다. 연령대가 어리든 많든 함께 계획을 세워서 만나고 그걸 실행하면서 시행착오를 겪기도 하며 어떤 식으로든 결과를 얻는다. 때론 안 좋은 결과가 만들어질 때도 있지만 그렇다 해도 그 속에서 반드시 뭔가를 배운다. 눈이 모여 눈사람이 되듯. 어딘가에서 모이는 사람들의 마음 역시 멋진 작품으로 남을 것이다.

2002년 6월 박 순경의 조사 3

박 순경은 문방구를 사이에 두고 은호 집과 반대편에 살고 있는 미래라는 여학생의 집을 방문했다. 반지하로 통하는 개방형 계단을 내려갔는데 문은 열려있었고 대신 커튼처럼 생긴 모기장이 문 위쪽에 설치되 양 갈래로 갈라져 있었다. 문의 역할을 대신 해주는 모기장이 여름엔 제격일 것이다.

박 순경은 모기장 사이로 보이는 여학생에게 조심스레 말을 걸었다.

"저기 미래 학생 맞니?"
"누구세요?"

여자아이는 자신의 집으로 찾아와 말을 거는 낯선 사람을 무척이나 경계하고 있었다.

"난 저 시민 공원 쪽에 있는 파출소에서 왔어."
"저는 나쁜 짓 안 했어요."

여학생은 당장이라도 울 듯 눈망울이 그렁그렁해졌고 박 순경은 어쩔 줄 몰라 허둥지둥거렸다.

"아 저 그게 혼내려고 온 게 아니라."
"저기 은호라고 알아?"
"네 은호요?"

마침 등장한 최 순경이 앞으로 나서며 은호에 대해 물어본 덕에 여학생은 어느새 겁먹었던 눈빛이 평온하게 진정되어 갔다.

"너 땜에 살았다."
"에휴 딸 있는 남자들은 다 그런 겁니까. 어쩔 줄을 모르시네요."
"너도 결혼해 봐~"

 잠시 뒤 여학생은 유리컵에 물을 따르고 종종걸음으로 돌아와 순경들에게 건넸다.

"고맙다."
"저한테 뭐가 궁금하세요?"
"편하게 말해주면 돼. 은호는 어떤 아이니?"
"은호랑은 안 만난 지 꽤 됐어요. 가끔 부모님끼리 대화를 할 때 따라와서 몇 번 같이 논 거밖에 없어요."
"성격은 어땠어?"
"선풍기를 틀어놓고 그 앞에서 아 하고 소리내는 걸 좋아했어요. 선풍기 앞에서 그러면 뭔가 로봇 같은 소리가 나잖아요."
"그거 알지. 난 지금도 가끔 하는데."

 반갑다는 듯이 공감하는 최 순경을 말없이 바라본 박 순경은 질문을 이어갔다.

"그런데 아이들의 말로는 너랑 은호가 밖에서 노는걸 몇 번 봤다고 하던데."
"집 앞 공원에서 같이 잠자리를 잡았었죠. 그리고 마지막엔 풀어주곤 했어요. 근데 한참 전의 일이라…."
"그렇구나."

"은호가 뭔가 잘못한 게 있나요?"
"아니 그런 건 아니야."
"그런데 경찰 아저씨들이 집에 찾아와요?"
"…."
"은호는 남과 너무 가까워지지 않는 친구예요. 제 느낌은 그래요."
"남과 가까워지지 않는다고?"
"네 근데 아마 좋은 의미라고 생각해요."

박 순경은 방금 적은 여학생의 말들을 확인하며 계단을 올라왔고 평지에 서서 초등학교 앞에 자리한 삼각형의 아담한 공원을 바라봤다. 잡았던 잠자리들을 풀어주는 두 학생이 자연스레 상상되는 곳이었고 박 순경은 그 덕에 잠시 감상에 빠졌다.

자신도 어렸을 때 이런 곳에서 친구들과 많이 뛰어놀았었는데 그때마다 우리를 받아주는 이 자연 이 터전을 지키는 사람이 되고 싶다는 생각을 무의식적으로 해왔었다.

그렇게 결국 경찰이 되었고 지금은 뭔가를 지키겠다는 마음에 다가가는 거 자체가 힘들다는 걸 매일 깨달으며 살고 있다.

그나저나 남과 가까워지지 않는 게 좋은 의미라니 여학생의 말은 너무 이상하기만 했다.

"박 순경님! 안 가세요?"
"어? 아 그래."

어느새 현실로 돌아온 박 순경은 순찰차 운전석에서 왼팔을 내밀고 흔드는 최 순경을 향해 걸어갔다.

2001년 10월 순대 끝부분

　얘기를 하고 싶어도 할 수 없을 때가 있다. 간단하게 예를 들면 순대도 그런 경우다. 얼마 전 분식집에 가서 튀김과 순대를 시키고 기다린 적이 있다. 분식집은 다른 음식에 비해 나오는 속도가 빨라서 자주 찾는 편이다. 그리고 가격도 저렴하기 때문에 부담 없이 사 먹을 수 있는 장점도 있다. 또 분식집은 반찬과는 거리가 멀다고 생각할 수도 있지만 매콤한 떡볶이나 튀김은 밥과 어울리고 따끈한 오뎅국물까지 함께하면 멋진 한 끼 식사가 되기도 한다. 그래서 난 길을 걷다가 분식집을 만나면 자동반사적으로 들어가게 된다. 밖에 지나가는 사람들을 보며 기다리던 난 포장이 다 되자 감사하다고 인사를 드리고 집으로 갔다. 집에 도착한 난 책상에 앉아 포장해 온 튀김과 순대를 풀어놓고 지체하지 않고 젓가락으로 먹기 시작했다. 그리고 순대 부위 중에서도 꽤 좋아하는 고깔모양의 쫄깃한 끝부분을 먹었는데 뭔가 상한듯한 맛이 느껴졌다. 아무래도 그날 만든 음식은 아닌 거 같았다. 느낌이 이상해서 하나 남은 끝부분을 다시 먹었다. 그런데 또 이상한 맛이 났다. 몸통 부분은 괜찮았는데 끝부분은 먹어선 안 되는 상태였던 거다. 나는 순간 기분이 안 좋아졌고 이거를 가서 말해야 하는지 잠시 고민을 했다. 하지만 나는 어떤 문제가 생겼을 때 강하게 컴플레인하는 성격도 아니고 또 열심히 팔다 보면 예상치 못한 일이 생길 수도 있다는 생각도 들었다. 그렇게 밝게 인사하고 나간 손님이 갑자기 돌아와서 환불해 달라고 하는 건 나의 성격과는 거리가 있었다. 또 그렇게 가서 컴플레인을 하면 주인이 상처받을 거 같은 생각이 자꾸 들었다. 물론 의도와 상관없이 상한 음식을 파는 건 분명한 잘못이다. 그리고 이건 얼마든지 보상을 받을 수 있는 부분이다. 하지만 요즘 세상은 그 사람들만을 몰아세워선 안 되는 세상이라고 느낀다. 난 순대 끝부분이 상하는 것이 분식집만의 잘못이라고 생각하지 않는다. 정말 가게 운영 마인드가 부족해서 실수를 하는 사람들도 있겠지만 다른 외적인 부담감으로 인해 정신이 혼란스러워 일시적으로 그러는 사람들도 있을 것이기 때문이다. 난 굳이 그것까지 감안해서 고민을 하고 있었다. 내가 볼 때 분식집 주인은 어떤 문제로 고민 중인 그로기 상태라고 판단했다. 그렇게 믿고 싶었다. 요즘 세상은 사회에서 발생한 어떤 문제에 대해 얘기하고 싶을때 몇 가지를 더 대입해서 생각해 봐야 했다. 분식집이 언제부터 그렇게 되었고 무엇이 영향을 끼쳤고 그렇다면 앞으로 어떻게 해야 되는지를. 어느 시대든 그렇다고 할진 모르지만 지금이 훨씬 더 심각하다. 그래서 난 그런 과정을 통해 분식집에 모든 분노를 쏟아선 안 된다는 결론에 다다랐다. 결국 고민한 끝에 분식집에 전화를 해서 주인에게 말했다.

"저 조금 전에 순대를 사 먹었던 사람인데요. 다른 부분은 괜찮은데 순대 끝부분만 상했더라구요. 왜 그런지는 모르겠지만 혹시 다른 손님들이 식중독에 걸릴지도 모르니. 위생적으로 신경 써주시면 좋겠습니다. 순대는 맛있게 먹었습니다. 그럼 수고하세요."

이제 나머지 대처는 주인에게 달렸다.

2002년 8월 교장과 바자회

아이들의 시끌벅적한 목소리가 퍼지는 학교 복도에서 교장은 급하게 계단을 내려가고 있었다. 뒤에서 쫓아오는 교감과 말을 섞고 싶지 않은 듯 혀를 끌끌 차며 앞으로만 시선을 고정시켰다.

"바자회 정말 하실 겁니까?"

심기를 건드는 말이 교감의 입에서 나오자, 교장은 순식간에 멈추고 뒤돌아 자신보다 더 높은 곳에 서있는 교감을 노려봤다.

"무슨 뜻인가?"
"저번 바자회에 관해 흉흉한 소문이 동네에 돌고 있습니다."
"자넨 바자회가 뭔지 모르나?"
"네?"
"아이들이 집에서 자신의 물건을 가져와 직접 판매하면서 경제의 개념을 배울 수 있는 훌륭한 장이란 말이네. 그걸 중단하자는 건가?"
"하지만 그날 괴한 두 명이 운동장에서 아이들을 쫓아간…."
"앞으론 운동장에 선생들을 더 배치시킬 것이니, 그렇게 알게. 실수가 있다고 멈추면 언제 앞으로 나아가나."
"반대하는 학부모들이 있으면 어떡하죠."
"그건 내가 알아서 하지 자넨 교무실에 가서 바자회 안내문을 돌리라고 알리게."

교감은 곤란한 기색이 역력했지만 더 말을 잇지 않고 교장에게 고개를 숙인 뒤 교무실로 향했다.

"귀찮구만."

교장은 교감의 인기척이 사라진 계단을 한번 노려본 뒤 핸드폰을 꺼내 전화를 걸었고 몇 초 뒤 바로 발신음이 멈췄다.

"네 교장님."
"잠시 옥상으로 올 수 있겠나."

점심시간 급하게 어딘가로 향하던 교장은 옥상에서 아이들이 운동장에서 노는 모습을 내려다보고 있었다.
그리고 옥상 문에서 누가 들어오는 소리가 들리자 돌아서며 담배를 꺼내 입에 물었다. 열린 문 앞엔 신 선생이 서있었다.

"이번 바자회는 실수가 없어야 하네."
"저번 같은 불상사는 없도록 조치하겠습니다."
"나도 이제 임기가 얼마 남지 않았지만 학교를 위해 할 건 해야 하지 않겠나."
"네."

담배를 떨어뜨려 발로 비벼 끈 교장은 다시 한번 운동장을 바라봤다.

"너희는 죄가 없단다."

2002년 7월 순위 정하기

준비해 온 요리를 모두가 자랑하고 있는 가운데 나랑 친하게 지내던 사람이 갑자기 걱정스러운 표정으로 다가왔다. 그리고 도시락통을 열더니 지금 만들어야 한다고 이것저것 요리 재료를 꺼내기 시작했고 금세 조립을 하듯 요리를 만들었는데 좀 특이했다. 비스킷을 맨 아래 깔더니 그 위에 작은 크기의 베이컨을 깔았고 여러 야채를 섞은 샐러드를 살짝 올린 뒤 또 그 위에 햄에 밀가루를 입혀 만든듯한 작은 튀김을 올리고 마지막으로 드레싱을 적당하게 뿌렸다. 외국인들이 즐겨 먹는 간식 같은 걸로 보였는데 난 이걸 그분에게 줘도 되는 거냐는 말이 튀어나오려고 하는 걸 필사적으로 참았다.

그리고 내가 준비해 온 옹심이 호박죽을 보면서 비슷한 감정을 느꼈다.

"괜찮을까….''

그렇게 대기시간이 흘렀고 마침내 노란색 원피스를 입은 모임 주최자인 그분이 등장했다. 소나 님은 참가자들이 가지고 온 아직 정체를 드러내지 않은 음식들을 기대하며 열심히 준비해 오신 만큼 맛있게 즐기자며 큰 소리로 외쳤다. 행사는 간단하다. 게스트하우스에 도착한 순서대로 심사를 받는 것인데 주최자이자 심사위원이신 소나 님이 요리의 맛을 본 뒤 1위부터 3위까지 발표를 하고 가져온 음식을 다 함께 먹는 것이었다. 그리고 수상자들에게는 조촐한 상품을 준비했다는데 나는 그 선물을 꼭 받고 싶었다. 나의 차례는 다섯 번째 그런데 내 앞에 있는 사람들의 요리는 나보다 훨씬 더 뛰어나 보였다. 티브이에서 보던 셰프의 요리라고 해도 이상할 것이 없었다.

첫 번째 참가자는 해산물의 알을 이용한 롤 초밥. 요리 장인이 만든 것 같은 빛깔이 돋보였다. 그녀는 롤 초밥을 한입 베어 물고는 황홀하다는 표정을 지었고 만든 참가자에게 따봉을 하며 실력을 인정했다.

두 번째 참가자는 딸기 롤 빵. 부드러운 빵 사이에 달콤한 크림과 딸기를 넣어서 만든 요리인데 이 자리에서 돈을 주고 사라고 해도 살 거 같은 수준이었다. 소나 님은 왜 이렇게 맛있냐고 참가자한테 따졌고 고개를 절레절레 흔들었다.

세 번째 참가자는 베트남 쌈. 베트남의 여러 채소와 고기를 얇은 피에 싸서 먹는 요리인데 아삭한 느낌이 일품일 거 같다는 생각이 들었고 예상대로 그녀는 따봉을 하며 감탄했다.

난 이윽고 상품을 탈 수 없을 거라는 불안함으로 평정심을 잃기 시작했고 네 번째 차례인 아까 서양 스타일의 간식을 만들었던 남자분을 보며 제발 나보다 맛이 없기를 바랐다.

실제로 그건 맛이 없을 가능성이 높았으니까.

소나 님은 나의 마음을 아는지 모르는지 네 번째 요리에 손을 뻗었다.

저건 맛이 있을 리가 없다.

나의 유치하고 비겁한 바람을 모르는 그녀는 비스킷을 한입에 해치웠고 또다시 외쳤다.

"이것도 괜찮은데!!"

응 저게 괜찮다고? 요리를 많이 먹어서 미각이 잠시 이상해지신 건가? 난 도저히 믿을 수가 없었고 그 남자는 그녀의 말을 듣고 기뻐했다. 이렇게 되면 내가 3위안에 들 가능성은 더 떨어진 셈. 소나 님이 앞서 먹었던 요리의 임팩트를 넘어서는 뭔가가 내 옹심이 호박죽에서 느껴져야 하는데 슬프게도 난 이미 치명적인 실수를 저질렀다.

생각해 보니 어제 냉장고에 넣어둔 바람에 옹심이가 굳어버린 것이다. 난 이곳에 와서 통에 넣어온 호박죽을 그릇에 담다가 다 들어가지 않아서 조금 남겼는데 맛을 확인할 겸 그걸 조금 먹어봤더니 옹심이가 너무 딱딱했다. 게다가 맛도 뭔가 애매한 게 심경이 복잡해졌다. 다행히 호박죽 맛은 괜찮았지만 옹심이를 씹는 순간 반응이 어떻게 나올지 예상이 안 됐기 때문이다.

난 말을 바꾸고 따듯한 호박죽을 끓이고 싶었는데 사람들에게 이미 시원한 냉 호박죽을 만들 거라고 말을 해놔서 그냥 만든 대로 승부를 걸기로 했다.

비스킷을 몇 개 더 먹고 왜 이렇게 맛있냐고 그 남자를 다그치던 소나 님은 내 호박죽으로 시선을 옮겼고 마치 검사가 비장하게 칼을 뽑듯 숟가락을 들었다.

제발 옹심이가 저 숟가락에 걸리지 않길!

난 필사적으로 바라며 그 순간을 지켜봤다.

그런데 그녀가 그냥 한술 뜨는 게 아니라 뭔가를 고르고 있었다.

아 옹심이다. 그녀는 옹심이에 꽂힌 게 확실했다.

나는 호박죽만 했으면 좋았을 걸이라는 헛된 후회를 하며 망연자실했다.

그리고 그제서야 뜨거운 물이나 전자레인지를 이용해 말랑하게 데운 다음 작은 접시에 담아 먹고 싶은 만큼 덜어 드시게 하는 방법이 있었다는 걸 깨달아 더 좌절스러웠다.

그렇게 소나 님은 콧노래를 부르며 한 숟가락 먹은 뒤 말했다.

"우와 맛있어!!"

맛있다고? 난 그 말을 듣고 기쁜 게 아니라 대체 어떤 부분에서 맛있는지를 알고 싶었다.

그 맛있다는 범위에 옹심이가 들어가는지 아니면 옹심이는 별로인데 차마 말을 못 하고 호박죽은 먹을만하다는 건지 난 오히려 근심이 깊어졌다.

그렇게 요리대회는 순식간에 끝났고 순위발표 시간이 다가왔다.

난 이미 순위에 들 생각은 버린 지 오래였고 누가 1등을 할지가 궁금했다.

"그럼 제5회 상상가들의 요리대회 시상식을 거행하겠습니다."

소나 님은 순위를 적어놓은 종이를 펼쳐 음음 소리를 내며 목을 가다듬었다.

"3위는 누굴까요? 궁금하시죠? 자 그럼 이번 요리대회의 3위는!!"

얇고 기다랗게 포장된 상품을 종이가방에서 꺼내시더니 소나 님은 유라 씨를 바라봤다.

"베트남 쌈을 만든 최유라."

분명 순위에는 들었지만 유라 씨는 살짝 실망한 표정으로 앞으로 나가 상품을 받았다.

사람들은 왠지 저 상품이 뭔지 알 거 같았다.

"글 열심히 쓰라고 연필이랑 지우개를 준 거겠죠?"

"네 아마도."

"그럼 아쉽게 1등을 놓친 2위는 누굴까요? 거기 청년 누구 같아요?"

서양식 비스킷 간식을 만든 그분은 당당히 말했다.

"제가 2등 같습니다."

소나 님은 순간적으로 싸늘한 눈빛으로 변하셨지만 금방 다시 방긋 웃으시며 순위발표를 이어갔다.

"방금 엄청 무서운 눈빛을 본 거 같은….."

"자 그럼 이번 요리대회의 2위는? 두구 두구 두구."

이번엔 아까보다 좀 더 두툼한 상품을 꺼내셨는데 맞추기 어려웠다.

"저만한 크기가 뭐가 있죠?"

"크기만 보면 안경 케이스 같기도."

"네 축하합니다. 2등은 해산물의 싱싱함이 예술이었던 롤 초밥!!"

2등에 뽑힌 남성분은 진심으로 기뻐하며 앞으로 달려가 상품을 받았다. 그리고 그 자리에서 포장을 뜯었는데 수면용 눈가리개가 나왔다.

"글 쓰다 피곤하면 푹 자라고 준비했어요."

남성분은 눈가리개를 높이 든 뒤 흔들며 승자의 기쁨을 만끽했다.

"자 여러분 이제 1위만 남았습니다."

소나 님은 가방에서 넓게 포장된 사각형의 상품을 꺼내 자리에서 일어나셨고 1위 수상자를 향해 걸어가셨다.

직사각형의 저 상품은 우리가 생각하는 그게 맞을 것이다.

소나 님은 딸기 롤 빵을 만든 남자 앞으로 가 말했다.

"자 일어나실래요."

"네?"

남자는 쑥스러운 듯, 쭈뼛거리며 일어났고 소나 님은 상품을 건네주며 말을 이었다.

"딸기를 이용한 롤 빵. 정말 예술이었어요. 여태껏 못 먹어본 맛이었죠."

"감사합니다."

"이걸 먹고 나니 문득 이런 생각이 들었습니다. 내가 작가로서 쓰는 글이 이 딸기 롤 빵 같은 맛을 낼 수 있으면 얼마나 좋을까 하고."

"…."

"이번 행사를 주최하고 상품을 준비하면서 계속 그 생각뿐이었어요. 이번 대회에 참가하기 위해 열심히 만든 여러분의 요리 같은 글을 쓰고 싶다구요. 오늘 요리를 먹어보니 역시 제 생각은 틀리지 않았어요."

우리는 그 말을 들으며 독자를 사랑하는 소나 님의 마음을 느낄 수 있었다.

"그래서 전 이분에게 1위 상품으로 그걸 드렸습니다. 지금 뜯어주시겠어요?"

1위로 뽑힌 남성분은 넓은 포장지를 조심히 뜯었고 거기선 너무도 익숙한 원고지가 나왔다.

"역시 저거였구나."
"전 쓰면 쓸수록 어려워지는 게 글이라고 생각해요. 정성을 들이면 들일수록 더 어렵게 느껴지죠. 때론 언제 깨질지 모르는 강 위의 빙판길을 걷는 기분이에요. 그래도 이 글을 쓰는 이유를 되새기며 한 발자국 한 발자국 내딛는 수밖에 없어요. 그래서 힘든 거죠."
 그 순간 학창시절 괴롭힘을 당하던 여학생이 용기를 내 어두운 저녁길을 한 발자국 한 발자국 내딛던 기억이 떠올랐다.

"걷는다…."
"나의 마음이 누군가에게 무사히 전해지기 바라며 필사적으로 걷는 거죠."

소나 님은 게스트하우스를 내리쬐는 햇살을 그대로 맞았다.

"여기 오신 여러분들의 글도 반드시 전해지길 응원할게요."

8 인연

2002년 7월 박 순경의 조사 4

인기척을 찾아볼 수 없는 한적한 도로. 박 순경은 선욱 학생이 치였던 자리에 남아있는 흔적들을 재조사하며 잡히지 않는 뭔가를 찾으려 했지만 한정된 정보로는 부족했다. 그럼에도 이 사건현장은 박 순경의 뇌리에서 떠나지 않았다.

"박 순경님 이곳은 이미 사건 종결 아닙니까."

최 순경의 말이 안 들리는지 그는 사고가 난 자리 바로 앞 인도에 걸터앉아 생각에 잠겼다.

처음 선욱 학생의 어머니를 만났을 때 뭔가를 감추는 듯한 느낌을 받았고 이후 끈질기게 물어본 끝에 한 가지를 알아냈다. 그날 교통사고는 선욱 학생 혼자서 자전거를 타다가 당한 게 아니라 은호라는 학생과 함께 있었다고 한다.

조사결과 선욱 학생은 수풀림에서 그림을 그리던 미술 선생을 잠깐 바라보다가 신호를 놓쳤고 은호 학생 혼자 건넜다. 그 뒤 선욱 학생은 다음 녹색불에 건너다 신호위반을 한 트럭에 부딪혔고 사고를 목격한 미술 선생이 바로 119에 신고를 해서 위기를 넘길 수 있었다. 선욱 학생은 친구를 생각해서 혼자 있었던 것처럼 증언했다. 이것이 진실이며 결국 최 순경의 말 그대로 이미 종결된 사건인데 왜 마음이 불편한 걸까.

"야간 순찰차가 곧 있으면 올 텐데 이제 그만 가는 게 좋지 않을까요?"
"음."

자리에서 일어나 미술 선생이 그림을 그리던 수풀림으로 올라간 박 순경은 어두운 풍경을 바라봤고 왜 미술 선생이 이곳을 자주 찾는지 이해할 수 있었다.
마음이 잔잔해지는 그런 곳이었다.

"이런 곳에서도 사고는 나는구나."

잠시 센치해진 박 순경의 모습은 최 순경을 욱하게 만들었다.

"애초에 주간근무 마친 우리가 왜 야간까지 일을 몰래 해야 하는 건지."
"알았다 알았어. 내가 쏠 테니 일단 치킨집으로 가지."
"아…. 전 그냥 집에 가고 싶은 건데."
"내가 쏜다니까."
"아. 네 가시죠."

그렇게 두 사람은 치킨집 쪽으로 걸어갔고 멀리서 숨어 그 모습을 지켜보던 자는 핸드폰을 꺼내 전화를 걸었다.
"접니다. 박 순경과 최 순경이 방금 자리를 떠났습니다."
"냄새를 맡은 거 같은가?"
"그건 모르겠습니다. 근데 눈치챈 거 같진 않습니다."
"계속 두 사람을 주시하게."
"알겠습니다."

2002년 7월 지하실 북콘서트

　어두운 날 저녁 나는 소나 님의 북콘서트를 가기 위해서 어두운 밤 택시를 타고 도로를 달리고 있었다. 차의 속도로 건물들의 풍경은 서서히 뒤로 밀려났고 난 그 속도를 즐기면서도 자꾸만 흘러가는 시간이 야속하게 느껴지기도 했다. 시간이 흐른다는 것은 나이를 먹는다는 것이다. 나는 늙어가는 것에 따라 내가 해야 하는 일들에 변화가 생기고 안 좋은 결과를 만들어 내지 않기 위해서 부단히 노력해야 한다는 것도 알고 있었다. 그래서 내가 지금 택시를 타고 가는 북콘서트에도 많은 의미가 담겨있다. 놀기 위해서 재밌게 시간을 보기 보내기 위해서 가는 의미는 결코 아니었다. 어떤 길을 찾기 위해 혹은 그녀를 도와주기 위해 누군가에게 필요한 사람이 되기 위해 굳은 결의를 가지고 향하는 것이었다. 도로를 달리던 택시는 오른쪽 길로 꺾어 들어갔고 수많은 창문이 빛나는 건물들 속으로 가로질러 갔다. 택시는 빠르게 달리고 있었지만 사실 예정된 공연 시간보다 일찍 간 것이고 나는 그 주변을 좀 더 돌아다닌 후에 공연장에 들어가고 싶었다. 드디어 목적지에 도착했고 난 택시비를 기사님께 드리고 차에서 내린 뒤 대학로 거리를 보며 마주 섰다. 소나라는 작가를 알고 이곳에 자주 온 덕에 이 지역도 정감있게 느껴졌다.
　따지고 보면 이곳도 사람은 아니지만 나와 연이 있다는 생각이 들었다. 만날 수 있는 공간이 있어야 그 사람을 만날 수 있으니 말이다. 난 찻길 옆 인도에 서서 가방 안에 들어있는 그녀에게 줄 편지가 무사히 잘 있는지 확인한 뒤 저 멀리 보이는 인파 가득한 고층건물 쪽으로 향했다.
　내가 그쪽으로 향하는 이유는 어떤 물건을 사기 위해서가 아니었다.

소나 님의 책을 아름다운 풍경 속에 놔두고 사진을 찍고 싶었다. 이 책은 그 정도로 아름답다고 생각했다. 나는 그렇게 공연장 주변을 걸어 다니면서 소나 님의 책을 내려놓을 만한 위치를 물색했다. 벤치 뒤에 비치되어 있는 작은 화단이나 길가 옆에 일정한 간격으로 서있는 나무 등 느낌이 오는 곳이면 책을 내려놓고 카메라로 구도를 잡으며 최대한 아름답게 찍기 위해 신경을 썼다. 그렇게 장소를 옮기면서 찍는 만큼 날도 어두워지기 시작했고 북콘서트 시간이 다가왔다는 걸 느낄 수 있었다. 하지만 바로 공연장으로 가지 않았다. 왜냐면 날씨가 서서히 어두워지는 만큼 사진의 분위기도 달라지기 때문이다. 조금 전까지 맑은 날씨와 밝은 미소로 사진을 찍었다면 지금부터는 어둠 속에서 작품을 찍어야 했다.

소나 님이 마주하는 밝은 빛과 어두운 밤을 공존시키며 상처받은 사람들이 나아가야 할 길을 찾고 싶었다. 그래서 내가 지금 걸어 다니는 이 거리도 공연장과 아주 밀접한 관련이 있는 장소인 것이다.

그렇게 사진을 찍으며 조금씩 공연장으로 가까워지고 있었는데 주변 편의점 앞에 소나 님을 도와주던 출판사 직원분이 서있었다. 나는 반가운 마음에 그분에게 가서 인사했다.

"안녕하세요."

"네 안녕하세요."

"오늘도 멋진 북콘서트 부탁드릴게요."

"네 감사합니다."

그분은 미소 지으며 인사한 뒤 누군가를 기다리는지 거리를 살폈다.

난 먼저 들어가 보겠다고 말한 뒤 바로 옆에 있는, 공연장으로 내려가는 열린 문 쪽으로 향했다. 그 앞에 티켓매표소가 있어서 예약해 놓은 표를 확인하고 티켓을 배부받았다.

누구나 그렇겠지만 어떤 장르의 공연이든 티켓을 받을 때에 그 설레는 감정은 이루 표현할 수가 없다.

나와 예술가가 한 공간에서 작품에 대해 얘기를 나누고 관객 각자가 다양한 시각과 감정으로 접근하며 무언가를 찾아내고 얻어갈 수 있는 그런 시간을 함께하는 것. 난 그것이 가진 가치가 무한하다고 생각한다.

공연장 아래로 내려오니 붉은색의 천막이 커튼처럼 쳐져서 무대를 가리고 있었고 그 앞엔 100석 정도로 보이는 의자들이 일정 간격으로 놓여있었다. 나는 내가 배정받은 자리에 앉아 가방을 내려놓고 한숨 돌렸다. 그리고 가져온 음료수를 마시면서 공연장을 둘러봤다. 공연 전까지 아직 30분 정도가 남아있었고 스태프들은 장비 설치는 물론이고 사람들에게 나눠줄 기념품을 준비함과 동시에 아직 도착하지 않은 참가 예술가들과 통화하면서 공연에 차질이 없도록 분주하게 움직였다.

나는 가방에서 편지를 꺼낸 뒤 평소에 안면이 있었던 경수 님이 출입구 앞 빔 프로젝터 쏘는 곳에 있는 걸 보고 다가가서 말을 걸었다.

"저 안녕하세요."

"아 성훈 씨 안녕하세요."

"여기서 북콘서트 하는 건 처음이네요."

"그러게요."

난 지금이다 싶어 그분에게 말을 걸려고 했다. 그런데 익숙한 목소리가 들려왔다.

"어 왔어?"

"아 소나 님."

"안녕."
예상치 못한 등장이었다.
"저 여기 나와계셔도 되는 건가요?"
"응 뭐 어때 북콘서트 원래 우리가 도맡아서 진행하는 건데."

그 말이 맞았다. 소나 님은 본인이 참여하는 북콘서트인데도 마치 스태프처럼 이리저리 뛰어다니며 준비를 돕는다. 작가 협회에 소속되어 있는데 출판사와 연계해서 실무적인 역할도 하시는 듯했다.

"그렇지? 동갑내기 실장?"
"뭐 그렇죠."

소나 님은 동갑이며 같은 실장인 그의 대답을 듣고 밝은 표정을 지으며 대기실 쪽으로 걸어갔다. 그리고 경수 님도 바로 따라서 들어가려고 하길래 난 당황하면서 말했다.

"저…. 소나 님에게 드리려고 편지 가져왔는데 전해주실 수 있나요."
"네 그럼요."

경수 님은 알았다며 편지를 받은 뒤 대기실로 향했다.
난 혹시 못 전해드리면 어쩌나 걱정하고 있었는데 다행히 전해져서 덕분에 긴장이 풀려버렸다. 그렇게 내 좌석으로 돌아가 앉아 숨을 돌리고 있는데 독자들이 하나둘 내려오기 시작했다.
어느새 북콘서트가 5분 전으로 다가왔고 많은 독자들이 의자에 앉아 담소를 나누고 있었다. 보통의 공연 시간이 다가오면 뮤지션을 기다리며 연호를 하는데 이건 북콘서트라서 좀 달랐다. 공연장에 도착한 작가님들이 관객석으로 와서 오래된 독자팬들과 인사를 하고 대화를 나누기 때문에 이미 북콘서트 시작 전임에도 공연이 끝난 뒤 망년회를 가지는 거 같은 느낌이 나고 있었다. 그 정도로 작가들과 독자들의 유대관계가 돈독하다고 볼 수 있는 것이다.

난 아직도 자신의 본분인 무대에 올라갈 생각을 하지 않고 관객석 뒤에서 공연 준비에 만전을 기하는 소나 님을 보며 많은 생각에 잠겼다.

소나 님은 분명 자신보다 다른 작가들을 더 중요하게 여기는 듯했다.

북콘서트 시작을 알리며 화려하게 등장하는 것도 언제나 다른 작가들에게 양보한다. 그리고 마지막을 장식하지도 않는다, 소나 님이 등장하는 순서는 언제나 중간이다. 처음과 끝이 부드럽게 이어질 수 있도록 중간에서 부담 없이 독자들을 만난다.

내가 공연 관계자였으면 소나 님 무대를 무조건 마지막으로 할 텐데 하지만 그마저도 분명히 거부하실 것이다.

그렇게 여러 생각을 하는 사이 공연장이 암전되며 시작을 알렸고 커튼이 양쪽으로 걷히며 첫 번째 작가님이 등장했다.

"안녕하세요 독자님들 오늘도 많이 오셨네요."

"20년째라 피곤하네요."

중년의 나이인 작가님은 자신과 같은 세월을 보내온 독자들의 솔직한 말에 웃으며 알고 있다고 고맙다는 말을 전했고 난 그 행복한 시간 속에서 소나 님의 노고가 얼마나 중요한지를 다시금 깨달았다.

우리도 저분들처럼 소나 님과 몇십 년 후에도 만날 수 있다면 얼마나 행복할까.

2002년 8월 학생회장 연설

점심시간이 다 끝나갈 때쯤 각 교실 스피커에선 방송을 알리는 종소리가 들렸고 전교생은 지금 모두 운동장으로 모이라는 안내가 나왔다.

배가 불러 낮잠을 자고 있던 학생들은 기지개를 켜며 하나둘 일어났고 이미 운동장에서 뛰어놀고 있던 학생들은 구령대 앞으로 모이며 선생님들의 인솔대로 줄을 섰다.

방송부 학생들이 나와서 스탠드 마이크를 설치하고 선생님들과 후보들이 앉을 의자를 배치하는 걸 보니 점심시간이 끝나면 바로 후보연설을 시작하려는 거 같았다.

의자 배치가 완료되자 후보들이 연설 순서에 맞춰 자리에 앉았고 나라는 네 번째였다.

은호와 지아는 나라를 보며 왠지 모르게 두근거려 손을 흔들었고 나라는 피식 웃으며 자신감을 내비쳤다.

조금 뒤 학교 1층 가운데 로비에서 교장 선생님을 비롯한 교직원과 학부모 위원회 대표인 부모님 몇 분이 걸어 나와 의자에 모두 착석했고 자리를 물려줄 현 학생회장이 후보연설을 진행하기 위해 교탁에 설치한 마이크의 전원을 켰다.

"아아 그럼 지금부터 후보연설을 시작하기 전에 교장 선생님의 훈화 말씀을 듣겠습니다."

"아⋯."

훈화라는 말이 들리자마자 학생들의 탄식이 터져 나왔고 학교 정문에서 안을 빼꼼히 보던 최 순경이 익살스러운 표정을 지었다.

"이야 교장 선생님의 훈화 말씀이라니. 그립네요."
"왜 우리도 파출소에서 매일 듣는데."
"그게 그렇게 되나."

따지고 보면 그렇긴 하다는 듯. 수긍하며 고개를 끄덕이는 최 순경 너머로 어느 학교나 그렇듯. 진지하면서도 느리게 끝날듯하면서도 끝나지 않는 훈화가 이어졌다.

"최근에 학교에 여러 일들이 생기면서 다소 혼란스러운 점이 있었지만 우리 선생님들과 행정직원들 그리고 안 보이는 곳에서 힘써주시는 분들 그리고 학부모님들까지 일치단결해서 잘 극복해 가고 있는 것에…."

의자에 앉아 경청하던 교감 선생이 손목시계를 한번 본 뒤 헛기침을 하며 이제 되신 거 같다는 눈치를 주자 교장 선생은 겸연쩍은 표정으로 몸을 슬쩍 한번 꼬더니 교탁에 올린 손에 힘을 주며 말했다.

"우리 정의초등학교 학생들 앞으로도 슬기롭고 올바르게 정진하길 바랍니다."

교장은 말이 끝남과 동시에 의자를 찾아 앉았고 학생회장은 1번 후보인 장현우를 바라보며 곧바로 연설 시작을 알렸다.

"그럼 제16회 학생회장 후보연설을 거행하겠습니다. 1번 참가자인 장현우 학생 나와주세요."

첫 번째 후보로 지명된 현우는 자신의 이름이 불리자 굳은 결의가 엿보이는 절도 있는 동작으로 단상 위에 섰다.

"안녕하세요. 학생 여러분 저는 6학년 2반에서 공부하고 있는 장현우라고 합니다. 일단 교장 선생님을 비롯해 이 자리에서 연설할 수 있도록 도와주신 많은 선생님들께 감사하다는 말을 먼저 드리고 싶습니다. 일단 저는 특별한 사람도 아니며 여러분과 함께 이곳에서 많은 걸 배우며 자라고 있는 한 명의 학생입니다. 때문에 제가 아닌 다른 분들이 후보가 될 수 있었을 겁니다. 하지만 이번엔 운 좋게 제가 기회를 잡은 거죠. 그래서 공약을 선정할 때도 최대한 모두가 공감할 수 있는 누구나 한 번쯤 해보고 싶었던 걸 선택하고 싶었습니다. 어쩌면 맘에 안 들 수도 있겠지만 조심스레 제안해 봅니다. 첫째, 지각을 한다거나 교칙을 어기는 학생들에겐 벌금을 부과하겠습니다. 그리고 그렇게 모인 돈은 어려운 이웃을 위해 기부하겠습니다. 벌금은 10원으로 정했으며 안 내도 상관은 없습니다. 강제는 없습니다. 동사무소나 은행 같은 기관에서 편하게 내는 방법도 있겠지만 나이가 어린 우리가 자주 찾아가지는 않기 때문에 쉽게 접근할 수 있는 방법을 찾고 싶었습니다. 그렇다고 교칙을 일부러 어기라는 소리는 아닙니다. 교칙을 어기지 않아도 자발적으로 모금해도 됩니다."

아이들은 각자 수근거리며 현우의 말에 집중했다.
"기부라는데 난 괜찮은 거 같아."

"기부함은 원래 학교에 있는 건데 더 효과적으로 모으려는 건가?"

"그리고 둘째. 현재 운동장에서 우리가 사용하고 있는 시설물 중 상태가 낡았다고 판단되는 것들은 과감히 교체할 수 있도록 학교에게 요청하겠습니다."

"오 이건 좋은데?"

"한 예를 들자면 자! 저 축구 골대를 보시죠. 그물에 구멍이 여러 개 난 상태입니다. 잘못하면 축구공이 그대로 통과해서 뒤에 놀이터에서 노는 아이들에게 위협이 될 수 있습니다. 실제로 공을 맞고 코피가 났던 여학생이 있었습니다. 하지만 이후에도 어떤 대처가 이루어지지 않았습니다. 아이가 다친 것만 보이고 그 이유를 찾으려 하지 않았습니다."

"맞는 말이야."

"그리고 놀이터에 있는 저 시설을 보시죠. 큰 기둥이 서있고 그 꼭대기엔 쇠로 만들어진 꽈배기 같은 긴 줄이 열 개 정도 고정되어 있습니다. 그리고 각 쇠줄의 끝엔 아이들이 잡을 수 있는 손잡이가 달려있죠. 여러분 눈에 이 시설이 안전해 보이나요?"

"저거 재밌긴 한데."

"아이들은 저 손잡이를 잡고 힘껏 달려 몸을 공중에 띄웁니다. 그리고 마치 회전목마처럼 계속 돌게 되죠."

교감 선생은 현우의 연설에 안절부절못하며 교장에게 귀띔을 했다.
"들어가라고 할까요."

심기가 불편해진 교장은 굳은 표정으로 학생들의 분위기를 살폈고 어느새 모두가 집중하며 현우의 말을 경청하고 있는 현 상황을 함부로 건들 수는 없었다.

"아니 그냥 두지. 그러면 오히려 학생들의 반감이 생길 거야."
"네."
"제가 말하는 것은 재미가 아닌 안전에 대한 문제입니다. 물론 학교에서도 괜찮다고 판단했으니 설치했겠지만 아이들의 입장에서는 전혀 그렇지 않습니다. 힘이 약한 아이가 재미를 얻기 위해서 저 손잡이를 잡았을 뿐인데 공중에 높이 올라간 상태에서 못 버티고 떨어진다면? 가벼운 상처만으로 끝날까요?"
"맞아 나도 몇 번 겁이 났던 적이 있어. 어느 순간 몸이 너무 높이 떠 있더라고."
"나도 그랬어. 게다가 다른 손잡이를 잡고 있는 친구가 빨리 달리면 나까지 속도가 붙어버리니까."
"저는 1차적으로 학교에게 저 시설을 없애달라고 요청을 할 겁니다. 그리고 그것이 불가능하다면 소량의 모래로 덮고 있는 저 딱딱한 콘크리트 바닥에 안전 매트를 설치하겠습니다. 아이들이 날아갈 수 있는 극단적인 거리까지 계산해서요."
"난 쟤 맘에 드는데."
"근데 저런 걸 학교에서 허락할까."
"안 되지 않을까?"
"마지막 세 번째. 동아리 활동을 쇄신하겠습니다. 우리 학교는 현재 축구부 농구부 같은 대회를 노리는 큼지막한 운동부를 운영하고 있지만 학교에서 소소한 추억을 만들 수 있는 동아리에는 그다지 신경을 쓰지 않는 게 현실입니다. 하는 둥 마는 둥 시간만 때우다 종소리가 울리면 가방을 챙겨 떠나버리는 그런 동아리 활동을 저는 원하지 않습니다. 아니 모두가 원하지 않습니다. 저기 서있는 슬기라는 학생은 학교 주변 잔디밭에서 네잎클로버를 따는 걸 좋아합니다. 하지만 아직 발견하지 못했죠. 맞지 슬기야?"

 자신의 이름이 불리자 깜짝 놀란 슬기는 맞는다는 듯 고개를 끄덕였고 아이들은 마치 그게 고백이라도 된다는 양 두 사람을 번갈아 보며 오 하고 소리를 냈다.

 "이건 가능성에 대한 문제입니다. 저 학생이 동아리를 만들어서 이곳에서 네잎클로버를 찾아내고 생각지 못한 뭔가를 깨닫고 그렇게 경험해 나가며 동아리 활동에 애정을 가질 수 있게 된다면 그건 우리 학교에 있어서도 훌륭한 인재를 발굴하게 되는 것이 아닐까요. 제가 말한 세 가지 공약은 모두 공통점이 있습니다. 바로 남을 위하는 거 같지만 결국은 우리 모두를 위하게 된다는 거죠. 저는 정의초등학교가 그런 곳이 되었으면 합니다. 이만 연설을 마치겠습니다."

 진심이 담긴 현우의 연설이 끝나자 한 선생은 바로 일어나서 박수를 쳤고 평소엔 없던 한 선생의 과감한 모습을 보며 신 선생 역시 함께 일어나 박수소리에 힘을 보탰다.
 그렇게 되니 속내가 어떻든 간에 함께 앉아있던 교장도 부모님들에게 눈치를 주며 일어나 동참할 수밖에 없었다.

 "자. 그럼 가지."

 멀리서 현우의 연설을 듣고 있던 박 순경은 아이들의 박수소리를 들으며 발걸음을 돌렸고 아쉬운 맘에 운동장을 한 번 더 바라본 후 최 순경도 뒤를 따랐다.

"근데 박 순경님 저 학생 연설 끝날 때 살짝 웃으셨죠."
"무슨 말이야."
"에이 웃으신 거 같은데."

2002년 7월 뒤풀이

북콘서트가 끝난 뒤 난 가방을 챙기고 집으로 갈 준비를 하면서 평소엔 자주 말을 하지 않았던 백환 씨과 얘기를 나눴다. 이분은 회사 일이 바쁘고 결혼준비도 해야 해서 최근에 공연에 오지 못했다고 아쉬워하셨다. 사실 친한 지인이 아니면 그런 얘기까진 하지 않을 텐데 소나 님의 팬이라는 공통점 하나로 속얘기를 하는 것이 난 신기하게 느껴졌다.

그건 백환 씨가 소나 님으로 인해 많은 힘을 얻고 있다는 의미일 것이다. 그래서 그 팬 독자들에게도 거리낌 없이 마음을 표현할 수 있는 게 아닐까.

속으로 그런 생각을 하고 있었는데 계단으로 올라가는 문 맞은쪽 대기실 방향에 위치한 진열장 겸 데스크에서 소나 님이 정리를 하고 계셨다. 우리는 인사를 드리기 위해서 다가갔는데 갑자기 백환 씨가 걸려온 전화를 받아야 한다며 잠시 자리를 피했다.

난 머뭇거리다 소나 님께 조심히 말했다.

"저기 소나 님 편지 아직 안 읽어보셨죠. 나중에 읽어보세요."
"어? 벌써 다 읽었어."
"네? 벌써요?"
"응."

너무도 쿨한 반응. 그걸 벌써 읽어봤다니 공연 준비하느라 바쁘셨을 텐데 그 틈에 편지까지 챙겨보게 해서 죄송스럽기만 했다.
사실 평소 세상에 대한 나의 생각이 담긴 편지였는데 막상 드리고 보니 좀 쑥스러워서 나중에 집에서 보시길 바랐는데 벌써 봤다는 말을 들으니 어떻게 해야 할지 몰랐다.

소나 님은 원래 독자들에게 선물을 받으면 금방 풀어보시고 금방 반응하신다.
글을 쓸 땐 천천히 걷지만 독자와 만날 땐 달리신다고 하면 맞을까?
아무튼 그런 묘한 매력을 가지고 계신다.

그리고 소나 님은 그 편지내용에 대한 어떤 말도 하지 않고 묵묵히 정리를 할 뿐이었다.
아무 말 없지만 편지를 읽으며 뭔가를 생각했을 소나 님이기에 난 눈치를 보며 옆에서 전화 통화를 하고 있는 백환 씨가 빨리 끼어들어 주기만을 바랐다.
드디어 전화를 마친 백환 씨가 소나 님에게 말을 걸었다. 이제 같이 인사를 드리고 집으로 돌아가면 된다.

"소나 님 정리 언제까지 하세요?"
"응 거의 다 했어. 근데 백환이 오랜만이다."
"네 요즘 일이 많아서 결혼준비도 해야 하고."
난 두 분의 대화를 듣다가 적당한 타이밍이다 싶어 입을 열었다.
"저기…. 소나 님 저흰 그럼 이만."
"밥 먹고 가."

"네?"

"밥 먹고 가라구. 저녁시간이잖아."

난 당황해서 백환 씨를 바라봤는데 소나 님에게 어디 식당으로 가냐고 능청스럽게 묻고 있었다.

"진짜 가도 되는 거예요?"

"뭐 어때요. 추억도 되고 좋잖아요."

난 속으로 생각했다.

'아니 이런 추억은 굳이 없어도 되는 거 같은데.'

밥을 먹고 가라는 소나 님의 말을 듣고 난 정말로 따라가야 할지 머뭇거렸다. 소나 님은 괜찮다고 생각해도 다른 작가분들은 불편할 수도 있기 때문이다.

또 난 그런 분위기를 잘 눈치채는 편이라 만약 식당에서 그런 걸 느끼게 되면 밥이 넘어가지 않을 거 같았다.

하지만 그런 건 아무래도 상관없다는 듯. 소나 님은 외투를 걸치고 빨리 따라오라며 계단 위로 올라갔다. 백환 씨는 나에게 빨리 가자는 눈빛을 보냈다.

'괜찮겠지….'

난 어쩔 수 없이 가방을 메고 백환 씨의 뒤를 따랐다.

조금 뒤 우린 큰 고깃집에 도착했고 건물 오른쪽 끝에 비닐 천막이 쳐져 있는 곳으로 향했다. 건물 정면엔 문이 없으니 아마 그쪽에 있을 듯했다. 역시나 천막 안엔 불을 때우고 있는 난로와 장작들이 쌓여져 있었고 식당 안으로 통하는 출입문도 있었다. 숯을 만드는 화로도 있는 걸 보니 여기서 여러 작업들을 하는 모양이었다.

안으로 들어가자 넓은 식당이 한눈에 들어왔다. 중앙엔 전기난로가 설치되어 있었고 크리스마스트리도 세워져 있었다.

우리는 어디에 앉아야 할지 고민하다가 트리 앞에 있는 단체석으로 보이는 쭉 이어진 테이블 끝에 자리를 잡았다. 아마 작가님들이 모두 도착하면 이 테이블도 꽉 채워질 것이니 적당한 자리를 맡은 것이다.

백환 씨는 나와 함께 끝자리에 앉았고 소나 님은 먼저 도착한 선배작가님이 앉아있는 창가 쪽 테이블로 가 대화를 나누기 시작했다.

연말이기도 하고 게다가 실장이라 다른 계획도 많을 것이니 업무에 관한 얘기를 하는 게 아닐까.

난 그렇게 마음대로 상상하며 본의 아니게 오게 된 식당에서 소나 님에게 피해를 주지 않도록 조용히 먹고 나가기로 마음먹었다.

식당 아주머니가 물수건과 물병을 몇 개 갖다주신 뒤 또 필요하면 가져가라고 물수건이 쌓여있는 부엌 앞 바구니들을 가리키셨다. 난 우리 쪽에 사람들이 몇 명 올 걸 예상해서 두세 명 정도의 분량을 더 가져왔고 의자의 위치를 생각하며 테이블에 내려놓았다. 수저는 통이 있으니 앉는 사람이 꺼내면 될 것이다.

그리고 잠시 뒤 작가님들과 공연 관계자들이 하나둘 자리를 채웠고 우리는 사람들과 눈이 마주쳤다 싶으면 먼저 인사를 하며 분위기에 적응했다.

이윽고 우리 테이블에 한 명의 남자가 앉았다. 아마 작가님일 텐데 오늘 공연했던 분은 아니었다. 그렇다는 건 소나 님이나 다른 분들이 망년회도 할 겸 주변에 사는 작가님들을 부른듯했다.

근데 잘 떠올려 보니 얼마 전 커피집을 대관한 북콘서트에 특별출연했던 분이었다.

"아 그분이구나."

애절한 스토리와 굵고 폭발적인 문장력을 보여준 천우 작가였다.
이별은 슬프지만 그 감정을 밟고 올라서서 산꼭대기의 폭풍우에 맞서라는 내용의 책이었는데 지금도 꾸준한 인기를 얻고 있는 중이다.

난 반가운 마음에 수저통 뚜껑을 열고 숟가락과 젓가락을 꺼내 그분의 자리에 놓았는데 작가님이 거리를 두면서도 장난스러운 느낌으로 조용하게 말했다.
"안 그러셔도 돼요."
"아 네."
난 잘 굽혀진 삼겹살을 집게로 들어 자르려 했는데 또 작가님이 말했다.
"안 그러셔도 돼요."
"아 네."
하지만 결국 철판에 올려진 삼겹살을 모두 잘랐고 우린 서로에게 하고 있는 일이 뭔지 물으며 서서히 친해졌다.
그렇게 여러 이야기를 하며 대화에 깊이 빠져들 때쯤. 한 여자가 머리에 눈이 쌓인 채로 식당으로 들어왔다.
"아이구 늦었네."
"안녕하세요."
"네 안녕하세요."
그녀는 내가 좋아하는 스타일의 문장력을 가지고 있는 화련이었다. 필명처럼 화려하고 꽃 같은 문장을 쓰는 작가인데 그녀의 책은 사회가 아름답다고 설득하지 않는다. 그저 거기서 살아가는 사람들의 마음을 화려하게 표현할 뿐이다. 그녀는 머리에 쌓인 눈을 대충 털고 물을 한 잔 마셨다.
"아 살 거 같아."

그때 화련 님을 알아본 백환 씨가 기뻐하며 말했다.

"저 화련 씨 책 정말 좋아해요."

"아이구 감사합니다."

화련 님은 글을 쓰는 것뿐만 아니라 길거리에서 구연동화하는 걸 좋아한다. 그렇게 재능기부를 하면서 사람들을 행복하게 하는 훌륭한 작가다.

또 아동보호시설과 인연을 맺고 정기적으로 찾아가 아이들과 북콘서트를 비롯한 고민상담과 구연동화 공연까지 하며 왕성한 활동을 하고 있다.

난 화련 님에게 평소 즐겨보던 책을 얘기하며 말을 걸었다.

"저 화련 님 책중에《내일을 위해 잠들지 않는다》를 제일 좋아해요."

"아유 감사합니다."

"새 작품은 언제 나오나요?"

"그건 아직 모르겠어요."

화련 님은 많은 활동을 하고 있지만 책을 많이 내는 스타일은 아니다. 마치 특공대처럼 정예의 작품들을 가지고 거침없이 진군하는 투사 같달까. 그럼에도 물어본 것은 내 스타일의 책을 쓰는 사람이기 때문에 신작을 빨리 만나고 싶은 마음이 재촉해서다.

"안녕 잘 지내지?"

"네 언니."

선배들과 얘기를 나누던 소나 님이 언제 왔는지 순식간에 끼어들었다. 거리낌이 없는 걸로 보아 친한 선후배 같았다.

"지방에 일이 있어서 방금 저녁에 도착했어요. 다음 주에 또 내려가야죠."
"워낙 바쁜 애니까. 피곤하겠다."
"네 이제 결혼준비도 해야 하는데."
그 말에 백환 씨는 두 눈을 빛내며 자신도 곧 결혼한다고 동지를 만난 듯 좋아했고 화련 씨는 부끄러워하며 축하한다는 말을 건넸다.

그렇게 소나 님은 다시 선배들이 있는 쪽으로 갔고 나는 두 명의 대화를 들으며 삼겹살을 집어 가위로 자르는데 그걸 가만 지켜보던 천우 작가님이 입을 열었다.
"이러지 않으셔도 돼요."

말이 아까보다 진화했다.
저 말은 어떻게 보면 장난스러운 말이지만 어떻게 보면 정말 이러지 않아도 된다는 말일 수도 있다. 하지만 저 두 명이 들고 있는 젓가락의 각도를 보면 당장이라도 삼겹살을 집고 싶은 느낌이 강해서 이왕 처음부터 고기를 자른 김에 끝까지 도맡아서 하는 게 맞는다는 생각이 들었다. 그리고 저 개성 있는 말투가 마음에 들었다.

아무튼 난 양쪽으로 신경을 쓰느라 난감한 상황이었다. 게다가 등 뒤에 있는 난로가 은근히 뜨거웠다.
그때 옅은 노란색으로 염색을 한 남자 한 명이 식당 안으로 들어오더니 화련 님 옆에 앉았다.

"안녕하세요 제가 늦었죠."
"뭐 하다 이렇게 늦게 와."

삼겹살 좋아하는 천우 작가님이 살짝 취한 듯 한마디 했다.

"네 뭐 좀 하느라."

난 미안해하는 그 남자가 작사가 무훈이라는 걸 한눈에 알아봤다. 사람들이 음악을 듣는 이유 중 하나는 멜로디도 있겠지만 마음을 울리는 가사를 보고 싶어서이기도 하다.
무훈 씨는 그런 사람들의 상처를 어루만져 주는 따뜻한 가사를 추구한다. 그래서 공익광고에 쓰이는 음악뿐만 아니라 문구에도 그의 글이 많이 쓰였다. 때문에 시에서 사회발전에 이바지했다는 표창장도 받은 분이었다.

"벌써 많이들 드셨네요."
"고기 추가로 시킬까요."

백환 씨가 식당 아주머니에게 1인분을 더 추가해 달라고 말씀드렸고 무훈 님은 화련 님에게 안부를 물으며 금방 녹아들었다. 뭔가 순박한 시골 청년처럼 숫기 없는 모습이었는데 그의 평소 모습은 무척이나 조용하고 정제된 느낌이었고 사람을 편하게 해주는 기운까지 있었다. 아직 몇 마디 나눠보지도 않았지만 말이다. 즉 그 가사와 같았다.
천우 작가님이 평소에도 태풍이라면 무훈 님은 몰아치기 전 숨을 고르는 산들바람이랄까.
그런 생각을 하고 있는데 백환 씨와 대화하던 천우 님이 나에게 물어왔다.
"아까 무슨 일 한다고 하셨죠?"

"네 저…. 작가 지망생입니다."

"작가 지망생이면 뭐 작가죠."

"아 그런가요."

천우 님의 반응은 간단명료했다. 자신의 글처럼 직선으로 뻗어가는 군더더기 없는 성격. 친목이 필요한 공간에서 타인의 이야기를 심플하게 얻어내는 건 사회생활에서 필요한 기술일 텐데 천우 작가님은 그걸 가지고 있었다.

그때 누가 창가 쪽 테이블에서 요란하게 달려왔다.

"무슨 얘기들 해?"

소나 님에게 편지를 전해줬던 경수 씨가 냉면이 들어있는 대접을 가지고 오더니 천우 작가 옆에 자리를 잡았다.

경수 씨는 작가로서 활동하기도 하지만 작가 협회에서 소나 님과 함께 실장으로 일하고 있다. 그래서 소나 님과 꾸준히 작업을 해왔고 돈독한 인연을 맺어오고 있다. 소나 님은 세계관에 고집이 있어서 의견이 다른 사람과는 함께하기 어려워할 텐데 오랫동안 함께한다는 건 경수 씨의 세계관과 공통되는 부분이 있다는 것이다.

나는 경수 씨의 책도 읽어본 입장에서 그게 뭔지 감은 잡고 있다. 실제로 소나 님의 팬사이트에 경수 씨의 책에 대한 리뷰를 적어서 올린 적이 있는데 평소 사이트에 자주 들어온다던 경수 씨가 자신의 책에 대한 감상을 말하고 소통해 줘서 고맙다는 말을 했었다.

그때 내가 올렸던 감상문의 결론은 이것이었다.

소나 님과 경수 씨의 글은 같은 흐름을 가지고 있다는 것. 그들은 슬픔을 승화시키려 한다.

소나 님도 분명 경수 씨에게 그런 걸 느꼈을 것이고 나도 그 생각에 변함이 없다.

즉 저 둘은 앞으로도 함께할 동료인 것이다.

편지를 전해달라는 예의가 없었을지도 모르는 부탁을 흔쾌히 들어준 것도 그녀의 팬들까지 소중히 하려는 마음 덕분인 건 아니었을까?

난 역시 편지를 전해줘서 고맙다고 말을 하고 싶었지만 다들 어느 정도 술도 마셨고 분위기가 너무 올라가서 나중을 기약하기로 했다.

그때 내 앞에 앉아있던 무훈 님이 말을 걸어왔다.

"저기 글 쓰신다고…."

"아 네…."

"잘됐네요. 제가 요즘 고민이 있어서요."

"고민이요?"

"네 사실 제가 요즘 작사를 하고 있는데 사랑에 대해서 쓰고 있거든요. 근데 영감이 잘 떠오르지 않아요."

"네…."

"왜 이렇게 떠오르지 않는 거죠?"

무훈 님의 엄청나게 겸손한 자세는 나에게 충격이었다. 이분은 이미 뛰어난 작사능력으로 이 분야에서 인정받고 계시는데 아무것도 아닌 나에게 영감이 떠오르지 않는다는 말을 하신다니. 믿기지가 않았다. 눈빛을 보니 진심으로 물어보고 계셨다.

결국 난 부족하지만 알고 있는 선에서 정성껏 답해드리기로 했다.

"주제넘지만 그게 왜 그러냐면 자기 얘기가 아니라서 그럴 수 있어요. 없는 걸 억지로 만들려니까 막히는 게 아닐까요?"

무훈 님은 한탄하는 듯한 표정으로 말했다.

"맞아요…."

"뭔가를 써야 하는데 그 상상 속의 사랑을 하는 사람에게 공감이 되는 부분이 없으니까 막힐 수밖에 없는 거예요. 제 생각은 그래요."

"아…."
 나는 내가 그동안 글을 쓰면서 경험해 온 것들을 얘기하면서 도움을 드리고 싶었다. 그래서 얘기를 이어가려고 하는데 갑자기 선배님들과 함께 있던 소나 님이 내 옆으로 와서 앉더니 나랑 무훈 님을 빤히 바라봤다. 생각지도 못한 상황에 난 너무 당황해서 말문이 막혀버렸는데 갑자기 대화를 중단할 수도 없어서 에라 모르겠다라는 심정으로 계속했다.
 "그래서 사랑에 관련된 가사를 쓸 때는 자신의 경험을 토대로 인물에 대입시키는 게 좋아요. 너무 당연한 말이지만."
 "네."
 "그리고 굳이 경험이 없는 사랑에 대해서 쓰려고 하는 건 아마 본인의 경험으로 쓴 가사는 이미 쓸 만큼 썼다고 느끼신 건 아닌가요?"
 "바로 그거예요. 이미 다 나왔다고 생각하니까. 다른 사람의 사랑을 상상해 보는 거죠."
 "확실히 내가 경험하지 못한 다른 사람의 사랑을 가사로 적는 건 분명 어려운 일이지만 그래도 그걸 이겨내면서 고뇌하면 멋진 작품이 나오지 않을까 생각해요. 게다가 무훈 님이잖아요."
 바로 옆에서 소나 님이 지켜보고 있다는 생각 때문에 말실수할까 봐 계속 걱정이 되었지만 그래도 이렇게 함께하는 시간을 소중히 여기고 싶었다.

 "또 하나 있어요. 저는 밖을 돌아다니다 뭔가가 떠올라서 집에 들어오면 금세 다 잊어버려요. 뭔가가 생각날 때마다 다 적을 수는 없는 거잖아요. 그럴 땐 어떻게 해야 할까요."

 "저의 경우엔 길을 걷다가 영감이 떠오르면 그거에 관련된 단어만 적어요. 예를 들어 달이면 달 나무면 나무 이런 식으로 상징적인 단어들만 적어놓으면 집에 돌아와서 볼 때 단어를 보고 연상하면서 영감을 되살려요. 내가 생각한 것이기 때문에 집중하면 떠오르거든요."

"아 뭔지 알겠어요."

무훈 님은 진심으로 고맙다는 듯 갑자기 나에게 악수를 요청했고 깜짝 놀란 나는 반사적으로 일어나 최대한 공손하게 손을 내밀었다.

"오늘 이렇게 만나서 좋은 말도 해주시고 감사합니다."
"아니요. 저랑 소통해 주셔서 영광이었습니다. 앞으로도 좋은 가사 많이 써주세요."

글을 쓴다는 공통분모를 가지고 이렇게 교감할 수 있다는 건 너무 행복하고 의미가 있는 일이다. 난 문득 창밖에 낙엽처럼 떨어지는 눈을 바라보며 여기 있는 작가님들 모두가 건강하기를 바랐다.
그렇게 잠시 감상에 빠진 난 옆에 앉아있는 소나 님에게 무슨 말이라도 해야 할 거 같아 고기 많이 못 드신 거 아니냐고 물었고 소나 님은 괜찮다는 듯 젓가락을 들어 삼겹살 한 조각을 집어 보여주며 여기 있잖아라고 말한 뒤 맛있게 먹는 척을 했다.
사실은 사람들을 챙기느라 관심이 없으시면서 말이다.

그렇게 시간이 지나 북콘서트 뒤풀이 겸 망년회는 끝이 났고 난 백환 씨와 가게 밖으로 나와 내리는 눈을 맞으며 소나 님에게 인사를 하기 위해 기다렸다. 선배작가님들과 지원 나온 출판사 직원분들이 하나둘 밖으로 나왔고 동료들과 가장 마지막에 나온 소나 님은 우리를 발견하고 손을 흔드셨다. 우리도 다시 만날 수 있기를 바라며 점점 세지는 눈 속에서 소나 님을 향해 팔을 힘껏 흔들었다.

2002년 7월 노인과의 추억

"할아버지는 왜 학교에 집착하세요?"

노인은 은호의 말을 들어도 모른 척 담배를 피웠다.
하얀 연기가 우거진 나무 위로 완전히 흩어지고 다시 하얗게 모이기만 했다.

은호는 얼마 전 카세트로 녹음한 노인의 이상한 노래를 들으며 왜 그곳에서 시위를 하는지 더욱 궁금해졌고 결국 노인을 몰래 따라갔었다.
그리고 오두막집에서 장작을 패는 노인과 눈을 마주치고 도망가다 넘어져 상처가 생겼는데 따라온 노인이 너털웃음을 터트리며 상처를 치료해 줬다.
은호는 그때부터 오두막집에 가끔씩 놀러 가며 장작패기나 잡초제거 같은 일들을 돕고 있었다.

"매일 정문에서 시위해도 달라지는 거 없잖아요. 이제 그만두세요. 숨도 차시는데 다른 방법을…."

노인은 그 말을 듣고 또 너털웃음을 터트렸고 그 웃음은 곧바로 심한 기침으로 이어졌다. 은호는 모닥불 위 지지대에 올려진 주전자를 들어 컵에 따른 뒤 노인에게 가져갔다.

"담배를 피우면서 한약을 먹는 건 대체 무슨 취미예요."

노인은 그 말이 그렇게 웃긴지 또 힘들게 웃었다.

"웃다가 돌아가실 거 같아요."

은호는 이런저런 말을 하며 나뭇가지로 모닥불을 뒤적거렸고 불은 숲속의 공기를 마시며 꺼지지 않고 버텨갔다.
노인은 모닥불에 집중하는 은호를 보며 품에서 사진 한 장을 꺼냈다. 그 사진엔 지금과 별반 다르지 않은 노인과 손가락으로 브이를 하며 웃고 있는 남자아이가 있었다.

"손자인가요? 저랑 나이가 비슷해 보이는데요."
"죽지 않았다면 너랑 동갑일 거다."
"네? 죽지 않았다니…. 사라졌다는 건가요?"
"얘기해 주마."

노인은 한약 달인 물을 한 입 마신 뒤 이야기를 시작했다.

"동하는 너처럼 밝은 아이였다. 불의를 보면 못 참는 성격이어서 함께 어울리는 친구들도 많았지. 이 오두막집도 놀러 오는 아이들로 항상 가득했단다. 그런데…."

떠올리기 싫은 기억인지 노인은 살짝 망설였지만 멈출 생각은 없었다.

"어느 날 세준이라는 학교에서 무척이나 폭력적인 학생이 동하의 친구들을 패거리로 삼았지."

"그 이름은 설마…."

은호는 세준이라는 이름을 듣자마자 몇 년 전 두영이네 동네 놀이터에서 포대 자루에 강아지를 넣고 괴롭혔던 날카로운 인상의 학생이 떠올랐다.

"우리 학교에 다녔었다니…."
"그 학생은 동하의 친구들을 순식간에 장악했고 아무도 벗어날 수 없었지. 초등학생밖에 안 되는 아이가 정말 사악했어."

은호는 본능적으로 노인이 세준이라는 학생을 인간 외의 존재로 보고 있다는 느낌을 받았다.
그리고 놀이터에서 처음 만났을 때 그 눈빛은 확실히 보통 사람의 것은 아니었다.

"설마 그 친구들 지금도 그놈과 같이 다니나요?"
"그래 그렇더구나."
"그럴수가…."
"당시에 동하는 친구들이 그와 어울리면서 포악하게 변해가는 것에 큰 충격을 받았지만 그럼에도 포기하지 않고 친구들의 마음을 돌리기 위해 필사적으로 노력했어. 하지만… 얼마 뒤 심각한 교내폭력이 일어났고 친구들은 모두 그놈과 함께 다른 학교로 전학을 가게 됐지."

은호는 굳은 표정으로 말했다.

"설마…. 친구들이 동하를…."

노인은 말없이 고개를 끄덕이며 한약 물을 마셨다.

"그래서 얼마나 다쳤나요?"
"전치 2개월이었지. 하지만 그것보다 친구에게 배신당해 마음을 다쳤다는 게 더 가슴 아팠단다."
"말도 안 돼…."
"그 후 병원에서 퇴원한 동하는 그날 바로 교무실로 찾아가 교장을 만나려 했지만 선생님들의 제지로 쫓겨났고 화를 못 이겨 몰래 방송부를 찾아갔지."
"…."
"난 숨이 차서 교무실 밖에서 쉬고 있었는데 잠시 뒤 방송 스피커로 울먹이는 동하의 목소리가 들렸어."
"뭐라고 했나요."
"예상 밖으로 교장과 학교를 욕하진 않았어. 그저 친구들의 이름을 하나씩 부르며 언젠가 다시 만나자고 했지. 그 말을 끝으로 동하는 사라졌어."
"아…. 저도 들었던 기억이 나요. 그땐 왜 저러나 이상하게 생각했었는데…."

상상도 못 한 이야기에 은호는 차마 위로도 해드릴 수 없었다.

"난 그 이후 세준 학생보단 학교에 화가 났지. 상처받은 학생이 모습을 감췄는데 본 척도 하지 않았어. 그래서 그다음 날부터 시위를 시작했어. 난 교장에게 묻고 싶었지. 동하의 친구들을 그렇게 타락시켜 놓고 그것도 모자라 그 친구들을 이용해 동하까지 폭행하게 만든 세준 학생은 왜 별 처벌 없이 전학만 가고 지금도 여전히 악행을 저지를 수 있는 거냐고. 그리고 동하는 왜 그렇게 사라져야 하는 거냐고."

어느새 다 마신 컵을 내려놓은 뒤 노인은 은호에게 말했다.

"인연이란 무척이나 소중한 것이란다. 학교는 그 점을 망각해선 안 돼."
"네…."
"늦었으니 이제 돌아가거라."
"조금만 더 있을게요."

은호는 무심하게 어둠이 깔리는 이 숲에서 거의 다 꺼진 모닥불을 뒤적거렸고 며칠 뒤 오두막집에 다시 찾아갔을 때 노인은 떠난 후였다.
그리고 교장의 바람대로 노인과 손자가 살던 오두막집은 얼마 뒤 철거되었다.

2002년 8월 화가 난 교장

학생회장 후보들 연설이 끝나고 얼마 지나지 않은 오후. 교장실에선 쾌쾌한 담배 연기가 치솟고 있었다.

"건방진 놈이."

교장은 여학생의 연설이 귓가에서 떠나질 않았다.

"안녕하세요. 저는 6학년 4반에서 공부하고 있는 나라라고 합니다. 제가 학생회장에 도전하는 이유는 간단합니다. 학생들의 건강과 마음을 지키기 위해서입니다. 얼마 전 학교에서 만든 부식을 먹고 많은 학생들이 복통을 호소했었습니다. 일부는 고열에도 시달렸고 알아들을 수 없는 헛말을 하기도 했습니다. 그런데도 학교는 부식을 없애는 게 아니라 잠잠해지면 다시 시작한다고 합니다. 그리고 복통이 생기는 건 부식에 몸이 적응하는 거란 말도 안 되는 핑계를 대고 있죠. 세상에 그런 빵이 어딨습니까."

"지금 뭐 하는 거야…."

후보연설을 진행하는 현 학생회장은 교장과 교감의 눈치를 보며 나라에게 적당히 하라는 뉘앙스로 말을 걸었지만 그녀는 개의치 않았다.

"얘기를 계속하자면 우리는 합리적으로 의심할 수밖에 없습니다. 저 빵에 우리가 모르는 어떤 성분이 들어간 것이고 우리에게 실험을 하고 있는 것이라면 갑자기 학생이 복통을 호소하는 게 전혀 이상하지 않죠? 왜 학교는 이런 가능성에 대해 제대로 된 답을 하지 않는 거죠?"

하지만 교장과 다르게 옆에 앉아있는 교직원들과 학부모들은 나라의 연설에 집중하고 있었다.

"그래서 전 학교에서 만드는 부식 프로그램 완전폐지를 첫 번째 공약으로 정했습니다. 만약 당선이 된다면 폐지를 당연히 우선시하겠지만 그게 안 될 시 제조과정만은 확실히 밝힐 생각입니다. 빵을 만드는 과정이 투명하게 공개되지 않는다는 건 제조과정에서 어떤 일이 벌어질 가능성이 있다는 겁니다. 우리는 그걸 두 눈으로 확인할 자격이 있습니다."

학생들은 나라의 연설을 들으며 구구절절 공감하고 있었다. 실제로 부작용에 시달린 학생들은 지금도 후유증이 남아있으니까.
"그리고 두 번째 공약입니다. 저는 여러분이 좋아하는 특별 수업을 폐지하려 합니다."
첫 번째 공약은 반응이 좋았지만 두 번째 공약부터 학생들은 술렁이기 시작했다.
"왜?"
"난 그 수업 맘에 드는데."
"자꾸 뭘 없애려고만 해."

나라는 당연히 예상한 반응이었기에 신경 쓰지 않았다.

"여러분의 마음도 이해는 합니다. 저도 그 수업이 훌륭하다는 걸 알거든요. 하지만 문제는 다른 데 있습니다. 그렇죠 교장 선생님?"

교장은 자신을 부르며 뭔가를 알고 있다는 듯이 말하는 여학생과 눈을 마주쳤다.

"미술 선생님의 특별 수업 자체는 좋지만 이 수업은 치명적인 단점이 있습니다. 바로 차별을 조장한다는 겁니다. 그게 미술 선생님이 의도한 건지 아니면 다른 누군가가 의도한 건지는 모르겠지만 학생들끼리의 갈등을 불러일으키고 나아가서는 학교를 혼란에 빠뜨릴 위험성이 다분해 보입니다. 예를 들면 특별 수업을 듣는 학생들은 학용품을 지원받습니다."

나라의 말을 들으며 신 선생은 이해가 안 된다는 표정을 지었다.

"학용품을 지원받는다니…."
"나도 그 수업 듣는데 그거 그냥 주는 거 아니었어?"
"그냥요? 특별 수업이 우리가 평소 듣는 수업보다 위에 군림하고 있다는 말로 들리네요. 신 선생님은 그런 부분에 대해 전혀 모르고 있었던 건가요?"

신 선생은 처음 듣는 소리에 혼란스러워졌다.

"그리고 마지막 공약입니다. 저는 정기적으로 열리는 바자회도 전면 폐지하겠습니다."
"쟤 좀 이상하지 않아?"
"학교 행사를 없애는 공약밖에 없다고?"
세 번째 공약마저 폐지에 관련된 내용이 나오자. 학생들은 불신 가득한 표정을 지었다.
"여러분이 어떤 생각을 하는지는 잘 알고 있습니다. 하지만 이 학교는 우리의 상상 이상으로 병들어 있습니다. 저는 그걸 말하러 나온 겁니다."

"들었어? 병들어 있대."
"이거 연설이 아니라 저주하는 수준 아닌가?"

은호와 지아는 나라의 말을 백번 이해하고 있었지만 잘 모르는 다른 학생들은 부정적으로 받아들일 수밖에 없었다.

"바자회는 우리 학생들이 경제활동을 배우는 중요한 행사입니다. 하지만 어떤 어른들은 이 시스템을 악용하기도 합니다. 아이들의 순수한 마음을 가지고 놀죠. 왜냐면."
"거기까지."
자리에서 일어난 교장은 나라를 보며 말했다. 아니 명령이나 협박에 가깝다고 보는 게 맞을 것이다.

"나라 학생의 연설은 여기까지 하지. 듣다 보니 학교를 모독하는 수준 같아서 말이야. 검증되지도 않은 본인의 상상을 실제인 것처럼 선동하는 건 어디서 배운 건지."
"상상인지 사실인지는 본인이 더 잘 아실 텐데요."
나라는 물러서지 않고 교장에게 할 말을 한 뒤, 자리로 돌아가 앉았다.

교장은 당돌한 여학생의 말을 떠올린 뒤 소리를 지르며 책상 위를 뒤엎어 버렸고 작은 꽃 항아리가 떨어지며 산산조각 나버렸다. 하지만 그는 눈길도 주지 않았다. 애지중지하던 꽃이었음에도.

2002년 7월 궁금증

나는 최근 들어 친해진 같은 원룸 이웃인 신주호 씨에게 차를 얻어 마시며 얘기를 나누고 있었다. 그러면서도 한편으론 새벽에 치는 피아노 소리가 너무 크다고 얘기를 해야 할지 말아야 할지 고민이 됐다. 이웃 간의 에티켓을 생각하면 당연히 말해서 갈등을 풀어야 하는 게 맞는데 말할만한 타이밍이 생기지 않았다. 왜냐면 이 남자는 조용조용하고 차분한 분위기를 가지고 있어서 분위기가 그럴 수 없는 쪽으로 흘러간다. 그리고 이상한 건 이웃이 나만 있는 것도 아닌데 항의를 하는 사람이 없다는 것이다. 피아노 소리가 들리기 시작한 지 벌써 2주 이상이 지났는데도 말이다.

잘못된 것을 얘기하지 않으면 이 남자는 앞으로도 계속 새벽에 피아노를 칠 것이고 적어도 이 원룸에서만큼은 그게 당연한 것처럼 굳어질 것이다.

난 그런 사회에서는 살고 싶지 않았다.

이상한 건 이상하다고 틀린 건 틀린 거라고 말하고 싶었다. 더 이상은 참을 수 없다.

"저기 주호 씨."

"네?"

"물어볼 게 있는데요. 실례가 안 된다면 괜찮을까요?"

"그럼요. 얼마든지."

난 조심히 말문을 열었다.

"2주 전부터 새벽에 피아노 치고 계시죠?"

"아 네 맞아요. 좀 시끄러운가요?"

"네 좀 그렇죠."

"그런가 세게 치지는 않은 거 같은데."

"아마 소리는 작아도 울려서 그런 거겠죠."

"밖에서 안 들어봐서 잘 모르겠네요."

평소에 대화할 때와 분위기가 사뭇 다른데도 그는 전혀 동요하지 않는 듯했다.

"혹시 피아노 관련해서 무슨 일을 하고 계신가요?"

"아니요. 그냥 새벽에 치면 분위기가 좋아서요."

"분위기요?"

"네."

"저 말고 다른 이웃분들이 항의를 해온 적은 있나요?"

"전혀요."

"죄송하지만. 새벽에 피아노 치는 걸 자제해 주시면 안 될까요. 제가 예민한 편이라 피아노 소리가 들리면 잠이 드는 게 힘들어서요."

"귀마개 드리지 않았나요?"

남자는 아무렇지도 않게 내게 귀마개를 꽂으라고 했다. 본인의 잘못임에도 방법을 나에게서 찾으려 했다.

"저는 쉬어야 하는 집에서 층간소음 때문에 귀마개를 꽂고 싶진 않아요. 이웃의 사정도 좀 생각을 해주세요."

"매사 그런 식이면 불편하시겠어요."

"뭐라구요?"

이 사람이 정말 나와 깊은 얘기를 하던 그 사람이 맞는 걸까. 평소의 생각과 정반대되는 모습을 보여주면서 한 치의 흔들림도 없는 게 이상했다.

"본인이 말했듯. 역시 너무 예민해서 그런 건 아닐까요?"

"책임을 회피하시는 건가요."

"말 그대로 예민하니까 작은 소리도 크다고 착각하며 들을 수 있다는 거죠."

"작은 소리면 나도 상관없다는 건가요?"

"그 정도 여유도 없다면 이곳에 살면 안 되죠."

"당신에겐 이웃을 배려하는 여유가 없잖아요?"

남자는 결국 심기가 불편해진 듯. 날 쏘아봤지만 이내 자기는 이런 사람이 아니라는 듯. 미소를 지었다.

"그래도 피아노 소리는 아름답지 않아요?"

"아니요. 건반 하나를 누를 때마다 내 가슴을 짓누르는 거 같습니다."

"난 그동안 피아노를 치면서 사람들도 좋아할 거라 생각했습니다. 이건 따지고 보면 재능기부예요."

"아니요. 이기적인 마음으로 주변에 피해를 주었을 뿐입니다. 소음공해라고 하죠. 말 돌리지 마세요."

남자는 말이 안 통한다고 느꼈는지 고개를 절레절레 흔든 뒤 오른손 검지손가락으로 약간 내려간 안경테를 밀어 올렸다.

"오늘은 이쯤에서 돌아가 주시죠. 좀 생각해 보겠습니다."

"실례가 많았습니다. 기분 상하셨으면 사과드리겠습니다."

남자에게 인사한 뒤 문밖으로 나간 나는 엘리베이터 버튼을 누르려 했지만 계단의 서늘함에 끌려 방향을 바꿨고 천천히 한 칸씩 내려갔다. 화를 식히기 위한 것이었다.

2002년 8월 고맙다

아이들의 즐거운 목소리가 잔잔히 들려오는 복도에 서있던 은호는 교실 문을 살짝 열어 안을 들여다봤고 교탁엔 여름방학 개학과 동시에 마지막 수업을 마치신 선생님이 만감이 교차하는 표정으로 교실을 찬찬히 살펴보고 계셨다. 두 눈 속에 이곳을 기억하시려는 거 같았다.

은호는 그동안 오해하고 있었다. 선생님이 사실은 범죄를 저지른 게 아닌 학교를 구하기 위해 혼자서 싸워오셨다는 걸 지금 깨달았다. 단지 반 아이들에게 차마 이 학교의 민낯을 알려주지 않으셨을 뿐이었다. 방송부에서 친구들의 이름을 부르며 울었던 동하라는 소년이 금방 잊혀졌을 때도 선생님은 홀로 부정에 맞서셨다.

비록 현실이 냉혹해서 바람대로 되지는 않았지만 선생님의 눈에는 후회가 없었다. 우리에게 2학기의 엔딩을 맡기신 것이다.

은호는 그런 선생님에 대한 자랑스럽고 죄송한 마음을 가지고 조심스레 문에 똑똑 소리를 내며 들어갔다.

"안녕하세요."

"그래 은호야."

은호는 선생님에게 다가가 나뭇잎을 교탁에 올려놓았다. 지아에게 돌려받았던 이제는 썩어서 자연으로 돌아간 나뭇잎과 같았다.

"선생님 이 나뭇잎 진짜 이쁘지 않아요?"

"그래 이쁘구나. 그런데 왜 이걸."

"그냥요. 왠지 선생님이라면 이 가치를 아실 거 같아서요."

선생님은 제자의 말을 들으며 조용히 눈을 마주치셨고 은호는 허리 숙여 인사를 드렸다.

"그동안 가르쳐 주셔서 감사했습니다."

선생님은 조용히 나의 머리를 쓰다듬으셨다.

"고맙다."

며칠 뒤 정년퇴직 하시는 선생님은 펼친 출석부에 나뭇잎을 끼셨고 교실을 따스히 품어주는 여름의 끝자락을 따라 복도로 사라지셨다.

2002년 7월 청원서

매일 밤 들려오는 피아노 소리.
나는 언제까지 이렇게 당할 순 없다고 생각해서 각 호수마다 돌아다니며 피아노 연주로 인한 정신적 피해를 보상받기 위해 청원서 사인을 받기로 했다.
1층은 자동 출입문만 있어서 세대가 없었고 내가 사는 2층부터 사인을 받기로 했다.
가장 먼저 벨을 누른 것은 바로 옆집. 얼마 전 컴퓨터 박스를 문 앞에서 열고 정리할 때 인사를 나눈 적이 있다. 잠시 뒤 남자가 문을 열고 뭔가 싶은 표정으로 살짝 고개를 숙이며 인사했다.
"안녕하세요."
"네…. 안녕하세요. 무슨 일로?"
"저 요즘 새벽마다 들리는 피아노 소리 때문에 그러는데요."
"…"
"요즘 그 소음 때문에 스트레스를 받는 분들이 많은 거 같아서 청원서 사인을 받고 있어요."
"저는 일 끝나고 들어오면 바로 잠이 들어서 새벽에는 거의 소리를 들은 적이 없어요."
"그래도 개인주택도 아니고 각 세대가 모여서 사는 곳인데 개인의 이기심으로 피해를 줘선 안 되는 거잖아요. 한두 번 소리 나고 마는 거면 몰라도 장시간 동안 소음을 발생시키는 건 이웃을 배려하지 않는 악의

성이 있다고 봐야 합니다."

"…."

"일 끝나고 바로 주무시기 때문에 별 피해가 없다고 생각하실 수도 있지만 저처럼 정신적으로 힘들어하는 사람들도 있다는 걸 알아주셨으면 좋겠습니다."

"음."

남자는 조금 고민하더니 청원서 위에 올려놓은 펜을 들고 자신의 이름과 주소 핸드폰 번호를 적었다.

"저는 그냥 적기만 한 거예요. 제가 그 사람과 부딪힐 일은 없게 해주세요."

"네 알겠습니다. 그건 신경 쓰지 마세요. 감사합니다."

다음은 그 옆에 있는 다른 남자가 사는 집의 벨을 눌렀다.

항상 스쿠터를 타고 퇴근하며 원룸에 무슨 일이 있을 땐 가장 먼저 나와서 집주인과 연락을 취해 해결하는 원룸의 관리인 같은 역할을 하고 있다.

한번은 집에서 몰래 담배를 피운 주민 때문에 원룸 전체 사이렌이 경보음을 낸 적이 있다. 그때 불이 난 줄 알고 사람들이 방에서 뛰어나오고 난리도 아니었는데 침착하게 주인과 통화하면서 1층 밖에 있는 관리실에 들어가서 사이렌 경보음을 끈 것도 바로 이 남자였다. 그 이후로도 누가 계단에 쓰레기를 버리거나 복도에 전등이 나가거나 하면 지체하지 않고 원룸주인에게 연락해서 빠르게 대처했다.

내가 저런 것까지 알고 있는 이유는 간단하다. 복도에서 그 남자가 원룸주인과 통화를 하는 소리가 들리면 조금 뒤 전체 메시지가 핸드폰에 도착한다.

계단에서 담배 피우는 사람들에게 경고를 한다거나 복도에 전등이 나갔으니 언제 사람을 부르겠다거나 정화조 작업을 해야 하니 내일 몇 시부터 몇 시까지 주차를 하지 말라거나 같은 통보문자가 오기 때문에 그 남자가 원룸주인과 무슨 얘기를 했는지 금방 알 수 있는 것이다.

암튼 난 문 앞에 세워진 스쿠터를 구경하며 기다렸다. 스쿠터를 주로 이용하는 걸 보면 직장이 그리 멀지 않은 곳에 있는 거 같았고 원룸에서 일어나는 일들에 앞장서서 유연하게 대처하는 걸로 판단했을 때 회사에서도 솔선수범하는 사람일 가능성이 높았다.

조금 뒤 헐레벌떡 신발을 신는 소리가 들렸고 문이 열렸다.

키가 큰 줄은 알고 있었지만 가까이서 보니 더 컸다. 자다가 깨신 건지 머리에 까치집이 만들어져 있었다. 난 왠지 죄송스러운 마음에 빨리 사인을 받으려 했다.

"저기 안녕하세요."

"네 안녕하세요."

"다름이 아니라 요즘 새벽에 들리는 피아노 소리 때문에."

"아 그거 저도 들었어요. 벌써 몇 주 됐죠?"

"네."

"그 사람 왜 그러는 걸까요. 1층에서 담배 피울 때 보면 점잖아 보이던데."

"저도 모르겠어요. 하지만 확실한 건 사람들이 항의하지 않는다고 해서 새벽에 소음을 당연하게 일으키는 건 집에서 안정을 찾고 편히 쉬어야 할 주민들의 기본권을 침해하는 행동이라는 거예요."

"그렇죠."

남자는 생각할 필요도 없다는 듯이 펜을 집어 들었다.

"이 펜으로 쓰면 되는 거죠?"

"네 감사합니다."

"사실 원룸주인한테 저걸 말해야 하나 고민하고 있었는데 이렇게 나서주시니 감사하네요."

"아닙니다. 평소에 이곳에 일이 생길 때마다 신경 써주셨잖아요. 그거에 비하면 이건 아무것도 아니에요."

"그나저나 7층까지 사인을 받으셔야 하는데 괜찮으시겠어요?"

"최대한 해봐야죠."

"그럼 파이팅입니다."

"네 감사합니다."

남자는 힘내라는 말을 하며 문을 닫았고 난 아직 한참 남은 사인란을 보며 막막한 느낌이 들었지만 온갖 그럴듯한 이유를 대며 남에게 피해를 끼치는 걸 정당화하는 남자를 용서할 수 없었다. 사람들이 모두 숨죽이고 있다 해도 그것이 아무 짓이나 해도 되는 이유가 되진 못한다.

난 그렇게 부재중인 집을 몇 개 빼고는 거의 모든 방의 사인을 받을 수 있었다. 하지만 그중엔 피아노 소음이 나는 걸 인정하면서도 불편해하며 사인을 거부하는 사람들도 있었다. 난 아슬아슬하게 서명란을 충족시킨 걸 천만다행으로 느끼며 거부하는 분들에게 사인을 강요하지 않았다. 서명란이 부족했다 해도 마찬가지였을 것이다. 아무리 청원을 위한 것이라 해도 그 사람의 선택할 권리를 빼앗을 순 없는 것이니 말이다.

내가 피아노 소음에 스트레스를 받고 이렇게 정당한 수단으로 항의를 하는 것도 나의 권리를 지키기 위해서다.

때문에 모두가 같은 뜻을 가질 순 없어도 각자의 자유와 권리를 지키며 부당한 것에 맞서 싸우며 살아가는 것이 중요하다고 생각한다.

세상엔 사람들을 속이는 자들이 너무도 많으며 착하게 살아가는 사람들에게 접근해서 타락의 늪으로 끌고 들어가기도 한다. 남을 희생시키면서 자신의 탐욕을 채우려는 것이다.

때문에 나쁜 짓을 저지른 사람이 있다면 설사 그가 나와 친하게 지낸 사람이라 해도 그 관계가 그 사람의 악행을 눈감아 주기 위한 핑곗거리가 되게 해서는 안 된다.

사람의 연은 그러기 위해서 존재하는 것이 아니다.

난 이 청원의 단초를 제공한 피아노 소음 집을 제외하고 마지막으로 남은 집 앞에 서서 벨을 눌렀다.

서명인원을 이미 채웠지만 이곳에 사는 사람들의 마음을 조금이라도 더 담고 싶었다.

여기서 최종적으로 사인을 받게 되면 피아노 집 남자를 찾아가서 다시 한번 설득해 보고 그래도 안 되면 내일 구청에 가서 청원서를 제출할 것이다.

그런 생각을 하는 사이 마지막 사인을 받을 집의 문이 열렸고 수척한 얼굴의 여자가 나왔다.

"누구세요?"

"안녕하세요. 새벽에 들리는 피아노 소음에 피해 입은 주민들의 보상을 요구하기 위해 청원서 사인을 받으려고 왔습니다."

"아 네…. 들어오세요."

"네?"

"일단 들어오세요."

여자분은 선뜻 집 안으로 들어오라고 권했고 난 약간 당황했지만 왠지 소음에 대한 다른 얘기도 들을 수 있을 거 같았다.

"네 그럼 실례하겠습니다."

난 방 안으로 들어간 다음 여자가 내주는 의자에 앉았다.

그런 뒤 여자는 커피포트에 물을 올려놓고 믹스 커피랑 유자차 중에 고르라고 물어봤고 난 알바를 하면서 믹스 커피를 원 없이 마셔온 터라 유자차를 택했다.

"유자차로 할게요."
"네."

여자는 유리컵에 유자시럽 두 스푼을 넣었다. 그런데 다른 컵은 만지지 않는 걸 보니 내 것만 타려는 거 같았다.

"안 드시나 봐요."
"네 저는 아까 마셔서."
"근데 왜 저를 들어오라고…."
"사실은 고백할 게 있어서요."
"고백이요?"

여자는 창문 쪽에 있는 피아노에 가서 의자를 빼서 앉았다.

"제 연주 들어보실래요?"
"네? 무슨…."

여자는 손가락을 살며시 건반 위에 올려놓았고 절도 있는 동작으로 연주하게 시작했다.

그런데 익숙한 멜로디였다.

"이건…."

새벽마다 들려오는 피아노의 멜로디였다. 왜 여자는 똑같은 곡을 연주하는 걸까. 그런데 연주소리의 느낌이 너무 똑같았다.

설마….

"혹시 제 생각이 맞는 건가요?"
"아마도요."
"새벽마다 들려오는 피아노 소리는 당신이었던 거죠."

"…."

"뛰어난 연주자들은 같은 곡을 연주해도 모두 느낌이 다르죠. 그런데 당신은 새벽의 연주소리와 완전히 같아요. 즉 같은 사람이 쳤다는 거죠."

난 그제서야 그 남자가 보였던 행동들이 이해가 됐다.

그는 모든 분노를 자기에게로 돌리기 위해 일부러 연기를 한 것이다.

실제로 나와 친해진 건 사실이지만 피아노 소리에 대해서 만큼은 양보를 할 수가 없었던 것이다.

"왜 그런 행동을."

그렇다는 건 저 여자가 새벽마다 피아노를 칠 수밖에 없는 이유가 있다는 것인데 난 그게 무엇인지 궁금해졌고 커피포트에서 물 끓는 소리가 세차게 들리며 그 감정을 더 부추겼다.

"저를 들어오라고 한 것도 그걸 알려주고 싶으셨던 거죠."

"…."

여자는 건반 위에 덮개를 다시 올린 뒤 자리에서 일어나 커피포트 물을 컵에 부었고 숟가락으로 저으며 나에게 건넸다.

"신 선생님은 학교에서 의심을 받고 있어요. 마약밀매랑 살인사건 관련해서요."

"네?"

하마터면 유자차를 쏟을 뻔했다.

"그 말은 그게 사실일 수도 있다는 건가요?"

"저는 그렇게 생각하지 않아요."

"그런데 의심받는 사람이 왜 새벽마다 당신에게 피아노를 치게 하는 거죠."

"제가 음악실에서 연주했던 음악이 매일 그립다고 했어요."

그 남자는 초등학교 선생님인데 한 달 전부터 이상한 소문이 돌았다고 한다. 자신이 학교에서 바자회를 통해 마약밀매를 주도하며 사람을 죽이기도 했다는 터무니없는 이야기였다. 그런데 번호를 어떻게 알았는지 자수를 하라는 협박전화도 걸려와서 정신적으로 엄청난 고통에 시달렸다고 한다. 거기에 평소에 그림을 즐겨 그리던 수풀림에서 몰래 마약을 하는 거 아니냐는 소리까지 나왔다. 얼마 전 학생들의 부탁으로 자신이 애정을 가지고 운영하던 특별 수업을 폐지한 그때부터였다고 한다. 그는 그런 순간 속에서 정신을 차리기 위해 같은 빌라에 사는 한 선생에게 피아노 연주를 부탁한 것이다. 그래서 원래는 4층에서 지내던 그녀였지만 비어있던 신 선생의 옆방으로 옮기게 되었다. 그는 밤이 무척 괴로웠다고 한다. 그래서 그녀가 욕을 먹지 않도록 미리 자신이 연주를 하는 것처럼 사람들을 속여왔다는 것. 여자에겐 꽤나 부담스러운 부탁이었을 것이다.

"처음 그 남자가 얘기를 꺼냈을 때 무섭지 않았나요. 어떤 범죄를 저질렀는지도 모르는 상황이잖아요."
"아니요. 처음부터 믿었어요."
"믿었다구요?"
그녀의 눈빛은 흔들림이 없었다.
"네. 결국 그가 저에게 피아노를 쳐야 하는 이유를 납득시켰고 그전부터 학교에서 보여준 모습 역시 거짓이 아니었으니까요."
"납득을 시켰다라."
"그는 저에게 매일 조금씩 자신에 대한 얘기를 해주었고. 저도 연주를 할수록 진심을 담을 수 있었어요."

"진심…. 완전히 이해하고 있다는 걸로 들리네요."
"저는 단지 매일 밤 연주해 달라는 그 말의 의미를 알아요."
"더 자세하게 얘기해 주세요."
아직 한 입도 마시지 못한 유자차는 뜨거운 김을 뿜으며 달콤한 향기를 퍼뜨렸다.
"네 다 말해드릴게요."

그렇게 여자는 그 남자에 대한 모든 얘기를 해주었고 난 방으로 돌아와 침대에 앉아서 청원서를 물끄러미 바라봤다.
"그런 일이 있었다니…."

난 답답한 마음에 몸을 일으켜 1층으로 나가 찬 공기를 맞으며 한숨을 쉬었다. 그리고 그 여자가 납득했듯 나 역시 피아노 소리를 참아야 한다는 것에 납득했다.

이건 그 남자의 인생이 걸린 중요한 시기이기 때문이다.

하지만 그렇다고 소음피해를 용서한다는 의미는 아니다. 그런 감성적인 접근은 위험하다. 어떤 사정이 있든 잘못한 건 잘못한 것이고 그에 합당한 조치를 받아야 하며 피해자들에 대한 보상을 제대로 해줘야 한다.

그렇게 사회의 질서를 유지하면서 살아야 이번 경우처럼 특수한 상황에 처한 사람의 사정을 봐줄 수 있는 여유도 가질 수 있다.

즉 도덕과 윤리를 지키며 세상을 바르게 만들어 가려는 의지가 중심이 되어야 한다는 것이다. 난 여자의 말을 정신없이 듣다가 뜨거운 유리컵에 살짝 데어 옅게 붉어진 손바닥을 바라봤고 살며시 주먹을 쥐었다. 여전히 따듯하고 쓰렸다.

2002년 8월 두려워

한성이는 은호와 같은 동네였지만 좀 거리가 있는 위치에 살고 있었다. 그곳엔 동네에서 유일하게 놀이터가 있고 학교로 통하는 지름길이 공원과 산 사이에 길게 나있어서 가장 아이들이 몰리는 장소이기도 했다.

하지만 이 동네의 특성상 그곳 역시 저녁이 되면 급속도로 암전이 되고 인기척이라곤 찾아볼 수 없었다. 학교 점심시간 은호와 친구들에게 고민을 털어놓는 한성이는 그 어둠 속에서 뭔가를 본 모양이었다.

"그래서 그 남자가 너희 집에 올 거 같다는 얘기야?"

"응⋯."

"왜 그렇게 생각해?"

"새벽 1시였을 거야. 이곳은 밤이 되면 무척 어둡지만 그 덕인지 별이 참 밝거든. 그래서 자다가 깨버린 김에 별이 보고 싶어서 놀이터가 보이는 쪽의 창문을 열었어. 그런데 소리가 너무 컸는지 놀이터에 서있던 모자를 쓴 남자의 모습이 이쪽을 바라보는 게 보였어. 모습이라기보다 어두웠으니까 형체라고 봐야겠지."

"담벼락 괴인이 맞는 거 같은데. 놀이터에서 준비를 하고 담으로 올라가려고 했겠지."

"아무튼 가로등이 약하게 빛나고 있었지만 난 그게 오히려 더 무서웠어. 왜냐면 저 불빛이 꺼지면 바로 우리 집으로 올 거 같은 분위기였거든. 그래서 창문을 급하게 닫고 엄마 아빠를 깨웠지. 다시 창문을 열었을 땐 이미 사라지고 없었어."

"그게 오늘 새벽이었단 거지?"
"응."
"일단 너의 존재를 눈치챈 건 맞는 거 같아."

지아는 팔꿈치로 은호를 툭 치며 왜 겁먹게 그런 소리를 하느냐고 눈치를 줬다.

"창문을 소리 나게 여는 게 아니었는데…."
"그건 아니지."

교실 문에 기댄 채 이야기를 듣고 있던 현우는 한성이에게 다가오며 말했다.

"너는 그저 별이 보고 싶었던 것뿐이잖아? 후회할 부분이 없어 보이는데?"
"현우 말이 맞아. 단지 그 순간 나쁜 놈이 거기 있었을 뿐이야."
"괴인이 범죄를 저지르기 전에 우리가 뭔가를 해야 할 때인 거 같아."

친구들은 괜찮다고 한성이를 위로했고 조금 뒤 점심시간 끝을 알리는 방송음이 들리자 일단 자신들의 교실로 돌아갔다.

2002년 6월 따스히 좌절하다

북콘서트가 이미 시작된 공연장에서 유라 씨는 술에 취한 채 출입구 계단에 앉아있었다.

무슨 일이 있었는지 계단 옆 건물벽에 머리를 기대고 같은 말을 계속 반복했다.

"왜 나한테 그러냐고."

"얘가 왜 이래. 술 취했으면 집에나 갈 것이지. 일어나 유라야!"

"왜 나한테 그러냐고."

친구로 보이는 여자분이 계속 말을 걸면서 정신 차리게 하려고 노력했지만 역부족이었다.

그래서 나도 공연장에 들어가지 못하고 계속 유라 씨 옆에서 상황을 지켜보고 있었다.

술 취한 상태에서 일어났다가 넘어지면 사고가 날 수 있기 때문에 혼자서 놔둘 수는 없었다.

잠시 뒤 유라 씨의 친구분이 다가오더니 옆에 앉았다.

"뭐 이런 콘서트도 나쁘지 않네."

"공연 안 보셔도 괜찮아요?"

"에휴 얘 때문에 공연장에 들어가도 제대로 볼 수가 있겠어요."

"왜 나한테 그러냐고."

"술 마시고 공연장에 오긴 왜 와. 아휴 못살아."

유라 씨는 친구에게 구박을 들으면서 계속 혼잣말을 했다.

그렇게 몇십 분쯤 지나 술주정이 조용해지고 유라 씨는 자는 것처럼 보였고 친구분과 나는 계단에 앉은 채 한숨을 돌렸다.

"사는 게 힘든가 보다."

"그러게요."

"공연장에서 민폐를 끼치면 어떡해 진짜."

말은 그렇게 하고 있지만 유라 씨를 걱정하는 마음이 더 크게 느껴졌다.

"저 근데 뭐 하세요?"

"네?"

"무슨 일 하세요."

"저 글 쓰고 있어요."

"아 글."

"그쪽은 어떤 일 하세요."

"저는 노래 좀 부르다가 유치원 선생님 하고 있어요."

"맞아. 그러고 보니 저번에 독자들끼리 노래방 갔을 때 부르시는 거 보고 감탄했었어요."

"감사합니다."

그때였다. 가만히 있던 유라 씨가 갑자기 토를 하는 것이었다.

"아 진짜 유라야!"

예상 못 한 상황에 우리는 당황했고 공연장을 대관해서 쓰는 데 피해를 주면 안 되기에 빠르게 대처를 해야 했다.

유라 씨의 친구분은 공연장 관리실에 가서 빗자루랑 쓰레받기 그리고 휴지를 얻어오기로 했고 난 편의점에 가서 숙취음료와 물티슈를 사오기로 했다.

여학생에게 상처를 치료할 약을 주려고 했던 그날처럼 난 계단을 뛰어 내려가 필요한 것들을 산 뒤 빠르게 돌아왔고 비슷한 타이밍에 도구를 챙겨온 친구분은 빗자루로 토를 쓸어 쓰레받기에 담아 화장실 변기에 버렸고 난 휴지와 물티슈로 뒤처리를 한 뒤 편의점 봉투에 넣었다.

우리는 순식간에 계단을 깨끗이 치우고 한숨을 돌렸다.

그렇게 쉬고 있는데 유라 씨의 친구가 나에게 물었다.

"근데 소나 님의 책은 왜 좋아하시는 거예요?"

"네?"

갑작스러운 말에 나는 금방 대답할 수 없었고 계단 아래 유유히 지나가는 사람들을 보며 뜸을 들인 뒤 말했다.

"소나 님의 글을 지켜주고 싶어서요."

"지켜주고 싶어서?"

"네."

소나 님의 목소리가 들려오는 이 공연장에서 거짓말을 하고 싶진 않았다.

"저도 그래요."

유라 씨의 친구는 나의 말을 듣고 고개를 끄덕이며 바로 답했다.

"소나 님이 얼마나 고생하면서 글을 쓰는지 오래전부터 봐왔거든요."

"네."

"이곳에 와있는 사람들 모두가 같은 생각일 거예요."

나는 마음이 통한다는 사실에 기뻤다.

"저는 항상 소나 님의 글이 최고라고 생각해요. 그동안 많은 책을 읽어왔지만 남다르죠."

"그죠? 장난 아니죠. 저도 그렇게 생각해요."

우리는 시간 가는 줄 모르고 서로의 속을 털어놓았고 유라 씨는 옆에서 잠꼬대를 하고 있었다.

"이렇게 만난 것도 인연이네요. 앞으로 잘 부탁드려요."

"네 저도 잘 부탁드려요."

유라 씨의 친구분은 이것도 인연이라며 나에게 손을 내밀어 악수를 했다.

그리고 난 생각했다.

이렇게 소나 님의 목소리를 밖에서 들으며 시간을 보내는 것도 좋은 경험이며 소나 님을 지켜온 유라 씨라는 한 명의 팬을 소중하게 대하는 것도 우리의 역할이라고.

그렇게 느꼈다.

북콘서트가 시작된 지 얼마나 흘렀을까 누군가가 로비로 걸어 나오는 소리를 듣고 자리에서 일어나 문 안쪽을 바라보자 이쪽으로 걸어오는 소나 님이 보였다. 소나 님은 누가 말했는지 빠른 속도로 다가와 출입구를 열었고 나와 눈을 마주쳤다. 나는 어떤 말도 할 수 없었고 소나 님은 벽에 기댄 유라 씨를 발견하고 다시 나를 바라봤다.

"무슨 일 있어?"

옆에 있던 유라 씨의 친구도 딱히 어떤 말도 하지 않고 손으로 술 마시는 포즈만을 취할 뿐이었다.

그리고 소나 님은 지체없이 말했다.

"그렇다고 여기에 있으면 어떡해. 일단 공연장 안으로 들어가자."

"네."

우리는 유라 씨를 부축해서 공연장 로비에 있는 소파에 앉혔고 소나 님은 정신없는 동생을 바라보며 말했다.

"어쩐지 항상 오던 애들이 안 보여서 이상하다 싶었는데 여기서 이러고 있었네."

"소나 님 지금 휴식시간인 거죠?"

"응. 지금은 게스트로 마술사가 오셔서 잠깐 나왔어. 저거 끝나면 들어가야지."

그때 독자들도 낌새를 느꼈는지 하나둘 로비로 나오더니 저분 왜 저러냐고 나와 친구분에게 물어왔고 우리는 공연장을 어수선하게 해선 안 되기 때문에 사정을 설명하면서도 공연장 안에 있는 사람들한테 말하지 말라고 부탁했다. 그렇게 독자들의 협조로 잘 넘어갔고 친구분은 이제 자기 혼자 보고 있을 테니 공연장에 들어가라고 배려해 주셨다. 나는 고생하셨다고 말한 뒤 그제서야 공연장으로 들어갈 수 있었다.

어느새 게스트 무대는 끝났고 소나 님은 아무 일도 없었다는 듯 등장하셨다.

그리고 살짝 미소 지으며 말했다.

"비어있던 자리가 좀 채워졌네요."

그 말에 사람들의 작은 웃음소리가 들려왔고 소나 님은 암전되는 무대를 은은하게 비추는 조명 아래서 눈을 감으며 책의 구절과 일체가 되었다.

"오늘에서야 그는 희망이라는 걸 조금 이해했다. 무너지는 세상을 외면하지 않고 바로 잡으려는 가슴속의 미약한 용기를 끄집어내려는 의지가 곧 희망이라고."

소나 님의 구절 낭독은 역시 나의 마음을 따스하게 한다.

2002년 8월 치킨집

손님들이 고단한 몸을 이끌고 하나둘 찾아오는 저녁시간.

반죽된 닭 다리가 탄산음료 뚜껑을 열 때의 청량한 소리를 내며 기름 속에서 튀겨지기 시작하자. 최 순경은 그 소리에 감탄하고 있었다.

"이야 박 순경님 저 소리 너무 좋지 않아요?"
"뭔 소리야."
"저는 솔직히 치킨을 먹는 것보다 저 소리를 들으려고 여기 오는 것도 있죠."
"이상한 취미를 가지고 있네."
"이상하다뇨. 치킨집의 정취와 적당히 풍기는 기름냄새 그리고 고소하게 익어가는 소리."
"이 순경 양반, 치킨 엄청 좋아하네."

치킨집 아줌마는 순경들이 작은 그릇에 담은 뻥튀기를 다 먹자 더 많이 담아주며 말했다.

"그런데 하나 더 있죠."
"뭐가요?"
"이 음악소리."
"아 그렇지."

아줌마는 곡 제목이 도저히 유추가 안 되는 팝 음악을 들으며 슬쩍슬쩍 리듬을 타셨고 딱 봐도 보통 고수가 아님을 두 순경은 알 수 있었다.

"저희도 있어요. 치킨은 역시 적당히 어둡고 푸른 빛이 내려앉은 호프집에서 먹어야 예술이죠. 그리고 간판에 그려진 맛깔나는 맥주잔도 한몫하죠."

"응?"

언제 왔는지 은호 일행이 뒤에 서있었다. 박 순경은 그가 자신이 조사하고 있는 소년이라는 걸 바로 알았다.

"학생 은호 맞지?"
"네."
"여길 어떻게 알았지?"

같이 온 현우가 당연하다는 듯 말했다.

"이곳은 동네 맛집이기도 하고 가족이 치킨을 좋아해서 자주 오는 편이거든요. 얼마 전에 여기서 부부싸움을 심하게 하시긴 했지만. 암튼 올 때마다 경찰 아저씨들이 거의 항상 있더라구요. 그리고 동네 아이들에게 탐문을 하러 다니는 걸 본 적이 있어서 어쩌면 도움을 주실지도 모르겠다 싶었어요."
"그랬군."

그때 최 순경은 은호 일행 중 한 명을 알아봤다.

"어? 너는 저번에 초등학교 뒤에 있는 동네에 갔을 때 봤던 지아 학생이잖아. 은호 학생 싫어하는 거 아니었어? 같이 다니네."
"응? 너…. 나 싫어한다고 했어?"

"글쎄 기억 안 나는데…."
"쟤 모르는 척하네…. 은호라는 이름을 듣자마자 엄청 짜증 내더만."

지아는 팔짱을 낀 채 은호의 눈을 휙 하고 피했다.
꼬마들의 당돌한 모습을 가만 지켜보던 박 순경은 입을 열었다.

"난 은호 학생이 비디오테이프 사건 이후로 잠잠하길 바랐지만 역시 또 뭔가에 휩쓸린 모양이군."
"잘 아시네요."
"그래서 같이 치킨 먹으려고 온 건 아닐 테고 할 말이 뭐야?"

은호는 지아에게 약간 섭섭했지만 곧 본론으로 돌아왔다.

"전 순경 아저씨들이 바자회 관련해서 저희에게 관심이 있다는 건 알고 있었어요. 그리고 왠지 이 동네에서 일어나는 사건을 함께 해결해 주실 분들이란 걸 느끼고 있었죠. 경찰이라 당연한 거겠지만요. 순경 아저씨들도 이 동네에 숨겨진 뭔가가 있다는 걸 알고 계시죠? 우리는 그중에 하나를 이번에 해결하고 싶어요. 그래서 여기에 찾아온 거구요."

"하나?"
"혹시 담벼락 괴인에 관심 있으세요? 사실은."
"자자~ 손님들 치킨이 나왔습니다."

박 순경은 주인아줌마가 가져온 바삭한 치킨을 집으며 말했다.

"일단 먹으면서 얘기할까?"

맥주잔이 맛깔나게 그려진 호프집에서 순경과 아이들은 어느새 한데 머리를 모았다.

2002년 5월 갈등

남이섬 공연장에서 열린 북콘서트는 어느새 끝나고 관광객들은 이후 펼쳐진 풍물놀이의 공연을 구경하며 즐겁게 웃고 있었다. 그리고 그 공연장에서 멀찍이 떨어진 곳에 소나 님과 도연 씨가 마주 보고 앉았고 그 뒤쪽으로 동료 작가들이 말없이 앉아 지켜보고 있었다. 잠시 구경하다 온 나는 딱 봐도 심각한 상황이라는 걸 느끼고 가까이 다가가지 않고 멀찍이 서있었다.

그럼에도 소나 님의 목소리를 어느 정도 들을 수 있었는데 도연 씨가 혼이 나는 상황 같았다. 어떤 잘못을 했는지는 모르겠지만 도연 씨는 아무 말도 없이 눈물을 흘리면서 아래만 바라보고 있었고 소나 님은 다소 차갑고 냉정한 표정을 짓고 있었다. 내가 그동안 모임을 가지면서 봤던 소나 님의 모습과는 사뭇 달랐다. 소나 님은 말이 통하지 않는다는 듯 답답해했고 도연 씨에게 마지막으로 뭐라고 한 뒤 자리에서 일어나 동료 작가들과 함께 어딘가로 향했다.

"네가 뭔가를 하지 않으면 해결되지 않을 거야."

정확히는 모르겠지만 나에겐 저런 의미로 들렸다.

무언가를 하지 않았기 때문에 우리는 화해를 할 수 없다.

분명 둘은 과거에 친한 사이였을 텐데 시간이 흐를수록 균열이 갔다는 건 어떤 충고를 듣고도 바꾸지 않았다는 것일 텐데 그건 과연 무엇일까. 소나 님은 정신적으로 강한 사람이다. 그 사람의 작품을 보면 자연스레 알 수 있다. 그리고 주관이 뚜렷한 사람이다. 어떤 문제가 생겼을 때 그것을 외면하거나 모른척하지 않고 마주 보고 그것을 받아들여 자신의 마음을 더 강하게 만드는 계기로 삼는다. 소나 님을 보고 있으면 하늘을 향해 곧게 자라나는 꽃의 줄기를 보는 거 같다. 태양이 없어도 쓰러지지 않을 것 같은 그런 강함이 느껴진다.

난 그런 생각을 하면서 풍물놀이패를 바라보고 있었는데 조금 뒤에 누가 나의 등을 두드리는 걸 느꼈다. 소나 님이었다. 조금 전에 자리를 떠났는데 다시 오셔서 손으로 밥 먹는 시늉을 하셨다.

"점심 먹고 올게."

"아 네."

소나 님은 곧 인파 속을 헤치며 걸어가셨고 난 공연을 조금 더 보다가 아직도 벤치에 앉아 울고 있는 도연 씨가 보여서 고민하다가 다가갔다. 다른 분들도 그녀가 걱정이 되는지 자리를 떠나지 않고 지키고 있었다.

혼자서 울고 있는 도연 씨를 보며 모두가 난감해했는데 그러다 한 분이 말했다.

"자자 이제 집에 돌아가야 하니 서울에 사시는 분들은 제 차로 태워 줄게요."

아까 뒤에 있었던 동료 작가들도 다 짐을 들고 점심을 먹으러 갔으니 공연도 끝났고 아마 소나 님은 다시 오지 않을 거라고 했다.

나보다 북콘서트를 오래 봐온 분들이니 그 말이 맞을 것이다.

우리는 도연 씨에게 손수건을 건넸고 마음을 추스르고 일어날 때까지 기다렸다.

그렇게 20분 정도 지나고 도연 씨는 자리에서 일어나 함께 남이섬 배를 타러 선착장으로 향했다. 강 건너 주차장에 가기 위해서다.

그런데 워낙에 유명한 관광지라 엄청난 줄의 대기자들이 있어서 1시간 정도는 기본으로 기다려야 할 분위기였다.

난 배를 기다리면서 점심을 먹고 오겠다고 했던 소나 님의 말이 자꾸 생각났다.

왜 그런 말을 내게 했을까? 이미 공연은 끝났는데.

도연 씨는 울고 있는데 밥을 먹고 오신다? 뭔가 어색했다. 소나 님의 성격을 봤을 때 그냥 내버려둘 분은 절대 아니다. 그렇다는 건 소나 님도 생각할 시간이 필요하기 때문에 잠시 점심 먹으러 자리를 비운 것이고 다시 오셔서 도연 씨를 위로할 생각은 아니었을까?

왠지 맞을 거 같다는 생각이 들었다. 그런데 이미 배를 기다리는 줄을 서버렸고 이제 와서 다시 아까 그 장소로 돌아가자고 말하는 것도 이상했다.

결국 난 아무 말도 하지 못하고 일행들과 1시간 이상을 기다려 배에 탈 수 있었다. 소나 님과 함께했던 남이섬 북콘서트는 배의 요란한 모터소리와 함께 멀어져 갔다.

2002년 5월 지하철역 앞에서

남이섬의 북콘서트를 함께했던 남성 독자분의 차를 얻어탄 우리는 서울 어느 지역인지는 모르지만 한강이라고 예상되는 강 쪽에 지어진 넓은 주차장에 도착했다. 수백 대의 버스가 세워져 있는 걸로 보아 일반 차량 주차장 겸 이쪽 지역의 버스를 모두 관리하는 곳 같았다. 지금은 운영하지 않을 듯한 낡은 버스들도 있어서 폐차까지 다루는 듯했다. 우리는 차에서 내린 뒤 다음에 만나자고 인사를 했고 차를 태워주신 분은 지하철역으로 이어지는 계단을 알려주고 한강 쪽 산책길로 걸어가셨다. 다른 독자들도 모두 손을 흔들며 헤어졌다. 난 도연 씨와 같은 방향이라 계단을 올라가며 위로를 해야 하는지 그냥 말없이 헤어져야 하는지 고민했다. 괜히 위로해 준다고 했다가 말실수를 할 수도 있고 도연 씨의 기분이 더 안 좋아질 수 있기 때문이다.

그리고 난 소나 님과 도연 씨가 어떤 이유로 갈등이 생겼는지 전혀 모른다.

아무래도 오늘은 그냥 헤어지는 게 나을 것이다.

신호등을 기다리며 아무 말 없는 도연 씨에게 난 최대한 정중하게 말했다.

"저기 괜찮으세요?"

"네? 아 네…."

도연 씨는 의외로 괜찮은 표정으로 미소를 지었다.

이미 기분이 풀리신 건가? 괜한 걱정을 한 건지도.

난 다행이라는 생각이 들었다.

"저는 두 분 사이의 일을 잘 모르지만 시간이 지나면 화해할 날이 올 거니까 너무 걱정하지 마세요."

"네 꼭 그랬으면 좋겠어요."

도연 씨는 꼭 이라는 단어를 썼다. 그 말은 서로의 감정이 상하던 당시에 어느 쪽이든 다소 표현에 있어서 실수를 했을 가능성도 있다는 것이다.

난 바로 지하철에 들어가려 했는데 뭔가 느낌이 도연 씨가 더 얘기를 하려는 거 같아서 혹시나 싶은 마음에 물었다.

"저…. 혹시 얘기 좀 더 하다가 가실래요?"

"그래도 돼요?"
"네 오늘은 남이섬 북콘서트 때문에 다른 약속 다 취소했거든요."

우리는 지하철역 바로 앞에 위치한 공원에서 이야기를 나누기로 했다. 작은 나무가 심어진 석재화단이 곳곳에 세워져 있었고 우린 지하철역을 마주 보는 석재화단 벤치를 하나 골라 앉았다. 그녀는 생각이 많은 듯 말없이 바닥을 바라봤다. 난 그녀가 말을 시작할 때까지, 바쁘게 지하철역을 다니는 사람들을 바라보며 기다렸다.

"저는 소나 님의 작품을 부정했었어요."
"부정이요?"
"네."
"어떤 작품이요?"

이윽고 속마음을 털어놓기 시작한 도연 씨는 정확한 작품의 이름을 말하진 않았지만 그것에 대해서 고민이 많은듯했다.

"저는 당연히 소나 님의 작품세계를 좋아해요. 부드러울 때는 부드럽게 차가울 때는 차갑게 자신의 감정을 완벽하게 표현하니까요. 하지만 그 작품만은 이해할 수 없었어요."
"그래서 그 작품에 대해서 직접 소나 씨에게 의견을 말해온 건가요?"
"네 이 부분은 이래서 마음에 안 든다고 했어요. 왜냐면 그건 소나 님이라고 할 수 없었으니까요."
나는 소나 님을 좋아하는 사람들이 이렇게 다른 감정을 가지고 바라보고 있다는 것이 놀라웠다.

"그럼 오늘도 그거에 대해서 말하다 혼난….'"
"네."
그 짧은 한마디에 한 치의 후회도 없다는 각오가 느껴졌다.
"그런데 어느 날 소나 님이 저한테 네가 가지고 있는 작품에 대한 믿음은 잘못된 거라고 했어요. 그런데 그건 소나 님이 틀린 거예요. 그건 그 작품과 저의 문제에요. 저는 물론 소나 님을 존경하고 좋아하지만 저에 대해서 답을 내릴 자격은 없어요."
나는 그 말을 듣고서야 지금의 상황을 어느 정도 알 수 있었다.
"소나 님은 자신의 작품을 이해하고 동시에 비판할 줄 아는 사람들을 만나야 해요. 소나 님은 과거에 비해 세상을 보려고 하지 않아요."
그녀의 진심은 오래전부터 늘 함께하고 있는 분들의 마음, 그 무게를 느낄 수 있게 했다.
"소나 님이 처음 활동을 했을 때부터 독자셨나 봐요. 그 열정이 대단합니다."
"그렇지 않아요."
"감히 말씀드리자면 소나 님은 제가 볼 때 강하고 따듯한 사람입니다. 도연 씨와 날을 세우면서 말해도 속으로는 항상 고마워하고 있을 겁니다. 이건 제가 장담할 수 있어요."
"네…."
도연 씨는 나의 말을 듣고 고맙다는 표정을 잠시 짓고 다시 바닥을 바라보며 고인 눈물을 닦았다. 남을 위한다는 건 뭘까 난 눈앞에 서있는 높은 소나무의 수많은 잎들이 마치 세상을 살면서 생긴 누군가의 고결한 결정체처럼 보였다.
소나 님도 도연 씨도 서로의 생각을 관철하기 위해 투쟁적으로 의견을 세우지만 그 속엔 분명 서로를 존중하는 마음이 있는 것이다.

결정체는 그렇게 생기는 게 아닐까. 마치 절명시처럼.

"오늘 위로해 주셔서 감사합니다. 나중에 소나 님과 화해하게 되면 성훈 님 덕분이라고 꼭 말할게요."

"아니 뭐…."

난 괜히 쑥스러워서 말끝을 흐렸다.

"자 그럼 가죠."

우린 빠르게 지하철역 안으로 들어갔고 도연 씨는 오늘 얘기한 거 비밀로 해달라고 말한 뒤 나와 다른 방향의 호선을 타기 위해 달려갔다. 난 그녀가 사라지고 난 뒤 남이섬에서 심각한 표정으로 혼을 내던 소나 님을 떠올렸다. 한 치의 망설임도 없이 이 동생은 반드시 옳은 길로 갈 거라고 믿던 그 눈빛을.

1999년 2월 멀어졌지만

대학교에 다니던 어느 날이었다. 난 친구를 만나기 위해 서울에서 시외버스를 탔고 눈길을 헤치며 수원으로 향했다. 그리고 학창시절을 보낸 동네에 하차한 뒤 배가 고파서 단골이었던 분식집에 들렀다. 난 선호하는 창가 쪽으로 가 앉았고 밖에 보이는 큰 찻길 건너편에 있는 아파트 단지에 시선을 옮겼다. 이곳은 내가 이사 가기 전 중고등학교 때 친구들과 자주 만나던 곳이다. 지금은 친구들이 다른 지역으로 이사 간 경우가 많아서 웬만한 학창시절 친구들은 떠나고 없었지만 그래도 지기라고 할 수 있는 친구들은 아직까지 떠나지 않아서 난 기꺼이 버스를 타고 올 수 있었다. 찻길 옆 인도와 아파트 사이엔 벽이 있었는데 난 그 벽 위로 살짝 튀어나온 뾰족한 구조물을 보고 살짝 미소를 지었다. 딱 봐도 정자 지붕이었다.

　시간이 흐르며 살던 곳이 빠르게 변해가며 뭔가를 가리기도 하지만 그게 사라지지 않는 이상 충분히 알아볼 수 있었다. 그건 소규모 공원에 설치된 정자인데 벤치도 몇 개 세워져 있어서 주변 학교에 다니던 학생들이 많이 애용하던 곳이다. 지금은 어떤지 모르겠다. 그리고 공원 옆에 있는 다목적 상가도 반가웠다. 이 건물은 찻길 옆 인도로 내려갈 수 있는 계단과 이어져 있기 때문에 주민들이 항상 지나다니는 길이나 마찬가지다.

　1층엔 큰 슈퍼와 학생들이 주로 게임을 하려고 자주 찾던 문방구가 2층엔 내가 다니던 태권도 학원과 미용실이 지하엔 식재료를 파는 소규모 가게들과 식당 그리고 비디오 대여점이 있었다. 사실 그 당시 우리에겐 놀이공원 부럽지 않은 곳이었다고 보면 된다.

　고등학교 졸업을 하고 떠날 때까지 난 저곳에서 많은 추억을 쌓았다. 그래서 다른 지역으로 이사를 왔지만 여전히 이곳을 소중하게 생각하고 있다. 이 분식점을 매번 찾는 것도 그런 이유에서다. 학창시절 친구들과 자주 찾아와서 사 먹던 그 맛을 다시 기억하는 것. 나에게 너무도 중요한 시간이다.

　지금 분식집 문을 열고 들어오며 머리에 내려앉은 눈을 터는 저 두 남자도 나와 같은 마음일까. 그 두 명은 문과 가까운 테이블에 앉았고 이런저런 이야기를 나누고 있었다. 난 자리에서 일어나 정수기로 가서 물컵 하나를 꺼내 시원한 물을 담았다. 그리고 자리로 돌아와 몇 모금을 마셨는데 뒤에서 내 이름을 부르는 소리가 들렸다. 정확히 말하면 나를 부른 것은 아니고 자기들끼리 나의 얘기를 한 것이다. 그 친구는 말했다.

"쟤 옛날에 나랑 진짜 친했잖아."

그 얘기를 들으며 앞에 앉아있던 남자는 아무 말도 없었다. 중요한 건 난 저 두 사람과 몇 년 전만 해도 집에 찾아갈 정도로 친한 사이였다. 학교가 끝나면 같이 돌아가는 것은 부지기수 늦게까지 함께 뛰어놀곤 했다. 내 이름을 얘기한 남자 앞에 앉은 다른 남자의 이름은 대진이다. 나는 초등학교 6학년이 시작되는 시기에 맞춰서 이곳에 이사 왔고 6학년 반이 하나밖에 없는 학교에서 그를 만났다. 대진이는 무척이나 밝은 성격을 가지고 있다. 한 번도 나와 싸운 적이 없고 반 친구들과 협동하고 소통하며 어려움을 헤쳐나가던 긍정적인 친구였다. 대진이와 깊게 친해지진 않았지만 그래도 우연히 길에서 만나면 환하게 웃으면서 반갑다고 손 내밀 수 있었던 나의 추억 속에 언제나 함께하는 친구였다. 언젠가 집에 놀러 갔을 때 대진이가 끓여준 라면의 맛을 난 지금도 잊지 못한다. 그리고 대진이한테 내 이름을 말했던 친구의 이름은 혁수인데 장난치는 걸 좋아해서 학교와 밖을 가리지 않고 짓궂고 재밌는 일을 찾아다니는 친구였다. 그러면서 한편으론 부모님이 계신 친구네 집에 놀러 갔을 때나 어른들이 많이 있는 곳에서는 평소와는 다른 진중하고 예의 있는 모습을 보여주면서 친구들에게 은근한 신뢰를 받기도 했다.

나는 그런 추억을 떠올리며 주문한 김밥과 라면이 도착하자 말없이 먹기 시작했다. 그때와 다름없는 맛을 느끼면서 멍하니 어딘가로 향하는 창가 밖 사람들을 바라봤다. 우리도 저렇게 바쁘게 살다가 어느 순간부터 사이가 멀어졌을 것이다.

그렇다고 지금이라도 저 자리로 가서 말을 걸고 관계를 회복한다거나 해야 한다는 생각은 전혀 들지 않았다. 그게 아니라는 것을 이미 알고 있으니까.

지금 이렇게 같은 공간에 있는 건 엄청난 인연이라서는 아닐 것이다. 이곳은 예전부터 학생들에게 맛집이었으며 이사를 가지 않은 이상 매 끼마다 내가 기억하는 누군가는 자주 올 것이기 때문이다. 또 이사 간 내가 다시 찾아올 정도니 과거의 누군가와 만나게 되는 건 전혀 신기한 일이 아니다. 그래서 이렇게 멀어진 것에 대해 익숙해지고 담담하게 받아들이는 건 내 삶에 필요한 자세 중 하나가 아닐까.

밥 먹는 속도가 빠른 난 순식간에 음식그릇을 비웠고 자리에서 일어나 계산을 했다. 대진이와 혁수에게 어떤 말도 하지 않은 채 가게 문을 열고 나가는 순간 마음으로 인사했다.

이렇게 멀어진 사이가 되었지만 그래도 너희는 내 소중한 친구라고.

분식집 밖에 내리는 눈은 눈가엔 고인 눈물을 감추고 싶은지 자꾸만 앞을 가렸다.

2002년 8월 담벼락 괴인 퇴치

괴인이 출몰한다는 시각. 은호는 동네 놀이터가 가까이서 보이는 산 아래 풀숲에 몸을 숨기고 그의 등장을 기다리고 있었다.

작전은 이랬다. 괴인이 나타나면 한성이네 집으로 못 가게 나를 쫓도록 만드는 것. 그리고 그 작전엔 카메라가 필요했다. 이유는 간단했다. 말로만 자극하면 무시하고 한성이네로 침입할 수 있기 때문이다. 그리고 소문이 맞는다면 빠르게 자신의 목적을 달성하고 도망칠 수 있는 체격조건도 가지고 있었다. 하지만 자신이 카메라에 찍힌다면? 얘기는 달라질 것이다. 증거를 없애기 위해 반드시 쫓아오지 않을까?

은호는 그런 계획을 가지고 현우가 빌려준 일회용 카메라를 들고 사용법을 되뇌고 있었는데 연습할 때 몇 번 찍긴 했지만 역시나 헷갈렸다. 자신의 집에도 일회용 카메라가 있었지만 제대로 작동한 적이 없어서 장식품의 역할을 하기만 했다.

"이거 찍히긴 하려나?"

만약 작전이 실패하더라도 어쨌든 카메라에 범인의 모습을 담아 경찰에게 넘겨줘야 했다. 그래서 잡힐 때를 대비해 도망가는 길 쪽 전봇대 아래에 작은 통을 준비해 놨고 달려가면서 필름을 넣기로 했다. 내가 잘못된다면 친구들이 이걸로 진실을 밝혀줄 것이다.

그렇게 여러 작전을 세우며 친구를 구하기 위해 이곳에 와있었지만 어두운 동네의 공기는 숨어있는 은호의 두려움을 점점 자극해 오기만 했다.

얼마나 기다렸을까 저 멀리서 모자를 쓴 키 큰 남자가 놀이터로 천천히 걸어왔고 한성이네 집과 가까운 벤치에 앉더니 잠바 속에서 짧은 길이의 칼을 하나 꺼내 살피고 있었다. 그리고 본능이 말했다. 저자가 바로 소문으로만 듣던 괴인이라고.

솔직히 만나지 않길 바라는 마음도 있었기 때문에 눈앞에서 담벼락 괴인을 마주한 상황은 공포스럽게만 느껴졌다.

"정말 왔다…. 근데 저거 칼이잖아."

저 괴인은 왜 밤에 나타나 주민들을 공포에 떨게 만드는 걸까. 게다가 칼까지 가지고 있을 줄은 몰랐다. 만약 칼을 오늘 처음 가져온 거라면 친구의 집 안으로 침입할 가능성이 분명 있는듯했다. 그동안은 미수로 그쳤지만 오늘은 뭔가 느낌이 달랐다. 굳이 말하자면 사람들이 말하는 살기라는 게 느껴지고 있었으니까. 아마 모자를 쓰긴 했어도 자신의 인상착의를 한성이가 안다고 생각하는 거 같았다. 그동안 길을 걷다가 담 위에 서있는 자신을 목격했던 사람들은 거리가 멀어서 덩치 정도만 기억했지만 한성이는 너무 가까운 거리에서 목격한 것이다.

그런 생각을 하며 은호는 괴인을 찍기 위해 기회를 엿보고 있었는데 갑자기 그가 더운지 모자를 벗으며 머리를 매만지려 했다.

'지금이다. 얼굴을 찍으려면 지금밖에 없다.'

은호는 카메라 렌즈로 괴인을 조준한 뒤 셔터를 눌렀는데 번쩍하며 플래시가 터져버렸다.
놀이터를 순식간에 밝힌 플래시에 놀란 괴인은 그쪽을 황급히 바라봤다.

"이런…. 플래시를 생각 못 했어…."

괴인은 위치가 들켜 당황하는 은호를 노려보며 자리에서 일어나 빠른 속도로 달려왔다.
은호는 사진을 조용히 찍은 뒤 어느 정도 거리를 벌리고 내가 카메라로 찍었다고 말할 생각이었는데 지금은 거리가 너무 가까웠다.

어쩌면 죽을지도 모른다는 불안감에 몸이 얼어붙으려 했지만 은호는 겨우 정신을 차리고 카메라를 목에 건 채 뒤돌아 뛰었다.
원래는 현우가 뛰기로 했지만 달리기 하나만은 은호가 살짝 더 빨랐다. 하지만 뒤에서 쫓아오는 괴인의 속도는 그런 걸 무색하게 만들었다.

"너무 빨라."

집까지 가려면 두 개의 골목길을 지나야 한다. 이대로 가면 무조건 잡힐 거 같았다.

"이거 안 될 거 같아."

그 순간 은호는 지금은 만나지 않지만 처음 이사 왔을 때 교실에서 먼저 손을 내밀며 친구가 되어준 혜성이가 떠올랐다.

계속 친구가 될 줄 알았는데 너무 허무하게 멀어졌던 그때가 왜 지금 생각나는 걸까?
그건 마치 달리기 시합에서 앞에 있는 아이를 도저히 따라잡을 수 없을 때 느꼈던 그 정도의 거리감이었다.

왜 달리면 달릴수록 인연은 멀어져 가는 걸까.
그리고 왜 무서운 것들은 금방 나를 따라잡는 걸까.
이런 타이밍에 이런 생각 하면 안 되지만 포기하면 혹시 편해질까?

"언젠가 끝나는 인연이라 할지라도 그 인연은 반드시 너에게 다른 인연을 만나게 하는 멋진 다리가 되어줄 거다."
"할아버지는 맨날 뻥만 치시네요."

그 말을 듣고 너털웃음을 터트리시던 저 산속의 할아버지는 숨이 차서 그리 오래 걸으시진 못했지만 누구보다 강인한 마음을 갖고 계셨다.
쉼 없이 흐르는 세월에 미소 지을 줄 아셨다.
악인들이 아무리 빠르고 강해도 그 미소를 감히 따라잡을 순 없을 것이다.

"전 할아버지 같지 않아요. 그래도…."
"응?"
"가족과 친구를 위해서라면 계속 달릴 수 있어요."

할아버지는 또 너털웃음을 터트리셨다.
이 위험하고 급박한 시간에 여러 기억이 떠오르자 가리자 은호는 피식 웃었다.

그리고 환상인지 저 앞에 혜성이가 서있었다. 추격해 오는 괴인을 슬쩍 보더니 별거 아니라는 듯. 한껏 하품을 한 뒤 달릴 자세를 취했다.

"우린 각자의 길에서 함께 달리고 있어."

그렇게 말하는 듯했다.
몇 초 뒤 은호는 혜성이가 서있는 출발선에 도착했고
선생님의 시작을 알리는 신호탄 소리와

반 친구들의 응원소리를 들으며
갈대를 흔드는 매서운 바람처럼
빗물을 머금은 운동장을 마음껏 달렸던 그날처럼
함께 나아갔다.

앞으로도 이런 인연이 아쉬움 가득한 시간 속에서 날 찾아오겠지. 어느새 도착한 두 번째 골목길에서 같이 달리던 혜성이는 자리에 멈춰 섰다.

"아직 기억에 남겨줘서 고마워."
"내 기억에 남아줘서 고마워."
"내가 말했었지. 은호 넌 웃을 때가 가장 보기 좋아."

그렇게 혜성이는 주먹을 내밀었고 은호 역시 미소 지으며 주먹을 내밀어 맞부딪힌 뒤 전봇대 아래 작은 통에 필름을 넣으며 마지막 고비를 향해 전속력으로 달려갔다.

"조금만 더."

아직 잡히진 않았지만 숨은 차오르고 괴인은 턱밑까지 쫓아와 은호를 위협했다. 여기서 잡히는 걸까? 그런 생각을 하는 은호 눈앞에 높은 담이 모습을 드러냈다.

우리 동네의 집 사이사이를 이어주는 작은 담들은 친구들과 소통을 할 수 있는 중요한 루트다. 담 위에 조심히 올라가 균형을 잡으며 걷다가 창문이 열린 친구의 집을 지나갈 때 같이 놀자고 외치곤 했다. 친구의 집 벨을 누르고 부르는 경우가 더 많지만 이렇게 담을 타고 다니면서 창문 안에 보이는 친구에게 말을 건네는 건 또 다른 묘미가 있다. 마치 미지의 세계로 떠나는 듯한 긴장감도 느낄 수 있고 말이다. 담에서 떨어지지 않고 아슬아슬 걸어가는 건 나에 대한 또는 친구에 대한 신뢰이기도 하다. 그것은 곧 성장하는 것. 인생에 대한 방향을 잡는 과정이기도 하다.

그리고 난 담을 걸어가는 것도 좋아하지만 뛰어넘는 것도 정말 좋아한다. 저녁 먹을 시간이 되어 집에 돌아갈 때 우리가 사는 다세대 주택 정문 쪽이 아닌 담을 사이에 둔 옆 건물을 통해서 올 때가 있다. 그때 내가 항상 걸어 다니던 담을 만나게 되는데, 나는 빠르게 뛰어가다가 거리가 가까워지면 제자리에 멈춰 몸을 숙인 다음 순식간에 점프를 하며 양손으로 담을 짚으며 뛰어넘었다. 그리고 그 순간 온몸을 감싸오는 바람의 시원함이 좋았고 착지하는 순간 왠지 모를 미소가 지어지기도 했다. 하지만 처음부터 담을 넘을 수 있었던 건 아니었다. 제대로 도움닫기를 하지 못해서 벽에 그대로 부딪히거나 달려가던 중에 발을 헛디뎌서 넘어진 적도 있다. 내가 처음 담을 넘을 수 있었던 건 담을 향해 달려갈 때 우리 집 창문에서 불빛이 환하게 빛나고 있는 걸 봤을 때였다. 이걸 넘어서 가족을 만나고 싶다. 난 그때 그렇게 느꼈다.

그리고 지금도 여전히 저 창문은 환하게 빛나고 있었다.
은호는 품에서 무전기를 꺼내 말했다.

"친구들아 준비됐어?"
"오케이!"

어릴 적 이불 속 전투기를 타고 악당들을 무찌르기 위해 우주를 함께 누비며 레이저 총을 쏘던 형이 외쳤다.

"가자!!"

은호는 무전기를 던지고 무릎을 굽히며 몸을 숙인 뒤 높게 뛰어올랐다. 그리고 항상 그랬던 것처럼. 양쪽 손으로 담의 윗부분을 잡아 버티며 올라선 뒤 집 앞마당을 향해 발차기를 하듯 힘껏 넘었다. 그리고 자신을 잡기 위해 담을 넘는 괴인을 보며 외쳤다.

"지금이야!!"

기다리고 있던 현우와 선욱이가 양쪽에서 그물을 펼치자 담을 넘던 괴인은 순식간에 걸려들어 피하지 못하고 몸이 묶여버렸고 그물을 넘어서며 무사히 마당에 착지한 은호는 친구들을 바라보며 안심했는지 자리 풀썩 주저앉아 버렸다.

그 순간 괴인은 가지고 있던 칼로 급히 벗어나려 했지만 이미 마당에서 기다리고 있던 박 순경과 최 순경에게 제압당했다.

"이런 위험한 걸 휘두르면 쓰나."
"당신을 가정침입 시도 및 미성년자 폭행시도 혐의로 체포하겠다."

마당이 시끄러워지자 잠에선 깬 주민들이 무슨 일인지 확인하기 위해 밖으로 나왔고 그물에 묶인 남자가 그동안 동네를 공포에 떨게 만든 담벼락 괴인이라는 걸 알자 분을 못 참고 몰려들어 그를 비난했고 동시에 범인을 잡아 다행이라고 순경들에게 박수 치기도 했다.

그런 광경을 보며 은호는 친구를 어쨌든 지켰다는 생각에 눈시울이 붉어져 그만 고개를 숙여버렸다.

"학생 진짜로 해낼 줄 몰랐는데 대단하네. 아니 고맙다고 해야 하나."

박 순경은 은호의 등을 다독이며 고마움을 전했다.

"믿어주신 덕분이에요."
"이야 나도 학생 나이 땐 몸을 사리지 않았었는데."

최 순경의 능글스러운 말을 뒤로한 채, 출동한 순경들이 괴한을 순찰차에 태우는 걸 확인한 박 순경은 새벽을 맞이한 학교와 동네를 바라봤다.

"대체 어른들은 어떡해야 하는 걸까?"
"아마 저기 은호 같은 아이들이 없는 세상을 만들기 위해 노력해야겠죠. 마음 놓고 살 수 있는 그런 세상이요."

박 순경의 혼잣말에 대꾸하며 지아는 캔커피를 건넸다.

"그래서 어른인 거니까요."
"어른이라…."
"안 도와주실 줄 알았는데 고마워요."
"아니 내가 고맙다. 어른을 믿어줘서."

지아는 박 순경에게 살짝 미소 지었다.

"슈퍼에서 산지 좀 돼서 차가워졌어요."
"이 정도면 따듯해."
"지아야 내 거도 있어?"
"박 순경님 후배는 빼놓고 혼자 드시는 거예요?"
"다들 와서 골라."

최 순경과 아이들은 지아에게 다가와 마실 걸 하나씩 골랐고 경쾌한 소리를 내며 캔음료를 따기 시작했다. 지아는 마지막 하나 남은 음료수를 가지고 고개 숙이고 있는 은호에게 다가갔다.

"우는 거야?"
"내가 얼마나 어처구니없는 짓을 저질렀는지 놀라는 중이야."
"뭐 어처구니없긴 했지."
"그래도 좋았어…."
"응?"
"달리면서 좋은 기억을 많이 떠올릴 수 있었으니까."
"그래…."

은호는 음료수를 마시고 기운이 생겼는지 자리에서 일어나 지아와 함께, 친구들과 순경들이 있는 밖으로 나갔다.

"순경 아저씨들 도와주셔서 감사했어요. 그리고 너희도 무리한 부탁 들어줘서 고마워."

순경들은 가볍게 경례하듯 손가락을 이마에 살짝 대며 하늘을 향해 튕겼고 현우는 선욱에게 어깨동무를 하며 엄지손가락을 치켜들었다.

"그나저나 새벽은 역시 어둡구나."
"해는 언제 뜨려나?"
"아직 멀었지."
"그래도 매일 반드시 나타나잖아."
"먹구름이 가리는 날에도 절대 포기하지 않는 친구지."
"그건 그러네요."
"우린 응원하면서 기다리는 수밖에."

햇빛도 노을도 없는 어두운 하늘을 우리는 기꺼이 바라보며 기억에 새겼다. 그리고 열린 창문에 두 팔로 엎드리듯 기댄 한성이는 잠꼬대를 하고 있었다.
"별이 안 보여도 괜찮아."

2002년 7월 질문

나에게 그 남자는 말했다.

"기다림이란 무엇일까요 당신은 그 기다림이 뭔지 아십니까?"
나는 당장 답할 수가 없었다. 왜냐면 기다림엔 두 가지 종류가 있으니까 좋은 것을 기다리는 것과 나쁜 것을 기다리는 것. 사실 그 나쁜 것은 기다린다고 보기는 힘든 것이다. 예를 들어 시험 성적을 망쳐서 성적표를 기다릴 때 난 그걸 기다림이라고 생각하지 않았다. 그건 기다림이 아닌 두려운 것이다. 또 건강 검진을 했을 때 어떤 병이 나올지 모든 상태에서 검사 결과를 기다리는 것도 기다림이 아닌 두려운 것이다. 그래서 나는 남자에게 물었다.

"어떤 성격의 기다림을 말씀하시는 거죠."

그 남자는 냉정한 표정으로 말했다.

"제가 어떤 것이라고 말하기 전에 어떤 걸 말해야 한다는 걸 알고 있을 거라 생각하는데."

그건 무슨 말일까 내가 말하고 싶은 게 이미 정해져 있다는 말인가 좋고 나쁜 것과 상관없이? 그렇다면 그건 저 남자의 방향성과 어떤 관계가 있는 거지?

"성훈 씨 우리가 여기서 차를 마시고 얘기를 하고 있는 건 어떤 답을 도출하기 위해서인데 마음속에 있는 말을 계속 숨기고 감추시면 애써 만든 이 차의 따뜻한 온기가 없어져 버립니다."

나는 조용히 그의 말을 듣고만 있을 뿐이었다.

"오늘은 아무래도 날이 아닌 거 같습니다."

마음이 정리되면 그때 다시 한번 더 만나죠. 남자는 차를 건넸다. 나는 무의식적으로 싱크대 위쪽에 걸린 식기 진열대를 바라보았고 남자가 일렬로 세워 놓은 수십 개의 녹차 티백 중 맨 앞쪽 한 개가 아래로 떨어질락 말락 걸려있었다.

남자가 티백을 두 개 꺼낼 때 끌려간 것이겠지. 난 그 티백을 보고 생각했다 뜨거운 물 속에 들어가는 건 포로들이 차가운 바다에 수장당하는 것과 같은 고통인 걸까.

이내 티백은 흔들리다 아래쪽으로 떨어졌고 난 비명을 질렀다.

"안돼!! 어….”

난 방금 전까지 그 남자의 방에 있었는데 어느새 내 방 침대에 누워 있었다.

"아 꿈이었구나."

지금의 상황이 꿈이었다는 걸 바로 알아챘다.

얼마 전 만난 피아노 치는 여자의 말을 신경 쓰다가. 이런 꿈을 꾼듯 했다.

"기다림이라….”

난 침대에서 일어나 새벽의 냉기에 차가워진 창문을 만지며 공원을 바라봤고 빠르게 머릿속의 혼란을 식혔다.

2002년 8월 나라의 이사

그리 맑지 않은 토요일 아침. 나라는 밝은 표정으로 트럭에 실리는 이삿짐을 확인하고 있었고 작별 인사를 하기 위해 찾아온 은호와 지아는 착잡한 마음을 억누르고 있었다.

"갑자기 이렇게 간다고?"

은호는 학생회장 선거 결과가 나오고 얼마 지나지도 않은 시점에 이렇게 떠나는 나라를 이해하기 힘들었다.

"이사는 언제부터 정해진 거였어?"

"오래전부터."
"그럼 선거에는 왜 나온 거야? 뽑혔어도 의미가 없는 거잖아."

이사준비가 은근히 숨이 찼는지 허리 양쪽에 손을 얹고 두 사람을 번갈아 보던 나라는 목장갑 낀 손으로 이마의 땀을 닦았다.

"뭐 그렇지만 목적 달성은 멋지게 했잖아? 투표에선 완패했지만."
"우리 생각대로 되면 좋겠지만 아마 금방 잊혀질지도…."
"저기 잠깐 비켜줄래? 이거 옮겨야 하거든."
"아 죄송합…. 어? 네가 왜?"

학생회장 선거에서 완승한 현우가 큰 종이박스를 들고 은호와 지아 앞으로 지나가더니 트럭에 싣고 있었다.
은호는 두 눈을 비비며 잘못 봤나 싶었지만 현우가 확실했다.

"네가 왜 여깄어? 나라가 이사 가는 걸 어떻게 알아?"
"어떻게 아냐니."
"조용히 이사 갈 거라고 지아와 나만 알고 있으라고 했는데."

현우는 담담한 표정으로 방금 실은 짐에 한쪽 팔꿈치로 기대며 턱을 괸 채 말했다.

"지아야 말 안 했어?"
"뭐 꼭 그걸 말해야 하나."

은호는 자기가 모르는 뭔가가 있다는 생각에 황급히 지아를 바라봤고 얘기 안 하고 넘어가려고 했던 그녀는 별거 아니라는 듯 담담하게 사실을 밝혔다.

"둘이 사귀잖아."
"…."
"사귀는 사이니까 이사 간다고 차마 말을 안 한 건데 어떻게 눈치를 채고 와버렸네."

그 말은 은호를 오히려 아무 말도 할 수 없게 만들었다. 선거 유세 기간 동안 현우를 꺾어버리자고 외치던 게 나라 아니었나. 그럼 그 옆에서 어설픈 연기까지 하며 유세를 도운 난 대체 뭐였던 것이고 혹시 이미 진다는 걸 알고 있었다는 건가. 아니 애초에 지려는 계획이었던 건가. 그리고 그렇게 선거에서 지자마자 이사를 간다니 납득 안 되는 상황에 혼란스러워하는 은호를 세 사람은 지켜보기만 할 뿐이었다.

그렇게 이삿짐은 계속 옮겨졌고 은호도 하고 싶은 말을 참으며 일을 도왔다. 1시간 정도가 더 지나 마침내 나라의 집은 단 하나의 물건도 없는 흰 백지의 상태가 되었다.

"이곳에서 비록 졸업은 못 하지만 너희와 함께해서 즐거웠어."
"정말 가는구나."
"도착하면 연락하는 거 잊지 마."

나라는 한 명 한 명 포옹해 주며 고맙다는 인사를 한 뒤 저 앞에 보이는 작은 나무 정도는 거뜬히 가릴 정도로 높게 쌓인 짐 앞에서 자기 키는 이 정도밖에 안 된다는 듯 키재기를 한 뒤 미소 지었다.

조금 뒤 차에 묻은 먼지들을 털어내려는 것처럼 트럭에 시동이 걸렸고 나라는 자신이 살던 곳을 한번 살펴본 뒤 트럭 문을 열고 올라탔다. 이내 트럭은 천천히 앞으로 나아갔고 세 사람은 거리를 유지하며 따라 걸었다.

마을 길을 벗어나 비포장도로로 나왔을 때 트럭은 속도를 내기 위해 요란한 소리를 냈고 나라는 창문 여는 손잡이를 힘차게 돌렸다. 그리고 얼굴을 내밀며 손을 흔들었다.

"어떡하지. 이제 진짜 안녕이네."

그제서야 지아도 따라 달리며 외쳤다.

"잘 가 나라야~!"
"잊지 않을게 지아야. 넌 내 최고의 친구야!"

지아는 눈물을 흘리며 손을 흔들었고 은호는 한 발자국도 움직일 수 없었다. 이거 왜 이렇게 가슴이 아픈 거지. 왜 무거운 거야. 이런 걸 어른들이 말하는 미어진다고 하는 건가. 은호는 그리 오래 지낸 사이는 아니지만 나라가 새로운 곳으로 떠나는 모습을 보며 눈물이 자꾸 흘렀다. 그 순간 자신을 빠르게 스쳐 지나가는 시원함이 느껴졌다. 멀어진 트럭을 잡기 위해 현우가 달려나간 것이다.

하지만 트럭은 이미 큰 도로 쪽으로 진입하기 위해 멀리서 코너를 돌고 있었다. 그 흐렸던 날은 나라에게 사랑한다고 몇 번이나 외치며 울던 현우의 뒷모습을 무척이나 외롭게 했다.

1999년 6월 외면

군 제대를 하고 복학을 한 난 말소리가 들리지 않는 교실에서 시험을 보고 있었다. 그리고 이미 시험지를 다 푼 상태였지만 쉽사리 자리에서 일어나지 못했다. 왜냐면 저지른 잘못이 있기 때문이다. 얼마 전 난 수업시간에 시를 발표하기로 했었는데 그것을 어겼다.

평소의 나였다면 분명히 시를 완성했을 테고 친구들 앞에서 무사히 발표를 마쳤을 것이다. 하지만 생각지도 못한 일로 인해 그 수업 자체에 가지 못했다.

왜냐면 좋아하던 시인이 병마와 싸우다 돌아가셨기 때문이다.

그런데 중국에서 돌아가셨기 때문에 운구를 가져오는 데 시간이 걸려 한국에서 빈소를 차리는 건 며칠 걸린다고 했다.

난 그 소식을 듣고 애도하기 위해 그때부터 물을 제외한 어떤 것도 먹지 않았다. 몇 개월 전부터 시인이 투병 중이라는 소식을 듣고 힘이 되어주기 위해 짧은 소설을 쓰고 있었는데 결국 돌아가셨고 난 충격을 받았지만 소설을 완성하기 위해 가진 힘을 다했다. 대학교 강의가 더 이상 없어도 빈 강의실을 찾아 들어가서 무작정 노트에 써 내려갔고 좀 쉬다가 공부하자고 아이스크림을 사주신 교수님의 호의마저 마음만 받았다. 지금이 아니면 소설을 쓸 수 없다는 걸 알았기 때문이다.

그래서 학교생활에 충실할 수 없었지만 소설은 빠르게 완성이 되어갔다. 시인이 돌아가신 뒤로 물만 마셔서 이미 제정신은 아니었지만 이상하게 마음이 편안했다. 그렇게 소설은 완성됐고 제본해 주는 곳을 찾아가 한 권만 부탁했다.

다음 날 처음으로 쓴 소설을 종이가방에 챙겨 넣은 나는 안 어울리는 검은색 양복을 입고 장례식장을 찾아갔다. 그리고 시인의 영정사진을 보며 절을 했고 초를 하나 올렸다. 그리고 유가족분들에게 애도를 표했다.

그 뒤 시인의 동료분이 조문객들이 앉아있는 테이블 쪽으로 안내해 주셨고 같이 자리에 앉은 뒤 간단한 식사를 나에게 권하셨다.

나보다 훨씬 더 힘드실 텐데 그분은 아무렇지도 않은 표정으로 꿀떡을 몇 개 드셨다.

그리고 말하셨다.

"배고플 땐 먹어야 돼."

난 그제서야 숟가락을 들어 따듯한 국을 떠먹기 시작했다. 7일 만에 먹는 밥이었다.

이곳에 내가 아는 사람은 없었지만 그를 기억하는 사람이라는 공통점이 있었다. 그로 인해 시인과 관련된 에피소드를 털어놓는 사람들의 소리가 계속해서 귓가로 들려왔고 난 점점 눈물이 고이는 걸 느끼고 고개를 숙였다. 그리고 그때부터 눈물이 계속 흘렀다.

빈소는 남의 눈치를 보지 않고 계속 우는 곳이다. 나의 감정을 억지로 감춘다거나 속인다거나 그러지 않아도 되는 곳.

신념을 가지고 최선을 다하며 살았던 시인은 그렇게 날 눈치 보지 않게 했고 난 눈물을 흘리며 그동안 만나온 수많은 사람들의 모습을 하나 둘 떠올리기 시작했다.

그렇게 몇 시간 동안 빈소를 떠나지 않고 자리를 지킨 난 조용히 일어나 자신의 어린 딸과 얘기를 나누고 있는 아까 그 남자분에게 인사를 드린 뒤 발길을 돌렸다. 그리고 며칠 뒤 차마 전해줄 수 없었던 소설을 가지고 시인이 작품을 내던 출판사로 찾아가 그의 부모님에게 대신 전해달라고 부탁드렸고 난 집에 돌아와 멍하니 방에 누워있었다.

다시 움직일 수 있는 시간이 필요했다. 그러다 문득 아침에 일어났을 때 대학교에서 발표하기로 했던 작품을 쓰지 않았다는 걸 알게 됐고 결국 마음을 접었다.

시를 가식으로 쓸 수는 없었다.

그 후 학교에서 교수님과 계단에서 만났지만 난 이런 사정을 얘기할 수 없었고 인사조차 감히 할 수 없었다. 교수님도 그런 나를 말없이 외면하고 지나가셨다.

인생은 예상치 못한 일들로 인해 말없이 끝나야 하는 인연도 있다. 그리고 그걸 마주해야 한다.

그 당시를 떠올리며 생각에 잠겼던 난 볼펜으로 나름대로 적어 내려간 주관식 시험지를 들고 자리에서 일어난 뒤 교수님이 서있는 교단으로 향했다.

교수님은 아무 말 없이 시험지를 받으며 창문만을 바라보셨다. 그 모습은 나에게 한 편의 시였다. 난 내가 선택한 일에 대해서 후회가 없었고 돌릴 수 없는 결과에 대해서도 미련을 갖지 않기로 했다.

내가 교수님의 기억 속에 어떤 학생으로 기억이 되든 겸허하게 받아들이기로 했다.

그 시는 온전히 교수님의 것이다.

이날은 어딘가로 사라진 시인의 메아리가 유난히 그리운 날이었다.

2002년 5월 도와주다

어느 날 소나 님이 약속했던 크라우드펀딩 글이 예술지원 사이트에 올라온 걸 확인했다.

갑작스럽고 기쁜 소식에 난 바로 계좌를 확인했지만 생활비와 관리비 지출로 인해 남아있는 돈이 별로 없었고 월급날도 몇 주 남아서 당장 지원할 수가 없었다.

하지만 어떻게든 방법을 찾고 싶었던 난 고민 끝에 사장님에게 전화를 걸었고 잠시 뒤 목소리가 들려왔다.

"어 성훈아."
"안녕하세요 사장님."
"왜 무슨 일 있어?"

예의 없고 무리한 부탁일 수 있는데 난 눈을 꼭 감고 말했다.

"죄송한데 혹시 이번 달 월급 미리 주실 수 있나요?"
"왜?"
"다 말씀드릴 순 없지만 제가 돕고 싶은 사람이 있어서요. 죄송합니다."
"그러지 뭐."

사장님은 별거 아니라는 듯 흔쾌히 허락하셨다.

"지금 바로 보내주면 돼?"
"네? 네…. 감사합니다."
"그럼 수고!"

난 사장님 덕분에 그날 크라우드펀딩의 4분의 1을 채울 수 있었고 얼마 뒤 소나 님의 새 작품을 만날 수 있었다.

사장님은 그런 분이다. 냉정한 거 같지만 항상 직원들을 생각하고 있다. 일하는 동안 걱정만 끼쳐드리고 실수만 저질렀는데도 건강문제로 알바를 그만두던 마지막 날.
지하철역으로 걸어가는 날 부르며 그분은 손을 흔드셨다.
"성훈아 잘 가! 안녕!"
나는 그렇게 마지막 인사를 하고 계단으로 내려갔다.
그리고 덜컹거리는 지하철은, 어느새 회사 사람들과 정이 들어버린 나의 마음을 울컥하게 만들었다. 그렇게 소나 님의 글은 누군가에게 전해지고 있었다.

2002년 8월 자신의 수업을 포기하다

창밖으로 내리는 빗소리에 귀 기울이는지 신 선생은 책상에 앉아있는 현우에게 말을 걸지 않았다. 아직 할 말을 정하지 못했다고 하는 게 맞을까. 자신이 운영하는 특별 수업을 없애겠다고 공약을 외친 건 나라라는 학생이었는데 갑자기 당선된 현우 학생이 바통을 이어받고 있었다. 신 선생은 두 사람 사이에 뭔가가 있다고 본능적으로 느끼긴 했지만 자신의 수업에 그에 관련된 문제가 있을 거 같진 않았다.

그리고 그런 고민을 하는 사이 오히려 말을 거는 건 현우 쪽이었다.
"선생님 그 수업 없애주시면 안 될까요?"

신 선생은 자상하게 되물었다.
"왜 그런 생각을 하게 됐니?"

현우는 나라처럼 흔들림 없는 눈빛으로 자신의 뜻을 풀기 시작했다.
"저는 저의 공약을 가장 우선시하고 있어요. 하지만 그걸 실천하기 전에 학교를 정상화시켜야 할 거 같아요."
"정상화?"
"네 지금 학교는 학생들 상대로 어른들의 욕심일 뿐인 실험을 하고 있어요. 학생들의 미래를 생각하면 너무도 이기적인 거죠. 얼마 전 만들었던 학교 부식 기억나시나요? 연설에서도 나라가 언급했었죠."
"그래."
"그때 부식으로 나온 빵을 먹고 많은 수의 아이들이 복통과 고열에 시달렸고 헛소리를 하는 학생까지 있었다죠."
"그랬었지. 그래서 지금은 부식을 중단했잖아. 문제를 해결하면 다시 시작해도 되는 거 아닐까?"
"하지만 문제는 그때 빵에 어떤 재료를 썼는지 밝히라고 부모들이 항의했을 때 학교는 묵묵부답이었어요. 오히려 학교의 명예를 위해서 조용히 지나가자며 교장이 부모들을 설득했죠. 신 선생님은 그 빵 속에 뭐가 들어갔다고 생각하세요?"
"응? 뭐가 들어가긴 빵을 만드는 재료가 들어가겠지."
"네 그래서 아이들이 그렇게 많이 쓰러진 거군요."
"무슨 말이 하고 싶은 거지?"
"처음에 말씀드렸잖아요. 학생들 상대로 실험하지 말라는 거예요."
"나라의 연설 때도 느꼈지만 다소 위험한 발언 같은데."
"저도 이런 말 드리기 싫지만 지금 이 학교는 많이 병들었어요."

신 선생은 현우의 말이 정신 나간 것처럼 느껴졌다. 실험이라니 자신은 학생들을 그런 대상으로 생각한 적도 없다. 그런데 현우는 선생님들을 아예 적으로 여기는 듯했다.

"그 말은 선생님들을 믿을 수 없다는 말이니. 예를 들어 내 수업도?"
"선생님은 좋은 분이시라는 걸 알고 있어요. 하지만 선생님처럼 좋은 분들이 아이들을 제대로 가르칠 수 없도록 힘 있는 자들이 방해하고 있죠. 물론 악의를 가진 선생님들도 존재하구요."

신 선생은 문득 자신의 특별 수업을 듣지 않는다는 이유만으로 왕따를 당하는 아이가 있다는 소문을 떠올렸다. 그뿐만 아니라 차별이 싫어 출석 거부를 하는 학생도 있다고 했다. 하지만 그게 사실이라고는 생각하지 않았다.

"그래서 생각했어요. 혹시 선생님은 너무 학생을 생각하는 게 아닐까."
"…."

"선생님은 학교가 원하는 방향과 반대로 가고 있어요. 진심으로 학생들을 위해 가지고 있는 지식을 나눠주고 계시죠. 그래서 학교는 그 수업에 여러 불합리한 특혜를 만들어 학생들을 반으로 나누고 있죠. 하지만 저도 특별 수업은 정말 훌륭하고 필요하다고 생각해요. 형식적인 활동만이 가득한 동아리 시간을 아예 특별 수업으로 탈바꿈시킨 건 혁명이라고 봐도 되겠죠. 단지 그 수업을 악용하고 방해자는 자들로 인해 아이들이 갈라지는 게 안타까울 뿐이죠."

"이를테면 현 학교상황은 듣는 자와 듣지 않는자라는 건가?"

"네, 갈등을 조장하는 거죠. 그래서 나라는 이 수업은 분명 가치가 있지만 때가 아니라고 생각했대요. 아무리 수업이 좋아도 듣는 아이들과 듣지 않는 아이들이 갈등을 일으키면 결국 수업의 본뜻이 흐려지게 되어 있거든요."

"음…."

"게다가 아직은 안 믿으시겠지만 학교는 선생님의 특별 수업을 이용해 해로운 부식을 만들었어요. 선생님이 자주 말씀하시는 거 있잖아요. 새로운 가능성을 부정하지 마라. 그 메시지를 이용했죠. 부모들을 초청해서 미술 선생님의 교육방식을 칭찬하며 우리가 직접 새로운 부식을 만들어 아이들에게 먹이자고 속였어요. 그리고 어떤 방법을 써서 부모님들 몰래 밀가루에 뭔가를 섞었을 겁니다."

"…."

"그리고 결국 아이들이 쓰러지는 소동이 일어났을 때 당연히 모든 화살은 선생님을 향했죠. 하지만 선생님은 그런 화살조차 극복할 정도로 수업에 진심이었기 때문에 학부모들의 화도 금방 사그라들었어요. 덕분에 학생들은 지금도 선생님의 수업을 좋아하죠. 하지만 그렇기 때문에 큰 문제라는 거예요."

"그렇다는 건…."

"네…. 감을 잡으셨겠지만 선생님의 악의 없는 훌륭한 수업은 악인들이 마음 놓고 악행을 저지를 수 있는 훌륭한 방패가 되어준다는 거예요. 희생양인 거죠. 특별 수업을 허락한 것도 다 그들의 계획이었죠. 저는 선생님이 더 이상 피해를 보지 않았으면 해요."

"희생양…."
"그리고 나라가 마지막에 내걸었던 공약 기억하시나요?"
"바자회 폐지?"

현우는 고개를 끄덕였다.

"바로 그거예요. 왜 나라가 그 좋은 행사를 없애려고 했을까요? 저도 처음엔 나라의 공약을 보며 황당하기만 했지만 학교의 돌아가는 상황을 보니 전혀 그게 아니었어요. 바자회 도중 어른들에게 쫓겨 은호와 지아가 아이를 데리고 도망친 거 들으셨죠?"

"그래 교직원 회의 때 들었지. 아이들의 물건을 훔쳐 도망가는 게 보여서 주변에 있던 아버지들이 쫓아간 거라며."

현우는 말없이 미술 선생님을 바라봤다.
"설마…. 그것도 거짓말이라고?"
"작정하고 뭔가를 망치려는 사람들은 도저히 당해낼 수 없죠. 정신 차리지 않으면 순식간에 우리의 삶을 썩게 만들어요. 그때 은호와 지아는 아이가 팔던 비디오테이프 안의 비밀을 풀기 위해 용기를 냈을 뿐이에요."

"그걸 학교가 숨겼다라는 거지?"
"네 결국 부식, 특별 수업, 바자회는 따로가 아니에요. 뭔가에 연결되어 있어요."

신 선생은 교실 앞 창가에 자리한 교직원용 책상에서 두루마리 휴지를 꺼내 적당히 풀었고 살짝 열린 창문 틈으로 들어온 비에 젖어버린 책상 하나를 닦았다.

"이상하게 들릴진 모르지만 난 학생의 책상에 비가 내리는 걸 좋아해. 먼 미래에 아름다운 무언가가 자라날 거 같거든."
"이상하지 않아요. 그건 저도 좋아하거든요."
"솔직히 말하면 너의 말을 전부 신뢰하진 않아. 하지만 학생인 너희들에게 그 정도로 혼란을 주는 거라면 그 여학생의 말대로 아직 이 수업은 때가 아닌 거겠지."

그 말을 교실 밖에서 몰래 듣고 있던 교장은 눈을 희번득거리며 돌아섰고 며칠 뒤 미술 선생은 특별 수업 폐지를 교직원 회의에서 간곡히 요청했다.

1998년 5월 불청객

매일 저녁 우리는 저녁을 먹고 친구들의 집을 돌면서 멤버를 모은다. 같은 건물에 사는 친구는 선욱이까지 네 명이고 바로 앞 건물인 빌라에는 한 명의 친구가 살고 있다. 멤버를 모으는 사람은 정해진 것이 아니며 저녁을 먼저 먹은 사람이 한 집 한 집 들러서 놀자고 말하는 식이다.

물론 그렇다고 다 모이는 것이 아니며 한두 명이 빠질 때도 자주 있다. 그래서 평균 네 명 정도가 모인다고 보면 된다.

이날도 우리는 멤버가 몇 명 빠진 채로 다세대 주택 마당에 모여 뭘 하고 놀지 고민하고 있었다. 놀 게 없는 것이 아니라 너무 할 게 많아서 그러는 것인데 사실은 뭐 하나 딱 정하지 않고 시간을 때워도 그 자체로 재미가 있었다.

이곳은 우리만의 특별한 공간이었으니까. 나뭇가지를 주워 칼싸움을 하거나 우산을 여러 개 펼친 뒤 집을 만들어 그 안에 들어가기도 하고 마당에 설치된 수돗가 호스를 잡고 물싸움도 하고 굳이 어딘가로 멀리 가지 않아도 함께한다는 것만으로 즐거울 수 있었다.

선욱이의 여동생은 갑자기 뭐가 생각났는지 집으로 들어갔고 잠시 뒤 훌라후프를 여러 개 가지고 나왔다. 우린 오늘은 이거다 싶어 훌라후프를 하나씩 손에 쥐었고 호스를 동그랗게 연결한 듯한 이 운동기구로 시간을 보내기로 했다. 줄넘기처럼 돌리며 원 안을 연속해서 통과하기도 하고 손목의 힘을 이용해 반대 방향으로 스핀을 주면서 굴려 부메랑처럼 돌아오게도 하고 친구 하나가 일부러 우스꽝스럽게 돌리는 걸 보며 폭소를 터트리기도 했다. 은호는 문득 누군가의 주변을 회전하듯 맴돌며 긍정적인 힘을 주는 사람은 훌라후프 같은 사람이 아닐까라는 생각이 들기도 했다.

그때 처음 듣는 목소리가 바로 옆에서 들려왔다.
"나 이거 한번 해봐도 돼?"
"응?"
키가 꽤 큰 최소 중학생은 돼 보이는 체격의 남학생이 웃음기를 띠며 우리에게 다가왔다.

"나 한 번만 해볼게."

훌라후프를 돌리던 친구는 그 말을 듣고 선뜻 내주었고 남학생은 가방을 길바닥에 내려놓은 뒤 허리춤에 훌라후프를 걸고 빠르게 돌렸다.

우린 밤이라서 그런지 살짝 경계했지만 얼마 지나지 않아 친구처럼 어울렸다. 웃는 모습을 자주 보여줘서 좋은 사람이라고 판단한 것이다. 게다가 동네에서 그날만 함께 놀고 헤어진 아이들이 은근히 많았기 때문에 딱히 거부감은 없었다.

이후 그 남학생은 저녁시간마다 나타나기 시작했고 1시간 정도 놀다가 헤어지는 걸 반복했다.

그러던 어느 날 여느 때처럼 섞여서 놀던 남학생이 갑자기 차가운 눈빛으로 선욱이를 노려봤다.

"야 잠깐 나 좀 보자."

본색을 드러낸다는 게 저런 걸 두고 하는 말인 걸까. 난 얼음처럼 확 식어버린 남학생의 말투에 소름이 돋았다. 그리고 평소엔 신경 쓰지 않았지만 이런 상황에선 저 큰 키가 상당히 위협적으로 느껴졌다.

우린 뭔가가 잘못 돌아간다는 걸 깨달았고 남학생이 선욱이에게 어깨동무를 하고 학교 방향으로 가는 걸 본 뒤 바로 선욱이네 집으로 가 어머니께 말씀드렸다.

"어떤 남자가 선욱이를 데리고 학교로 갔어요!!"

선욱이의 어머니는 그 말을 듣자마자 신발도 신지 않고 밖으로 뛰쳐나가셨고 우리도 바로 뒤를 따랐다.

은호는 이해할 수 없었다. 왜 마음을 열고 진심으로 남을 대하려는 사람들이 늘 이렇게 당해야만 하는 건지 왜 그 마음이 희생되어야 하는 건지 너무 가슴이 아팠다. 그리고 느꼈다. 자신의 가족을 지키기 위해 어둠 속으로 달려가는 저 모습은 절대 이 세상에서 사라져선 안 되는 가치라는걸.

그런 생각을 하며 학교 정문 앞까지 왔을 때 선욱이의 어머니는 이미 운동장 중앙까지 달리고 있었고 그 남학생과 선욱이는 학교 후문 쪽에 위치한 놀이터에 있는듯했다.

아들이 거기에 있다는 확신이 들었는지 어머니는 소리쳤다.

"내 아들한테서 손 떼 이 새끼야!!"

그 말을 들었는지 남학생은 놀라서 후문으로 도망쳤고 우린 선욱이를 품에 안은 어머니를 향해 달려갔다. 다행히도 선욱이는 어떤 상처도 없었고 어머니는 울먹이며 가슴을 쓸어내리셨다.

"너를 여기 왜 끌고 왔어?"

"끌고 다니는 걸 좋아한다고 했어."

"끌고 다닌다고?"

우리는 그 말이 너무 이상했다.

"그리고 엄마가 달려올 때 놀라더니 다음에 또 올 거라고 말했어."

은호는 남자가 도망간 학교 후문을 가만히 바라봤다.

남에게 상처를 주고 아무렇지도 않게 사라지는 그들을 어린 마음에도 도저히 용서할 수 없었다.

학교를 내려오며 우린 어떤 말도 하지 않았고 선욱이가 어머니와 함께 집으로 들어가는 걸 본 뒤 우리도 조용히 헤어졌다.

"그럼 내일 봐."

"잘 가."

집으로 향하는 계단을 하나씩 밟고 올라가면서 은호는 선욱이 어머니의 발을 떠올렸다. 세상을 반드시 지킬 수 있는 소중한 뭔가가 있다면 아마 저 발을 닮았을 거라고 생각했다.

그리고 그 키 큰 학생의 돌변하는 모습을 보며 한 가지를 깨달았다. 세상엔 믿어선 안 되는 미소도 있다는걸.
 그렇게 마당에 덩그러니 쓰러져 있는 훌라후프는 차가운 땅의 일부분을 동그랗게 품었다.

10

선화

2002년 7월 괜찮아

우중충한 날씨. 은호는 얼마 전까지 키우다가 갑자기 죽어버린 새끼 오리를 묻어준 앞마당 나무 밑에 앉아 멍하니 있었다. 누군가 떠나고 비어버린 공백의 무게를 버티고 있는 건 항상 힘들다. 얼마 전 이사를 가는 나라를 보며 울었던 기억이 지금도 너무 선명했다.

"…."

"은호야 여기서 뭐 해?"

나무 바로 앞 반지층에서 살고 있는 선욱이가 계단을 올라오며 나에게 말을 걸었다.

"선욱아…."

"오리한테 말 걸고 있었던 거야?"

"아니…. 그냥."

"몇 년 전인가 운동시킨다고 자주 데리고 나와서 저 풀밭에서 뛰게 했었잖아."

"그랬었지. 분명히 오리가 건강하다고 생각했는데."

3년 전 은호는 학교를 마치고 내리막길을 내려오는데 가끔씩 오는 아저씨가 요란한 소리가 나는 박스를 앞에 두고 아이들이 구경하는 걸 지켜보고 있었다. 은호는 지금이 기회다 싶어 아저씨가 있는 쪽으로 달려갔는데 예상대로 병아리를 아니 이번엔 오리를 팔고 있었다.

"아저씨 병아리는요?"

"오늘은 이 녀석들이야."
"오리네요."

넓적하고 조그만 부리로 울고 있는 오리가 병아리만큼이나 무척 귀여웠다.

난 주머니에서 동전을 전부 꺼내 오리 한 마리를 샀다.

아저씨는 먹이로 주라고 모이가 가득 담긴 봉지를 하나 건네시더니 오리를 데려갈 수 있게 작은 상자에 넣어주셨다.

난 드디어 애완동물을 샀다는 생각에 기분이 들뜨고 설레서 집까지 그대로 뛰어갔다.

그리고 재활용하려고 엄마가 접어서 모아둔 박스들 중에 작은 크기로 몇 개 고른 다음 스카치테이프로 다시 네모나게 만들어서 옆쪽에 구멍을 뚫어 연결시켜 오리가 살 집을 만들어 줬다.

그렇게 오리를 집으로 옮겨주고 작은 접시 두 개에 모이와 물도 담아서 내려놓았다.

난 꽥꽥 소리를 내며 우는 오리를 보며 나중에 커다란 어른 오리로 커있는 걸 상상했다.

분명 그렇게 오래 함께할 생각이었다.

그렇게 오리 키우기는 시작되었고 난 정성을 다했다.

시간 날 때마다 바가지에 물을 받아 헤엄칠 수 있게 해주었고 집 앞 풀밭에 풀어주어 뛰어다니게 했다. 그렇게 하면 오리는 분명 건강할 거라는 생각을 했고 밤에 잠들 때도 오리에게 내일 또 만나자고 말하며 잠들곤 했다.

하지만 몇 주 뒤 화장실에서 헤엄치고 있을 줄 알았던 오리가 바가지에 담긴 물에서 뒤집힌 상태로 죽어있었다.
방학숙제인 일기를 몰아서 쓰는 데 정신이 팔려 오리를 잊어버린 것이다.
난 너무 충격받아서 오리를 건질 생각도 못 하고 그대로 굳어버렸다.
몇 시간 뒤 난 축 늘어진 오리를 집이었던 박스에 넣고 앞마당으로 나와 흙이 잘 파일 거 같은 나무 아래로 가 자리를 잡았다.

그리고 손으로 흙을 계속 파 올렸다. 파 올리고 또 파 올렸다.
그건 마치 내 죄책감을 찾기 위한 행동 같았다.
아저씨가 학교에 찾아온 날 왜 평소대로 참지 못하고 오리를 산 거냐고 스스로를 비난했다.
생명에 대한 책임감이라는 게 이런 거라고 누가 알려줬다면 절대 사지 않았을 텐데라는 후회만이 밀려왔다.
은호는 오리를 묻어준 그날 나무 아래서 한참을 앉아있었다.

"선욱아 네가 그걸 어떻게 알아?"
"응?"
"오리를 여기에 묻어준 걸 어떻게 알아? 아무한테도 얘기 안 했는데."
"나뭇가지로 글씨를 너무 크게 적어놔서 그냥 보였어."
"…."
"숙이고 보지 않아도 분명 미안해라고 적혀있었어."
"…."
"그 글씨 주변의 흙이 둥글게 올라와 있어서 여기에 뭔가를 묻어줬구나 했어."

은호는 선욱이의 말을 들은 뒤 고개를 숙였다.

"나는 왜 이렇게 한심한 걸까."
"…."
"그때나 지금이나 자꾸 뭔가 나를 떠나가기만 하는 거 같아."
"…."
"그리고 친구가 곁에 있어도 지켜내지 못해."

은호는 오리의 눈가가 항상 뭔가에 젖은 뒤 메말라 있어서 왜 그런지 궁금했었는데 이제 의미를 알 거 같았다.
그건 눈물 자국이었다.
인간의 욕심 때문에 끌려와서 많이 외로웠을 것이다.
혼자 멋대로 친구라고 생각하고 혼자 멋대로 떠나버리고 너무 바보 같았다. 은호는 눈물을 흘리며 선욱이를 바라보며 말했다.

"미안해 선욱아, 그때 혼자 놔두고 와버려서."
"…."
"혼자 그런 일들을 겪게 만들어서…. 미안해…."

선욱이는 나의 말을 들으며 이해가 안 된다는 표정을 지었다.

"왜?"
"왜냐니…."

"그때 사고는 신호위반을 한 그 사람의 잘못이야. 그리고 내가 거기 있어서 사고가 난 거야. 은호는 나랑 함께 달리고 있었을 뿐이잖아."
"…."
"그 글씨를 보고 생각했었어. 이 사람은 정말 좋은 사람이라는 걸. 이 동네에 이렇게 멋진 사람이 있다는 게 자랑스러웠어. 넌 그런 사람이야. 은호야."

글씨가 사라진 나무 앞에서 선욱이는 말했다.

"다음에 또 자전거 타고 놀러 가자, 아직 이곳엔 못 가본 곳이 많으니까."
"…."
"안 좋은 일이 있다 해도 계속 최선을 다하는 거야."

오리가 묻힌 나무의 잎들 위로 비가 내리고 있었다.
그 부딪히는 소리는 풀밭을 달리는 오리의 발자국 같았다.

1996년 4월 그녀의 하교

저녁시간 야자를 마친 학생들이 학교에서 쏟아져 나오고 있었다. 이 학교는 주변 길보다 약간 낮은 지대에 만들어져서 정문까지 오르막길을 올라가야 했는데 그 길을 올라가는 학생들이 왠지 더 피곤해 보였다. 어디로 같이 놀러 가자고 해도 모두가 손사래를 칠 것만 같은 분위기였다. 학생들은 학교를 벗어나 인도로 나온 뒤 자기가 살고 있는 집으로 가거나 버스정류장으로 가거나 아니면 학교 앞에서 기다리고 있는 학원 버스에 올라탔다.

각자가 가진 꿈이나 다른 뭔가를 위해 어딘가로 흩어지는 모습은 무척이나 서글퍼 보였다.

그리고 그런 생각을 하고 있을 때쯤 학교 건물 1층 출입구에서 이곳에 나를 오게 만든 그녀가 신발을 갈아 신고 있었다.

나는 그녀를 발견하고 어렵게 야자 시간을 째고 온 보람을 느끼며 그쪽으로 내려갔다.

"안녕. 효정아."

그녀는 나를 보며 무심하게 말했다.

"또 왔네."

역시 예전보다 얼굴의 상처가 적어져 있었다. 어떻게든 그녀를 지키기 위해 그들이 오기 전 도망갔던 게 효과가 있었던 것이다.

그녀와 닭꼬치를 먹고 헤어진 날 난 잠도 못 이룬 채 뒤척이며 계속 고민했다. 그리고 결심했다. 그녀가 그들에게 끌려가기 전에 먼저 데리고 도망치겠다고. 그래서 다음 날 야자 시간 때 일찍 빠져나와 그녀를 무작정 기다린 뒤 설득했다. 그리고 그녀가 받아준 덕분에 지금은 함께 걷는 친구가 되어있었다. 그들은 이 학교에서 계속 약한 학생들을 괴롭혀왔고 매년 새 학기가 되어도 멈출 생각이 없어 보였다. 겨울 속에 숨죽이고 있다가 다시 싹을 틔우는 그 의미를 매번 비웃은 것이다.

"가자."

나는 그녀에게 단도직입적으로 같이 가자고 말했고 다른 학생들 틈에 섞여 오르막길을 올랐다.

그리고 생각했다. 그녀도 이 학생들처럼 미래에 대한 고민을 하면서 살아가면 얼마나 좋을까라고. 자신을 함부로 해치려고 하는 악인들에게 무기력하게 피해받는 걸 당연하다 여기며 계속해서 그 올가미 속으로 들어가려고 하는 건 절대 용납할 수 없었다.

그녀는 나와 함께 길을 걸으며 길가에 핀 꽃들을 보며 잠시 멈춰 서서 구경하는 걸 반복했고 난 그녀의 속도에 맞춰 뒤에서 천천히 따라갔다.

이제야 보이지 않던 주변의 것들을 마주하기 시작한 것이다.

난 저 아스팔트에서 굳건하게 피어있는 꽃을 보며 그녀도 저 꽃처럼 당당하길 바라고 있었다.

아무리 힘들고 죽고 싶고 길이 보이지 않는 것 같아도 내가 살아갈 수 있는 방법을 찾기 위해 노력한다면 반드시 피어날 수 있다고 믿는다.

난 이런 생각을 함과 동시에 주변에서 우리를 보고 있을지도 모를 악인들을 경계해야 했다.

그녀의 얼굴에 상처가 줄어들었다는 건 내가 그들의 폭력을 막아내고 있다는 것이고 그렇다는 건 그걸 눈치챈 그들이 우리를 미행할 수도 있다는 말이 된다.

그런 자들은 희생양을 쉽게 포기할 리가 없다. 오히려 이런 상황 자체도 즐긴다.

살아오면서 내가 느낀 악인들은 언제나 그런 식이다.

갑자기 등장한 나를 주시하면서 그들은 희생양을 하나 더 늘리려는 생각만 하고 있을 것이다.

난 그렇기 때문에 더 그녀를 지키고 싶었다. 남을 괴롭히는 걸 당연하게 생각하는 자들이 사회를 오염시키지 못하도록 맞서 싸워야 하기 때문이다. 나는 그녀에게 다가가 말했다.

"효정아 너랑 가고 싶은 데가 있는데 괜찮아?"

"응 어디?"

"일단 아무것도 묻지 말고 같이 가줘 지금 빨리."

그녀도 그제서야 뭔가를 느꼈는지 빨라진 나의 걸음속도를 따라잡았다. 나는 인파가 최대한 많은 쪽으로만 걸었고 불규칙적으로 방향을 계속 꺾었다. 또 중심상가 건물들의 1층은 대부분 사방으로 출입구가 있는걸 이용해서 무작위로 아무 건물이나 통과하며 지나갔다. 그러고 나서 중심상가 끄트머리에 건물로 들어가 엘리베이터 버튼을 눌렀다.

"지금 어디 가는 거야?"

"믿을만한 사람이 있는 곳."

엘리베이터 문이 열리고 올라탄 뒤 난 4층을 눌렀다. 제발 열려있길.

땡 소리와 함께 우린 순식간에 4층에 도착했고 난 그녀에게 따라오라고 눈빛을 보낸 뒤 오른쪽 복도로 쭉 걸어갔다. 그리고 노래방 앞에 멈춰섰다.

사람들의 노랫소리는 안 들리지만 다행히 문이 반쯤 열려있었다.

난 숨을 크게 내쉬고 문을 밀고 들어갔다.

"어 왔냐…."

"안녕."

재용이는 평소에 워낙 자주 오던 나라서 그런지 딱히 반응이 없었다. 사실 이 노래방은 우리의 아지트다. 몇 년 전 재용이의 부모님이 개업하셨고 우리는 우연히 한번 놀러 왔다가 노래방의 분위기에 푹 빠져서 일주일에 몇 번씩 들리게 됐다. 그리고 재용이의 부모님이 안 오시는 날은 소풍이라도 온 듯 먹을 걸 싸 왔고 잠을 자고 가기도 했다. 즉 살아가야 할 미래를 함께 걱정하고 의논하는 새로운 아지트인 셈이었다.

그래서 난 아까 그놈들이 우리를 미행하고 있는걸 눈치채고 이곳밖에 떠오르지 않았다. 재용이는 나를 보고서는 심드렁했지만 뒤로 따라 들어온 여학생을 보자 눈이 휘둥그레졌다.

"야 저분 누구야."

"응 사정이 있어서 같이 오게 됐어."

"안녕하세요…."

"아 네."

그녀는 작은 목소리로 인사를 했고 재용이는 말도 안 되는 상황에 놀라서 나와 그녀를 번갈아 쳐다봤다.

"그럼 뭐 일단 저 방으로 들어가세요."

"아니 노래 부르려고 온 게 아니야."

"알았어 일단 들어가."

재용이는 내가 평소의 모습과 뭔가 다르다는 걸 눈치채고는 룸 열쇠를 하나 들고 와 자주 노래를 부르던 방을 열었다. 이 노래방은 모든 방의 문을 잠가놓은 상태에서 손님이 오면 열쇠로 열어주는 시스템으로 되어있다. 왜냐면 영업을 마치고 문을 닫았을 때 도둑이 들어올 수 있기 때문에 그걸 방지하기 위해서다. 하지만 도둑이라는 게 문을 잠가놨다고 침입하지 않는 것도 아니고 일단 쳐들어왔다고 치면 순식간에 문을 따기 때문에 방문을 모두 잠가도 실효성이 없는 것처럼 보인다. 그래서 경비업체와 계약해서 CCTV와 경보기를 달아놓는 게 최선의 방법인데 하지만 그럼에도 노래방 관리자로서 건물 안에 설치된 문들을 단속하는 건 중요한 의미이자 책무다.

예를 들어 노래방에 숨어들어 온 도둑이 경보기와 CCTV를 무력화시킨다 해도 원하는 뭔가를 훔치기 위해 어떤 형태의 문이든 계속 강제로 열어야 한다. 그만큼 시간을 소비하게 되는 것이다. 그러다 노래방에 찾아오는 누군가의 발자국 소리가 들리면 도망갈 수밖에 없고 사실상 계획이 실패할 가능성도 높아진다.

즉 문단속은 사고를 미연에 방지할 수도 있는 유의미한 자세인 것이다.

그 문을 도둑이 딸 수 있다고 해서 평소에 대비하는 게 의미 없다고 할 수 없다.

난 그녀에게 그런 튼튼한 문이 되어주고 싶었다.

그렇게 우린 노래방 기계 앞 소파에 앉았고 난 여기에 온 이유를 설명했다.

"사실 아까 우리가 길을 걷고 있을 때 그놈들이 따라오고 있었어."

"…."

"그래서 어디로 가야 할지 몰라 일단 이곳으로 온 거야."

"사실은 나도 알고 있었어."

"역시 그랬구나."

"땅에 피어있는 꽃을 한참 동안 바라본 것도 일부러 그런 거야."

"…."

"네가 그랬잖아. 아름다운 것들을 지나치지 않고 바라볼 여유가 있어야 한다고."

난 말없이 끄덕였다.

그녀는 내 생각보다 훨씬 더 강한 사람이었다.

그때 재용이가 문을 열고 들어오더니 과자를 담은 조그만 그릇과 캔 음료 두 개를 테이블에 놓으며 말했다.

"놀다 가세요. 시간 넣어드릴게요."

"감사합니다."

"재용아 굳이 안 그래도…."

조금 뒤 노래방 기계 화면에 푸른 바다가 펼쳐진 영상이 나왔고 프로그램 시작을 알리는 여자의 목소리가 방 안에 울려 퍼졌다.

"시간이 추가되었습니다. 좋은 시간 되세요."

우리는 그 소리를 듣고 서로의 얼굴을 바라보다 웃음이 터졌다. 그리고 먼저 부르라고 노래방책을 양보하다가 여자애가 먼저 곡을 골랐고 난 리모컨을 쥐고 번호를 대신 누르며 생각했다. 이런 당연하고 행복한 일상을 그녀가 잃어버리지 않았으면 좋겠다고.

1996년 4월 미행하는 자들

어느 어두운 창고에서 여러 명의 남자들이 먼지 쌓인 책상 위에 걸터앉아 있었다. 그들의 표정은 모두 굳어있었고 분노로 가득 차있었다.
왜냐면 항상 괴롭히던 여자가 요즘 들어 자꾸 사라지고 있었고 알아보니 야자 시간을 마치고 쏟아져 나오는 학생들을 이용해 같이 도망치는 한 남학생이 원인이었다.
그런 상황 속에서 대장으로 보이는 남자가 소파에 누워 팔걸이에 다리를 올린 채 입을 열었다.
"요즘 그 여자애를 데리고 다니는 남자가 있다며 뭐 알고 있는 거 있어."
책상에 걸터앉아 있던 남자 하나가 그말을 듣고 점프를 했고 바닥에 착지한 뒤 서서히 일어나며 말했다.
"우리 학교 애는 아니야 일단 따라다니면서 상황을 파악하고 있어."
"우리랑 싸우던 학교는 아닌가 보지."
"그래. 저 산 너머 아파트 단지 쪽에 있는 학교야."
소파 팔걸이에서 다리를 내린 뒤 제대로 앉은 남자는 웃으며 말했다
"흥 웬 미꾸라지 하나가 우리 여흥을 방해하려고 하네."
그 학생 때문에 벌써 몇 주 동안 희생양의 얼굴을 보지 못해 안달이 나있는 그는 그럴수록 자신의 악의가 점점 극대화되는 걸 느끼고 있었다. 이런 짜증 나는 상황도 나름 괜찮았다.

"어떻게 할까?"

"이래서 약한 놈들 괴롭히는 게 재밌다니까. 안 그래?"

"그놈이 자주 다니는 곳은 이미 파악 끝냈어."

"그래?"

그는 조금 전 책상에서 점프했던 남자에게 맘대로 하라는 말을 한 뒤 사악한 미소를 지었고 무리들은 재밌겠다는 듯 입을 이죽거렸다.

2002년 9월 몽유병일지라도

나는 어렸을 때 몽유병이 있었다. 잠을 자다 나도 모르게 밖으로 걸어나가 무작정 걷곤 했다. 그리고 그것에 대한 기억이 없으니 항상 가족이 내가 어디까지 갔는지 말해줘야 했다. 또 몸이 허약해서 잠을 자다가 깨면 방문이 너무 크게 느껴져서 겁에 질려 울기도 했다. 그런 하루의 연속이었다. 그 후 가족의 보살핌으로 몽유병은 사라졌고 난 한 가지를 배우게 됐다. 몽유병으로 먼 길을 걷다가 어느 순간 꿈에서 깨듯 정신을 차리면 그곳엔 반드시 사랑하는 사람들이 서있다는 걸. 그래선 매일 밤 찾아오는 몽유병에 내 몸을 맡길 수 있었다. 그건 믿음의 문제였다.

난 그런 생각을 하며 어두운 저녁 초등학교 운동장으로 향하고 있었다. 밤마다 운동장에 가는 날 보며 사람들은 이상하게 생각하겠지만 상관없었다.

'결국은 이것도 몽유병인 걸까?'

확실하지 않은 막연함이 나를 가로막았지만 걸어야 했다.

그렇게 정문을 지나 운동장으로 들어온 난. 사람이 한 명 더 있는걸 발견했다.

반드시 만나야 했던 그 학생이었다.

"드디어 왔구나. 동네를 가리지 않고 돌아다니며 동물들을 괴롭히는 대장."

"응? 넌 뭐야?"

"도망칠 때 다시 돌아온다고 하더니 약속을 지켰네. 저번 놀이터에선 선욱이를 끌고 갔을 때보다 키가 더 커지고 머리 스타일이 변해서 못 알아봤어."

은호는 담을 타 넘던 괴인을 잡은 뒤 본능적으로 저 사악한 소년이 이 동네로 반드시 올 거라 생각했다. 그들에겐 사람들이 사는 모든 곳이 악의 놀이터였으니까. 본인들에게 맞서는 걸 용납하지 않을 것이다.

세준은 포대 속에서 발버둥 치는 동물의 두려움을 즐기며 운동장 철봉 아래 부드러운 흙을 손으로 파고 있었다.

"거기서 나와. 그곳은 내 친구들과 놀던 곳이야."

세준은 은호의 말을 듣고 자리에서 일어나 흙바닥에 침을 뱉었다.

"내가 마음에 안 드나 본데?"

"그곳의 추억을 더럽히지 마."

"추억이라 나도 추억 좋아하는데. 근데 넌 잘 모르는 거 같네."

"모른다고?"

"동물들을 데리고 노는 것도 나에겐 추억이야. 사람을 데리고 노는 것도 나에겐 추억이야. 그러니 내 추억을 방해하지 마."

은호는 들썩이는 포대 자루를 보며 말했다.

"그건 추억이 아니라 범죄야. 사람들의 추억을 모독하지 마."
"너야말로 내 취미생활 방해하지 말아줘."
"범죄를 저지르려 하는데 구경만 하라고? 네 일당들은 네가 이런 짓 할 때 그랬었나 보네."
"일당이 아니라 친구지."
"아니 범죄자의 악행을 함께 즐긴 공범이지. 그래서 내가 한 명을 그물로 잡아버린 거고."

세준은 그 말을 듣고 은호를 노려봤다.

"너구나. 그놈을 잡은 게."
"그놈? 역시 친구라고 안 하네."
"죽여서 너도 같이 묻어줄게."

은호는 세준의 말이 끝남과 동시에 달려들었다.

"너도 정말 사람이라면 남의 생명을 우습게 보지 마!!"

상대가 되지 않는다는 건 처음부터 알고 있었다. 하지만 동물을 괴롭히는 주제에 그게 자랑스럽다고 생각이라도 하는 듯 웃고 있는 저 소년을 내버려둔다면 결국 세상은 극악무도한 어른들로 가득 차게 될 것이다.
그래서 은호는 알려주고 싶었다. 아무리 그들이 세상을 망치려 해도 미약한 힘으로나마 맞서려는 사람들이 분명 존재한다는 걸. 그걸 보여주고 싶었을 뿐이다.

"어라? 지금 때린 거 맞아?"
"하하…."
"전혀 통하지 않는데 웃어?"
"통하지 않는다? 그게 중요한 건 아니지. 어쨌든 한 방 맞혔다는 게 중요한 거야."

은호는 자신의 주먹을 보며 피식 웃었고 세준은 자신처럼 웃고 있는 저 별거 아닌 소년을 보면서 왠지 모를 화가 치솟아 오르는 걸 느꼈다.

"이제 내 차례군. 어?"

세준은 방금까지 자신 앞에서 웃고 있던 소년이 동물 우리가 있는 쪽으로 뛰어가는 게 보였다.

"이 자식이!!"

도망가는 희생양은 달리기가 꽤 빨랐지만 체격조건이 비교가 되지 않았기 때문에 따라가는 건 그리 어렵지 않았다. 단지 희생양이 어딘가에 숨어서 걸리지 않기만을 바라고 있는 게 짜증 났을 뿐.

"어떻게 죽여줄까. 네가 원하는 대로 해줄게."

세준은 학교 뒤편의 동물 우리 속을 노려보며 어둠 때문에 잘 보이지도 않는 토끼를 찾았다.

"이놈들도 다 죽여줄까."

그때 뒤에서 작은 소리가 났고 세준은 빠르게 뒤돌아 달려갔지만 아무도 없었다. 하지만 겁쟁이 소년이 어디로 숨었는지 알 거 같았다.

"겁 많은 놈들은 숨으면 다 해결된다고 생각하지."
"…."
"그렇게 생각하는 순간 자신이 있을 곳은 한정된 공간밖에 없는데 그걸 망각해."
"…."
"숨는다는 건 곧 패배를 인정하는 거야. 너희들이 겁먹어 준 덕분에 우리 같은 사람들은 하고 싶은 걸 다 누리고 살지."

세준은 화단에 조성된 연못으로 걸어간 뒤 가운데 뚜껑을 바라봤다. 그리고 사악하게 웃으며 손을 뻗었다.

"그럼 어디부터 손봐… 줄까!!"

뚜껑을 확 젖히고 발로 소년을 밟아버리려고 했지만 그곳엔 물밖에 없었다.

"어? 없잖아."
"당연히 없지. 난 물 공포증이라서 말이야. 거기선 상어가 나온다고."

세준은 그 말이 자신보다 키가 큰 나무에서 들려오는 걸 눈치채고 위를 올려다봤다.
그리고 거기엔 화살로 자신을 겨냥하는 은호가 있었다.

"너 뭐야…."
"센스가 없네. 거기선 현우처럼 항복이라고 하는 거야."

은호는 힘껏 당긴 장난감 활시위를 놓았고 화살은 정확히 세준의 이마에 명중했다.

"으아악!"

세준은 화살이 자신의 이마에 부딪히자 비명을 지르며 그 자리에 쓰러졌다.
하지만 아무 고통이 없었다. 그는 화살촉이 고무로 만들어졌다는 걸 깨닫자 자신을 가지고 논 저 소년을 정말로 죽이고 싶어졌다.

"많이 기다렸지?"

은호는 포대 자루에 갇힌 강아지를 꺼내려고 했지만 무서운 속도로 달려와 자신의 등을 밟기 시작한 세준의 폭력에 그저 강아지를 품에 안고 맞으며 버텨야 했다.

"죽어…. 죽어…."

힘없는 소년은 저 작은 생명에게 알려주고 싶었다. 누군가가 자신을 괴롭히기 위한 악의를 내보이는 날이 있다면 누군가가 자신을 지키기 위해 용기를 내는 날도 있다는걸.

"너희들 지금 뭐 하는 거야!!"

은호는 이쪽으로 달려오는 경비 아저씨를 바라보며 정신이 희미해지는 걸 느꼈다.
역시 몽유병은 아직 사라지지 않은듯했다.

1996년 4월 육교 위에서

난 어둠이 깔린 육교 위에서 난간에 팔을 기댄 채 지나가는 차들을 바라보고 있었다. 그리고 옆에 있던 효정은 눈물을 글썽이며 자책했다.
"난 친구들이 상처받는 걸 보면서도 아무것도 할 수 없었어. 나는 나쁜 사람이야. 그래서 그들에게 괴롭힘당하고 죽임을 당한다 하더라도 상관없어."
그녀는 마음의 여유가 조금 생긴 것 같았지만 여전히 친구들을 지키지 못했다는 생각으로 괴로워하고 있었다.
그들은 그녀뿐만 아니라 수많은 학생들을 괴롭히면서 세상을 오염시키고 있었다. 그래서 그녀는 그들에게 괴롭힘당하는 것이 친구들에 대한 속죄라고 생각하는 건지도 몰랐다. 난 그녀의 고통이 너무도 잘 느껴져서 아무 말도 할 수 없었고 슬퍼하는 그 감정에 함께 짓눌리는 것만이 전부였다.

내가 어떤 선택을 내리느냐에 따라서 결과는 달라진다는 걸 알고 있다. 하지만 용기가 없어서 의지가 없어서 그 기회를 놓쳐버리는 것도 인생의 한 부분이라고 생각한다. 그 선택으로 인해 누군가를 지킬 수 없었다 해도 무조건 그 사람만의 잘못이라고 해서는 안 되는 세상이 돼버린 건 아닐까. 선의를 강요만 하는 게 아닌 기꺼이 용기 낼 수 있는 환경을 만드는 것도 중요하다고 생각한다.

나는 절벽에 몰린듯한 그녀를 바라보며 필사적으로 입을 열었다.

"그런데 효정아 친구들을 괴롭힌 건 그들인데 괴로워해야 하는 건 왜 너의 몫이 되어야 하는 거야? 난 이해할 수 없어. 설사 네가 겁먹고 숨었다 해도 너에게 죄가 있다고는 할 수 없어. 그건 너의 생존에 대한 문제니까. 그놈들 뒤에 누가 있는지 모르겠지만 아무리 폭력을 저질러도 이렇다 할 제재를 받지 않아. 범죄가 용인되는 거지. 우린 그런 자들을 상대로 싸워야 하는 거야. 그러니까 자신을 질책하지 말고 그들이 죗값을 받을 수 있도록 힘을 내야 돼."

"왜 그런 소리를 하는 거야."

"분명 슬픈 일이었고 괴로운 일이었지만 난 네가 그 고통을 이겨내고 아름다운 곳으로 걸어가야 한다고 생각해."

"아름다운 곳이란 게 어떤 곳인데."

"틀린 건 틀렸다고 말할 수 있는 세상. 그리고 사람들의 생명을 우습게 보지 않는 세상. 난 그게 아름다운 곳이라고 생각해."

"…."

"그러니까. 죽을 각오로 힘내. 나도 죽을 각오로 응원할 테니까."

효정은 나의 말을 듣고 슬픈 미소를 잠깐 지었고 차들과 건물들의 불빛으로 가득 찬 육교 밖 풍경은 그녀의 눈물 속에서 수채화로 피어났다.

2002년 9월 퇴학을 위하여

학교 임직원 회의실에서 은호는 홀로 의자에 앉아있었고 교장이 지정한 교직원들과 학부모 위원회 대표들이 둘러싸고 있었다. 그리고 은호 앞엔 교장과 교감이 자리했다.

"그럼 며칠 전 있었던 6학년 7반 은호 학생의 폭력 행위에 대한 징계 회의를 시작하겠습니다."

은호는 자신의 이름을 부르며 징계 수위를 정하겠다는 어른들의 말에 어떤 반응도 하지 않았다. 이미 그 행동에 후회는 없으며 그래야만 했으니까.

"은호 학생은 명성초등학교 6학년인 세준 학생에게 우리 학교 운동장에서 며칠 전 저녁시간 때 폭행을 가했습니다. 은호 학생 맞아요?"

"네."

"이건 은호 학생의 남은 학교생활을 결정하는 매우 중요한 자리입니다. 왜 세준 학생에게 그랬는지 말해줄 수 있나요?"

"말하면 제 편 들어주실 거예요?"

"은호 학생 그런 태도는 자제해 주세요."

신 선생은 징계회의 시작부터 삐딱하게 나오는 은호가 걱정되는 듯. 타이르는 자세로 접근했다.

"다시 물을게요. 왜 세준 학생에게 그랬는지 말해줄 수 있나요?"

교장 선생은 얼음처럼 냉랭하게 은호에게 시선을 고정시켰다. 강한 수위의 징계가 나오면 언제라도 바로 받아들일 기세였다.

그걸 이미 알고 있는 듯. 은호도 어느 정도 체념한 표정으로 무덤덤하게 신 선생의 질문에 입을 열었다.

"여기 계신 선생님들 그리고 부모님들 저는 제 행동이 틀렸다고 생각하지 않아요. 세준이라는 학생은 힘없는 동물들을 가지고 본인의 즐거움을 위해 희생시킨 자입니다. 저는 그것에 분노를 느꼈고 그만 그 화를 참지 못해 난투극을 벌였습니다. 여러분들은 아마 그 폭력 자체를 인정 못 하실 거고 잘못된 판단이었다고 하시겠죠. 물론 저도 동의합니다. 폭력은 틀린 것이죠. 그런데 한편으론 이런 생각이 듭니다. 왜 같이 싸웠음에도 세준 학생은 어떤 징계도 없는 거죠.”

"그 학생은 그 학교 나름대로의 교칙으로 다스릴 것이네.”

교장은 은호의 말에 단호하고 간단하게 대답했다. 길게 말할 것도 없는 정해진 답이 있다는 듯이.

"그럼 물어볼게요. 교장 선생님은 애완동물 키우세요.? 아니면 다른 분들 중에 키우고 계신 분들 있나요?”

은호의 질문에 한 선생님이 손을 조심히 들었다.

"한 선생님께 물을게요. 선생님은 키우는 애완동물이 세준 학생 같은 사람에게 그런 짓을 당한다면 가만있으실 건가요?”

"아니요. 용서 못 할 거 같아요. 물론 폭력을 저지른다는 소리는 아니구요. 법적으로 대처하겠죠.”

"한 선생님 지금 질문을 받아야 하는 건 학생이라구요.”

징계를 받아야 하는 학생에게 오히려 질문을 받고 있는 한 선생을 보며 신 선생은 곤란하다는 표정으로 눈치를 줬다.

"선생님 저는 징계를 앞둔 입장입니다. 때문에 처벌을 받을 땐 받더라도 그 이유가 합당한지 판단할 책임이 제 자신에게 있습니다. 제 인생이니까요. 만약 징계가 납득 안 된다면 불복하겠습니다.”

"학생이 어떤 처벌을 받을지는 학교에서 합당하게 판단하는 거네.”

교장은 은호의 말이 끝날 때마다 빠르게 대답하며 빨리 징계 수위를 정하고 싶어 했다.

 하지만 은호는 멈추지 않고 말했다.
 "신 선생님은 애완동물 키우세요.?"
 이번 징계회의 질의를 맡은 신 선생은 교장의 명령대로 몰아붙일 각오였지만 역시 그 세준이란 학생에게 더 큰 문제가 있다는 걸 알고 있었다. 그래서 질문을 반대로 해오는 은호를 무조건 틀렸다고 겁박할 수 없었다.
 "키우진 않지만 좋아는 하지."
 "그럼 키우진 않아도 애정이 생긴 야생동물을 누군가가 포대 자루에 넣고 장난을 치면 어떨 거 같나요."
 "장난이라고 하기엔…. 도 넘은 동물 가학행위가 아닐까?"
 "신 선생!!"

 점잖게 있으려 했으나 분위기가 이상하게 흘러가는 걸 느낀 교장은 헛기침을 하며 부모의 눈치를 살폈다. 부모들은 교장의 호통 소리에 깜짝 놀라 서로를 마주 보며 의아해했고 교감은 어째 다음 차례는 자신일 거 같은 불안감이 들어 실눈으로 은호를 경계했다.

 "그럼 교감 선생님."
 "벌써 온 거냐."

 교감은 옆에서 노려보는 교장의 눈빛을 애써 외면하며 최상의 답을 찾기 위해 머리를 굴리기 시작했다.

"교감 선생님은 집에 애완동물 키우세요?"
"글쎄 키우는 거 같기도 하고 아닌 거 같기도 하고."
"물고기 키우시죠?"
"어? 어…. 그렇지…. 근데 그걸 어떻게."
"어떻게 몰라요. 교무실에 열대어 한 마리 키우시잖아요."
"사실은 제 친구가 들은 건데요. 세준 학생의 친구가 이 학교에도 다니거든요. 얼마 전에 학교 뒤에서 담배 피우면서 몇 명이 수군거리는 걸 엿들었는데 그 열대어 조만간 과학실에서 튀겨 먹을 거라고 했대요."
"뭐라고?"

그 말을 듣는 순간 보름달처럼 둥근 교감의 얼굴이 빨갛게 익어가기 시작했다.

"교감이 마음에 안 든다나 뭐라나."
"다니엘은 안 돼!!"

교직원과 학부모들은 수군거렸다.

"다니엘?"
"무슨 물고기길래."

교감은 아차 싶었지만 이미 늦었다 싶어 모두의 궁금증을 풀어주기로 했다.

"제…. 제브라 다니오입니다. 아시는 분들은 아시겠지만 생명력이 강하며 물잡이용으로도 쓰이는 열대어입니다."
"상세하게 설명하시네요."
"아 들어본 적 있어요. 엄청 빠르다죠 아마."
"그래요. 엄청나게 빠르고 강하고 귀여워요. 수족관에 갔을 때 몸집도 엄청 작고 오백 원 정도에 팔고 있어서 호기심으로 한 마리 샀는데 학교 업무로 스트레스받는 저를 위로해 준 유일한 녀석이에요."

교감의 진심이 담긴 말에 교장을 뺀 모두가 공감하고 있었다.

"어느 직군이든 그런거 중요하죠."
"알아주시는군요."
"알긴 뭘 알아!! 자네 지금 제정신인가?"

교장은 이대로 가면 저 학생을 학교에서 내보내지 못할 것 같은 생각에 신 선생을 압박했다.
"그런 얘기는 이제 됐으니 은호 학생의 폭력 행위에 대한 징계에나 집중하지."
"…."
"신 선생? 안 들리나?"

신 선생은 교장의 말을 듣고도 뭔가 고심하는 듯 징계회의 관련 파일을 품은 채 팔짱을 끼고 천장을 바라보며 이윽고 불합리에 반대했다.

"저는…. 은호 학생의 퇴학을 반대합니다."
"퇴…. 퇴학이요?"

"경중이 그 정도인가요?"
"교장 선생님은 이미 퇴학을 생각하고 있던 거예요?"

신 선생의 저 말은 누가 들어도 이미 교장이 징계수위를 정해 놨다는 소리밖에 되지 않았다.

"자네….."
"아무리 생각해도 괴롭힘당하는 생명을 구하려고 어쩔 수 없는 폭력을 선택한 저 학생에게 모든 잘못을 돌릴 순 없습니다. 하지만 교장님은 징계위원회를 열라고 하시면서 계속 퇴학이란 말을 반복하셨죠."
"폭력이야 폭력!! 애들 장난이 아니네!!"
"그러니까!! 말하고 있는 겁니다. 다음엔 동물이 아닌 사람이 될 수도 있겠죠."
"무슨…. 말을 하는 건가."
"말 그대로 폭력의 위험성에 대해서 말하는 겁니다. 우리는 은호 학생 그리고 세준 학생의 폭력 행위 재발 가능성에 대해서도 생각해야 합니다."
"재발 가능성?"
"네 그겁니다. 약한 동물을 포대 자루에 넣고 끌고 다니며 괴롭히는 걸 즐기는 사람과 그걸 보고 분노를 참지 못하고 주먹을 날린 사람이 있습니다. 교장 선생님이 보시기엔 어디가 더 재발 가능성이 높은 거 같습니까."

"지금 나를 심문하는 건가?"

"그게 아닙니다. 우리는 지금 얼마 전 담벼락 괴인이라고 불리는 도둑을 은호 학생과 친구들이 함께 잡았던 걸 간과하고 있다는 겁니다.

몇 년 전 바자회 때 아이와 함께 도망친 것도 사실은 뭔가를 밝히기 위해서였구요. 뭐 학교에선 이상하게 몰아갔지만요. 어쨌든 우린 은호 학생의 그런 정의로운 마음을 알고 있어야 한다는 겁니다. 그럼 빨리 대답해 주세요."

신 선생은 결의를 보이며 피해갈 수 없는 질문을 했고 교장은 모두의 따가운 시선을 느끼며 답을 할 수밖에 없었다.

"물론…. 괴롭히는 걸…. 즐기는 녀석이겠지."

은호 학생을 지키고 싶었던 신 선생은 원하는 답이 나오자 안심했지만 교장은 신 선생에게 반문했다.

"그럼 이제 내가 묻지."
"네?"
"반대로 말이야 남을 괴롭히는 사람이 있어서 정의감에 불타는 누군가가 폭력을 저질러 응징했다고 치지. 그럼 그런 일이 생길 때마다 폭력을 저질러도 된다는 건가? 그리고 그때마다 정의를 지켰으니까 괜찮다고 눈감아 줘야 하나? 자네가 지금 여기서 결정하려는 게 그런 거 아닌가?"
"제 말을 왜곡하시네요."
"물론 도둑을 잡은 건 나도 훌륭하다고 생각하네. 하지만 이번 건은 달라. 결국 남을 괴롭히는 사람과 뭐가 다른 거지? 범죄자 중에서도 진심으로 반성하고 새출발하는 경우가 있는데 그런 자들을 매번 때려서 잡아야 하나? 평화적으로 계도하는 방법이 있는데도? 그건 어떻게 생각하지?"

"그건 죗값을 치른 이후의 문제이며 우린 은호 학생의 대응방법에 대해 논하면 되는 겁니다."

"신 선생이 뭐라고 말하든 폭력은 폭력일 뿐이지. 그래서 저 학생을 퇴학시키려는 거야. 우리 학교에 있어서 불명예지. 정의? 사람 패는 게 정의? 여기 계신 학부모님들 폭력이 정말 정의입니까? 혹시 그렇게 생각하시나요? 저는 폭력으로 뭔가를 해결하려는 학생은 학교에서 가르치고 싶지 않습니다."

교장은 다시 자신의 분위기로 바꾸기 위해 부모들의 마음을 자극했다.

"그래요. 아무리 그래도 폭력을 정당화할 순 없죠."
"그러지 말라고 법이 있는 거니까요."
"나쁜 사람을 벌하기 위해 폭력을 행사했는데 죽는다는 가정도 있죠."

교장은 부모들이 알아서 편을 들어주자 아무도 안 들릴 정도로 작게 기뻐했다.

"그거라고."

애초에 폭력을 좋아하는 사람은 없다. 때문에 폭력이라는 단어를 부각시키면 시킬수록 사람의 마음은 당연히 그걸 부정하는 쪽으로 기울게 되어 있다. 물론 악인은 제외겠지만. 교장은 그런 생각을 하며 저 학생을 퇴학시킬 기회는 지금이라고 본능적으로 깨달았다.

"그럼 시간도 길어졌으니 안타깝지만 은호 학생은 퇴학하는 걸로 결정을…."

"아니요. 그건 이상해요."

한 선생은 고민 끝에 자리에서 일어나 똑바로 교장 선생을 마주 보며 말했다.

"자네는 또 뭔가?"
"생명에 대한 존중 없이 함부로 상처를 주고 괴롭힌 학생은 어떤 징계도 없이 계속 학교에 다니고 그걸 비난하고 틀렸다고 말하려 했던 학생이 퇴학을 당한다면 우리는 그런 학교에서 계속 일해야 하는 걸까요?"

"한 선생님…."

"저는 설사 방법이 틀렸다고 해도 포대 자루에서 동물을 꺼내며 안심했을 저 학생을 계속 이곳에서 가르치고 싶습니다."

신 선생은 용기를 내 소신을 밝히는 그녀를 놀란 표정으로 바라봤다.

"저는 피아노 치는 걸 좋아해요. 또 선생이니까 연습을 소홀히 할 수 없죠. 그렇게 연습하다 보면 실력이 늘게 되고 그러면 마음속으로 떠오르는 장면들도 늘어나요. 그래서 나이를 먹을수록 좋았던 시간을 떠올리며 연주하는 걸 즐기게 되었어요. 사실 이곳 회의실로 오기 전에도 음악실에서 연주를 했었어요. 먼저 동물을 괴롭힌 세준 학생을 떠올리며 피아노 건반에 손가락을 올렸죠. 하지만 포대 자루에 갇혀 공포에 떨었을 아니 어쩌면 자신이 큰 위험에 빠졌다는 것 자체도 몰랐을 동물과 그 생명을 바라보며 사악한 미소를 지었을 세준 학생을 생각하니 건반을 도저히 누를 수가 없었어요."

한 선생은 그렇게 말한 뒤 말없이 눈을 감고 있는 은호 학생 쪽으로 시선을 돌렸다.

"그런데…. 그런데 말이에요. 교장 선생님. 저 퇴학을 당할 정도로 폭력적인 학생을 떠올리니 뭔가가 그려지기 시작했어요. 평소에 학교에서 키우는 동물들을 바라보며 먹이를 주며 미소 짓고 행복해하던 그 학생이 때로는 힘없는 동물을 위해 자신보다 덩치 큰 사람한테 화를 낼 줄도 안다니 저는 오히려 이번 일을 통해 내가 본 모습이 거짓이 아니었다는 게 무척이나 기쁘고 고마웠죠. 학교 주변에 사는 주민들은 저녁에 혼자 운동장을 걷던 학생을 몽유병이라고 이상하게 보기도 했지만 전 그 발걸음이 어떤 의미였는지 알았어요. 혹시나 모를 포대 자루가 묻힌 곳을 찾고 있었겠죠. 혹시 동물이 죽지 않았다면 풀어주려구요. 은호 학생의 정처 없는 듯. 하지만 확실히 나아가려는 그 마음이 저에겐 느껴졌어요. 그래서 그 순간 건반도 같이 걷기 시작했어요."

"그려진다…."

"저 학생의 모든 인생을 봐온 건 아니지만 남에게 피해를 주지 않기 위해 무척이나 조심하고 억지로라도 착한 척을 하며 어떻게든 살아가려고 필사적인 노력을 했겠죠. 실수도 많이 했을 거고 그만큼 후회도 많이 했을 거예요. 살면서 제가 배운 건 그런 사람은 반드시 목숨보다 가족을 사랑해요. 소중한 게 뭔지 이미 알고 있어요. 그런 사람이 누군가를 때렸다는 건 그걸 짊어질 책임감과 각오가 있었다는 거예요. 솔직히 말하면 정의를 지켜주는 사람이 없는 거 같아서 부족한 나라도 뭔가를 해야겠다고 생각을 하게 만든 이 사회에도 분명 문제가 있는 게 아닐까요."

교장은 못마땅하다는 듯. 삐딱한 자세로 의자에 앉아 허공만 바라보고 있었다.

"연주에 있어서 삶에 있어서 감정은 중요해요. 행복한 감정도 화나는 감정도 억울한 감정도 슬픈 감정도 저에겐 모든 게 소중해요. 인간다운 것들이요. 그래서 많이 부족하고 어린 저 학생의 인생은 언제까지라도 최선을 다해 연주할 수 있어요."
"유치한 소리만 늘어놓는데 그래 봐야 폭력은 폭력일!"
"그렇다면 징계회의를 다시 열죠. 이번엔 세준 학생이 다니는 학교와 같이 말입니다. 누구의 잘못이 더 큰지 제대로 가려봐야 하지 않겠어요?"

교감은 못 참겠다는 듯 자리에서 일어나 합동 징계회의를 제안했다.

"자네 지금 뭐하나."
"그리고 아까부터 자꾸 폭력 폭력 하시는데 그 정도 잘못했으면 한 대 맞아도 되는 거 아닌가요? 사랑의 매 모르세요? 그렇다고 학생이 선생이라는 소리는 아니지만."
"폭력이 정당화될 수 있다고 보나!"

"교장 선생님이야말로 한 학생의 인생을 망치려는 폭력을 저지르고 있는 거죠. 이거야말로 폭력이 아니면 뭡니까? 올바르고 슬기롭게 학생들을 가르칠 거라고 하셨잖아요. 그런데 저 학생이 퇴학이라구요? 정말 잘못을 저지른 세준 학생은 아무렇지 않게 다니며 졸업장까지 받을 텐데 교장 선생님에게 학교라는 곳은 미래의 범죄자를 지켜주는 곳입니까?"

"오만하고 편협한 사람이었구만. 내가 사람을 잘못 봤네."

"좋은 교장인 척 연기 그만하시구요. 저는 세상의 질서라는 진실을 외면하고 악의를 가지고 부정을 저지르는 것이 어른이라고 한다면 그런 어른? 절대 되고 싶지 않습니다. 아이들의 미래를 지켜줄 수 없는 어른? 그게 어른입니까? 오늘 태어난 아기보다 못한 거 아니에요?"

"그래서 어쩌라는 건가?"

"어른이면 어른의 책임을 다해야 한다는 겁니다. 맨날 더러운 짓 할 궁리나 하지 말고 어린 시절의 자기 자신에게 죄짓지 말라구요."

"더러운 짓? 말 다했나!!"

그때 문을 노크하는 소리가 회의실 안에 유난히 크게 울려 퍼졌고 조금 뒤 문이 삐그덕 소리를 내며 열렸고 순경들이 들어왔다.

"아 징계회의 중이신데 죄송합니다. 실은 이번 폭력사건 저희 파출소 담당이기도 해서 조사를 좀 해봤습니다."

교장은 순경들의 등장에 눈빛이 흔들리며 순식간에 얼어붙었고 조금 전의 호기롭던 모습도 사라졌다.

"아마 은호 학생이 말했겠지만 세준 학생은 이번 정의초등학교에서만 동물 학대를 한 게 아니라 자신이 사는 곳과 이쪽 동네 모두를 범행 지역으로 삼았습니다. 게다가 은호 학생과는 쌍방 폭행이었으나 일방적으로 폭행을 당했다는 피해자 아이들의 증언도 나오고 있습니다. 징계 결정에 참고하시라고 알려드리러 왔습니다."

"아…. 알았네…."

"그리고 세준 학생이 교장 선생님에게 이 말을 전해주라고 했습니다. 항상 감사합니다라고."

"무슨 말인지 모르겠군."

"행정실에서 조사해 보니 세준 학생은 이 학교에 다니고 있었는데 지금 같은 문제를 자주 일으켜 강제로 전학을 보낸 거더군요. 퇴학시킬 줄 알았는데 전학을 보냈으니 그런 것에 대해 감사하다고 말한 거겠죠. 어쨌든 경찰의 입장에선 세준 학생을 학교 자체적으로 징계하는 걸로 넘어가기엔 사안이 좀 심각하다고 판단하고 있습니다."

"아 그런 학생이 있었지. 그럼 그 학생을 소년원 같은 교정기관으로 보낼 수도 있다는 건가?"
"그건 아직 확실하지 않습니다. 일단 처벌받기 전까지는 집에서 근신하게 될 겁니다. 뭐 근신보단 격리라고 봐야겠지만."

교장은 불신 가득한 표정으로 자신을 보고 있는 이 공간의 모든 사람들이 마음에 들지 않았다.

"왜들 그렇게 날 보는 겁니까."
"세준 학생에 대해서는 유난히 관대하시네요."
"저 학생은 바로 퇴학시키려고 하셨으면서."

순경은 옆에서 얘기를 듣다가 한 가지가 더 떠올랐다.

"아 참 그리고 쌍방 폭행 말입니다. 은호 학생이 먼저 때리긴 했지만 이후에 포대 자루에 있던 강아지가 살아있는 걸 알고 그걸 감싸기 위해 일방적으로 맞았다고 합니다. 경비 아저씨가 발견하지 못했다면 은호 학생의 목숨도 장담할 순 없었을 겁니다."

신 선생은 더 들을 것도 없다는 듯 단호히 말했다.

"교장 선생님 지금도 은호 학생이 퇴학감이라고 생각하시나요?"
"…."

"말씀해 주세요."

교장은 이를 악물고 눈을 질끈 감은 채 징계 건에 대한 결정을 내렸다.

"이번 징계회의는…. 없었던… 걸로 하지."

말을 끝내고 자리를 박차고 복도로 나가버린 그의 그림자가 흐려질 때쯤 한 선생은 은호의 등을 다독였다.

"혹시 하고 싶은 말 있니?"

은호는 교장이 사라지고 조금 더 환해진 창문이 답답했다.
"선생님 저기 죄송한데 창문 좀 열어주실래요."

힘들지 않은 부탁에 창가로 가 큼지막한 창문을 활짝 열어젖히자 커튼이 여유로이 춤출 정도의 바람이 부드럽게 건너왔다.

"저는 앞으로도 소중한 사람들과 함께하고 싶어요. 비록 힘은 없지만 그걸 함부로 하려는 누군가가 나타난다면 절대 용서하지 않을 거구요. 처참하게 패배할 수도 있겠지만 마음만은 지지 않겠다는 거죠. 이 땅에서 살아가는 모든 학생들이 학교에서 옳은 지식을 배우고 친구들과 아름다운 추억을 만들고 그렇게 집으로 돌아가서 사랑하는 가족과 저녁을 먹으며 오늘도 좋은 하루였다고 이야기를 나누며 시원한 선풍기 바람과 함께 잠이 들어버리는 그런 당연한 날들이 계속될 수 있는 세상이 왔으면 좋겠습니다."

은호의 말이 끝나자 교감의 보름달 같은 얼굴이 더욱더 빨갛게 변하며 작게 박수를 쳤고 나머지 교직원들과 부모님들도 함께 박수를 치는데 뭔가 타이밍들이 잘 안 맞아 어긋나는 느낌이었다.

"불협화음이네요."

냉정한 한 선생의 평가에 모두가 웃음을 터트렸고 서로에게 인사를 하며 각자 가방을 챙겨 회의실을 빠져나갔다.
그리고 박 순경은 일어나려는 은호에게 다가와 말했다.
"맞다. 바자회 사건 말인데 테이프 케이스를 열지 못하게 막았던 그 남자들 얼마 전에 구속됐다고 하더군. 자세한 내용은 모르겠지만 그 꼬마가 용기를 낸 거겠지."
"정말이요? 잘됐네요."
"그럼 우린 이만."

오늘도 하나 해결했으니 기념으로 저녁에 치킨집으로 가자는 순경 아저씨들의 정겨운 대화 소리를 들으며 은호는 늘 그랬듯 연못이 있는, 학교 오른쪽 출입문으로 내려왔고 그 앞엔 언제 왔는지 지아와 현우 그리고 여동생과 함께 온 선욱이가 기다리고 있었다.

"어이!"
"현우야 언제부터 있었던 거야?"
"시간이 남아돌길래 지아랑 와봤지."
"선욱이까지…."
"사실은 내가 오빠 끌고 온 거야."

선욱은 망설이다 갑자기 주먹을 내밀었고 은호는 놀랐지만 곧 주먹을 내밀며 살짝 맞부딪혔다.

"오랜만에 해보네."
"표정을 보니 퇴학은 아닌가 봐. 아깝다."

"지아 너…."
"농담이고 고생했어."

지아는 은호에게 저쪽을 보라고 눈치를 줬고 운동장으로 향하는 내리막길 시작점에 찌그러진 캔이 하나 서있었다. 은호는 왠지 저 의미를 알 거 같았다.

"그럼 친구들아 준비해."

은호는 적당한 거리를 잡은 뒤 숨을 크게 한번 쉬고 캔을 향해 힘껏 달렸고 발에 차인 캔이 포물선을 그리며 하늘을 지나 운동장에 떨어지는 순간 크게 외쳤다.

"이제 모두 풀려났지? 그럼 선욱이네 집까지 경주다. 꼴찌가 아이스크림 쏘기!!"
"갑자기?"
"친구 된 지 며칠 안 돼서 어딘지 모른단 말이야!"
"난 아니까 먼저 갈게 돈이 없거든."

조금 있으면 아침이 시작되겠지.
조금 있으면 또 날이 저물어 가겠지 하면서 우린 또 달린다.
헤어지면 또 만날 수 있겠지.
보이지 않지만 내 곁에서 분명 바라보고 있겠지 하면서 우린 또 달린다.
담을 뛰어넘고 싶을 때나 지각에 늦었을 때나 네가 이삿짐 차를 타고 떠나갈 때나 힘껏 달린다는 건 언제나 기분 좋은 거 같아.

"그렇지? 나라야."

1996년 4월 협박

"으윽…. 왜 이러는 거야."
아직 야자가 끝나지 않은 저녁시간 여느 때처럼 일찍 나와 그녀를 마중하러 가던 성훈은 무리들에게 잡혀 공원 으슥한 곳에 끌려가 폭행을 당해 쓰러져 있었다.
"왜 이러긴 네가 더 잘 알 텐데. 왜 쓸데없는 짓을 해서 이 사단을 만들어."
성훈은 무리들을 노려보며 말했다.
"너희들 지금 그러고 사는 게 뭐라도 되는 것처럼 생각하는 모양인데. 분명 후회할 날이 올 거야."
"후회고 자시고 간에 그 여자 앞에 다신 나타나지 마."
"지금 협박하는 거야?"
"그게 중요한 게 아니지. 너랑 상관도 없는 여자 때문에 죽으면 억울하지 않겠어?"
그 말을 들으며 화가 치밀어 올랐다.
"상관이 없다고? 가족이든 아니든 누군가에게 괴롭힘당하는 사람이 있다면 도와줘야 하지 않겠어?"
"너야말로 자신이 뭐라도 되는 것처럼 생각하는 거 같은데?"
무리 중 한 명이 다가오더니 성훈의 얼굴을 강하게 걷어찼다.
"아악!"
"우리는 아직 어른이 되지 못했잖아? 그런데도 너희 같은 약자들에게 이렇게 날을 세우고 살지. 그런데 우리가 어른이 되면 어떻게 될 거 같아?"

"…."

"너희 같은 평범한 놈들과는 다르게 우리는 더 날을 세우는 세상으로 간다는 말이야. 아직도 모르겠어?"

"후우…."

가격당한 고통으로 제대로 몸도 가누지 못하는 성훈은 누운 상태로 말했다.

"그렇다는 건 그대로 어른의 탈을 쓴 괴물이 되어 착하게 살아가는 사람들을 더 괴롭히겠다는 말이네."

"괴롭힌다고? 정확히 말하면 너희가 약한 거지. 약하니까 당하는 거고."

"약하면 함부로 대해도 된다고 누가 그래. 너의 학교 선생님이 그래?"

힘들게 자리에서 일어나며 그는 무리들을 똑바로 마주 봤다.

"너무 아파서 웬만하면 누워있으려고 했는데. 말하는 게 너무 역겨워서 안 되겠다."

"그래 계속 일어나. 밤새도록 눕혀줄 테니까."

"너희들 잘 들어. 얼마 전에 티브이를 봤는데 분명히 증거와 정황이 다 드러났는데도 판사는 범죄자가 권력자라는 이유만으로 손을 들어주더라. 그걸 보고 느꼈지. 국민을 위한다고 생각했던 법이라는 게 정의라는 게 세상을 망치려는 자들의 손에 얼마든지 놀아날 수도 있다는 걸. 당연히 응당한 벌을 받을 거라고 생각했던 범죄자가 죗값을 받지 않고 국민 앞에서 계속 나라를 망치며 선량한 척한다면 그걸 마주해야 하는 수많은 사람들의 절망스러운 마음은 하늘이 무너지는 그 마음은 어떻게 위로해 줘야 하지?"

"…."

"결국 너희가 자라서 고작 그런 어른이 된다는 거잖아? 법을 우습게 보고 사람들을 우습게 보고 너희들 마음대로 괴롭히고 상처입히면서 세상을 짓밟고 다니겠다는 거잖아?"

"그러겠다면? 네가 어쩔 건데."

"글쎄. 이미 저 하늘은 악인들이 하는 짓을 다 지켜보고 있고 결국 먼 훗날 죗값을 받게 되겠지. 지금은 너희가 모든 걸 가진 것처럼 느낄지 몰라도. 그게 얼마나 하찮고 의미 없는 것이었는지 스스로 깨닫게 될 거야. 아 물론 이건 티브이 속에 나오던 그놈들한테도 하는 말이야."

"그럼 이제 또 누울 차례네."

무리들은 그가 한 말을 비웃으며 다시 한번 밟아주기 위해 다가왔다.

"말은 그럴듯한데 말이야. 너희들은 그냥 입 닥치고 우리가 통제하는 대로 희생당하면 그만이야. 그런 세상이라는 걸 인정 안 하면 힘든 건 자신일 뿐이지."

"힘들다는 건 그래서 늘 가치가 있지. 악행은 한번 저지르면 또 저지르기 너무 쉽지만 말이야. 머릿속에 새겨놔. 소중한 걸 지키는 건 너무 힘들지만 소중한 걸 버리는 건 한순간이라는 걸. 이 무게를 모른다면 너흰 평생을 악에 오염된 채로 살아가겠지."

"그런 거라면 안타깝지만 세상은 이미 우리 편이야."

"응 나도 알아."

"그럼 이제 죽어."

사람들이 평화롭게 거니는 육교공원의 구석에서 소년은 그렇게 짓밟혔다.

2002년 9월 후회

"이 순경 거기서!"
"따라오지 마세요!"

박 순경과 최 순경은 필사적으로 도망치는 우비 차림의 이 순경을 비를 맞으며 쫓고 있었다.
얼마 전 꼬마들과 힘을 합쳐 담벼락 괴인을 잡았지만 이 순경은 왠지 모르게 침체되어 있었다.
아마 체포된 괴인이 왜 그런 짓을 해온 건지 사실대로 자백할까 봐 그게 두려운 건지도 몰랐다.
박 순경은 비닐 랩으로 감겨져 있던 테이프 케이스에서 가족사진이 나오고 이 순경이 동네에서 일어나는 사건에 소홀히 대응하는 걸 보며 확신을 가지게 된 것이다. 교장과 유착한 타 동네 순경들이 테이프 안에 마약을 뺀 뒤 아이들을 쫓았던 남자가 건네준 가족사진으로 바꿔치기하고 이 순경이 사건을 흐지부지시키려 했다는걸.
그리고 그 이 순경은 우리 앞에서 미친 듯이 달리다 막다른 길목에서 멈춰 섰다.

"너 왜 그런 짓을 하는 거야."

검은 우비를 입은 이 순경은 동공이 살짝 풀려있었다. 아마 지금은 제정신이 아닐 것이다.

"너 설마 마약 하는 거야?"

"이 순경이 마약이요?"

그 말을 듣고 그는 두 순경을 한심하다는 듯 바라봤다.

"박 순경님 지금 제가 제정신이 아니라고 생각하시죠? 세상을 잘 모르시네요. 미안하지만 이게 진짜 접니다."
"정의초등학교에 관련된 일엔 아예 다가가려 하지 않아서 눈치는 채고 있었지만 이 정도였을 줄이야."

함께 동고동락하던 이 순경의 변한 모습이 최 순경은 도저히 믿기지 않았다.

"누가 널 이렇게 만든 거야?"
"누가? 누가라니 이런 나를 가장 원한 건 내 자신이야."
"너…."
"얼마 전에 담벼락 괴인을 잡았잖아? 솔직히 난 좀 짜증 나더라고. 왜 저 재밌는 걸 막는 걸까 하고 말이야. 실은 세준 학생의 친구들 중에 체격이 괜찮은 놈을 골라 담벼락 괴인이 되라고 했지. 그렇게 하면 사람들의 관심이 늘 그쪽으로 향할 테니까. 그렇게 되면 자연스럽게 우린 더 마음 놓고 일을 벌일 수 있지. 그래서 오늘 밤엔 비도 내리고 기분이 좋아져서 흉내를 잠깐 내본 거야. 아니지 흉내가 아니야 난 담벼락 괴인이 되고 싶었어."
"다시 돌아오기엔 너무 멀리 온 거 같아서 괴로운 거라면 그래도 아직 괜찮은 거 아닐까?"
"뭐?"

"너를 미치게 한 그것이 과연 세상을 지키겠다던 너의 꿈보다 가치가 있는 것일까."
"…."
"멀면 어때. 죗값을 받고 어떻게든 다시 돌아오면 되지."
"무슨 소린지…. 모르겠는데요?"
"네 자신을 찾으라는 소리야."

최 순경은 축축한 골목 바닥에 떨어지며 부서지는 비처럼 한탄했다.

"잘은 모르겠지만 경찰이 정신을 차리지 않으면 어쩌자는 거야…."

그런 우리를 비웃는 건지 눈물을 흘리는 건지 고개를 떨군 이 순경은 등을 들썩이고 있었다.

2002년 9월 비 오는 날의 이메일

비 오는 날 성훈은 북콘서트가 열리고 있는 건물 밖에 서있었다.
당장이라도 문 안으로 들어가고 싶지만 그럴 수 없었다.
할 수 있는 건 혼잣말뿐이었다.

'소나 님 저 이제 당분간 북콘서트에 못 가요. 어쩌면 몇 년이 걸릴지도 모르겠네요.
저는 매일 소나 님의 책에 나비가 날아오는 걸 꿈꿨어요. 너무 행복한 시간이었죠.

그런데 얼마 전에 이런 얘기를 하셨죠.
나의 마음이 누군가에게 전해지기 바라며 필사적으로 걷는다구요.
그래서 저도 필사적으로 걸어보려구요.
잊지 않을게요. 우리 모두는 글로 이어져 있다는걸.'

소나 님과 이별을 한 뒤 집으로 돌아온 성훈은 컴퓨터를 부팅하고 화면을 멍하니 바라봤다.

그리고 바보처럼 인터넷에 '절망을 넘어서 날아온 우리의 약속'을 검색하며 아무것도 뜨지 않는 검색결과가 나오자 그제서야 눈물을 흘렸다. 성훈은 신 선생을 옆에서 지켜보는 한 선생의 마음을 이제야 알 거같았다. 그 남자에게 위로가 되어주고 싶다며 눈물을 글썽거리던 모습이 자꾸 아른거렸다.

하고 싶은 게 아무것도 떠오르지 않는 시간. 결국 스팸을 정리하기 위해 포털사이트에 로그인했는데 새 메일함에 빨간 불이 들어와 있었다. 항상 이메일을 보내오던 그 정체불명의 사람이었다.

> PM 11:45 보낸 사람 도라지꽃
> 이제 마지막 이메일을 보내드립니다.
> 저는 당신이 글을 사랑하는 걸 알고 있습니다. 하지만 현실의 벽에 부딪혀 그 마음을 잃어가고 있었죠. 빠른 속도로 흐르는 세월은 그토록 냉정했지만 그럼에도 당신은 상상하는 걸 멈추지 않았습니다. 그 점에서 제게 당신은 이 사건을 해결할 유일한 사람이었죠.
> 매일 밤 공원을 바라보는 저 창가에서 꿈을 꾸며 마음껏 상상의 날개를 펼쳤습니다.

당신은 현실에 지쳐서 모든게 망상이라고 할지 모르지만 그 날개는 결코 망상이 아니라고 생각합니다.
저도 그동안 저 수풀림을 계속 지켜보며 사건을 해결하려 했는데 그곳엔 이미 당신이라는 희망이 있었습니다. 악인들은 그 땅을 더럽히려고만 했지만 당신은 그곳에서 기꺼이 꿈을 꾸었습니다.

부디 당신의 상상이
슬픔에 빠진 남자와 여자를 구할 수 있기를 바랍니다.

P.S. 할 수 있을 거예요. 당신은 길을 잃고 울던 제 친구 은호를 많이 닮았거든요.

"상상이라…."

성훈은 망설임과 두려움이 담긴 스팸함을 정리하며 다시 한번 상상했다.

1996년 4월 지진

꿈을 꿨다. 난 고등학생임에도 불구하고 초등학교 교실 책상에 앉아 있었다. 그리고 내 주변엔 아이들이 떠들면서 조례를 기다리고 있었다. 아이들은 나의 존재를 전혀 신경 쓰지 않았는데 난 몸을 낮춰 걸리지 않으려고 했다. 무의식적으로 경계한 것이다. 조금 뒤 그 반의 담임 선생님이 들어왔고 교탁 앞에 서서 학생들에게 방학을 잘 보내라고 말했다.

그런데 난 이상한 느낌이 들어 조용히 교실 밖으로 나갔다. 그런데 이젠 초등학생들이 아닌 중학생들이 가방을 메고 복도로 나오고 있었고 실제로 나랑 같은 반이었던 중학교 시절 친구들도 보였다.

난 반가운 마음에 인사하려 했지만 갑자기 공간이 바뀌었고 1층까지 이어지는 3층의 내리막길에 서있었다. 그런데 여기는 학교 건물이고 차가 올라오면 안 되는 구조일 텐데 계단이 아닌 평평한 길로 만들어져 있는 게 의아했다.

옥상에 주차장이 있는 것일까? 그런 학교가 있었나?

맑은 하늘은 시원하게 느껴졌지만 난 혼란스럽기만 하다. 그때 내 옆에 있던 추억 속의 친구 하나가 어어 소리를 내며 몸을 휘청이고 있었고 난 왜 그러냐고 물어보려 했지만 동시에 땅이 요란하게 흔들리는 걸 인지했다. 우리는 위험하다고 외치며 내리막길을 달렸고 1층에 도착하자 시야에 운동장이 들어왔다. 운동장은 지진의 충격파로 인해 빠른 속도로 금이 가고 있었고 이윽고 우리와 가까운 거리의 땅도 꺼지기 시작했다. 나와 친구는 혼비백산해서 반대편 방향으로 도망을 쳤고 산으로 이어지는 가파른 오르막길을 올라갔다.

곧 있으면 내가 있는 이 땅도 꺼져버릴 거 같은 공포심. 난 절망스러웠다. 땅의 흔들림과 내가 잡고 올라가는 돌들의 촉감이 너무도 생생해서 더 그랬다. 자연의 힘 앞에서 인간은 얼마나 나약한 존재인 걸까. 난 살기 위해 무턱대고 산을 기다시피 오르고 있었지만 너무도 정처 없는 헤맴과 같았다. 그리고 작은방에서 눈을 떴다.

"또 꿈이었구나."

악몽에서 깨어나자 그들에게 일방적으로 폭행당할 때 생긴 상처가 욱신거렸고 난 그 통증에 얼굴을 살짝 찡그렸다. 현실도 꿈과 같았다.

조금만 판단을 잘못하면 순식간에 땅 아래로 꺼져버릴 것 같은 위험한 상황. 난 찬물로 세수를 하며 정신을 차리려 했지만 여자 앞에 다신 나타나지 말라는 그들의 목소리가 방을 가득 채우며 용기를 겁박하고 있었다.

이 싸움은 언제 끝나는 걸까.

1996년 5월 슬픈 애원

나는 도덕 선생님에게 애원했다.
"선생님 이제 전 어떻게 하면 되는 걸까요."
도덕 선생님은 말없이 운동장을 바라볼 뿐이었다.
"정말 최선을 다했는데…."
어딘가로 향하는 새들이 모두 창가를 벗어날 때쯤 선생님은 그제서야 입을 열었다
"때로는 악과 싸워 이길 수 없다 해도 사실을 인정하고 살아가는 것도 중요하다."
나는 물론 그 말에 공감했다. 그래서 그녀에게도 과거는 잊고 나아가자고 말했지만 현실은 너무 냉혹했다.
"하지만 그건 앞으로도 악인들에게 상처받고 피해받고 죽어가는 사람들을 모른척하라는 얘기도 되는 거잖아요. 저는 그 점이 너무 분해요."
선생님은 말했다.
"살아간다는 건 항상 이긴다는 것을 뜻하지 않는다. 내가 쫓기듯 학교로 옮긴 것도 위험에 처한 사람들을 제대로 도와줄 수 없는 것도 다 삶의 일부분이다. 넌 지금 상황에서 화를 내고 당장 어떤 방법을 찾으

려고 하지만 그게 어렵다는 건 잘 알고 있지 않니. 그러니 지금은 현실을 받아들이고 숨을 고르는 시간도 필요한 거란다."

"언제까지 숨을 고르고 참아야 그들을 이길 수 있는 건데요. 지금 당장 사람들이 죽어가는데요."

"그건 앞으로 네가 찾아내야 한다. 이 세상은 그렇게 되어있으니까."

"제가 할 수 있을까요?"

선생님은 제자를 바라보며 미소 지었다.

"너를 만난 뒤로 그 여학생이 자주 웃는다고 하지 않았니."

그렇게 빛의 줄기가 하나씩 구름에 가려지며 하루가 저물어 갔고 집으로 돌아가던 소년은 억지로 그 빛을 잡고 싶지 않았다. 이젠 빛이 없는 곳에서도 웃을 수 있는 그녀를 보고 싶었다.

2002년 9월 찾다

"대체 어딨는 거야 젠장."
"여기 맞는 거야 교장?"
"계속 파기나 해."
"정말로 그 정도의 양이 묻혀있는 거라면 얼마 정도 할까?"

눈을 희번득 부라리며 세준은 교장을 노려봤다. 어쩌면 노려본다기보단 동족을 쳐다봤다고 해야 할까. 같은 목적을 가진 교장과 이곳 수풀림에 잠든 대규모의 마약을 찾기 위해 삽으로 땅을 마구잡이로 파헤치고 있었다.

"사람들은 왜 이걸 즐기지 못하게 막으려 하는 걸까?"

교장은 세준의 말을 들으며 비웃었다.

"멍청한 건 변함이 없구나. 그놈들도 뒤에선 다 즐기고 있어. 앞에서만 정의로운 척하지. 얼마나 추하던지."
"그래서 학생들 먹을 빵 반죽에 마약을 넣은 거야?"
"아침에 마약을 하고 학교에 출근하니 부모님들이 열심히 빵을 만들고 있더라고 그래서 몰래 털어 넣었지."
"이런 게 교장이라니."
"오늘부터 관둘 거니까 상관없어. 그리고 나는 그저 빙산의 일각이야."

교장과 세준에겐 더 이상 나무도 나뭇잎도 보이지 않았다.
어떤 것도 눈에 보이지 않았다.
그리고 끝없이 파 내려가는 그 탐욕에 답하려는 건지 삽의 끄트머리에 뭔가가 걸리며 팍 소리가 났다.

"오?"
"너도 들었지?"
"그래."

교장은 실제로 이곳에 자신이 원하는 게 있다는 걸 확인하자 삽을 던지고 손으로 조심히 그 부분의 흙을 파냈다.

"봉지에 담고 플라스틱 통에 한 번 더 넣었구만."

마침내 마약이 담긴 통이 모습을 드러냈고 교장은 한 손으로 들어 올린 뒤 사악한 미소를 지었다.

"찾았어!"
"내 망상이 진짜였을 줄이야. 당신 학교 학생들도 불쌍하네. 교장이란 작자가 애들 먹을 빵에 마약이나 넣고."
"뭐?"

교장은 순간 소름이 돋았다. 방금 말한 건 세준의 목소리가 아니었다. 둘의 대화에 갑자기 끼어든 낯선 목소리에 그는 뒤도 돌아볼 수 없었다.

"넌…. 누구지?"

"그건 당신이 알 거 없고, 잘 들으세요."

한 번도 본 적 없는 안경 쓴 청년이 마스크를 벗어 주머니에 넣으며 천천히 말했다.

"역겨운 쾌락은 혼자서 극복하는 것."

"친구란 언젠가 만난 그 친구가 멋진 미래를 만들어 갈 수 있도록 곁에서 지켜주고 바라봐 주는 것."

"생명이란 함부로 만지지 않는 것."

"자신의 마음속에 기생하는 악에 굴복한 것에 지나지 않는 나약함을 흉기로 삼아 범죄를 저질러 놓고 그걸 사랑이라 거짓말하며 선량한 가면을 쓴 채 현혹하는 너희들에게 나는 언제든지 말할 거야."

"열심히 사는 사람들을 건들지 말라고."
"뭐라는 거야. 이 새끼가."

그때 청년 뒤로 파란불과 빨간불이 마치 지휘자의 손짓에 따라 움직이듯. 만남과 헤어짐을 반복하며 그 빛으로 수풀림을 가득 채웠다.
그리고 그 속에서 순경들이 걸어 내려왔다.

"당신들을 마약밀매 혐의로 체포하겠습니다."

"뭐야."

"당신은 이 순경을 꼬드겨 바자회의 허점을 이용한 마약밀매를 눈감게 했죠. 수년간을요. 몇 년 전의 초등학교에서 세준 학생이 폭력사건을 일으켰을 때 출동한 이 순경에게 뒷돈을 건넸죠. 그게 시작이었어요. 결국 이 순경은 그때부터 점점 괴물이 되어갔죠. 그리고 당신은 거기 옆에 있는 박세준 학생의 비행을 부추기며 공범으로 삼았어요. 덕분에 그 학생은 마음껏 폭력을 행사하고 다녔죠. 즉 교장 당신은 학교와 이 동네를 무법지대로 타락시켜 온 겁니다."

"어떻게 안 거지?"

"가족사진이죠. 어린아이가 비디오테이프 케이스에 가족사진을 넣고 밀봉하는 건 부자연스럽죠. 소장님은 사진을 보며 감정이 복받치셨지만 전 이상하기만 했습니다. 그리고 은호 학생 집에 아이 아버지의 측근들과 다른 지역의 순경들이 동시에 들이닥친 것도 말이 안 되는 거였죠. 미리 약속이라도 하지 않는 이상. 즉 당신들은 비디오테이프를 들고 우리 파출소로 오는 어느 시점에 마약과 가족사진을 바꿔치기한 겁니다. 그 말은 이 순경뿐만 아니라 타 지역 파출소도 당신과 손을 잡았을 가능성이 높다는 거겠죠."

"젠장. 이곳도 이 순경이 불었겠군."

"아니요. 이 순경은 죗값을 받고 출소한 뒤 이곳에서 마약을 챙길 생각이었는지 묻힌 곳을 알려주지 않았습니다. 알려준 건 저 청년이죠."

청년은 교장을 바라보며 슬픈 표정을 지었다.

"극악무도한 범죄를 가족을 생각하는 아이의 마음으로 가리려고 하다니. 끔찍한 분이네요."

"이곳을…. 어떻게 안 거지?"

"나비길이에요. 저는 나비를 좋아하거든요. 아니 좋아한다기보단 반드시 좋아해야 하는 시기가 있는 거죠."

"아까부터 개소리만 하고 있군."

"당신들이 마약을 찾아 헤맨 이곳은 나비길이 있는 곳이에요. 기다리고 있으면 반드시 날아오죠. 한 남자가 마약을 숨기기 한참 전부터 이곳을 좋아했고 항상 지켜봐 왔어요."

"…."

"처음엔 그 사람도 식물이나 나비 같은 걸 좋아하나 했죠. 그런데 밤에도 찾아오더라구요. 그래도 전 저 사람이 어두운 곳에서 풍경을 보는 것도 좋아하는구나 싶어 그러려니 했죠. 그런데 그 남자는 이후로 더 이상 찾아오지 않았어요. 그래서 생각했죠. 아 무슨 일이 생겼구나라고. 예를 들자면."

"예를 들자면?"

최 순경은 박 순경 옆에 서서 스릴 넘치는 듯 청년의 말에 엄청나게 몰입하고 있었다.

"사실은 그날 밤 어디로 간 게 아니라 아직 이곳에 있는 건 아닐까? 같은 거죠."
"그 말은 죽은 사람이 이곳에 묻혀있다는 건가?"
"그건 확실하지 않아요. 단지…."
"단지?"

최 순경은 더욱더 몰입하고 있었다. 누가 팝콘이랑 콜라만 쥐여주면 완벽한 관객의 모습일 텐데. 청년은 그런 상상을 하며 오른팔을 들어

한쪽을 가리켰다. 별다를 바 없는 수풀과 꽃이 가득한 땅이었다.

"저기가 왜?"

"여기서 보면 당연히 알 수 없어요. 하지만 가까이서 보면 어떨까요? 엄청 집중하고 계신 순경님 잠깐 이쪽에 와서 이상한 게 없나 살펴보실래요?"

"응? 나?"

최 순경은 쭈뼛거리며 청년이 있는 곳으로 걸어갔고 평범하디 평범한 지목 장소를 살펴봤지만 역시나 이상한 점은 없었다.
"글쎄 잘 모르겠는데."
"길이 바뀌었어요."
"응?"
"나비길이 이 구간에서 변했어요. 살짝 위쪽으로 올라갔죠. 나비는 원래 여기에서 일직선으로 지나갔었는데 지금은 왼쪽 오르막 둔덕 쪽으로 올라갔다가 서서히 아래쪽으로 내려오며 다시 원래 나비길로 날아가죠. 그 말은."

"그 말은?"

최 순경은 청년 옆에서 드디어 뭔가가 오는구나 하며 잔뜩 기대를 했다.

"내가 알려주지. 그 남자를 죽인 범인이 그 땅을 헤집어 놓았다는 거구나."

"바로 그거죠."

박 순경은 땅을 살펴보며 확실히 알았다는 듯. 자신의 생각을 말했다.

"잘 보면 청년이 말한 땅의 색도 주변과 좀 달라. 미세하게 좀 더 진하지. 즉 얼마 전에 땅을 뒤엎었다는 말이 돼. 그 증거는…."

박 순경은 신발로 천천히 의심되는 땅의 흙을 골랐다.

"흙을 보면 날카로운 뭔가로 다진듯한 꽃의 파편이 섞여있어. 이건 확실히 이상하지. 그렇다는 건 부서진 이 꽃은 나비가 좋아하는 꽃이라는 거고 이 땅을 망쳐놨기 때문에 더 이상 이 위치에선 자라기 힘들어진 거야. 회복할 시간이 걸리는 거겠지."

"맞아요. 그래서 나비는 방향을 살짝 바꾼 거죠. 아니 강제로 바꾸게 된 거죠. 저기 서있는 두 남자 중 누군가 때문에요. 아니면 둘 다일 수도 있겠죠. 만약 여기에서 그 남자의 시체가 나온다면 저 두 사람의 지문이 남아있는지 확인해 보세요. 이곳이 그동안의 마약 접선 장소였다면 우발적인 살인일 수도 있으니까요. 즉 죽은 남자와 범인은 어떤 이유로 다투었을 가능성이 높고 장갑을 낄 여유도 없었겠죠."

"다투었다고?"

"네 예를 들면 죽은 남자가 더 이상 못하겠다고 자수하겠다는 말을 했다면? 범인의 입장에선 죽일 이유가 충분하죠. 하지만 죽이고 나서도 이곳의 마약을 건들진 못했어요. 왜냐면 이곳을 알고 있는 밀매범들이 많았으니까요. 그래서 마약은 창고의 역할을 하는 이곳에 계속 잠들 수 있었죠. 서로의 정보를 다 알고 있으니 함부로 할 수 없었던 거예요. 즉 지금 저 두 사람은 범죄자들끼리의 룰을 깨고 도망칠 생각을 하고 있는 거예요. 밀매범들을 평생 따돌릴 각오까지 하면서요. 범죄가 범죄를 낳는 거죠."

청년은 상당히 자세한 부분까지 알아채고 있었다.

"그런데 지문이 안 나오면 어떡하지?"

"걱정 마세요. 저는 소설을 쓰는 사람이라 쓸데없는 부분까지 걱정하거든요. 만약 저 사람들이 어떤 용액을 사용해 시체를 건드려서 지문을 지우려 했다면 어디에 남았는지 모르니 대량의 용액이 필요하죠. 그런데 일반인이 시중에서 그렇게 많은 양을 구하면 당연히 의심받겠죠. 그러니 그건 무리예요. 그리고 마약밀매를 같이 작당해 온 공범을 죽였으니 범죄에 관련된 자들에게 부탁하면 그건 또 그거대로 의심받겠죠. 공범은 다음 날 사라졌는데 만났던 교장이 그런 부탁을 한다? 이건 그냥 내가 죽였다고 자백하는 거나 다름없는 것이고 죽은 공범과 친했을지도 모르는 그들이 교장을 죽일 가능성도 있었죠."

"그러면?"
"남은 건 단 한 명 학교 관계자죠. 그중에서도 용액을 자유롭게 구할 수 있는 과목이 뭐가 있죠."

모두가 다 같이 외쳤다.

"과학!!"

"그렇죠. 저는 만약 과학 선생님이 공범이라면 어떨까?라는 쓸데없는 생각을 했지만 세상일은 모르는 거잖아요. 그래서 일주일에 몇 번씩 학교에 전화해서 과학 선생이 어떤 용액을 구비하는지 그 양은 어떻게 되는지 혹시 특정 용액을 대량으로 요청하면 그건 사적으로 사용할 위험이 있기 때문에 교육청과 구청을 비롯한 여러 기관에 따질 거라고 했죠."

"그런 식으로 계속 압박을 준 거구나."

"네 실제로 과학 선생이 관련되었다는 사실도 없고 제 망상일 뿐이지만요. 어쨌든 그렇게 집착했기에 혹시 있을지 모르는 시체의 지문을 지우려는 계획은 막을 수 있었죠. 물론 막았다는 것도 제 망상일 뿐이고 소량으로 지문을 지울 수도 있었겠죠. 때문에 나비길을 상처 준 건 큰 실수였어요."

박 순경은 교장과 세준 학생을 바라보며 말했다.

"두 분 할 말 없으신가요?"
"난…."
"지금 오고 있어요."

청년은 뭔가를 느낀 듯. 저 멀리 허공을 바라보고 있었다.
"찰나의 그 모습을 저는 항상 봐왔으니까요."

잠시 뒤 뭔가가 나무를 한 그루 한그루 지나오며 가까워지고 있었다.
"나도 지금 뭔가 본 거 같은데."
"저건…."

그것은 검은 반점이 새겨진 노란 날개를 힘차게 펄럭이고 있었다.

"호랑나비…."

호랑나비는 교장과 세준 학생을 지나 의심하던 땅을 피해 부드럽게 방향을 꺾었다.

"정말이었구나…."

잠시 뒤 다시 원래 방향으로 돌아온 호랑나비는 희미하게 햇빛이 비쳐오는 아직은 우중충한 하늘로 사라졌다.

"당신들은 이 수풀림을 진심으로 사랑하고 그림을 그리던 선생의 삶을 모독했고 저 호랑나비를 모독한 거예요."
"이제 뭐라고 말해도 소용없을 거 같군요. 교장 선생님."
교장은 박 순경의 말에 호랑나비가 사라진 하늘을 바라보며 입을 열었다.

"산사태는 한번 시작되면 어디를 막으려 해봐야 돌이킬 수 없지."
"쳇, 여기 오는 게 아니었어."
"그럼 나머지 얘기는 경찰서에서 듣죠…."

순경들은 교장과 세준 학생을 데리고 파란색 빛과 빨간색 빛이 반짝이는 곳으로 떠났다.

1996년 5월 결투 신청

"대장 편지 왔는데?"
"응? 편지?"

무리의 대장은 자신에게 편지가 왔다는 일당의 말에 의심스러운 마음이 들었다.
"그럴 리가 없는데?"
"적혀있잖아 여기."

봉투엔 확실히 받는 사람에 자신의 이름이 적혀있었다. 그런데 보내는 사람엔 아무것도 적혀있지 않았다.
"보내는 사람이 없는데 어떻게 여기 올 수 있지?"
"그러게 이상하네…."

대장은 편지를 건네준 일당과 적잖이 당황했고 곧이어 그 방법밖에 없다는 걸 깨닫고 밖으로 뛰어나갔다.
"이 자식 우리 아지트를 알고 있어."
"겁은 많아서 편지만 놔두고 갔군."
"반대로 우리를 협박하겠다는 건가."
"협박? 그건 불가능해. 그런 짓 해봐야 부질없다는 걸 그놈도 알아."

도저히 이해할 수 없는 상황에서 대장은 결국 편지봉투를 찢었고 그 안에 숨어있던 편지지를 꺼냈다.

안녕. 친구를 괴롭히는 걸 즐기는 소년아. 오늘도 넌 힘없고 나약한 누군가를 골라 희생양으로 삼고 있을 거야. 물론 난 네가 어떤 삶을 살아왔는지 몰라. 하지만 확실히 알고 있는 건 넌 너 나름대로의 행복을 느끼기 위해서 반드시 남의 인생을 망쳐야 하지. 그게 아니면 넌 절대 행복하지 않을 거야. 너에게 폭행을 당하며 금세 쓰러져 버리는 그 아이들을 구경해야지만 얻을 수 있는 행복, 난 그걸 악이라고 불러. 뭐 내 생각이니까 너의 별명 정도라고 생각해 줘. 사람들이 너희를 겁내고 무서워하니까 악에 굴복하고 패배했다고 생각하지? 그래 어쩌면 사회가 병들어 버려서 나쁜 짓 하는 사람들을 제대로 벌주지 못하는 건지도 모르지만 그렇다 해서 법이 제대로 작동하지 않는다고 해서 너희들 마음대로 남의 삶을 파괴시킬 자격이 있는 건 아니야. 우리가 인간이라면 그런 상황 속에서도 서로를 지키기 위해 노력해야 하는 게 아닐까? 언젠가 세상이 정말 망해버려서 마약 같은 범죄와 수많은 폭력들이 합법화된다고 해도 우리는 기꺼이 거부해야 할 책임이 있어. 그래서 난 거부할 거야.
너희가 그 아이의 삶을 망치는 걸 거부할 거야.
그러니까 시간이 된다면 오늘 밤에 너희 고등학교 운동장에서 보자.

대장은 다 읽은 뒤 입으로 담배 연기를 뱉어냈고 편지지는 그 안개 속에 갇혀버렸다.

"몇 시간 남았지?"
"한 5시간?"
"일단 잠이나 자둘까."

조금 뒤 있을 축제를 위해 무리들은 소파와 신문지를 깐 바닥에 하나 둘 드러누우며 단잠에 빠졌다.

1995년 5월 꿈은 역시 운동장에서

"뭐야 너 혼자야?"
어두운 운동장에 찾아온 남자는 성훈을 보며 그렇게 말했다.
"왜? 혼자서 오니까 시시해?"
"편지를 보낸 게 너지?"
남자는 생각에 잠긴 듯 미동 없이 서있었고 어둠은 그의 굴곡지고 날카로운 눈매에 스며들며 악마처럼 느껴지게 만들었다. 지금도 도망치고 싶은 마음이 더 크지만 이제 물러설 곳은 없다.
나는 말했다.
"그녀는 그래도 웃었어. 너희들이 벌였던 그 더러운 악행으로 인해 오랜 시간 동안 괴로워하고 자신의 탓이라고 했지만 그래도 이젠 웃을 수 있게 되었어."
"그래서?"
"너희는 사람을 괴롭히고 상처 주는 게 즐겁지? 다시 꿈을 꾸려고 하는 사람을 절망시키는 게 즐겁지?"
"나를 되게 나쁜 사람으로 생각하는 거 같은데 세상에 대해서 아무것도 모르면 더 이상 입 열지 않는 게 좋아."

"너의 머릿속에서는 약자에게 패배한다는 생각은 아예 없겠지. 약자는 항상 당하고 상처 입고 죽는 게 당연하다고 생각하겠지."

남자는 성훈의 말을 듣고 비웃으며 운동장을 살폈다.

"너희 운동장보다 여기 운동장이 더 넓지? 네가 죽을 곳은 잘 고른 거 같다."

성훈은 주먹을 쥐었다. 이길 가능성 같은 건 염두에 두지 않는다. 지더라도 산산조각 나더라도 후회 없는 나의 선택에 미소 지을 수 있으면 그걸로 족하다.

"진짜로 하려는 모양이네. 어쨌든 혼자서 온건 칭찬해 주지 의외야."

남자는 희생양을 노려보며 서서히 다가오기 시작했다.

운동장의 모래들이 남자의 신발에 밟히며 비명소리를 냈고 난 그 마찰음에 온몸의 신경이 곤두서는 걸 느꼈다.

어쩌면 난 정말 죽을지도 모른다. 하지만 정의로움의 끝에 죽음이 기다리고 있다면 기꺼이 받아들일 것이다.

남자는 주먹을 쥔 상태에서 오른손 검지손가락만 올려 빨리 오라고 까닥거렸고 성훈은 온 힘을 다해 달려들었다.

남자는 너무도 쉽게 주먹을 피했고 발로 성훈의 얼굴을 가격했다.

한 대만 맞아도 정신이 아찔해지는 충격에 주저앉을 뻔했다. 그래도 필사적으로 고통을 버티며 계속 응전했고 한 번의 기회만을 엿봤다. 대낮에도 대처하기 힘든 저 빠른 주먹을 이 어둠 속에서 알아보는 건 불가능했고 속수무책으로 맞아야 했다. 결국 다리를 걷어차이며 계속 쓰러졌고 일어나려고 할 때마다 복부를 가격당해서 숨이 막혀왔다.

"이런 실력으로 나한테 싸움을 건 거냐."

"으윽."

"이 세상에서 힘은 절대적인 거야. 인정하기 싫어도 그 힘에 굴복하고 순응하는 게 편할 때도 있어. 나도 그걸 절실하게 느꼈지. 그러니까 주제넘게 참견하지 말고 이쯤에서 손 떼는 게 어때."

누군가를 지킨다는 건 이렇듯 위험하고 무모하고 힘든 것이구나.

성훈은 현실을 인정했다.

"그래서 더 찬란히 빛나는 거겠지."

"어?"

남자는 이상했다. 자신이 승리했다고 느끼고 자축하는 순간 몸이 붕 떠서 하늘과 마주 보며 떠있는 걸 인지했다. 그리고 시선이 뒤로 넘어갔다.

쿵 하는 소리와 함께 운동장에 쓰러진 남자는 당황하며 상황을 파악했다.

이미 승부는 기울었다고 확신했고 당연히 포기한 줄 알았던 저놈이 쓰러진 상태에서 내 발목을 가격해서 반격한 것이다.

아직 싸움은 끝나지 않은 걸까.

남자는 조용히 일어나서 자신의 몸에 묻은 흙들을 신기하게 바라봤다. 지금껏 싸우면서 이정도로 옷을 더럽힌 적은 없었으니까.

하늘에서 미약하게 빛나는 달을 잠시 바라보던 남자는 성훈의 눈앞에서 순식간에 사라졌다. 아니 최후의 일격을 위해 사라지듯 달려온다고 하는 게 맞을 것이다.

한 번의 반격을 했지만 이미 만신창이가 되어서 정신을 차릴 수 없었고 남자는 발을 뒤로 뺀 뒤 엄청난 속도로 힘을 실으며 축구공을 차듯 성훈의 얼굴을 가격했다. 그 충격으로 정신이 혼미해졌고 남자의 모습은 셔터처럼 깜박이는 눈동자 속에 각인되었다.

"뭐야 벌써 끝난 거야?"

어디서 구경하고 있었는지 무리들이 재밌다는 듯 몰려오고 있었다.

"손 좀 더 봐줘야겠지?"
"죽은 척 하지 마. 우린 지금부터 시작이라고."

남을 상처 주는 걸 재미라 여기는 그들은 이미 쓰러진 성훈에게 계속해서 폭행을 가했고 그 발길질이 만들어 내는 쾌쾌한 먼지를 마시던 그는 육교 위에서 함께 미소 짓던 그녀를 떠올린 뒤 곧 정신을 잃었다.

"얼마나 힘들었을까…."

1990년 4월 접질리다

학원을 가기 위해 난 항상 도로의 소음을 차단하는 아파트 단지의 방음벽에 드문드문 설치된 주민용 통로를 이용한다. 그 통로를 통해서 나오면 바로 도로와 맞닿은 인도가 나오고 학원으로 향하는 신호등까지 걸어갈 수 있다. 그런데 난 이곳을 지나갈 때마다 툭하면 발목을 접질려서 쓰러지곤 했다. 발목이 언제부턴가 약해진 것이다. 나는 이곳에 이사 오기 전 달리기를 좋아했다. 휴일에 친구들과 모여서 운동장에서 놀 때면 달리기 시합은 빼놓은 적이 없었고 접질린 적도 없다. 그래서 발목이 갑자기 자주 다친다는 건 몸에 이상이 있다는 것인데 혹시 내가 모르는 병이 있는 걸까라는 두려움이 생기기도 했다. 어쨌든 난 그렇게 쓰러지면 바로 일어나지 않고 괜찮아질 때까지 가만히 있었다. 어려서 그런 건진 몰라도 그렇게 한참 있다가 통증이 사라지는 걸 느끼고 천천히 일어나서 걸으면 아무 이상이 없었다.

그리고 보통은 콘크리트 바닥 타일이 기울어져서 굳어있거나 바닥이 어떤 이유에서인지 파이거나 마모되어 있는 즉 걷는 사람의 스타일이나 속도에 따라 사고를 일으킬 가능성이 다분한 환경이어야 넘어지는데 난 평지에서도 접질리는 경우가 꽤 있었다. 그 정도로 발목이 약했던 것이다. 그래서 이젠 어디를 가도 항상 바닥에 뭐가 있는지를 유심히 살피며 걷는다. 그런 일들을 겪어오며 난 지금도 거리에 쓰러져 발목을 잡고 있던 어린 나를 순식간에 지나쳐 간 차들의 굉음을 기억하곤 한다. 시간을 재촉하는 그 차가운 소리는 바닥이 파인 곳을 휩싸며 나의 마음을 나약하게 만들었지만 그때 한 가지를 깨달았다. 그럼에도 눈물을 머금고 걸어가야 한다는 걸. 난 그날 그렇게 자리에서 일어난 뒤 발목을 풀어주기 위해 발끝을 땅에 고정한 상태에서 뒤꿈치를 들어 천천히 돌리며 스트레칭을 했고 신호등까지 천천히 걸어가 녹색불이 들어오기를 기다렸다. 이 쓰라림을 마주하고서 말이다.

1996년 6월 절망을 넘어서 날아온 우리의 약속

이른 아침 성훈은 침대에서 몸을 일으켰고 주전자에 담긴 미지근한 물을 컵에 따라 마셨다. 입가에 남은 물을 손등으로 닦은 뒤 화장실에 가 몸을 씻었다.

그들에게 폭행당해 생긴 상처는 여전히 날 따갑게 했다.

어쨌든 이곳을 떠나기 위한 마음의 준비는 끝났다. 사라지지 않는 폭력과 사라지지 않는 희생양을 감당할 수 없었다.

 옷장을 열어 피아노 건반을 연주하듯 옷걸이에 걸린 옷들을 차례대로 쓰다듬으며 입을만한 걸 골랐다.

 거울을 보며 옷이 아닌 마음의 매무새를 다듬었고 조금 뒤 타게 될 이동수단의 키를 챙겼다.
 떠날 준비를 마치고 집에서 나와 엘리베이터 버튼을 누른 뒤 천천히 다가오는 숫자를 바라봤다.
 그 빨간 숫자는 나를 응원하듯 온 힘을 다해 올라왔고 이윽고 문이 열렸다. 엘리베이터가 내려가는 동안 난 작은 창을 통해 각층의 빈 복도를 바라봤다.
 많은 학생들도 같을 것이다. 어떤 공간에 갇혀있어도 밖을 바라본다. 각자의 손에 쥔 이 열쇠로 문을 열고 나아간다.
 밖으로 나온 성훈은 열쇠로 아파트 밖 보관소에 있던 자전거의 록을 풀었다.
 그리고 자전거에 올라타 페달에 힘을 주며 달리기 시작했다.

　도덕 선생님께
　안녕하세요 선생님. 저 성훈이에요. 지금도 커피를 마시며 노래를 듣고 계신가요? 저는 하마터면 잠이 들뻔했지만요. 저는 학교를 떠나 새로운 학생들을 만난 선생님을 언제나 응원하고 있습니다. 그 결심이 어떤 의미인지 이제 알 거 같습니다. 사람들은 누군가가 홀연히 떠나면 뭔가 이상한 이유가 있어서 그런다고 수군거리죠. 그래서 오해를 받기도 하구요. 하지만 그런 걸 모두 감수해서라도 떠나는 건 분명 그만한 이유가 있다고 생각해요. 사실은 떠난 것 같아도 누구보다 그곳을 가장 사랑하죠.
선생님도 그런 분이에요. 그렇죠?
그래서 저도 용기를 내기로 했어요.

텅 빈 교실 효정은 가방을 멘 뒤 운동장에 늘어선 버스를 보며 슬픈 표정을 지었다.
수많은 학생들이 들뜬 기분으로 버스에 탑승하고 있었고 자신을 괴롭히는 무리들도 그녀가 보이는 창가를 노려보며 사악한 미소를 짓고 있었다.
그녀는 곧 창가를 뒤로하고 교실 밖으로 나가 계단을 내려갔다.
환한 햇살도 학생들의 웃음소리도 공허하고 허무했다.
이 고통은 언제 끝날까?라는 생각만이 머릿속에서 맴돌며 저 무리가 있는 곳으로 걸어갔다. 아니 끌려갔다.
운동장 단상 쪽으로 올라가는 계단을 한 발 한 발 올라가며 문득 어두운 밤 함께 걸었던 남학생이 생각났다.
자신을 위해 희생했던 바보 같았던 소년이었다.
그녀는 계단에 눈물을 떨어뜨리며 올라갔다.
곧 학생들을 환영하는 수많은 버스들이 모습을 드러냈고 자신이 타야 하는 버스 맨 뒤 칸 창문에서 무리들이 웃으면서 빨리 오라고 손가락을 까닥거리고 있었다.
육교 위에 펼쳐진 하늘을 가리키던 소년의 손가락과는 달랐다.
"효정아 빨리 타."
선생님은 아무것도 모른 채 빨리 오라고 그녀를 불렀다.

그녀는 천천히 버스 앞으로 간 뒤 속으로 소년에게 마지막 인사를 했다.

"미안 성훈아. 잊지 않을게."

그때였다.
뒤에서 누군가가 자신의 손을 꼭 잡은 게 느껴졌다.
그녀는 기억 속에 남은 그 따스함을 향해 돌아봤다.
그곳엔 교복이 아닌 하얀 티셔츠에 녹색 남방과 청바지 차림을 한 성훈이 서있었다.

"학생 누구야?"

선생님이 뭐라고 말하든 성훈은 단도직입적으로 말했다.

"가자."
성훈은 버스 옆에 세워둔 자전거에 먼저 올라탄 뒤 그녀를 바라보며 장난스러운 미소를 지었다.
그녀는 눈물을 닦은 뒤 버스에서 내려와 자전거 뒷좌석으로 걸어갔다.

"저 새끼 뭐야. 나가서 잡아."

창문으로 보고 있던 무리들은 당황해서 달려 나왔지만 심각함을 느낀 선생님에게 제지되었고 어느새 자전거 뒷좌석에 옆으로 걸터앉고 성훈의 허리를 살며시 잡은 그녀는 말했다.

"그래서 어디로 갈 거야?"

성훈은 잠시 고민을 하더니 결심한 듯 큰 소리로 말했다.

"사람을 상처 주지 않는 곳!!"

선생님. 저는 선생님이 이 편지를 읽으실 때쯤. 한 친구가 다니는 학교로 향하고 있을 거예요. 그녀가 그랬거든요. 언젠가 자전거 여행을 가고 싶다구요. 저에게 어릴 때의 순수함이 이젠 사라졌을지 모르겠지만 그래도…. 최선을 다해보려구요.

얼마 전이었죠. 낮에 길을 가는데 작은 놀이터가 공사 중인지 미끄럼틀과 정글짐 같은 소소한 놀이기구들을 안전위험이 적혀있는 쇠로 된 바리케이드 여러 개로 포위하듯 동그랗게 세워 놓았더라구요. 그런데 어떻게 된 줄 아세요.? 어린아이들이 한 명씩 오더니 그 바리케이드를 당연한 듯이 넘어서며 그 안에서 친구들과 인사를 나눴어요. 어떻게 생각하세요? 전 그걸 보고 소름이 돋았어요. 그곳은 아이들에게 그런 의미였던 거죠. 단순히 세워놓은 놀이터가 아니었어요. 물론 그 뒤엔 관리하는 아저씨에게 혼났겠지만요.

그러니까 전 그 바리케이드를 보며 이런 엉뚱한 생각을 한 거예요. 안전하다고 괜찮다고 말하는 세상일지 모르지만 혹시 그 속에서 겁먹고 울고 있는 친구가 있다면 그 거짓의 바리케이드를 반드시 넘어서고 싶다구요.

그래서 그녀한테 가려구요.

그때의 공기 그때의 바람을 다시 만날 수 있도록.

도덕 선생님은 편지를 읽은 뒤 창가에 담겨진 하늘의 조각을 커피잔에 하나 떨어뜨렸다. 그렇게 자전거는 앞으로 나아가며 버스와 서서히 멀어졌고 학교 정문을 지나 내리막길로 힘차게 달려 내려갔다.

2002년 9월 수풀림은 그래도 신호등을

신선생은 오랜만에 온 수풀림을 신호등에 서서 지켜보고 있었다.
많은 일이 있었던 이곳을 이젠 오고 싶지 않았는데 그 마음을 알아주지 않는 누군가의 연락으로 인해 마지막 인사를 해야만 했다.

하지만 빨간불이 녹색불로 변하고 많은 시간이 있어도 건너지 않고 멈춰있었다.
자신이 그림을 그리고 있던 곳에 한 선생이 서있었기 때문이다.

"왜 녹색불이 켜졌는데 건너질 않아요?"

사고 났던 곳에 그려진 하얀 동그라미 앞에 서있는 미술 선생님을 보며 한 선생은 슬픈 표정을 지었다.

"저의 마음은 거짓이 되었으니까요. 한 선생님에게 마저 거짓이 되긴 싫어요."

한 선생은 그 얘기를 듣고 수풀림에서 내려오기 시작했다.

"사람들은 의심했지만 저는 알고 있었어요. 학생들을 믿는 그 마음을요."

"…."
"학생의 진심을 믿고 본인의 수업을 없애는 건 아무나 못 하죠."
"그건…."
"폭력을 저지른 학생을 위해 교장 선생님께 대드는 건 아무나 못 하죠."

"저보단 한 선생님이 더…."
"신 선생님이 나섰기 때문에 저도 용기를 낼 수 있었어요."
"…."
"그리고 교통사고 난 학생을 구하고도 자기 탓이라며 죄책감에 시달리는 건 아무나 못 하는 일이죠."

어느새 빨간불이 녹색불로 변했고 한 선생은 횡단보도를 천천히 걸었다.

"남의 피아노 연주를 들려주겠다고 교실 창문을 여는 유치한 행동은 아무나 못 하는 일이죠."

횡단보도를 건넌 한 선생은 신 선생의 손을 고이 잡았다.

"신호등의 제한 시간이 몇 초가 남았든 난 당신과 함께하고 싶어."

이 동네는 이상하게 맑은 날보다 흐린 날이 많다.
슬프고 아프고 때론 행복한 사람들의 마음을 모아서 물감으로 쓰고 싶은 걸까. 피아노 건반을 닮은 횡단보도 아래에 고인 빗물 속에서 두 사람을 바라보던 신호등은 빨간색으로 변하며 두근거리는 마음을 숨기지 못하고 있었다.

2002년 10월 배신은 하지 않아

"여기 있었구나."
"이제 오셨네요."
친구들을 잃어버린 소년은 화방에서 그림을 그리고 있었다.
아직은 어설픈 그림들이 그가 그렸다는 티를 내고 있었고 스승으로 보이는 아저씨가 노인을 반겼다.
"언제부터 여기 있었던 거니."
"가출하고 나서 무작정 걸었어요."
"그렇구나…."
"끝이 보이질 않았죠. 이미 떠나버린 친구들을 따라잡을 수 없었어요."
소년은 여전히 우울한 눈빛이었다.

"그러다. 이곳을 지나가게 됐고 그림에 몰두하고 있는 아저씨가 보였어요. 그래서 무작정 들어가서 재워달라고 했죠."
"너답구나."
"그림을 그리는 공간은 언제나 여백이 많으니까 어떻게든 구석에서 잘 수 있겠다 싶었어요."
아저씨는 웃으며 말했다.
"이 녀석 꽤 당돌하더군요. 친구들한테 배신당했으니까 재워달라고 울면서 말하는데 도저히 거절할 수가 없더군요. 그 후로 어쩌다 보니 저에게 그림을 배우고 있네요."

"감사합니다. 덕분에 다시 만났습니다."
"할아버지."
"왜 그러냐."
"저는 원래 그림을 좋아했어요. 미술 선생님의 영향이었죠."
"미술 선생님?"
"네 그분은 그림을 배신하지 않았어요. 아름답게 피어있든 추하게 썩어있든 그대로를 그렸죠. 그래서 늘 어른이 되면 멋진 화가가 되고 싶었어요."
"이 그림처럼 말이니?"

소년과 친구들이 즐거운 듯이 웃고 있는 어설픈 그림을 보며 노인은 행복한 표정을 지었다.

"네 할아버지. 친구들은 절 떠났지만 저는 배신하지 않을 거예요. 현실을 마주하고 언젠가 돌아올 거라고 믿으며 그려나갈 거예요. 진실이라는 물감으로."
"장하구나."
"장하다니…. 가출한 손자가 자랑스러워요?"

그 말에 노인은 너털웃음을 터트리며 손자의 머리를 쓰다듬었고 작업으로 분주한 화방은 어둠 속에서 거짓을 이겨내며 황금색 물감이 되어 넘실거렸다.

2002년 9월 인연

은호는 학교 운동장에 혼자 서있었다. 저 높고 깨끗한 푸른 하늘처럼 마음을 펼치고 싶어서 혼자 서있었다. 이곳에서 수많은 일들을 겪으며 좌절도 하고 다시 희망을 얻기도 했던 그 시간들이 가슴속에서 없어지지 않길 바라며 혼자 서있었다.

"여기서 뭐 해?"

언제 왔는지 지아는 은호 옆에서 놀래키듯 말을 걸었다.

"그냥. 왠지 오고 싶어서."
"오늘 날씨가 좋긴 하네."
"그러게."

지아는 은호와 나란히 서서 말없이 하늘을 바라봤다.
"은호야."
"응?"
"늦었지만 고마워."
"고맙다니. 갑자기 왜 그래?"
"그냥. 말해주고 싶었어."
"…."

은호는 지아의 진심을 본 거 같아 왠지 쑥스러웠다. 그리고 자신도 같은 마음이라는 걸 다시 한번 느꼈다.

"지아야."
"왜?"
"나야말로 고마워. 내가 힘들 때 곁에서 구박해 줬잖아."
"그게 고마워?"
"그 덕분에 일어날 수 있었으니까."

두 사람은 마치 서로에게 진심을 전하기 위해서 운동장에 온듯했다.
그때 학교 정문으로 오래전에 같이 도망갔던 꼬마가 달려오는 게 보였다.

"안녕!"
"그때 그 꼬마잖아, 잘 지냈어?"

바자회에서 비디오테이프를 천만 원에 팔던 꼬마는 은호와 지아를 보며 전보다 더 밝아진 모습으로 인사를 했다.

"오늘 휴일인데 왜 온 거야?"
"왠지 형 누나들이 있을 거 같아서."

꼬마는 뭔가 하고 싶은 말이 있는 거 같았다.

"사실은 그 후로 어떻게 됐는지 말해주려고 온 거야."
"그래."
"아버지는 역시 그 테이프 케이스 안에 안 좋은 것을 넣어서 팔고 있었어. 그래서 바자회가 열릴 때마다 나를 이용한 거야."

"…."
"그래서 지금은 경찰서에 자수해서 조사를 받고 계셔."
"아 자수를 하셨구나…."
"내가 말했거든."
"뭐라고?"

꼬마는 흔들림 없는 눈빛으로 두 사람을 바라봤다.

"테이프 케이스 안에 마약이 아닌 아버지와의 추억이 담겼으면 좋겠다고. 천만 원으로는 살 수 없는 시간을 함께 보내고 싶다고. 아버지는 그 말을 듣고 나를 껴안고 우셨고 며칠 뒤에 자수하셨어."
"그랬구나…."
"형 누나들이 도와준 덕분이야. 그날 집에 돌아오고 나서도 필사적으로 도망가던 장면들이 계속 생각났어. 그리고 이 사람들의 진심을 외면해선 안 된다고 느꼈어. 용기를 낼 수 있게 해줘서 고마워."

두 사람은 꼬마가 어렵게 낸 용기가 얼마나 값진 건지 알고 있었다.
꼬마는 분명 훌륭한 어른으로 성장해 나갈 것이다.

"그럼 난 이만 갈게."
"벌써?"
"아빠가 돌아올 때까지 내가 가족을 지켜야 하거든."

꼬마는 자신 있다는 표정으로 지은 뒤 학교 정문까지 뛰어갔고 두 사람을 보며 손을 흔들었다.

"정말 고마워!"
"우리야말로!"

은호와 지아도 꼬마에게 손을 흔들며 새롭게 시작될 미래를 응원했고 모습이 완전히 사라질 때까지 모습을 지켜봤다. 그 뒤 은호는 지아에게 물었다.

"그럼 이제 우리는 어쩌지?"
"어쩌긴 지금 마음을 지키며 변함없이 살아가야겠지."
"가장 힘든 길이네."
"바보야. 그래서 가치가 있는 거라구."

그때 어디서 불어오는지 모르는 시원한 바람이 다가와 춤을 추기 시작했고 지아는 은호의 손을 꼭 잡은 채 푸른 하늘을 향해 달렸다.

2002년 7월 선화

"저기 이거 성훈 씨가 대신 전해달라는데요."
북콘서트 준비를 하던 소나 님은 편지를 받자마자 바로 뜯어 펼쳤다.
"벌써 보려구요?"
"응. 나에게 뭔가를 전하려는 걸 테니까."

    소나 님에게
    안녕하세요. 소나 님을 항상 응원하는 성훈이입니다. 사실은 전부터 편지를 드리고 싶었는데 여의치가 않아서 뒤로 미루고만 있었어요. 하지만 누군가에겐 이 이야기를 해야 할 거 같아. 편지를 보내드립니다. 소나 님이라면 저의 말을 이해할 거란 확신이 들거든요. 언젠가부터 제가 사는 이 세상이 병들어 가는 걸 느끼고 있고 그 악은 해일처럼 점점 더 심해지며 우리를 덮치고 있어요. 어떻게 할 엄두도 나지 않을 만큼 무서운 저 악에 우리는 어떻게 맞서야 하는지 매일을 고민했죠. 그러다 한 가지를 찾아냈어요.

바로 '선화'라는 거죠.

악한 자들은 우리의 삶 어느 곳에든 기생하며 몸과 마음을 공격하죠. 그리고 지치게 만들어 자신들과 같은 악이 되길 원해요. 그래서 우린 지지 않기 위해 화를 내며 싸우지만 그렇게 되면 정신적인 에너지가 많이 소모되 버리죠. 하지만 악은 지치지 않아요. 소중한 것을 자신의 손으로 스스로 죽였기 때문에 뭔가를 지키기 위해 열을 낼 필요가 없죠. 그저 사람을 괴롭힐 덫을 계속 던지고 그걸 풀어내면 비웃으며 다시 던져요. 우린 그런 싸움을 하고 있어요. 불공평하죠?. 그렇게 생각하면 이 세상은 악에 가까울지도 모르겠네요. 그래도 저는 끝까지 싸우려고 해요. 선화는 사실 간단해요. 착하게 화를 낼뿐이죠. 저 아름다운 자연을 보면서 미소 짓고 있지만 악한 자들에게 누구보다 가장 큰 화를 내고 있죠. 놀이터 그네를 타며 더없이 여유로워 보이지만 이미 가장 큰 화를 내고 있죠. 이게 가능해지면 우리도 에너지를 소모하지 않을 수 있겠죠. 친구들과 자전거를 타고 나아갔던 그 기분으로 얼마든지 화를 낼 수 있어요. 그들이 덫을 아무리 많이 던져도 저는 절대 소중한 사람들을 죽이지 않을 거예요.

최소한 그 정도는 해야 인간으로 태어난 보람이 있는 거 같아서요. 저는 세상에 존재하는 아름다운 것들을 악한 자들이 모두 가면으로 사용하며 사람들을 현혹시키는 과정을 침투라고 표현해요. 우리가 평소에 생각하던 아름다운 것들이 흉기가 되는 거죠. 드넓은 자연과 인간이 만들어 내는 역사 그리고 언어까지도. 지금은 모든 걸 조심해야 하는 시기인 거예요. 하지만 이것만은 말할 수 있어요. 남을 함부로 만지지 않고 꽃과 나비처럼 서로의 미래를 지켜줄 수 있다면 분명히 악을 이길 수 있다구요.

소나 님의 책은 언제나 저의 그런 마음을 위로해 주었어요. 정말 감사합니다.

이제 저는 선화를 앞두고 있습니다. 소나 님의 책에 나비가 날아오는 것처럼 저의 인생에도 늘 따뜻한 것들이 날아오길 바라며 살아가겠습니다.

편지를 다 읽은 소나 님은 북콘서트장에 가져온 가습기에 다가가 전원을 눌렀다. 그리고 운동장에서 올라오는 따뜻한 냉기에 은호는 무전기를 들었다.

"오늘도 열심히 살아가는 분들. 당신들이 어디에 있는진 모르지만 가족과 친구들을 지키기 위해 필사적으로 노력하고 있다면 너무 힘들어도 걱정하지 마세요. 악한 자들은 그걸 가장 무서워하거든요. 한 발 한 발 용기를 내 걸어가는 그 마음을요. 그러니 힘들어도 걸읍시다."

"…."

"그럼 이만 무전을 마치겠다. 오바…."

은호는 운동장 바닥에 누워 가방을 머리에 베고 구름을 이불 삼아 덮은 뒤 할아버지가 정문에서 시위하며 불렀던 노래를 카세트로 재생시켰다.

그리고 눈을 감았다.

"난 어느 날 방에서 눈을 떴어. 그 앞엔 처음 보는 사람들이 있었어. 그중 한 사람이 다가오더니 그건 가족이라고 알려줬지. 난 그때부터 그들과 함께했어. 힘없는 나를 계속 지켜줬지. 묻고 싶었어. 힘들진 않냐고. 분명히 힘들 텐데 그들은 바보처럼 행복한 듯 웃기만 했어. 가족이란 건 뭘까. 난 철없이 자라기만 하면서 여러 가지 신경 쓰이기 시작했지. 가족이 사용하던 물건을 보면 자꾸만 그걸 더 이상 만지지 못하게 될 미래가 떠올랐어. 길에서 함께 걷던 가족의 뒷모습을 볼 때면 가슴이 아파와서 저 땅이 가족의 그림자를 놓아주지 않고 계속 잡아주기를 바라기도 했어. 그래서 잠시 돌아보는 그 마음을 타임머신이라 착각하며 위로해 보지만 이 풍경 속은 자꾸 이별을 떠올리게만 해. 그러다 정신을 차리면 자리를 박차고 자꾸만 속도를 더해가는 자전거처럼 날이 지날수록 주름살이 늘어나는 어른들처럼. 필사적으로 나아가고 있지. 잘 지내라는 다음에 또 보자는 그 의미를 난 이미 알아버렸는데 가슴속에 꽉 묶어놓았던 눈물이 흘러나올 때는 항상 사랑하는 사람들이 나를 보며 미소 짓고 있었어. 변함없이 그 자리에서 있어준다는 말엔 변하지 않기 위해 노력한다는 무게가 담겨있다는 걸 알아. 나의 자전거 여행이 언제 끝날지는 모르겠지만 인생이란 러닝 타임 속에서 약속할 거야. 사랑하는 가족과 친구들이 있는 곳이라면 어디든 달려가겠다고.

그 어떤 가면이 가로막아도 넘어서겠다고. 그렇게 난 해피엔딩을 만날 거야."

1987년 6월 기적

어렸을 적 난 가족과 함께 시골 강가에 놀러 간 적이 있다. 여느 때처럼 텐트를 친 뒤 아빠는 준비해 온 낚싯대를 설치해 매운탕을 목표로 월척에 도전했고 엄마는 코펠과 버너를 이용해 라면을 비롯한 참을 만들기 위해 분주했고 형은 따사로운 햇살을 피해 텐트에서 여유로이 쉬고 있었다.

그런 평온한 시간. 난 수위가 낮은 바로 앞 강가에서 발을 담그고 천천히 걷고 있었는데 갑자기 발이 모랫바닥에 닿지 않는 걸 느꼈다. 서서히 깊어진 것이 아닌 갑자기 확 땅이 꺼지듯 수위가 깊어지며 강은 나를 잡아당겼다.

공포감에 휩싸인 나는 가족을 부를 생각도 하지 못한 채 어린 나이임에도 여기서 아마 죽게 될 거라고 본능적으로 느꼈다.

난 그렇게 무기력하게 더 강한 물살 쪽으로 끌려가고 있었고 눈물조차 흐르지 않는 급박한 상황 속에서 아무것도 모르는 가족을 바라봤다.

아직 어른도 되지 못했고 하고 싶은 것도 많은데 이렇게 갑작스러운 엔딩을 맞이한다는 게 너무 허무했다.

'정말 죽는 건가?'

그런데 그때부터 난 배워본 적도 없는 헤엄을 치기 시작했다. 개구리를 상상하며 계속 팔과 다리를 노처럼 휘저었고 더 깊은 곳으로 향하는 물살을 벗어나기 위해 혼신의 힘을 다했다.

그리고 가족의 모습이 조금씩 가까워지는 걸 느낄 수 있었다.

'조금만 더.'

난 희망을 잃지 않고 필사적으로 헤엄을 쳤고 결국 바다에 발이 닿는 지점까지 올 수 있었다. 그렇게 아무 일도 없었다는 듯. 강 밖으로 올라온 난 엄마가 때마침 완성한 라면을 먹으며 놀란 마음을 진정시켰다. 난 지금도 그때 헤엄을 쳐서 살아난 건 기적이라고 생각하며 그 기적을 만들 수 있었던 건 가족이 있었기 때문이라고 생각한다.

사는 것도 그런 게 아닐까. 아무리 힘들고 죽을 거 같아도 소중한 사람들을 향해 필사적으로 헤엄쳐가는 마음만 있다면 어떻게든 살아갈 수 있지 않을까.

눈을 가리고 정신을 혼란시키는 물살이 세월 속에서 아무리 강하게 몰아쳐 온다 해도 당신의 그 마음을 굴복시킬 순 없을 것이다.

산꼭대기에서 손가락을 마주 걸고 열심히 살자고 약속한 아빠
뭐가 그렇게 슬픈지 틈만 나면 울려고 하는 엄마
바쁜 세상 속에서 자연의 아름다움을 찾아낼 줄 아는 형
난 그거면 한없이 충분한 사람이다.

에필로그 오늘

여느 때처럼 평범한 하루.
당신은 신호등을 기다리며 서있었고
빨간불은 어느새 녹색불로 변했다.
남은 시간은 24초
당신은 천천히 몸을 숙여 신발끈을 묶으며 달려갈 준비를 한다.

저 횡단보도 너머에 있는 소중한 것을 향해 힘껏 달려갈 준비를 한다.
영원히.

절망을
　　넘어서
　날아온
　　　우리의
　　　　약속

초판 1쇄 발행 2024. 1. 24.

지은이 김광현
펴낸이 김병호
펴낸곳 주식회사 바른북스

편집진행 김재영
디자인 김민지

등록 2019년 4월 3일 제2019-000040호
주소 서울시 성동구 연무장5길 9-16, 301호 (성수동2가, 블루스톤타워)
대표전화 070-7857-9719 | **경영지원** 02-3409-9719 | **팩스** 070-7610-9820

•바른북스는 여러분의 다양한 아이디어와 원고 투고를 설레는 마음으로 기다리고 있습니다.

이메일 barunbooks21@naver.com | **원고투고** barunbooks21@naver.com
홈페이지 www.barunbooks.com | **공식 블로그** blog.naver.com/barunbooks7
공식 포스트 post.naver.com/barunbooks7 | **페이스북** facebook.com/barunbooks7

ⓒ 김광현, 2024
ISBN 979-11-93647-65-3 03810

•파본이나 잘못된 책은 구입하신 곳에서 교환해드립니다.
•이 책은 저작권법에 따라 보호를 받는 저작물이므로 무단전재 및 복제를 금지하며,
이 책 내용의 전부 및 일부를 이용하려면 반드시 저작권자와 도서출판 바른북스의 서면동의를 받아야 합니다.